《诗探索》创刊40周年纪念丛书
《诗探索》编辑委员会 主编

《诗探索》与中国当代诗潮

林 琳 著

学苑出版社

图书在版编目（CIP）数据

《诗探索》与中国当代诗潮 / 林琳著 . —北京：学苑出版社，2020.11

（《诗探索》创刊 40 周年纪念丛书）

ISBN 978-7-5077-6050-7

Ⅰ.①诗… Ⅱ.①林… Ⅲ.①诗歌研究—中国—当代 Ⅳ.① I207.22

中国版本图书馆CIP数据核字（2020）第200138号

本书为
首都师范大学内涵发展经费资助成果
教育部人文社会科学重点研究基地首都师范大学中国诗歌研究中心成果

责任编辑：李　耕　徐志琴
出版发行：学苑出版社
社　　　址：北京市丰台区南方庄 2 号院 1 号楼
邮政编码：100079
网　　　址：www.book001.com
电子信箱：xueyuanpress@163.com
联系电话：010-67601101（营销部）、010-67603091（总编室）
印　刷　厂：北京建宏印刷有限公司
开本尺寸：710mm×1000mm　　1/16
印　　张：16.5
字　　数：250 千字
版　　次：2020 年 11 月第 1 版
印　　次：2020 年 11 月第 1 次印刷
定　　价：85.00 元

> 总序

我们见证一个时代
——《诗探索》40年（1980—2020）

谢 冕

昨日已经过去

我们经历了一个漫长的黑夜。月亮是惨白的，星星是灰暗的，无边的暗黑，空漠，萧索，荒芜。就此刻谈论的诗而言，也深陷于这种无边的暗黑之中。这岂止是通常说的"单调"或者"划一"所能概括！那是一个没有文学、没有艺术，当然也没有诗歌的时代。一个漫长得看不到希望的岁月，一批又一批的诗人被迫走上了流放和监禁的囚徒之旅。烹鹤毁琴，绝圣弃典，诗歌也被迫流亡或者禁毁。愚蠢、无知、野蛮代替了高雅和智慧！

黑夜无边，春天遥远，那年有一个极冷的冬天。诗人穆旦长期受摧残的身子，感到了这个冬天的艰难："我爱在淡淡的太阳短命的日子，临窗把喜爱的工作静静做完；才到下午四点，便又冷又昏黄，我将用一杯酒灌溉我的心田。多么快，人生已到严酷的冬天。"[1]这个在民族生死存亡时刻走出西南联大校园，投身于滇缅战场的诗人，曾以青春的声音向我们宣告"因为一个民族已经起来"[2]的歌者，此刻，他感到了彻骨的寒意。

---

[1] 穆旦：《冬》。此诗作于1976年12月，同时写作的还有《停电之后》。同年10月，是"四人帮"覆灭的日子，可惜诗人没能享受胜利的欢欣。
[2] 穆旦：《赞美》。"在耻辱里生活的人民，佝偻的人民，我要以带血的手和你们一一拥抱。因为一个民族已经起来。"此诗作于1941年12月。

也是这一年，还有一位诗人，他幸运地迎接了团泊洼的凝寒的秋日阳光，但不幸的是，他终于因胜利到来的狂喜而葬身燃烧的火海。他用死亡迎接了他所祈望的秋天，而把一切的新生与希望留给我们。他是来自延安的郭小川。"他以优美的诗歌颂赞过他曾经为之奋斗的新生的社会，后来他又被痛苦地推入深渊。直至那个难忘的秋天的胜利带来了狂喜，他又在那场狂喜到来的时候消失在狂喜的烈焰之中。"[1]

很多人没有回来，他们消失在受难的路上。更多被流放的、蒙难的幸存者，由于金秋十月的召唤，正踏上归来的路途。而一批因失去昨日而热望今天的新诗人，已经迫不及待地喊出了他们反抗的和怀疑的声音："如果海洋注定要决堤，让所有的苦水注入我心中；如果陆地注定要上升，就让人类重新选择生存的峰顶。"他们宣告："新的转机和闪闪的星斗，正在缀满没有遮拦的天空。那是五千年的象形文字，那是未来人类凝视的眼睛。"[2]

这些崭新的意象所传达的声音给我们以力量和信心。四点零八分的北京，那场悲哀的、撕心裂肺的离别场面已是过去。中国以坚决的行动结束了一个长达十年的黑暗岁月。正是当年写出那首被迫剥夺了学校和家庭的离别画面的诗人，如今，他正以激情的声音昭告我们："相信未来。"[3]

站立在今天

以上是我们对中国诗歌曾经的漫长的噩梦所做的简略的叙述：我们曾有并结束了一个长长的肃杀的昨天，我们如今拥有一个崭新的今天。历史曾是如此地沉重，我们同样怀有"时不我待"的紧迫感。此刻我们正面对一个挽救诗歌沦亡的残酷事实——我们需要接续被粗暴隔断的中国诗歌传统；我们要以坚韧的精神维护并坚守诗歌的圣洁与尊严；面对今天的世界，我们要清除加于诗

---

[1] 谢冕：《郭小川的意义》。此文为青海人民出版社 2020 年版《郭小川诗歌精选》代序。
[2] 北岛：《回答》。
[3] 食指：《相信未来》。

歌的侮辱与伤害，并改写中国诗歌与世隔绝的封闭与孤立处境；我们要在开放的窗口与世界对话，并且坚定地支持和开展诗歌在新时代的新的探索。

以上，就是当日我们的境遇。它使我们拥有了沉重的使命意识和自觉精神。一个荒唐的年代：一片喊"杀"和"打倒"声中，博大精深的华夏文明和中国文化传统，文学、艺术以及诗歌，在那些人眼中都成了"封、资、修"，都成了"黑线"。拨乱反正，驱邪扶真，我们要在一片废墟上恢复并建立对诗歌的信心。这就是在1980年那个早春时节充盈我们内心的吁求。我们把昨天留在身后，我们站立在今天。我们不仅要告别昨天的乱局，我们还要认定属于开放年代的新的目标。

当年的我们，面对的是受到摧残的诗歌废墟，需要重新确立对诗歌的信心和理想。当年的我们，只能在记忆中想象遥远的唐代的明月，也只能在内心深处怀想和致敬那些现代的和以往的历代诗人，为他们的辛劳创造，也为他们的辉煌的存在与黯然的陨落。我们渴望以行动来表达我们的念想与敬意。

1980年春天，正是民间的三月三、壮族一年一度盛大的诗歌节举办之际。赶着民间节庆的气氛，一个空前的诗歌理论会议在广西南宁召开。会议之所以召开，是由于出现了《今天》杂志，以及出现了以这个刊物为基点的一批新诗创作。这些创作带来了普遍的陌生感和新的启迪，也随之带来了完全不同的价值观和巨大的诗学分歧。当然，从根本上看，它们带来的是中国诗歌的新气象和新生机。这些现象引起诗歌理论界和其他学界的注意。这样，由几所大学和相关研究所、学会共同筹划的全国当代诗歌讨论会就在广西南宁隆重召开。

会议的参加者基本上是来自民间的诗歌研究者、理论批评工作者和大学教师。像这样一个专门讨论诗歌理论批评的大型会议，在中国诗歌史上可能是第一次。我之所以在这里郑重提及南宁会议，是因为它与随后诞生的专门研究诗歌理论批评的刊物《诗探索》有着密切的甚至是直接的关联。或者可以说，南宁会议是催生《诗探索》的前奏，甚至可以说，它是诞生这个刊物的最初的灵感。

沐浴着新时代阳光

南宁会议的议题基本上围绕着对当日出现的"朦胧诗"的评价而展开。两种完全不同的观点进行了尖锐的交锋。这些交锋唤起了人们对诗歌理论研究与建设的警觉与关注。与会者的诸多发言涉及中国的诗歌传统、诗与时代和政治、诗的时代归属与审美本质、诗歌艺术的借鉴与创新等问题。争论涉及的深度和广度均为历年所未见。数日会议之后,诗评家们带着对即将到来的诗歌高潮的预期,兴奋地走向了三月三广西民间歌会,走向了更为广阔的诗歌现场。

从南宁一路行走到桂林,看的是新时代早春蓬勃的生机与活力,谈的是对于复兴与重建中国诗歌的愿望与念想。记得那时我们看望中途因病住院的公刘,带去大家对他的关怀与祝福,更带去众人的会间余兴——由丁力、晓雪、沙鸥等"集体创作"嵌名诗:

> 桂林无晓雪,阳朔有沙鸥。
> 蓝天藏雁翼,病榻念公刘。
> 久闻山水秀,谢冕驾轻舟,
> 北方冰已化,春满漓江头。

虽是游戏笔墨,但也显现当日活跃轻松的友好气氛。我的日记记载,1980年4月25日,当日前往181医院看望公刘的有闻山、刘登翰、孙绍振、张炯、洪子诚、鲁原等。当然更有高洪波,他一直在医院陪护公刘。日记称:"公刘较前大有起色,他有点兴奋,对我们说,我充满了信心。他希望会议的文集有照片作插图,并且决心健康恢复后的第一件工作,是把会上发言整理出来,加入文集。"

带着对未来的期望和祝愿,我们一行登上了北上返京的列车。我的日记继续记载当日的"余绪"。其间触及我们对未来刊物(《诗探索》)的最初想法:1980年4月26日:"车上,研究了《诗歌界》(暂定名),或叫《诗歌研究》的编委人选。高洪波参加了议论。"作为当事者，我返京后的第一件事是着手写作《在新的崛起面前》。这是会上黎丁先生为《光明日报》的约稿。[1]与此同时，就是在北大邀集同人紧张地为即将诞生的《诗探索》做准备。

永远的坚守和探求

《诗探索》创刊于1980年。记得它的创刊号是在这一年的年末，当时我们放下手中所有的工作，全力以赴，要赶着在1980年末之前宣告《诗探索》创刊。因为1980年是一个特殊的年份、一个值得永远记住的年份，在我们的意念中，不管时间多么紧促，不管从组织到筹备、设计、组稿、出版，再到发行，其间有多大的困难，我们认定，这个刊物只能，而且必须在非凡而伟大的1980年创刊。《诗探索》注定只能是1980之子！

1980年，中国诗歌伴随着一阵惊雷，开始了一个新的诞生。这是一个告别过去、迎接未来的新的诗歌时代。"假、大、空"的覆灭，朦胧诗的崛起，幸存者的归来，特殊的遭遇，特殊的经历，为此，我们要留下前行的足迹：向着世界开放的新的艺术手段与方法，中国诗歌的继往开来的伟大复兴，诗歌面临着新的前所未有的挑战。新的主题、新的艺术方式与新的表现手段，这一切，亟须诗歌理论的支持、总结和阐释。这一切，概括起来也就是当年《诗探索》发刊词的一句话：我们需要探索！那是一个反思的年代，那也是一个创新和探索的年代。我们的方针十分明确：站立在时代的潮头，排除一切的阻挠与偏见，即使是一种巨大的压力乃至一时的孤立无援，我们没有退路，唯有韧性地坚持，以坚定的意志、无畏的探索，热烈地支持中国诗歌的新的崛起。

《诗探索》始终没有办公室，开始借用北大中文系的一间会议室"办公"。编稿、看稿、讨论，都在这个房间。约好时间，朋友们从北京的各个角落赶到北大，骑自行车，坐公交，风雨无阻。办完公，没有饭局，各自散去。因为"定居"在北大，倒也沾了些这所学校的"仙气"——不知不觉间，学术独立、

---

[1] 1980年4月28日日记："作《在新的崛起面前》，近三千字。下午，寄《光明日报》。"

思想自由、兼容并包，倒也成了刊物的"精气神儿"。

前面谈到南宁诗会的召开与参会者的民间性质，这种民间性一直延伸并贯穿于《诗探索》的办刊以及它所展开的活动中。为什么是民间？因为它是由几个民间学术团体和单位主持的，主编和编委无须上方指派；所有的编者都是"志愿者"，从主编到编辑，没有任何报酬，有时甚至还要"自掏腰包"予以补贴；刊物没有固定经费，所有的费用都要"自筹"；更为特殊的是，这样一个纯学术刊物，长达40年的办刊历史，居然没有申请到刊号。

《诗探索》的编者无时无刻不在"求人"，由于没有刊号，只能用书号出版，求出版社少收点儿出版补贴，一家出版社接着一家出版社，"求"一次，办几期或十几期，再"求"，再换一家出版社。岁月过得"有点惨"，却也是"人不堪其忧，回也不改其乐"！我作为创刊主编，看到大家为刊物奔波辛苦，有时不免心疼，想，我们已尽力了，我们当然想坚持，要是客观情势不允许，我也可以学徐志摩前辈那样昭告天下：《诗探索》放假！但是这刊物却真是"命硬"，几次都是遇到"贵人"搭救，然后"绝处逢生""柳暗花明"！《诗探索》创造了一个奇迹，不拿公家一分钱，不要一个编制，不要刊号，也没有一间办公室，居然坚持到今天，足足40年。

而我，已经打好"腹稿"的，而且随时准备发表的《诗探索放假》的文章，却是始终派不上用场！《诗探索》坚持"在岗"，坚持站在诗学探索的前沿，为中国现代诗歌的繁荣发展自觉地守望和探求！时间过得真快，不觉40年匆匆过去。早先创刊的"元老"们约定，只要健康和精力许可，依然坚持他们的"义务劳动"，做《诗探索》忠实的永远的"志愿者"。

我们见证一个时代

亲爱的《诗探索》同人是我们同甘苦、共患难的朋友。我们有幸共同走过，有幸一起聚过、奋斗过，我们快乐过也痛苦过。我们有幸共同见证了诗歌复兴的新时代，我们共同见证了一个伟大的繁荣的时代。

请允许我在这文章的最后表达我对朋友的"不忘",我的敬意和感谢。

深情缅怀——我们的好友,为《诗探索》的出版、编辑作出过贡献的钟文、刘士杰。

深情感谢——在不同时期为《诗探索》的出版作出过贡献,让《诗探索》转危为安的"贵人":张炯、洪子诚、白烨、张仃、石虎、于炼、郭栋、臧博平、张洪波、刘鸿、潘洗尘、庞俭克、赵敏俐、徐伟、苏历铭、邹进。

深情感谢——《诗探索》的编辑队伍:杨匡汉、吴思敬、林莽、王光明、刘福春、陈旭光、张桃洲、王士强、徐丽松、陈亮、谈雅丽。

深情感谢——《诗探索》的出版单位:四川人民出版社、中国社会科学出版社、首都师范大学出版社、天津社会科学院出版社、时代文艺出版社、九州出版社、漓江出版社、作家出版社。

2020 年 7 月 1 日于北京大学

目录

001　序 / 张桃洲

001　绪　论

012　第一章　《诗探索》的创办与发展
012　　第一节　《诗探索》的诞生
027　　第二节　《诗探索》的历史沿革与定位

051　第二章　独立批评空间的开辟：介入"朦胧诗"论争
052　　第一节　缘起
061　　第二节　介入的维度

091　第三章　新的"学院批评"的重建：1990 年代的诗学建设
092　　第一节　繁复的"诗歌现场"与"失语"的诗歌批评
099　　第二节　多元的诗学建设
116　　第三节　"后顾"式批评建设

132　第四章　多元化的批评观：《诗探索》与"盘峰论争"
133　　第一节　先锋诗坛的内部分化：从创作到评价
146　　第二节　世纪末的争鸣

167 第五章 "始终站在诗的前沿":新世纪以来的《诗探索》
170 第一节 "在场"的诗歌批评
192 第二节 "反思性"的诗歌观察与诗学建设

201 结　语

204 附　录
204 一、《诗探索》主编吴思敬访谈录
221 二、《诗探索·作品卷》主编林莽访谈录
230 三、《诗探索》编辑刘福春访谈录

239 **参考文献**

245 **后　记**

序

张桃洲

作为应思想解放之运而产生的首家诗歌理论刊物,《诗探索》在中国当代诗歌理论乃至当代诗歌发展过程中的重要性自不待言。如何论析、总结这份历经 40 年的刊物的独特贡献,特别是将之置放于中国当代诗歌潮流更迭的错杂背景下,合理地评价其历史功绩和意义,是一个严肃而具有学术价值的课题。不过,令人遗憾的是,除了几篇零星的评论文章外,我们迄今未见对这份刊物进行深入而系统研究的成果。今年正值《诗探索》创刊 40 周年,林琳这部全面论述该刊特点和成就的书稿的完成,可谓恰逢其时。

这部书稿着眼于《诗探索》与中国当代诗潮的互动关系,在以时间为序梳理《诗探索》办刊历程的基础上,重点探讨了这份刊物发起或介入中国当代诗歌一些重要理论议题的具体情形,及其在引导或推动相关话题逐渐深化过程中所发挥的作用。这些理论议题包括:1980 年代初的"朦胧诗"论争,创刊伊始即启动的诗歌语言研究(1990 年代更是推出多个专辑),1990 年代以后的"后朦胧诗"("后新诗潮")讨论、诗歌中的"后现代"问题辨析、"女性诗歌"讨论、"字思维"论辩,世纪之交的"盘峰论争"("知识分子写作"与"民间写作"之争),新世纪之后的网络(及"新媒体")诗歌研究、"诗与歌词"关系辨察、"中生代诗歌"探讨、"80 后诗歌"观照等。实际上,这些议题也是中国当代诗歌理论批评在过去 40 年间的主要议题,可以说《诗探索》几乎以一种"跟踪"的方式,密切关注当代诗歌理论批评的进展,深度介入当代诗歌发展的各种话题。因此,本书将该刊称为中国当代诗歌的"见证者"和"当事人",是并不为过的。

总体而言，本书具有如下几个方面的特点：

其一，准确地把握了《诗探索》的办刊定位与取向，此即该刊从一开始就秉持的"探索"理念。正如谢冕先生在他执笔的发刊词《我们需要探索》中所说"我们深愿《诗探索》是一个始终充满了首创精神的、充满了青春与朝气的探索者"，显然，"探索"首先体现为一种诗学意识和内驱力，是对鼓励"创新"的时代精神的回应，同时呼唤着诗歌创作和批评的自主与独立。该刊十分鲜明地标举"探索"，为诗歌和诗人的奋进摇旗呐喊。不过另一方面，《我们需要探索》也提出："我们将在《诗探索》上体现各种不同观点的交锋……我们希望经常保持一种不同意见自由论战的热烈局面。我们想让大家都习惯于生活在这样一种艺术自由民主的空气中，从而确认这是一种正常的秩序。"这种兼容并包的开放态度，其实与对"探索"的倡导并不相悖，毋宁说正是某种开放性维护了"探索"的施行及其葆有的活力。本书谈到《诗探索》介入"朦胧诗"论争时，中肯地评析了刊物对二者关系的辩证处理：

在"朦胧诗"论争中，它以先锋的姿态出场，开辟相对独立的批评空间，努力保持自身立场，为"朦胧诗"论争提供发表各方意见的平台，不受主流意识形态的影响，为多种"声音"提供发声的平台；并在论争高潮阶段，竭力保持自身的理论倾向，避免陷入感性争论和话语权力之争的泥淖，在"朦胧诗"以及相关诗论受到普遍批判的时候，倡导相对宽容的诗坛生态环境。即便是在"朦胧诗"论争演变为非诗艺探讨的批判时，它也没有随声附和地发表批判文章，而是从变味的论争中及时抽身，转向对多层次、多方位的诗歌理论建设，拓展诗歌理论研究的深度与广度，维护批评空间的独立性。

可以看到，这种开放甚至保持"中立"的做法，在《诗探索》对当代诗歌理论话题的参与过程中是一以贯之的。再如针对发生在世纪之交的"盘峰论争"及后续讨论，《诗探索》给论争双方提供了同等发言的机会和发表论文的版面。当然，也许有人认为，这种看似"不偏不倚"的态度大概显示了刊物

"守成"的一面。其实，这与《诗探索》最初确定的办刊思路有关，其对一些诗学问题的诗歌史透视，对一些被湮没的诗歌群落、资料的挖掘与整理，对新诗发展态势的持续跟踪与剖析，无不贯彻着本书所概括的"'后顾式'编辑思路"，而非一味地保持某种前驱姿态。

其二，清晰地展现了《诗探索》的栏目构成与选稿方式，对该刊一些特色栏目的分析尤为细致。以《诗探索》的《诗人论》为例，本书注意到，《诗人论》是该刊版块的重要组成部分，但它不仅仅是一个单一的栏目，而是一个栏目群，其中囊括了不同的层面及编稿宗旨：《郑敏研究》《牛汉研究》《邵燕祥研究》《昌耀研究》等是对老诗人进行研究的专辑，《关于食指》《关于北岛》《关于多多》等标题下的栏目是成名的中年诗人的论述专辑，《结识一位诗人》是对崭露头角的青年诗人的推介；此外，《姿态与尺度》里有对新的诗人现象和作品的评述，《诗歌群落》聚集新诗史上产生了影响的社团流派，新世纪之后又增加了《中生代诗人研究》《驻校诗人研究》等。这些不同层面的《诗人论》隐含了各自的问题指向，比如《中生代诗人研究》勾连着该刊对"中生代"这一命名引发的话题的关注（刊发过几组文章），"中生代"作为诗学概念较早由《江汉大学学报（人文科学版）》以"编者按"的形式提出并予以阐释，得到了《诗探索》主编吴思敬先生的热烈回应："我的意见是可以把'中生代'这个概念引入当下诗坛，但其内涵可在《江汉大学学报》'编者按'提法的基础上做适当的调整与扩展。我觉得'中生代'的含义应该单一化，即不把它看成是流派概念、诗群概念，而仅仅是作为一个断代的时间概念，在目前可定位于20世纪50—60年代出生的诗人。这样'中生代'就成了文学史时间序列叙述的一个概念。"（《当下诗歌的代际划分与"中生代"命名》，《文学评论》2007年第4期）同时，吴先生力主在《诗探索》上开设专题栏目进行探讨。

《诗探索》有着多样的选稿方式，其中一个重要的方式便是组织学术会议，或参与某些诗学活动。据本书梳理，1990年代以后，以1993年9月18日《诗探索》与北大新诗研究中心在北京文采阁举办的"'93中国现代诗学研讨会"（会上宣告了《诗探索》的复刊）为起点，该刊复刊后先后独立（或合作）举办了近30场专题研讨会（不包括为老中青诗人或作品开的研讨会）。每次会议都收获了不少稿件，这些稿件成为该刊一些专题栏目的重要稿源，如《中国当代诗史写作暨〈诗探索〉新刊座谈会》《当代女性诗歌：态势与展望》《世纪之交：中国诗歌创作态势与理论建设研讨会》[1]《中国新诗理论国际研讨会》《"字思维"与中国现代诗学》《新媒体与当代诗歌创作研讨会》《中国新诗一百年国际学术研讨会》等。值得一提的是，即使在休刊后的1986年10月，《诗探索》也还与《诗刊》联合举办了主题为"诗歌观念的变革和诗的反思"的学术研讨会。在这些会议中，《诗探索》对主题的设置、人员的安排乃至成果的预期等均显出明确的主导性，这一方面推进了相关理论话题的有序展开，另一方面以刊物和活动培养了一代代诗歌批评家：老一辈不消说，当下活跃的中青年批评家陈仲义、王光明、耿占春、程光炜、陈超、唐晓渡、孙基林、沈奇、张清华、罗振亚、陈旭光、李震、姜涛等，以及诗人批评家于坚、西川、王家新、孙文波、臧棣、西渡等，他们诗歌理论批评成就的相当部分是与这份刊物联系在一起的。由此，《诗探索》很大程度上实现了刊物创办之初许下的以团结和培养诗歌研究和评论队伍为己任的诺言。此外，该刊还吸纳了不少非专门研究诗歌的学者和评论家的文章，将不同代际、文体、领域的研究者汇集在一起，以跨界视野和别样的视角切入某些理论议题，其间不乏真知灼见。

其三，尝试了一种契合研究对象的论述方法。本书在类型上属于时下已得到一定拓展的期刊研究，采用了史述和评析相结合的行文方式。诚如本书的绪论提出，"作为载体和有效沟通诗人、诗作、读者、研究者等多方面的重要媒介，诗歌刊物在新诗的百年发展中发挥着重要的传播和联结作用。无论办刊时间长短，所采取的立场如何，编辑方式的异同，在中国新诗史上都以各自独特的方式参与着生态互动"。由此出发，本书既借鉴了常见于一般期刊研究的"外部研究"方法，辅以图形、表格、数据、分类等手段，详述不同时期的《诗探索》在编辑、出版、发行以及获得阅读和接受等环节上的情形；又充分调动了"内部研究"的优势，进入该刊发起或推进的诸种理论话题之中，缕理其中的问题脉络和研讨逻辑，同时勘察《诗探索》与其他报刊物在一些理论话题上的呼应与

---

[1] 即"盘峰会议"。

互补，由外到内呈现了该刊所构筑的论文发表和诗学言述"空间"。

翻阅本书，我不禁回忆起自己与《诗探索》的种种缘分来。那是20多年前，刚上研究生的我到隔壁宿舍串门时，见到了一本普通32开、薄薄的杂志，上面赫然印着"诗探索"三个字，我看过几页就被吸引住了，从中才知晓了湮没在历史中的"白洋淀诗群"等以前未曾听闻的诗人诗事。彼时正是因故停刊近十年的《诗探索》复刊不久，在我就读的学校有个代售点，因此我有幸能够趁便读到每期刊物。给我印象深刻的是刊物所探讨的理论话题的前沿性以及诗人、群落研究栏目背后的诗歌史构想，当时我完全未敢奢望自己有一天会成为这份刊物的作者。但如此机缘几年后降临到了我头上：我的硕士学位论文是研究冯至《十四行集》的，其中有部分章节论及"九叶派"诗人（主要是穆旦和郑敏）。一个偶然的机会我在香港《诗双月刊》某期上读到一组纪念冯至先生的文章，遂将我硕士论文的那部分内容改成一篇小文章投给了该刊，没想到竟然发表了，并由此意外收到了郑敏先生的一封热情洋溢的信（辗转收到信时我已去南大攻读博士学位）。郑先生的勉励让我受到了鼓舞，也很受感动，我集中时间系统研读了她寄赠的几种诗集，以及她在各大理论刊物上密集发表的多篇诗学文章，之后写出了一篇近两万字的论文《试论郑敏诗思与诗学言路的共通性》并寄给她，很快接到刘福春先生从北京打来的电话，告知拙文将刊发于《诗探索》1999年第1辑。得知这个消息我的喜悦之情是难以言表的，心里思忖着文字之间的因缘真是太奇妙了。之后，我留校任教后的第一年，受吴思敬先生之邀赴京参加了《诗探索》组织的诗学研讨会（记得会上蓝棣之先生开玩笑说我有点"青年学者"的样子了）。后来我调到北京，几年后竟忝列《诗探索》的编辑委员会，参与我钦敬的这份刊物的各项工作中了……

现在，这部较为系统地论述《诗探索》的专著即将付梓，我为此感到欣然。我从中仿佛重新感受到了中国当代诗歌潮起潮落所带来的振漾，也窥见了自己在前辈学者的感召和激励下跋涉于学术之路的侧影。期待此书的问世，能够为《诗探索》及中国当代诗歌理论、诗潮等研究打开一个新的入口。

庚子仲夏，于定慧寺恩济里

绪　论

文学刊物不仅紧密勾连着作家、作品、编辑、读者，更反映着社会政治、经济、文化等多方面的共生动态，是近年来中国现当代文学研究中的一大热点板块。杨义曾指出："报刊作为传播媒体，深深地影响着现代文学的写作方式、传播方式、阅读方式，以及作家的交往方式、成名方式和他与社会、与市场的关系。可以说，中国现代文学与古典文学一个最根本性的区别，是它拥有了报刊。"[1]期刊研究对中国现当代文学研究的重要意义不仅仅在于其对史料的补充，更在于它以一种还原历史现场感的方式，以其自身的独特性，从不同的角度给中国现当代文学研究的各个方面提供了新的土壤。

《诗探索》自 1980 年 12 月创刊至今，已经有近 40 年的发展历史。在这近 40 年的发展历程中，它历经坎坷。它没有固定的资金来源、没有专职的编辑成员甚至没有专属的办公场所，所有的工作人员都是义工。由于没有申请到国家批准的刊号，《诗探索》采取了以书代刊的形式出版发行，先后辗转于四川人民出版社、中国社会科学出版社、首都师范大学出版社、天津社会科学院出版社、时代文艺出版社、九州出版社、漓江出版社、作家出版社。1985 年 7 月总第 12 期出版之后，《诗探索》由于缺乏资金，是期起被迫停刊，直到 1994 年 1 月才复刊。《诗探索》在这样艰难的环境下发展至今，并且还将继续发展

---

[1]杨义：《流派研究的方法论及其当代价值》，《海南师范学院学报》2001 年第 5 期，第 14 页。

下去。困难与波折并没有消退《诗探索》对诗歌所秉持的敬意和理想的激情，它的成员始终以热忱之心，不辞辛劳地从事诗歌理论探索。

从某种意义上来说，孕育并诞生于新诗发生变革浪潮中的《诗探索》，不仅是中国新诗发展史上第一本纯诗歌理论刊物，还响应着当代新诗发展的脉动。《诗探索》以其一贯秉持的高学术品位，创立了众多独具特色的栏目，不仅从理论的层面深入诗歌研究之中，更从知识的层面拓展着当代新诗的影响，充分体现着其"学术性、理论性、知识性并重"的办刊特点。与此同时，《诗探索》以积极的姿态参与当代新诗的发展脉动：不但继承古典诗歌和新诗中的优良传统，也放眼世界，汲取外国诗歌理论中的精华，为诗歌发展提供坚实的理论支持；及时反映新诗发展态势，鼓励不同主张的"自由争论"，多视角展现诗歌发展的前沿态势。从某种意义上来说，《诗探索》不仅是当代新诗发展的"见证者"，更是积极参与其中的"当事人"。在重要的当代诗歌发展节点和重大事件中，不乏《诗探索》的身影，它以自己的方式和姿态，参与着当代新诗的发展。此外，《诗探索》对青年诗人、青年诗歌研究者的发现和鼓励，也为当代新诗的发展注入了源源不断的新血液和新动力。这样一份当代诗歌理论刊物，为广大诗人、诗歌批评家和诗歌爱好者提供了一片广阔的"沃土"。

然而，这样一份对中国当代新诗的发展有着重要意义的诗歌理论刊物，却因为种种原因，缺乏相应的关注与重视，对其现有的研究更是屈指可数。更多的诗歌研究者从《诗探索》中汲取有效的研究资料，却往往忽视了对这本已有近40年发展历史的当代首本诗歌理论刊物进行研究的意义与价值。对《诗探索》的研究不仅是必要的，而且是十分重要的。首先，深入挖掘《诗探索》，对其进行相对细致、全面的介绍，力求呈现《诗探索》的创办、发展面貌，梳理其与诗歌发展之间的互动，呈现其在中国当代诗歌史上的价值与不足，是对现有的诗歌刊物研究的一大补充。其次，由于《诗探索》是当代新诗史上首份纯诗歌理论刊物，因此对《诗探索》的研究也有利于在原始资料的基础之上，回顾诗歌发展重要阶段的历史情境，为观察当代新诗的发展动态和重要事件提供新的角度和资源。最后，由于与之相关的研究成果比较匮乏，因此，我们也希望能够在此研究的基础之上对后期的诗歌刊物研究尤其是《诗探索》研究有所启发。

对《诗探索》的研究最早可追溯到其复刊之后，程光炜在1995年第7期《山花》杂志上发表文章《诗探索：寂寞中的坚执》，不仅高度肯定和评价了《诗探索》的学术品格及办刊方针，还对《诗探索》复刊之后的特色栏目予以点评和赞赏。与此类似的还有沈奇的《纯正的、科学的、敬业的——评复刊后的〈诗探索〉》[1]。

就目前的研究成果来看，除了刊发在《诗探索·理论卷》2011年第2辑中创刊30周年纪念的相关文章[2]外，目前为止，相对比较系统的研究成果来自于姜玉琴所著的《当代先锋诗歌研究》[3]一书。在这本研究专著中，姜玉琴用一个章节的篇幅，从刊物的立场、发展沿革以及主编吴思敬三个大的方面对《诗探索》进行了整体概观。程光炜的《一个被"发掘"的诗人》[4]一文，以《诗探索》和《沉沦的圣殿》对诗人食指的"发掘"的重要助推作用，来指出1990年代之后，"再叙述"对重构"诗歌史"的参与倾向这一重要现象。

就期刊研究而言，中国现当代文学期刊研究总体上呈现出了多样化态势，主要体现在研究角度、研究对象、研究方法这三个方面。针对期刊的研究，众多的研究者在长时间的摸索与探求中，不断开辟着期刊研究的不同角度和方法，在史料梳理的基础之上，相对比较常见的有以下几种：

首先，最为常见的是针对某一具体刊物进行整体感观。不仅对刊物的发展历程进行了梳理，更是整体把握刊物的编辑特色、基本定位和品格及其在文学史中的动态等多方面。例如曾令存的《1948—1949：〈大众文艺丛刊〉》[5]，李怡

---

[1] 沈奇：《纯正的、科学的、敬业的——评复刊后的〈诗探索〉》，《诗潮》1995年第11—12期。
[2] 在《诗探索》创刊30周年纪念之际，《诗探索》举办了座谈会，并在2011年第2辑的理论卷上开设30周年纪念专栏，共刊发4篇文章。这4篇文章也成为目前《诗探索》研究的重要资料，分别是谢冕的《为梦想和激情的时代作证——纪念〈诗探索〉创刊30周年》、杨匡汉的《〈诗探索〉草创期的流光疏影》、刘福春的《〈诗探索〉纪事》、王夫刚的《坚持民间立场 恪守诗歌精神——〈诗探索〉创刊30周年座谈会纪要》。
[3] 姜玉琴：《当代先锋诗歌研究》，复旦大学出版社2013年版。
[4] 载《新诗评论》2005年第2辑，北京大学出版社2005年版。
[5] 载《中国现代文学研究丛刊》2005年第3期。

的《〈甲寅〉月刊：五四新文学运动的思想先声》[1]等。吴晓东的《〈现代〉：中国杂志史上的一个"准神话"》[2]一文从《现代》杂志的基本定位、办刊方略、"现代性"、编辑方针、营销策略、宣传手段等多方面，全方位地对《现代》进行了整体上的考察。除了整体感观之外，对刊物的具体栏目进行考察是比较活跃的研究角度之一，有的研究还以某一具体栏目为视点辐射整个刊物的面貌。在针对刊物的具体栏目的研究成果中，比较具有代表性的是有关《新青年》通信栏目的研究。例如李宪瑜的《"公共空间"与"自己的园地"：〈新青年〉杂志"通信"栏》[3]，该文主要是围绕《新青年》杂志中的《通信》一栏，以文本细读为基础，以编者与读者之间的互动为主要研究对象，对其中所讨论的话题、编辑方针、发展演变、文体及其他等方面进行研究，以此来辐射《新青年》，凸显《通信》栏目对《新青年》研究的重要意义，同时展现了其不可忽略的思想史意义以及重塑历史现场的重要价值。

其次，从思想史层面对期刊进行解读。例如陈平原的《思想史视野中的文学——〈新青年〉研究（上、下）》[4]。此外，从社团流派的角度来考察刊物也是重要的角度之一，尤其是在一些具有"同人"性质的刊物研究中更为明显。例如，王晓明的《一份杂志和一个"社团"——重识"五四"文学传统》[5]，就在对《新青年》的整体观照之中，更注重了其重要的"同人"性质，将文学研究会这个团体的重要性提到与《新青年》本身同等重要的地位上来，同时考察研究了《新青年》和文学研究会对文学文本的产生和流传，以及如何影响现代文学发展等问题。此外，陈旭光[6]、马以鑫[7]等人也发文参与了《现代》杂志与现

---

[1] 载《中国现代文学研究丛刊》2005年第4期。
[2] 载《中国政法大学学报》2014年第1期。
[3] 载《中国现代文学研究丛刊》2002年第3期。
[4] 载《中国现代文学研究丛刊》2002年第3期、2003年第1期。
[5] 载《上海文学》1993年第4期。
[6] 陈旭光：《"无数歧途中一条浩浩荡荡的大路"——重读〈现代〉杂志兼论"现代派"诗的诗学思想》，《北京大学学报（哲学社会科学版）》1998年第5期。
[7] 马以鑫：《〈现代〉杂志与现代派文学》，《华东师范大学学报（哲学社会科学版）》1994年第6期。

代派文学之间的讨论。

当然，除了上述角度之外，编辑团体或者某一重要编辑成员与刊物之间的关系也是期刊研究的重要角度。编者的文学观念在一定程度上对刊物发展起着重大的导向作用，对于具有相对固定编辑团体的文学刊物而言，这种影响更为深厚，编者为刊物发展所付出的心血和努力也影响着刊物的品质。在客观的社会政治、经济、文化背景下，编辑团体所采取的编辑方针往往决定这一刊物的品格和立场，选稿、审稿方式和标准也影响着刊物的学术品位。因此，从编辑的角度入手来考察期刊的研究成果并不在少数，张生发表在《文艺争鸣》2002年第2期上的文章《从施蛰存的编辑理念看〈现代〉杂志的特征》。此外，以回归历史现场感的方式来考察刊物以及与刊物相关的作家、作品等，梳理刊物与文学发展之间的双向影响，也成为一个重要的研究视角，例如，刘淑玲于2004年在河北教育出版社出版的《〈大公报〉与中国现代文学》。

此外，由于文学与出版、传媒之间的紧密联系，以及大众文化的不断发展，针对现当代文学的期刊研究也出现了跨学科跨领域的交叉渗透现象，以传播学、出版、大众文化视角来对文学期刊进行观照的研究成果并不鲜见，尤其是结合哈贝马斯的"公共空间"理论进行的研究得到了不少响应，例如李欧梵的《"批评空间"的开创——从〈申报·自由谈〉谈起》[1]。董丽敏的《文化场域、左翼政治与自由主义——重识〈现代〉杂志的基本立场》[2]一文则是对以往以"公共空间"理论为依托，将《现代》杂志简单定位为"去政治化"这一已有研究成果的质疑，并结合了对刊物的全面考察，指出了在"去政治化"表层之下隐藏的"文化政治"才是其真正的基本立场。

最后，除了上述针对具体某一刊物所进行的研究外，也有一部分研究者对中国现当代文学期刊整体进行概观，例如郭剑敏《当代文学学科视域下的文

---

[1] 原载于香港《二十一世纪》1993年10月号，收入王晓明主编：《批评空间的开创：二十世纪中国文学研究》，东方出版中心1998年版。
[2] 载《社会科学》2007年第3期。

学期刊及史料价值》[1]。在期刊研究持续走热、研究成果日益增多的情况下,针对期刊研究的反观也开始出现,全国文学批评期刊与当代文学走向学术研讨会相应地举行。更有兰州大学博士李明德将文学期刊研究作为毕业论文,写下了《当代中国文化语境中的文学期刊研究》(2006年),相应的单篇[2]研究成果也不鲜见。

从目前现有的研究成果来看,对中国现当代文学的期刊研究总体上呈现出现代文学期刊研究较多、当代文学期刊研究相对偏少的现状,其中对一些重点刊物集中研究也较为明显。例如,《新青年》《现代》《语丝》《晨报副刊》《小说月报》《大公报》文艺副刊,等等,在期刊研究的硕博论文中,选取这些刊物作为研究对象的成果也占据了大多数。此外,大多数的硕博论文采取的还是以史料梳理为基础的整体观照。由于《诗探索》是一本纯诗歌理论刊物,因此梳理诗歌刊物的研究现状也十分必要。作为载体和有效沟通诗人、诗作、读者、研究者等多方面的重要媒介,诗歌刊物在新诗的百年发展中发挥着重要的传播和联结作用。无论办刊时间长短、所采取的立场如何、编辑方式的异同,它们在中国新诗史上都以各自独特的方式参与着生态互动。在现有的现当代文学期刊研究景观中,与诗歌相关的刊物研究也占有一席之地,但就目前诗歌刊物研究的现状而言,还有很大的空间和空白亟待开拓和补充。就现有的研究成果来看,对诗歌刊物的研究主要表现在以下诸多方面。

史料梳理是期刊研究的基础,在诗歌刊物研究中,一部分诗歌刊物尤其是早期出版的诗歌刊物,有的时间久远,有的办刊时间并不长,有的影响范围较为有限,缺乏相应的研究资料。因此,与刊物相关的史料梳理和发掘便成为比较基础的研究,这些成果有的来自于原刊相关编辑人员的回忆,有的来自于后来者的资料搜集与整理。从发表的情况上来说,相当一部分史料梳理的成果发

---

[1] 载《福建论坛(人文社会科学版)》2011年第8期。
[2] 如杨经建的《文学期刊的现状及其发展趋势》(载《湖南师范大学社会科学报》1995年第2期)、黄发有的《文学期刊与当代文学环境》(载《社会科学》2014年第5期)等等。

表于《新文学史料》，如赛先艾的《〈晨报诗刊〉的始终》[1]，李白英的《谈〈榴花〉诗刊》[2]，谈丘琴的《〈诗歌杂志〉漫忆》[3]，吴奔星的《〈小雅〉诗刊漫忆》[4]，子张、吕剑的《〈诗刊〉创刊前后》[5]等。

在史料梳理的基础之上，选取具有典型意义的角度对诗歌刊物进行整体上的把握和分析，是目前现有的诗歌刊物研究中，相对较为系统和比较能够对刊物的面貌有所概观的一种研究方式。就目前现状来看，这一类的研究成果相对集中于各大高校的硕博论文之中，如首都师范大学连敏博士的学位论文《〈诗刊〉1957—1964研究》(2007年)。该文从《诗刊》的创办、编辑、史料及办刊人员的回忆等多方面，对《诗刊》进行相对细致的基本把握，此外还以"反右派"和"大跃进"这两个典型的运动为文化语境，以《诗刊》中相关的作品文本为考察对象，梳理了《诗刊》和1957年至1964年间的社会主义文艺。这篇博士学位论文也引起了一些反响，甚至可以说成为《诗刊》研究中早期比较具有代表性和参考价值的范例，并在后期也成了研究对象。《诗刊》的整体性研究成果相对其他诗歌刊物而言较多。此外，关于诗歌刊物的整体研究还有朱晓进的《在诗海里，这里也有一片帆——略论〈诗帆〉诗歌的成就》[6]，刘成才的《"大"时代中的"小"刊物：一九五七年的〈星星〉诗刊》[7]，张伟栋的《〈小杂志〉：不断挖掘新人的民刊》[8]，等等。

同样，除了整体性的研究外，深入诗歌刊物内部选取刊物的重要栏目，将其作为透视诗歌刊物的角度，这种研究手法也比较常见。运用这种手法的研究成果既有单篇的期刊论文，也有硕博士学位论文。例如，连敏、王旭的《〈诗

---

[1] 载《新文学史料》1979年第3期。
[2] 载《新文学史料》1980年第3期。
[3] 载《新文学史料》1980年第4期。
[4] 载《新文学史料》1983年第1期。
[5] 载《新文学史料》2010年第1期。
[6] 载《南京师范大学学报(社会科学版)》1988年第3期。
[7] 载《文艺研究》2009年第11期。
[8] 载《诗林》2008年第4期。

刊〉(1957—1964)"编后记"的社会学解读》[1]，陈宗俊的《在"言说"和"沉默"之间——〈诗刊〉(1957—1964)"编者按"研究》[2]，等等。除了以刊物的栏目为视角来进行解读之外，选取刊物的某一个重要特点或者与其相关的特殊事件为切入点，对诗歌刊物进行解读，是目前研究成果中比较有限的一个板块。就现有的研究成果而言，2007年福建师范大学硕士巫洪亮的学位论文《想象的"工农兵"与"工农兵"的想象——〈诗刊〉(1957—1964)"工农兵诗歌"研究》，选取了《诗刊》诗歌世界中的一大重要意象——"工农兵"意象为主要研究对象，通过对其想象方式和"工农兵"意象的价值变化过程的把握，探索"十七年"革命现实主义在文学创作中的具体表现，以及这种特殊的文学现象与大的时代文化语境之间的复杂关系。

此外，编辑、出版也是众多研究者绕不开的一个视角，这与期刊本身的生产有着密切的联系。对于诗歌刊物而言，只从编辑出版角度对刊物进行考察的研究成果比较有限，编辑出版更多的是作为考察期刊的重要角度，参与对刊物的整体讨论之中。就目前的研究成果而言，有商金林的《叶圣陶与我国第一个新诗刊物〈诗〉月刊》[3]，王珂的《检讨新诗理论家、文学教授和诗歌编辑》[4]等。其中，王珂的这篇文章是将诗歌编辑作为考察当下诗歌理论研究和诗歌教育的视角之一，指出了总体上诗歌刊物编辑出现的一些值得注意的问题。也有部分研究者对出版社与诗歌刊物之间的联系进行考察，例如2009年华东师范大学黄颖的硕士学位论文《星群出版社及其〈诗创造〉〈中国新诗〉研究》。这篇论文从星群出版社出发，并以其标志性刊物《诗创造》和《中国新诗》为主要研究对象，对两份诗歌刊物进行了较为细致的探索。

将诗歌刊物放置在较大的时代文化语境中进行考察，或探讨诗歌刊物与具体的诗歌潮流之间的互动状态，是目前现有研究中相对薄弱的环节。在现有的

---

[1] 载《河南大学学报（社会科学版）》2006年7月。
[2] 载《安徽大学学报（哲学社会科学版）》2013年第5期。
[3] 载《北京大学学报（哲学社会科学版）》1994年第6期。
[4] 载《南方文坛》2004年第2期。

研究中，以单篇的期刊论文居多，如向卫国的《天涯诗说——从〈天涯〉杂志与诗歌"互动"看当代诗歌的发展》[1]、黄平的《新时期文学的发生——以〈今天〉杂志为中心》[2]，等等。2009年暨南大学博士张志国的学位论文《〈今天〉与朦胧诗的发生》以《今天》为原点来考察朦胧诗潮的发生。

除了上述一些研究角度之外，随着期刊研究的逐渐"升温"，诗歌刊物研究领域也随之不断地被开垦。但是，总体上来说，现有的研究呈现出研究对象集中化的特点，《诗刊》《星星》《今天》《诗》月刊成为炙手可热的研究对象，而其他的诗歌刊物被关注的程度较低，可以说还有极大的研究空间可供发掘，也有很多诗歌刊物需要被引起重视。

从整体上来看，在目前现有的刊物研究成果之中，相比于《新青年》《语丝》《新月》《现代》等比较受关注的现代文学期刊以及《诗刊》《星星》等较为炙手可热的当代诗歌刊物，由于多种因素的影响，对《诗探索》的研究处于相对冷清的状态。现有的研究成果也十分有限，尤其是立足于刊物本身，有关《诗探索》的系统、细致研究更是几乎空白。正是有感于《诗探索》对诗歌发展所做出的突出贡献与其研究现状的薄弱所形成的巨大反差，以及其在当代新诗发展中不可忽视的意义与价值，本书希望能够力图呈现出《诗探索》的发展状态，探讨其与中国当代诗潮之间的互动关系。

本书以《诗探索》为研究对象，主要探讨自创刊起到新世纪之间的《诗探索》与中国当代诗潮之间的互动。一方面，自1980年到2020年，《诗探索》已有40年的发展历史，这一阶段是《诗探索》自身发展的重要时期和关键阶段。在新世纪初期，《诗探索》自身遇到了一定的出版危机，导致刊物出版的有效性大大降低；此外经历改版等变动，改版之后的《诗探索》也展现出了新的风貌。另一方面，诗歌发展在进入新世纪以后，民刊、网络等媒介新起繁荣，尤其是网络的繁荣发展导致诗歌也展现出了不同于以往依赖纸媒传播的全新态势。在具体的研究过程中，本书不是去首先预设一个理论框架，再收集材

---

[1] 载《诗探索》2004年第3—4辑。
[2] 载《海南师范大学学报（社会科学版）》2007年第3期。

料进行佐证，但也并非单纯的史料梳理；而是以《诗探索》为出发点和重心，从阅读原始文献出发，先对其自身进行微观把握，以史料梳理为基础，带着一定的问题意识，以客观的立场尽可能本真地展现《诗探索》在中国当代诗歌发展中的风貌，将研究层面逐层铺开。首先，考察《诗探索》的历史发展与沿革，对刊物的创办与发展、品格和定位等方面进行介绍；其次，总结其编辑特色和栏目景观，对重点栏目进行分类、梳理；最后，将视角从微观拉至宏观，将《诗探索》放置在当代诗歌发展的动态之中来，探讨其与中国当代诗歌发展之间的互动状态。

第一章将在史料梳理的基础上进行展开，围绕《诗探索》的创办与发展对之进行基本介绍，为后文的深入探讨打好基石。首先，将在史料梳理的基础上尽可能地还原《诗探索》创刊之时的历史情境，从社会思想环境、诗坛状态等方面分析《诗探索》在1980年末诞生的多方面因素。由于《诗探索》的创刊与1980年的"南宁诗会"有着直接的联系，因此，在梳理了创刊之时的大环境后，围绕"南宁诗会"并结合当时的诗坛动态和相关文章，梳理《诗探索》诞生时的具体情境。其次，对《诗探索》的历史沿革和基本情况进行把握。梳理《诗探索》的发展脉络，对编辑人员、栏目设置、发表情况进行介绍；考察编辑团体为刊物的发展奠定了怎样的基础，并在此基础之上，结合创刊号以及30周年回顾的系列文章，对刊物的定位进行总结和把握。

由于《诗探索》与当代新诗潮之间存在着紧密的互动关系，本书也重在探讨在中国当代新诗潮的历史发展中《诗探索》的定位。因此，第二章将在文本细读的基础之上，从《诗探索》与"朦胧诗"论争之间的互动情况进行把握。首先，梳理了"朦胧诗"论争爆发的背景，结合《诗探索》的出场以及"定福庄"会议，为探讨《诗探索》参与"朦胧诗"论争打下基础。其次，从《诗探索》"青年诗人笔谈"系列文章谈起，分析在这场论争中，《诗探索》所展现的姿态和所采取的立场倾向。最后，重点以《新诗发展问题探讨》一栏为主要观察对象，并结合《诗窗》等栏目，细致分析《诗探索》参与"朦胧诗"论争的具体方式。此外，探讨《诗探索》在"朦胧诗"论争后期所采取的理论研究转向的原因及意义。

第三章将主要观察对象放置在复刊之后的《诗探索》上，考察复刊之后的《诗探索》在诗学建设上所做的努力以及其对"第三代"诗歌的观察。首先梳理《诗探索》复刊之后进行诗学理论建设的背景。在1990年代复刊之后，《诗探索》便采取了一系列的举措来对"第三代"诗歌进行考察，设立了相关的专题，对相关诗学话题进行探究，以弥补"缺席"的遗憾。而这样的考究工作主要是在其整体的诗歌理论建设的设想下去完成的。因此，从诗学建设的角度，对其开展的多元化的诗学建设工作进行梳理，并重点探讨其"后顾式"的批评建设工作的积极意义。

第四章将关注的重点放在世纪末的争鸣上。在世纪末先锋诗坛内部爆发的重大诗歌事件——"盘峰论争"中，《诗探索》是重要参与者，因此也将在诗歌理论建设梳理基础之上，重点从《诗探索》的角度对该事件进行审视，并在对比其他刊物的参与情况下，重点探讨《诗探索》自身在此次事件中的角色和立场。

第五章则以《中生代诗人研究》和《中国新诗：新世纪十年回顾与反思》两大栏目为切入点，讨论了新世纪以来《诗探索》"始终站在诗的前沿"的努力。

第一章 《诗探索》的创办与发展

《诗探索》诞生于 1980 年末,这并不是一个偶然的事件。它的出现有着多方面的原因。首先,自"四人帮"被打倒以后,全国进行了一系列"拨乱反正"工作,思想得到了解放,政策上相对活泛。伴随着"归来"诗人们的复出和一批青年诗人的崭露头角,诗坛逐渐开始活跃,《诗刊》《文艺报》《星星》相继复刊,《今天》也于 1978 年底创办。其次,尽管由于出版业方面的问题,出现了所谓的"诗歌危机"的说法和讨论,但是实际上新诗发展却是逐步进入一个高潮阶段。在相对宽松的环境中,一批曾经经历了"上山下乡"的知识青年将诗歌创作带回了城市,并逐渐在诗坛中显露锋芒。伴随着诗歌民刊《今天》的创办,青年诗人的诗作被广泛传播和探讨;随着"朦胧诗"论争的兴起,中国当代新诗史上一次重要的会议——"南宁诗会"召开。这些为《诗探索》的诞生提供了重要的契机。最后,在诗歌创作不断发展的时候,诗歌理论批评却处于长期相对滞后的阶段,这也成为《诗探索》诞生的重要原因。

第一节 《诗探索》的诞生

《诗探索》的诞生有着深刻的社会思想文化背景:一方面,当时的社会正处于思想解放的酝酿之中;另一方面,诗坛虽然面临着出版等方面的困境,但是也随着诗人归来和青年诗人的崭露头角，内蕴含着蓬勃的生命力。诗坛新秀们散发出了迥乎传统的气息，面对这股新风向，诗坛内部表现出了紧张和兴奋两种情绪。正是在这样既矛盾又富有张力的情境下，一本直指诗歌理论探讨的刊物开始孕育，"南宁诗会"的召开也为《诗探索》的诞生提供了现实可能性。

一、回到 1980 年

（一）思想解放的洪流袭来

　　1976 年底，随着"四人帮"被打倒，全国展开了深入揭批"四人帮"文化专制主义的群众运动。当时尽管在形式上，抵制文化专制主义的浪潮十分激烈，但是思想上的禁锢并未因此而彻底得到松动和瓦解，"两个凡是"的方针从某种意义上来说限制了思想界和文艺界的自由。在这样的情况下，一篇重要的评论被刊发——《实践是检验真理的唯一标准》，该文随即被《人民日报》全文转载。一场关于真理标准的大讨论随之在思想界、文艺界展开了。

　　紧接着，1978 年 7 月 15 日，根据中宣部召开的中国文联第三届全国委员会第三次扩大会议上的相关决议，《文艺报》复刊了。这也意味着文艺界有了进行"拨乱反正"的阵地，同时也为文艺界的思想解放提供了基础。紧接着，各地的平反大会接连召开，对新时期出现的文学作品的探讨和关于"实践是检验真理的唯一标准"的讨论，在文艺界也持续发酵升温。复刊后不久，《文艺报》编辑部于 9 月 5 日在北京召开了短篇小说谈论会，在会议上对《班主任》《伤痕》《最宝贵的》等作品进行了探讨，并高度肯定了其恢复现实主义传统的意义。之后，《文艺报》编辑部还于当年的 10 月，召开了"实践是检验真理唯一标准"的座谈会，贺敬之、林默涵、沙汀[1]等人出席了这次座谈会。《文艺报》在 11 月 15 日，开辟了名为《坚持实践第一、发扬艺术民主》的专栏，发表了茅盾、巴金、沙汀等人的文章。其中，茅盾在《作家如何理解实践是检验真理的唯一标准》，指出了正确的世界观和深入生活的实践对作家而言的重要

---

[1] 李生露主编：《沙汀年谱》，四川人民出版社 1997 年版，第 294 页。

意义，肃清"四人帮"在思想上的流毒迫在眉睫，解开文艺创作的禁区，一部文艺作品塑造的成功与否也得益于反复实践反复修改。在文末，他表达了自己对当前文艺发展的看法：

> 现在"四人帮"被彻底打倒，但"四人帮"的流毒却还未肃清，在文艺战线上常常听到，对于一些敢于冲破"禁区"而深受群众欢迎的作品，发出种种非难，就是一例。
>
> 在实践是检验真理的唯一标准面前，不存在什么"禁区"，不存在什么"金科玉律"。这就为文艺事业开辟了广大法门，为作家们创造新体裁新风格乃至新的文学语言，提供了无限有利的条件。也只有这样，"百花齐放，百家争鸣"才不是一句空话。而要达到这种境界，不能靠豪情壮志，要靠实践，再实践。[1]

由此可见，文艺界在有关"实践是检验真理的唯一标准"的讨论中，已经开始敲打创作禁锢区，从思想解放的层面开始渗入文艺创作之中，鼓励文艺创作的多元性，倡导新的文学风格和语言。除此之外，《文学评论》在同年10月底也邀请了一大批不同层次的评论家、作家，在北京召开了有关"实践是检验真理的唯一标准的座谈会"，反思和总结了1949年以来文艺发展的经验，并强调实践对文艺创作和文艺理论的重大意义，提倡文艺界的社会主义民主。与会人员也纷纷表达了对相对自由、宽松的创作环境的渴求。12月5日，由《文艺报》和《文学评论》联合举办的文艺作品落实座谈会在北京召开，为一批曾经蒙受不白之冤的作家、作品平反。

就在思想解放的洪流不断酝酿的时候，1978年12月13日，邓小平在中共中央工作会议上发表讲话《解放思想，实事求是，团结一致向前看》，明确提出了思想解放的重要议题。"目前进行的关于实践是检验真理的唯一标准问

---

[1] 茅盾：《作家如何理解实践是检验真理的唯一标准》，《文艺报》1978年第5期。

题的讨论，实际上也是要不要解放思想的争论。"[1]邓小平在讲话中，指出了解放思想是当前的要务之一，坚持思想解放，破除思想僵化，冲破"两个凡是"的桎梏，开辟新时期新道路是当务之急。

这次讲话彻底宣告了"两个凡是"方针的结束，冲破思想僵化的桎梏。在此次会议之后，文艺界深入进行了"拨乱反正"。曾经确实受到蒙冤的文艺作品和文艺作家们纷纷得到平反昭雪。积压了十年之久的渴望和呼唤终于变为现实，思想解放的洪流已如奔驰的骏马一般，不可阻挡，奔腾向前。

1979年1月，《文艺报》刊发时评《解放思想迅猛前进》，文中说道：

>我们要向前看，要大步前进，就必须把束缚在我们身上的绳索砍断，把强加在我们头上的精神枷锁砸烂。我们必须把文艺界的生产力彻底地从各种条条框框中解放出来。解放生产力的关键在于解放思想，解放思想的关键在于充分发扬民主，没有充分的社会主义民主，就不能彻底认真地贯彻"双百"方针，就不能繁荣社会主义文艺创作。[2]

文学的发展和复兴也伴随着思想解放的大步前进而不断进行着。1949年以来最为隆重的文艺盛会——"中国文学艺术工作者第四次代表大会"[3]召开，文学发展自此迎来了一个崭新的阶段。沉闷了长达十年之久的文坛再度开始活跃，曾经被压抑的悲愤、苦楚、迷茫转化为蓬勃的理想主义激情，文坛如初春融冰后的春水一般，饱含着激情和理想向前发展。

（二）诗歌危机还是诗歌兴起

尽管在1970年代末，社会变革的脚步还相对缓慢，但是在思想解放的洪

---

[1] 邓小平：《解放思想，实事求是，团结一致向前看》，《邓小平文选》（第2卷），人民出版社1994年版，第143—144页。

[2] 罗荪：《罗荪近作》，四川人民出版社1980年版，第34页。

[3] 会议于1979年10月30日至11月16日在北京召开。

流席卷之下，文学的发展在稳健步伐中前进着。诗歌作为文学的重要组成部分之一，因自身的文体特点，经过短暂的修整，逐步迎来了自身发展的一个高潮阶段。1976 年 1 月，《诗刊》复刊；1978 年末，《今天》第 1 期在北京油印出刊；1979 年 1 月，《诗刊》主办的诗歌座谈会在北京召开，共有一百多名诗人和民间、民族歌手参加了这次盛会，众多与会人员达成了在诗歌创作中坚持说真话的观点，坚持抒真情，从实际出发，跟随社会实现"四个现代化"的脚步进行相应的歌颂和暴露；1979 年 10 月，《星星》诗刊在成都复刊……

自 1978 年后，诗歌发展逐步迎来了大好局面：相对活泛的环境和思想艺术上的突破与创新，"归来诗人"的逐渐复出，青年诗人以独特的姿态开始在诗坛中间逐渐引起骚动。"天安门诗歌运动"时，诗歌所持有的先锋姿态在延续，诗歌的"复兴"一时间带着复杂的情绪，成为诗坛中强烈的众望。然而，热切的期望与冷淡的诗歌市场之间却出现了强烈的反差。的确，在结束了长达十年之久的动乱之后，诗坛想要恢复元气并非是短时间内能够完成的。一方面，它自身发展时间较短，无论是与古典诗歌还是与现代诗歌相比，中国当代新诗自身相对薄弱；另一方面，受客观的社会、政治环境因素的影响，尤其是在十年的文化压制中，相对发展程度不足的当代新诗更受打击，无论是在诗歌形式还是情感方面，都被严重形式化和概念化了。一时间，市面上流传的诗歌多为喊着口号、说着大话、配合某种特殊形势的诗歌，失去了诗歌本身所应当具有的真实的情感和纯粹的诗意。因此，"文化大革命"结束之后，"诗歌'复兴'的最初努力，是对诗人的'诚实'和诗歌的'真实性'的呼求"[1]。

这种"复兴"的努力虽然渗透在了诗人们的诗歌创作中，但是读者对"文化大革命"之后的新诗，在接受上却经历了一定的过程。因此，自 1979 年开始，当代诗歌的起步，在某些方面甚至显得不尽如人意。具体表现在诗歌读者群的大量减少，诗集出版受阻，很多出版社甚至公开表示不愿意出版诗集，报刊删减或取消新诗的发表。因此，1980 年来临之时，除了伴随诗歌复兴的渴望，同时也夹杂着诗歌"危机"的说法和议论：

---

[1] 洪子诚：《中国当代文学史》，北京大学出版社 2010 年版，第 270 页。

相当一段时间以来，人们都在议论所谓的诗歌危机，说是诗歌已经失去了读者，诗集卖不出去，书店拒绝进货，有几家出版社已经明确宣布，不再接受诗稿，专门发表诗歌作品的刊物订户有所减少，有的诗人感到失望，准备搁笔不写，等等。[1]

最近，从报刊中、会议上，不断听到有诗人和评论家的声音大声疾呼：新诗产生了"危机"，要救救新诗。原因是，新诗的读者少了，报刊和出版社都在删减和取消新诗的发表与出版。[2]

这种所谓的"诗歌危机"话题，在当时可是引起了不小的讨论，刘登翰更是将其称为"一个传染性的话题"：

从去年以来，新诗的危机成了一个传染性的话题。不仅读者在谈，编者在谈，连诗人自己也议论纷纷。新诗没人看，新诗出现了信任危机，诗的悲剧……问题似乎尖锐到担心新诗会不会被淘汰的地步。而另一方面，一些热心的爱诗的同志，在对新诗作了充分的估价之后，对新诗在1979年所遭到的过分非难和不公正的待遇表示不平。他们埋怨新诗交了倒霉运，甚至进行民意测验来证明新诗读者的广泛性。[3]

这一时期所产生的诗歌"危机"的讨论，与1980年代末开始的诗歌逐渐边缘化的境况是不同的。对于这一时期的诗歌"危机"现象，刘登翰进行了深入分析：首先，在诗歌创作中，诗与政治之间的关系把握得不够恰当，使得诗歌丧失其本身应有的独立的艺术生命力；其次，从诗与生活的关系上来说，日

---

[1] 公刘:《从"诗歌危机"谈起》，载全国当代诗歌讨论会编:《新诗的现状与展望》，广西人民出版社1981年版，第19页。

[2] 吴开晋:《新诗的现状与发展》，载《新时期文学探索——中国当代文学研究会第二次学术讨论会文选》，云南人民出版社1981年版，第429页。

[3] 刘登翰:《新诗的繁荣和危机》，载全国当代诗歌讨论会编:《新诗的现状与展望》，广西人民出版社1981年版，第51页。

益复杂丰富的现实生活给予了小说和戏剧更多的艺术空间和描写对象，而诗歌面对复杂现实生活却往往无所适从；再次，必须尊重诗歌反映生活的特殊规律，诗歌中不能否定和排斥"自我"形象，不能没有诗人的自我形象；最后，在继承古典诗歌和民歌的同时，我们不能忽视对外国诗歌艺术的良性借鉴。面对"诗歌危机"的话题，尽管某些诗集减少出版等情况确实存在，但是我们却不能因此就论断诗歌走向"危机"甚至诗歌面临"终结"。可以说，尽管在当时不少人谈论着诗歌"危机"的种种迹象，但是大多数人们对诗歌"危机"的说法，更多的只是肯定诗歌在出版发表方面遇到的瓶颈，却否认诗歌面临着危机。多数人对诗歌的发展前景保持着乐观积极的态度。事实上，诗歌的发展也的确是渐入佳境：

> 文学的人民性，战斗性和真实性的传统，在诗歌中得到恢复和发扬……诗歌的品种和题材、形式、风格也空前地多样化。诗歌队伍更空前地壮大。[1]
>
> 思想的解放必然带来艺术的解放。1979年的诗歌创作，在这方面也有了新的突破。首先是诗人的艺术个性初步得到了解放。诗歌中诗人的自我形象重新得到了肯定。诗人通过抒发自己内心世界的独特感受，来表达他对客观世界的认识，开始使诗歌摆脱了机械地模拟生活，千人一面，万口同腔的倾向，初步出现了独具个性的多样的艺术风格……在诗歌的艺术样式上，也出现了前所未有的繁茂。不仅讽刺诗恢复了应有的锋芒，爱情诗和风景诗在探索人的心灵美的音程上，开始奏出柔美的和弦。[2]

从诗歌创作方面来说，一批"归来诗人"和以"朦胧诗人"为主的青年诗

---

[1] 张炯：《有益的探讨，丰硕的收获（代前言）》，载全国当代诗歌讨论会编：《新诗的现状与展望》，广西人民出版社1981年版，第9—10页。

[2] 刘登翰：《新诗的繁荣和危机》，载全国当代诗歌讨论会编：《新诗的现状与展望》，广西人民出版社1981年版，第57页。

人构成了诗歌生产的主力军。一方面，诗歌的社会功能依然在强化，诞生了一批广受欢迎的作品；另一方面，突出"自我"面向诗歌艺术本身的诗作也引起了强烈的反响。从诗歌出版与发表来说，尽管出现了不少关于诗集出版和诗歌发表减少的议论和说法，但是并不意味着在1980年左右诗歌发表和结集出版处于空白状况。据不完全统计，仅1979—1980年间，出版的诗集有180多本。[1]诗歌创作与发表如火如荼，诗歌刊物的数量却很有限，除了《诗刊》《星星》《今天》之外，纯粹的诗歌刊物寥寥无几；有关诗歌的讨论与评介，也基本上是零星地发表在《诗刊》《星星》《文学评论》等刊物上。尽管伴随着"朦胧诗"的作品发表而反响不断，但是诗歌理论研究的节奏似乎慢了一些。究其原因，不难发现在诗歌讨论如火如荼的时期，能够供诗人、读者、研究者共同交流和产生碰撞的园地十分有限。

由于当时诗坛缺少专门的诗歌理论刊物，有关"朦胧诗"的讨论便只是零星地登载在不同的刊物上。虽然《福建文艺》于1980年2月开辟了《关于新诗创作问题的讨论》一栏，集中刊发了一些相关的评论。但是，该栏却没能长期保留。1980年4月，"南宁诗会"之后，关于"朦胧诗"的论争愈演愈烈，但是能够供大家发表意见的园地却很有限。因此，增创诗歌刊物成为当代诗歌发展的一种内在需求。诗歌刊物开始逐渐地增多。等到1985年左右，除了早已创立的诗歌刊物外，还新增了《诗歌通讯》《诗神》《诗潮》《绿风》《华夏诗报》《诗选刊》等。"20世纪中国新文学的历史，是以'运动'的方式展开的历史。新诗也不例外，甚或表现得更加明显。……'文化大革命'后的诗歌运动在性质、方式上的重要变化是：第一，'运动'特别集中在'新诗潮'内部。第二，越来越近于那种通过刊物（包括编选诗歌选本、诗歌年鉴）组织社团、建立流派、发表宣言的方式。"[2]

正是在这样的情形之下，《诗探索》创立于1980年末。从某种意义上来说，在中国当代新诗诞生以来，专业的诗歌理论研究人员与诗歌创作比重的严

---

[1] 本数据根据刘福春的《中国新诗编年史》（人民文学出版社2013年版）的有关记载统计得出。
[2] 洪子诚、刘登翰：《中国当代新诗史》，北京大学出版社2010年版，第139页。

重失衡和诗歌批评园地的狭小有限，导致了当时诗歌理论批评与诗歌创作严重脱节。这也正是《诗探索》诞生于1980年末的重要原因。在1980年代初，呼吁建设诗歌理论和诗歌评论的呼声并不是孤独的，而是得到了很多的认同和响应，尤其是在诗歌发表和出版逐渐得到改善之后。在1980年4月的"南宁诗会"上，就出现了有关加强诗歌理论建设的提议和观点。而这次会议的召开，创造了《诗探索》诞生的多方面有利因素，也直接促成《诗探索》的诞生。

二、"南宁诗会"与《诗探索》的创办

（一）一次重要的会议

1980年4月，正是广西南宁鸟语花香、景色怡人的时候。中国当代文学研究会决定于1980年4月7日至22日，在广西南宁召开"全国当代诗歌讨论会"[1]。来自全国二十几个省市的诗人、诗歌研究者和编辑等共计一百余人[2]纷纷赶赴广西，参加了这次讨论会。《诗刊》《星星》《文艺报》《光明日报》《长江文艺》《哈尔滨文艺》以及人民文学出版社、外文出版社、中国民间文学研究会等都派出了编辑代表参加这次会议。因故未能到场的贺敬之、臧克家等纷纷发来了贺电和贺信。

据杨匡汉回忆，"南宁诗会"成立了当时的会议领导小组：

> 公木、公刘、方冰、包玉堂、冯中一、沙鸥、张炯、杨匡汉、晓雪、秦似、梁其彦、雁翼、谢冕。讨论分四个组，召集人分别为晓雪、丁力

---

[1] 这次会议由中国社会科学院文学研究所、中国当代文学研究会、北京大学中文系、中国作家协会广西分会、广西大学中文系和广西民族学院中文系联合主办。

[2] 据现有资料显示，参加"南宁诗会"的具体人数有待进一步考证。目前存在两种说法，据《星星》1980年第7期收录的《全国当代诗歌讨论会纪要》以及刘福春的《中国新诗编年史》记载为"八十余人"。此外，全国当代诗歌讨论会所编的"南宁诗会"论文集《新诗的现状与展望》以及《星星诗刊》1980年第5期刊载的絮飞《南宁诗会纪要》均记载为"百余人"，本书参照了后者的数据。

(一组)、雁翼、宋垒(二组)、沙鸥、晏明(三组)、方冰、闻山(四组)。广西民院的胡树琨、广西大学的鲁原等人承担了繁重的会务工作。讨论会由张炯全盘统筹，并随时将会议进程向时任文学研究所常务副处长、研究会顾问陈荒煤同志通报。[1]

在这样的组织领导下，全国当代诗歌讨论会热烈展开，会上共收到学术论文30余篇，除了学术论文的交流外，此次讨论会还组织了大小会议的发言。这次会议可以说是新时期以来规模较大的一次诗歌研讨会议，后被广泛称为"南宁诗会"。"南宁诗会"主要围绕着新诗的现状、诗人的职责、诗歌的内容与形式以及新诗发展道路等问题，进行了深入探讨和热烈而广泛的学术交流。这次会议得到了多方的密切关注，例如，《广西日报》《光明日报》《人民日报》纷纷发文对这次会议进行了报道。[2]此外，1980年的《星星》先后在第5期、第7期刊载了《南宁诗会纪要》《全国当代诗歌讨论会纪要》，《文学评论》1980年第4期刊登了企吴的《全国诗歌讨论会新诗发展道路问题》，《文学研究动态》第13期刊登了由当代文学研究会秘书处供稿的《全国当代诗歌讨论会纪要》。

此外，经过与会人员的共同努力，这次研讨会也产生了一批学术论文，为了巩固这次讨论会的收获，全国当代诗歌讨论会编辑组从众多的学术论文中编选了大部分观点鲜明、具有代表性的论文，结集为《新诗的现状与展望》[3]一书并出版，该书扉页由艾青题词"新诗的现状与展望"。从这本论文集的名字可以看出，这次会议对当代新诗，尤其是粉碎"四人帮"之后的新诗发展现状的关怀和期待，对新诗发展进行有益的匡正和积极的展望是这次会议的初衷。与

---

[1] 杨匡汉：《〈诗探索〉草创期的流光疏影》，《诗探索·理论卷》2011年第2辑，第7页。

[2] 1980年4月10日《广西日报》刊出消息《当代诗歌讨论会在南宁召开》；5月9日《光明日报》刊出报道《总结三年来诗歌的成就　探索新诗发展中的问题——全国当代诗歌讨论会在南宁召开》；5月10日《光明日报》刊出消息《全国当代诗歌讨论会在广西举行》；5月21日《人民日报》刊出新华社报道《全国当代诗歌讨论会提出让诗歌鼓舞人们创造幸福美好的未来》。

[3] 1981年1月，该书由广西人民出版社出版。

会人员对新诗的现状都抱以积极乐观的态度，他们热情地参与对新诗现状的讨论，积极确认着诗人的使命。

在"南宁诗会"中，众多的诗人、学者、编辑、研究人员，不仅共同回顾了新诗在 60 年间的发展，总结了其在发展中的经验和教训，同时也就当时的诗歌创作和评论中所出现的新情况新问题进行了一定的探讨。他们首先对自粉碎"四人帮"以来的诗歌发展现状给予了肯定，认为无论是诗歌的题材、类型，还是诗歌的形式、风格，都在稳步的发展中表现出多样化的趋势。诗歌创作的队伍也在不断壮大，"归来诗人"的重新焕发，青年诗人的蓄势待发，给诗坛带来了充足的力量支撑，涌现了一批优秀的诗歌作品。其次，他们着重探讨了诗人的职责、诗歌的生命力、诗歌的内容与形式以及新诗未来的发展道路等问题。此外，也有部分与会人员对个别诗人或诗作进行了分析和点评。除此之外，一个不容忽视的议题也走入他们的视野中——对诗歌评论和诗歌理论建设的讨论。

（二）一份刊物的诞生

"南宁诗会"对诗歌评论和理论工作也提出了许多积极的意见。根据张炯的记叙，在讨论会上，与会人员普遍认为诗歌评论工作远落后于诗歌创作：

> 评论文章不但少，而且不及时，某些评论文章停留在对古代诗话的援引和摘引某些诗句加以解释，过于一般化，对创作中的新情况新问题缺乏深入的探讨，科学性不强。诗歌理论也不能说已经建立在科学的基础上，对诗歌创作的特性和规律，都研究得不够。[1]

这种情况在 1980 年代初受到了越来越多的重视，成为诗人们关注自身诗歌创作之外的另一个比较重要的问题：

---

[1] 张炯：《有益的探讨，丰硕的收获（代前言）》，载全国当代诗歌讨论会编：《新诗的现状与展望》，广西人民出版社 1981 年版，第 9—10 页。

诗歌评论远远落后于诗歌创作的实际，诗歌评论的队伍也很小。这个状况已到了非改变不可的时候了。因为它影响了中国新诗走向繁荣的速度，也影响了诗歌质量提高的速度。不重视诗歌评论的看法是不妥当的。

当前诗歌评论的情况是：三年多来发表的和出版的好诗和好诗集，很少有文章肯定。除了众所周知的几首好诗外，仿佛就没有值得一提的作品。从去年开始，这个情况有一些改变，有些省的刊物对本省的新人发表了几篇热情的文章。这是很令人鼓舞的新气象。可是，这样的文章太少了。[1]

我们的前辈诗人，从事了几十年的创作，过去由于种种原因，对他们的作品缺乏系统的、科学的研究，今天应抓紧这一工作。此外，对于新人的发现和扶植，同样是评论工作者的任务。所说的"打扮"，也就是扶植，就是施肥和浇水。对于新人的评论，不一定面面俱到。评论家的慧眼，就是要发现他们的特色，帮助他们认识自己，在创作上扬长避短；也帮助读者了解诗人，增强对他们作品的欣赏力。[2]

可见，在当时积极推进诗歌理论建设和诗歌评论工作已经成为许多诗人、评论家、编辑、研究者等与会人员的共同呼吁。这并不是临时起意的一时热情，而是在一段时间之内，诗歌评论长期落后于诗歌创作，跟不上诗歌创作的步伐所积蓄的迫切需求。缺乏对当下诗歌的及时反应与有效批评，无疑也制约着当代新诗的发展。新诗发展进入新时期后，诗坛对一份高品质、具有一定学术品位和前沿性的诗歌理论刊物的需求就更加迫切了。正是这种情境为《诗探索》的诞生敲定了基调，正如《诗探索》的发刊词所言：

有感于诗歌评论园地的狭小；有感于诗歌批评队伍的贫弱。上述两

---

[1] 沙鸥：《当前新诗的几个问题》，载全国当代诗歌讨论会编：《新诗的现状与展望》，广西人民出版社1981年版，第49页。

[2] 张志民：《给诗以公平的位置》，《新诗的转机——新诗获奖者七人谈》，《文艺报》1983年第5期。

点，与诗创作的现状极不相称。我们设想，也这么希望：《诗探索》的出现，也许将有助于略加改变这一明显的比例失调。[1]

"南宁会议"上由青年诗人诗作的讨论而引起的争论，则更是促动了中国第一份纯诗歌理论刊物——《诗探索》的应运而生。在讨论会上，与会者们对新时期以来涌现出的青年诗人们以及他们的诗歌作品进行了讨论，由此而引起了强烈的争论。一部分以丁力、闻山为代表的坚持保守诗歌观念的与会者，认为这些青年的诗作"追求闪烁不定的形象，表现朦朦胧胧的思想，诗风艰涩隐晦，显然受到西方象征派、现代派手法的影响，是不足取的"[2]。而另外一部分以谢冕、孙绍振为代表，赞成和鼓励这批青年诗人诗作，则主张解放思想、勇于探索："这情况之所以让人兴奋，是因为在某些方面它的气氛与五四当年的气氛酷似。它带来了万象纷呈的新气象，也带来了令人瞠目的'怪'现象。"[3]还有一部分人则认为应当具体问题具体分析，不应该以偏概全，既不能全盘否定，也不能全盘肯定。在大会上，关于"古怪诗"的争论十分激烈，这种争论也没有随着会议的结束而结束，而是有着愈演愈烈的趋势。在大会上由青年诗人诗作而引起的论争，也进一步促使了以张炯、谢冕、杨匡汉等为代表的与会人员产生了创办一份诗歌理论刊物的想法。一方面，是配合诗歌创作，深入开展诗歌理论研究，促进新诗发展；另一方面，为诗坛上有关诗歌发展所引起的争论提供一个发表观点的平台，记录诗歌发展的轨迹。

据杨匡汉回忆，创办这样一个诗歌理论刊物的想法，在"南宁诗会"的南宁阶段结束（1980年4月10日）的头天晚上，便萌发了：

> 张炯和我同处一屋，细聊会议总结的内容，议了提纲，长谈至凌晨

---

[1] 本刊编辑部：《我们需要探索》，《诗探索》1980年第1期，第4页。

[2] 张炯：《有益的探讨，丰硕的收获（代前言）》，载全国当代诗歌讨论会编：《新诗的现状与展望》，广西人民出版社1981年版，第8页。

[3] 谢冕：《在新的崛起面前》，《光明日报》1980年5月7日。

一点半。聊的过程中产生了办一个诗歌理论刊物的想法。次日,张炯为诗会做了全面、周详的总结。下午自由活动,张炯、谢冕、雁翼、白航和我一起同游南宁公园,在椰子树下的林荫路上散步,留下一张并排潇洒前行的合影(存有老照片)。不过,最难忘的是漫步时议论创办诗歌理论刊物及其命名问题。"诗歌理论研究"?"新诗美学"?"中国诗学"?等,均不理想。还是诗人雁翼灵感飞动:《诗探索》如何?"众口一致称好,就这么在南宁公园定了下来。[1]

只有不断地进行探索,诗歌才能前进,从古至今都是如此。而当时,面对思想解放洪流的席卷和诗歌争论开始四起的状况,坚持探索的精神,拒绝故步自封,紧跟诗歌发展的潮流,推动诗歌不断向前发展,应当是当时所有发起人的共同心愿和初衷。这样的初心也充分展现在了对这份诗歌理论刊物的命名上。在命名得以确立之后,《诗探索》的创办工作也开始进行了:联系出版社、成立编委会、确定具体栏目等创刊工作相继展开。一群饱含着诗歌热情的同人,积极地为这份刊物的创办牵线搭桥。在陈荒煤的介绍下,张炯和谢冕共同赶往成都,希望能通过此行解决刊物的出版问题。在成都,他们与当时的四川人民出版社社长李致取得了联系,并获得了四川人民出版社的大力支持。同时,当时在成都大学任教的钟文,主动请缨担任了《诗探索》在四川的编辑联络与校对工作。至此,《诗探索》的出版有了眉目。

《诗探索》的筹备会是在1980年7月举行的。在崇文门社科宾馆的一间地下室里,由张炯发起,朱寨参与指导的这次《诗探索》筹备会,确定了编委会成员:丁力、公木、公刘、尹一之、易征、孙绍振、宋垒、沙鸥、杨匡汉、闻山、张炯、唐祈、袁可嘉、晓雪、雁翼、谢冕。同时推举谢冕为主编,丁力、杨匡汉为副主编,并将编辑部设在北京日坛路6号文学研究所。除此之外,在这次重要的筹备会上,对《诗探索》的创刊号和栏目设计,众编委各抒己见,提出了各种建议。杨匡汉对编委们提出的建议进行了综合整理,并分别

---

[1] 杨匡汉:《〈诗探索〉草创期的流光疏影》,《诗探索·理论卷》2011年第2辑,第8页。

同谢冕、丁力进行沟通，设计了创刊号的要目和专栏，主要有如下几大栏目：《新诗发展问题探讨》《新探索》《新诗品》《学诗札记》《名诗欣赏》《诗通讯》《美术》。这将对诗坛发展动态的反映、对热点问题的讨论、对诗歌作品的赏析及点评等，融合在了一本刊物之中，并在之后的发展中不断对其栏目景观进行了丰富，充分展现多样化的特点。早期确定的具体的编辑原则如下：

> 每期开好编前会；每期目录送张炯、谢冕、丁力过目；每期头条，送正、副主编审阅；若有可能引起争议或敏感提法的文章，由张炯阅定。[1]

确定好了编辑原则之后，1980年第1期的编辑工作随之热烈展开，由谢冕执笔的文章《我们需要探索》作为发刊词，以"本刊编辑部"的名义，发表在《诗探索》的创刊号上。发刊词带着饱满的激情和对诗歌发展的充分自信，热情而坚定地展现了编辑团体的思想和理念：

> 我们需要探索，不仅过去，不仅现在，而且更着眼于将来。我们愿意生活更加美好，我们才需要探索，我们愿意诗更加美好，我们才需要探索。墨守成规永不会有创造。诗人在用诗探索人生和人的心灵。我们则探索诗，探索诗人从事这一精神生产所达到的和未曾达到的思想与艺术的境界。探索的精神，就是一种思想解放的精神。不满才有改变，改变乃是一种催促前进的动力。我们不是怀疑论者，也不是虚无主义者，我们珍惜一切前人的、包括我们自己的劳作的结晶。但我们不愿守成不变，我们愿意永远地处在这种不断探索的追求之中。[2]

作为创刊号，1980年第1期的《诗探索》一共刊载了30篇文章和两幅油画。大的栏目主要有六个，分别是：《新诗发展问题探讨》《新探索》《新诗品》

---

[1] 杨匡汉：《〈诗探索〉草创期的流光疏影》，《诗探索·理论卷》2011年第2辑，第10页。
[2] 谢冕：《我们需要探索》，《诗探索》1980年第1期，第2页。

《名诗欣赏》《诗通讯》《美术》。除了《美术》之外，基本上其他的五大栏目一直以来都是《诗探索》的重要栏目组成部分，尽管名称随着后期的不断发展有了相应的变化，但是它们所致力研究的内容和重点方向却是一致的。简单的装帧，偏小的字体和几乎没有留白的满满的一页页文字，传达出了当时创刊之初的窘迫以及满腔热情。尽管在当时还不是十分完善，但是《诗探索》的诞生无疑是中国当代新诗史上值得重视的一笔。

第二节 《诗探索》的历史沿革与定位

一、《诗探索》的历史沿革

自1980年第1期的《诗探索》出版之后，《诗探索》便展开了它的诗歌探索之路。在《诗探索》诞生之前，现有的诗歌刊物并不多，纯诗歌刊物基本上以刊登诗歌作品为主，像《诗刊》《星星》。在这些刊物之中，有的会附带地发表一些诗歌评论的文章，数量十分有限。《诗探索》作为全国第一本纯诗歌理论刊物，它的诞生对于中国当代新诗的发展而言既是必要的，也是必然的。然而，自诞生之日起，《诗探索》的发展之路却并不是一帆风顺，甚至可以说，历经坎坷。

首先，由于没能申请到国家批准的刊号，《诗探索》一直以来采取的都是以书代刊的形式进行出版。据吴思敬回忆，当时像艾青等十几个老诗人，曾呼吁给《诗探索》一个"名分"，但是依然没有用。

没能申请到国家批准的刊号，这为《诗探索》的发展增加了不少阻力。从经济方面来讲，原本就长期处于资金紧张的《诗探索》，发行往往都需要耗费编辑部同人不少的精力。由于没有刊号，需要为出版社提供一定的出版补贴，《诗探索》的经济负担更加沉重了。尽管曾与《诗探索》保持过合作关系的出版社在这方面已经足够宽容，相比于个人作者或其他出版者而言，对《诗探索》所收取的费用已经很低，但是对于基本上没有经费的《诗探索》而言，依然也是一份负担。从发行方面来讲，相比于普通期刊能够通过邮局发行，《诗探索》的发行面极大地减少。从宣传方面来说，正是由于发行量有限，发行面比较受到限制，《诗探索》作为刊物的广告效应也极大地被削弱，因此无法和其他刊物进行广告交换。由于经济原因，《诗探索》也无力负担在其他刊物上登载广告的费用，这样就导致《诗探索》的自身宣传不够。

缺少相应的宣传使得《诗探索》的传播更仰仗于自身的品质和对诗歌有着极大热情的诗人、读者、研究者。然而也正是由于影响更集中于诗歌圈内而发行量较小，《诗探索》在发展中所不断面临的出版难题，更是如一波波洪峰，冲击着编辑部同人们所竭力筑起的堤坝。

不断更换出版社，主要是经济原因导致的。受发行和销量的影响，在很多出版社眼里，承担《诗探索》的出版是不营利的，甚至是亏本。因此，愿意为《诗探索》伸出援手的出版社并不多，而且也往往只能承担一段时间的出版发行。因此，自诞生之日至今，《诗探索》已经更换了八家出版社。由于张炯和谢冕的共同努力，以及四川人民出版社的大力支持，自创办之后，《诗探索》最开始由四川人民出版社负责出版，由全国各地的新华书店负责发行。自1981年第1期起，它开始定为季刊；1982年第1期开始，改为由中国社会科学出版社出版；自1984年7月，总第10期开始，改为辑刊。刚刚改为辑刊没有多久，总第12期出版之后，《诗探索》就面临了有史以来最为严重的一次经济困难。

当时，虽然还只是责编的吴思敬，事实上从总第11期开始，就已经负责起了《诗探索》的整体编稿。当他将编好的总第13期的稿子交到中国社会科学出版社之后，却迟迟没有看到刊物第13期的出版。由于《诗探索》是一本纯文学刊物，印刷少，销量有限，因此当时中国社会科学出版社提出，如果继续印刷出版，需要主办单位当代文学研究会提供一定的经济补贴，每期3000元。在经济社会还处于缓慢发展阶段的1980年代中期，每期3000元的确对于原本就经费十分有限的当代文学研究会来说是个困难。在这种情况下，《诗探索》无法得到出版印刷，于是便被搁置下来。而原本交付到出版社的原第13辑稿子便石沉大海了。因此，自1985年7月，总第12期出版之后，《诗探索》

开始停刊，一直到 1994 年 1 月才复刊。

《诗探索》的停刊，一停就是八年。虽然《诗探索》的编辑出版工作由于经济原因被迫暂停，但是怀抱着执着而热忱的诗歌之心的众多编者，却没有因此而放弃对《诗探索》复刊工作的努力。停刊期间，编辑部成员一直在努力寻求愿意合作的出版社。但是，面对诗歌逐渐边缘化的现实情境，在当时日益高涨的经济大潮的热浪之中，找到一家愿意承担《诗探索》的出版社并不是一件容易的事情。张炯和吴思敬曾尝试和大众文艺出版社的主编商讨合作，但是没有成功。1984 年，内蒙古人民出版社创办了《诗选刊》，考虑到内蒙古人民出版社对诗歌有着一定的重视，吴思敬等主要编辑成员便希望能和内蒙古人民出版社达成合作，将诗歌理论刊物《诗探索》与诗歌作品选刊《诗选刊》一起配合着办起来。双方通过电联沟通了多次，甚至一度考虑让吴思敬亲赴呼和浩特面谈。然而，由于经济原因，双方最终没能洽谈成功。《诗探索》复刊的希望再一次破灭了。尽管如此，以吴思敬为首的《诗探索》编辑成员们并没有放弃对《诗探索》复刊的希望。在此之后，他们还陆续联系了多家出版社，但却都没有成功。1980 年代末经济大潮的席卷而来，将诗歌日益推至边缘地带，人们的视野也逐渐被音像等大众文化所吸引。《诗探索》复刊的艰难，同时也反映出了在 1980 年代末诗歌发展所面临的窘境。

直至 1992 年之后，诗坛开始再度活跃起来，在这个时候，《诗探索》的主要编辑人员便希望能够把握时机，将刊物重新办起来。1993 年，由于一个偶然的机会，《诗探索》得到了一名书商的自愿支持。然而当一切准备就绪，正当要准备出刊的时候，原本主动联系吴思敬的书商却失去了联系。面临突如其来的困境，当时在首师大任教的吴思敬便主动找到时任首都师范大学校长的杨学礼，希望得到学校的支持和帮助。经过研究决定，《诗探索》获得了首都师范大学提供的四万元的启动经费，《诗探索》的复刊工作也陆续展开。长期的停刊导致《诗探索》的编辑人员变化较大，于是成立了新的编辑部。1993 年 7 月 16 日，《诗探索》编辑部在首都师范大学讨论了《诗探索》的复刊，张炯、杨匡汉、吴思敬、林莽、刘福春、刘士杰等人参加了这次会议。会议对《诗探索》的栏目设置、集资以及发行等多方面问题进行了探讨。两个月后，1993 年

9月18日，《诗探索》编辑部与北京大学中国新诗研究中心在北京文采阁举办了"'93中国现代诗学研讨会"，在会议上宣告了《诗探索》的复刊。

复刊之后的《诗探索》由中国当代文学研究会、北京大学中国诗歌研究中心、首都师范大学新诗研究室主办，谢冕、杨匡汉、吴思敬主编，首都师范大学出版社出版。当时为了节约成本，复刊后首辑所有设计工作都由编辑部自己设计。装帧设计比较简单，1994年第1辑（总第13辑），以红色的封面呼应着1980年第1期的创刊。

尽管复刊了，出版的难题也随着复刊而再度浮现。首都师范大学出版社在出满一年四辑之后，无法继续承办《诗探索》。在张炯和吴思敬的共同努力下，从1995年第1辑（总第17辑）起，中国社会科学出版社重新出版《诗探索》。然而，在1999年第4辑出完之后，由于经济原因，中国社会科学出版社便没能继续承办下去。自2000年开始，《诗探索》改为由中国当代文学研究会、首都师范大学中国诗歌研究中心主办，由天津社会科学院出版社出版。转到天津社会科学院出版社之后，由于多方面因素，《诗探索》不再按季出刊，而是采取了合辑的方式，连续多年保持每年出两部合辑（1—2辑、3—4辑）的出刊频率。2004年秋冬卷结束之后，《诗探索》与天津社会科学院出版社的合作也随之结束。2005年，《诗探索》转至东北，开始由时代文艺出版社出版。为了扩大读者层面、加强理论与创作实际的联系，《诗探索》自2005年第1辑开始，改版为理论卷和作品卷，理论卷由吴思敬主编，作品卷由林莽、张洪波主编。谢冕亲自撰写了《〈诗探索〉改版弁言》，明确说明了《诗探索》改版的原因：

> 我们在21世纪的第五个年头决定改版，固然有生存方面的实际考虑，更着眼于进一步推进诗歌理论批评的深度和广度，致力于进一步支持和加强诗歌思想艺术的探索精神，并且更为具体而深入地介入诗歌创作的实际。[1]

---

[1] 谢冕:《〈诗探索〉改版弁言》,《诗探索》2005年第1辑（理论卷），第2页。

在当时，以诗歌作品为主的诗歌刊物并不少见，如何更好地介入诗歌创作的实际之中，如何在众多的诗歌刊物中显示出《诗探索》作品卷的独特性，成为编者们重视的一大问题。编者们将《诗探索》作品卷定位为"与众不同"，在他们看来，如果所要增加的作品卷只是在给众多的诗歌选刊增加数量，那便是失败的。他们所致力打造的作品卷，期望能有独有的价值。因此，他们编选作品的原则首先在于创新精神。其次是有极大的包容性："它有极大的包容性，包容有价值的、有创意的、'正统'的和'另类'的，也包容新、奇、怪在内的一切佳作。"[1]虽然作品卷强调了自身的包容性，但是并不意味着一切作品兼收，它拒绝平庸的作品，同时也拒绝一味地"炫奇"而不注重思想内涵的作品。

改版之后的《诗探索》并没有就此一帆风顺，《诗探索》连续辗转于时代文艺出版社、九州出版社、漓江出版社，自2016年起，改为由作家出版社出版。正是有这些出版社的接力支持，也更是由于编者们不辞辛劳、奔波游说，动用一切人力物力创造出版的条件，《诗探索》才能至今散发着生生不息的活力。

尽管在40年的发展历程中，《诗探索》遇到了不少的困难和阻碍，但是在众编者披荆斩棘和致力于不断提高刊物学术水平的努力下，《诗探索》以越来越完善的面貌呈现在众多读者面前。一直以来，《诗探索》没有固定的资金，没有办公室，编辑人员都不是专职人员，他们有的是高校教师，有的是社科院的研究员，都有着各自的科研任务，只是在业余的时间参与着《诗探索》的编辑工作。每一本《诗探索》大概25万字，一年下来，仅仅理论卷便有100万字的编辑量。一直以来，他们都是无偿地为《诗探索》的发展做着贡献，为《诗探索》的生存而奔波，争取来的资金主要为了资助出版及给作者发相应的稿酬，自身却分文不取。编者们秉持着初心，默默地在诗歌理论探索之路上不断前进。

除了编辑人员的无私付出和各大出版社的援手相助之外，也有很多诗人、诗评家、诗歌爱好者对《诗探索》做出了大力支持。他们除了将个人的重要

---

[1] 谢冕：《〈诗探索〉改版弁言》，《诗探索》2005年第1辑（理论卷），第3页。

文章交由《诗探索》发表之外,更是身体力行,为《诗探索》的发展出力。在《诗探索》停刊期间,"艾青在逝世前病重的日子里,还与臧克家、李瑛、牛汉、张志民、林庚、金克木、杜运燮、屠岸等人,联名呼吁恢复《诗探索》的正常出版"[1]。尽管最终并未成功,但是诗人们对《诗探索》的一片热诚之心由此可见。艾青更是在《诗探索》复刊之后第一时间寄给主编贺信和《诗人要自信》一文,鼓励《诗探索》不断向前发展,表达了对诗歌的希望:

> 诗歌要发展,要繁荣,离不开争论、探索。《诗探索》的名字起得不错。写诗就是要不断创新,不断探索。老重复过去,谁爱读呢?探索免不了争论。争论就要吵。但不要为吵而吵,更不要不讲道理的吵。既然是探索,就允许有不同的学派,不同的观点,平心静气地讨论嘛。

此外,据吴思敬讲述,《诗探索》在发展中得到了一些诗人、企业家、画家的经济资助,例如四川矛盾实业总公司的无偿资助,画家石虎先生、张仃先生的资助等,此外他们当中还有一些人默默地做着贡献。一本《诗探索》,不单单是理论的探讨,可以说凝聚的是众多诗歌赤子对诗歌的热忱,汇聚的是怀有诗歌理想和激情的人们的共同的力量。

二、编辑团体与刊物的定位

(一)编辑团体

《诗探索》的创办首先得益于编辑团体的共同努力。多年的发展,它的编辑团体也处于一定的变化之中。早期,《诗探索》由谢冕主编,丁力、杨匡汉副主编,编委会由张炯负责。根据公布在刊物上的编委成员统计可以看出,编辑团体比较稳定,除了细微的调整外,基本上没有变化。

---

[1] 杨匡汉:《〈诗探索〉草创期的流光疏影》,《诗探索·理论卷》2011年第2辑,第12页。

《诗探索》早期编辑团体

辑（期）次	主编	副主编	编委	责编
1980 年第 1 期	谢冕	丁力、杨匡汉	丁力、公木、公刘、尹一之、易征、孙绍振、宋垒、沙鸥、杨匡汉、闻山、张炯、唐祈、袁可嘉、晓雪、雁翼、谢冕	
1982 年第 2 期	谢冕	丁力、杨匡汉	丁力、公木、公刘、尹一之、易征、孙绍振、宋垒、杨匡汉、闻山、张炯、唐祈、袁可嘉、晓雪、雁翼、谢冕	
1982 年第 3 期	谢冕	丁力、杨匡汉	丁力、公木、公刘、尹一之、易征、孙绍振、宋垒、杨匡汉、闻山、张炯、唐祈、袁可嘉、晓雪、雁翼、谢冕、樊发稼	
1982 年第 4 期	谢冕	丁力、杨匡汉	丁力、公木、公刘、尹一之、易征、孙绍振、宋垒、杨匡汉、闻山、张炯、唐祈、袁可嘉、晓雪、雁翼、谢冕	
1984 年总第 10 期	谢冕	丁力、杨匡汉	丁力、公木、公刘、尹一之、易征、孙绍振、宋垒、杨匡汉、闻山、张炯、唐祈、袁可嘉、晓雪、雁翼、谢冕、樊发稼	
1984 年总第 11 期、12 期	谢冕	丁力、杨匡汉	丁力、公木、公刘、尹一之、易征、孙绍振、宋垒、杨匡汉、闻山、张炯、唐祈、袁可嘉、晓雪、雁翼、谢冕、樊发稼	吴思敬

另外，在早期，虽然没有在刊物的编辑团体中留名，但是雷业洪、楼肇明、刘士杰、王光明等人也默默地协助杨匡汉进行编辑组稿工作，后期吴思敬也加入了这个团队中。复刊之后，长期的停刊导致《诗探索》的编辑团队的人员变化较大，不过编委会成员基本上比较固定。谢冕、杨匡汉、吴思敬担任主编，王光明、林莽、刘福春、陈旭光、刘士杰等人则是主要的编委成员。这样的编辑团队使得《诗探索》的编辑体现出以下几个方面的特点：

第一，以批评家为主的编辑团体。从整体上来看，早期，《诗探索》的主要编辑团体，从主编到具体的编委，有从事诗歌理论批评家，例如谢冕、杨匡汉、孙绍振、闻山、宋垒等；有诗人，例如唐祈、晓雪、公木、公刘；此外，参与《诗探索》编辑工作的诗人，很多都像丁力一样，既是诗人又从事诗歌批评。并且，很多人都有着专业的编辑经验，如丁力、闻山、尹一之都曾在《诗刊》从事过多年的编辑工作。他们往往不仅仅从事编辑工作，还从事创作和文艺批评工作。此外，中国社会科学院文学研究所在早期是《诗探索》具体编辑工作的主要阵地。具体的编辑工作在早期停刊之前，主要由当时的副主编杨匡汉带领着一批在中国社会科学院文学研究所的研究人员进行，例如雷业洪、楼肇明、王光明、刘士杰等。以批评家为主的编辑团体的特点，在复刊后，则更为显著和纯粹。无论是负责具体编辑工作的主编吴思敬，还是主要编委成员王光明、林莽、刘福春、刘士杰、陈旭光等人，都是诗歌理论批评的中坚力量。这样的编辑团队也保证了刊物保持鲜明理论特色，批评家的眼光和视角也使得刊物在编辑过程中一贯保有较高的品质。

第二，带有学院色彩的"学人"刊物。繁荣诗歌发展、丰富诗歌理论创作是编辑班子的共同夙愿，但是并不意味着《诗探索》带有"同人"刊物的性质。事实上，《诗探索》并不是一个"同人"刊物。一方面，从编辑团体来说，虽然大家都希望促进和繁荣诗歌发展，但是各自诗歌观念却不同。停刊前，主要编辑成员在有关"朦胧诗"的问题上就存在着很大的分歧；复刊后，总体上来说诗歌观念基本方向一致，但是依然还是有着一定差异。另一方面，从刊物立场上来看，《诗探索》既不是以刊发"自己人"的稿子为主，也不只刊发观点相近的文章，而是主张探索与争鸣，强调学术观点的多样化。从某种意义上来说，《诗探索》是带有学院色彩的"学人"刊物，但是并不标榜"学院派"。在采访中，主编吴思敬这样说道："《诗探索》更接近学院型刊物，但是我们不标榜'学院派'。从我们的角度，只是想客观地呈现当代诗坛的创作与理论动态，兼容百家。"[1]总体上来看，《诗探索》的编辑成员中虽然也有文艺编辑以及文学所和社科院的成员，但是主要成员是高校教师。由"学人"编选的《诗探索》体现出重视学术高度和文章学术含量的特点。在编辑筛选稿件时，《诗探索》的一贯原则是以学术标准为主，尤其关注来稿的学术含量，"而所谓的学术标准就主要体现在他的问题意识和创新意识"[2]。以学术标准为主的选稿标准，使得《诗探索》长期坚持着自身较高的学术品位。

---

[1]详见附录一《〈诗探索〉主编吴思敬访谈录》。
[2]详见附录一《〈诗探索〉主编吴思敬访谈录》。

第三，学术观点的兼容。尽管编辑团体都希望能够繁荣诗歌理论批评、促进当代新诗的发展，但是在各自的诗歌观念上却并不完全一致，甚至是针锋相对的。早期的编辑团体，用现任主编吴思敬的话来说，应当是一个"统一战线"的编辑团队。这种意见的争锋并没有因为共同创办刊物而结束，依然是各自坚持着自己的诗歌观念。总体上来说，早期编辑团体诗歌观念的分歧带有保守与先锋之间不可避免的碰撞性，具体表现在对当时青年诗人和诗作的评价上。对"朦胧诗"以及"朦胧诗人"的两极化评价从"南宁诗会"上的争论一直延续到1980年代中期。

支持"朦胧诗"的一方以谢冕、孙绍振等为代表。"朦胧诗"在兴起之初受到不公正的评价的时候，作为主编的谢冕率先扛起了支持和鼓励"朦胧诗"发展和"朦胧诗人"创作的大旗。在"南宁诗会"上，他的主要发言《新诗的进步》中，直接表达了希望这种新的诗风能够受到宽容的对待和积极的扶植："有的诗，对生活作扭曲的反映，有的诗，追求一种朦胧的效果，应当是允许的。"[1]他呼吁新的诗风能够受到公正的对待和应有的关注，而不是拒绝与排斥："年长的同志们，前辈的诗人、编辑和批评家们，关心我们晚辈吧！热情地扶植他们、指导他们吧，给他们以发表有异于众的、初看不免有些古怪的作品的权利吧！"随后，谢冕发表的诗论《在新的崛起面前》[2]，更是掷地有声地为"朦胧诗"辩护，坚持鼓励和推动新的诗歌潮流的发展："我们一时不习惯的东西，未必就是坏东西，我们读得不很懂的诗，未必就是坏诗。我也是不赞成诗不让人懂的，但我主张应当允许有一部分诗让人读不太懂。世界是多样的，艺术世界更是复杂的。"[3]

孙绍振更是紧跟着步伐，在1981年第3期的《诗刊》上发表了《新的美学原则的崛起》，从学术讨论的角度，更进一步地将"新的崛起"定义为一种"新

---

[1] 谢冕：《新诗的进步》，载全国当代诗歌讨论会编：《新诗的现状与展望》，广西人民出版社1981年版，第35页。

[2]《光明日报》1980年5月7日。

[3] 谢冕：《在新的崛起面前》，《光明日报》1980年5月7日。

的美学原则的崛起",肯定并维护了青年诗人诗作中所表现出的对"自我"的真实表达,不受"驯服",向人的内心"进军"。

> 与其说是新人的崛起,不如说是一种新的美学原则的崛起。这种新的美学原则,不能说与传统的美学观念没有任何联系,但崛起的青年对我们传统的美学观念常常表现出一种不驯服的姿态。他们不屑于作时代精神的号筒,也不屑于表现自我情感世界以外的丰功伟绩。他们甚至于回避去写那些我们习惯了的人物的经历、英勇的斗争和忘我的劳动的场景。他们和我们五十年代的颂歌传统和六十年代战歌传统有所不同,不是直接去赞美生活,而是追求生活溶解在心灵中的秘密。[1]

作为老诗人的丁力,在新时期以来,不仅发表了诗歌作品多篇,同时也进行着诗歌评论工作。而在诗歌观念上,丁力相对保守。因此,在1980年代初,以丁力为代表的比较保守的评论家和以谢冕为代表的支持"朦胧诗"发展的诗论家往往是互相抗衡的。特别是在针对当时青年诗人诗作中出现的比较隐晦的诗风的评论上,双方两极化明显,争议颇大。1980年12月10日,《诗刊》《问题讨论》专栏,发表了丁力的诗论《古怪诗论质疑》,与谢冕针锋相对,极力地反对对当时"晦涩"诗风的支持,反对诗歌的"朦胧"倾向。丁力认为这种风格倾向脱离了群众,有伤诗歌的艺术特征和社会功能:"而古怪诗论鼓吹和赞赏晦涩诗风,这只会使缺乏阅历而又热情、有一定才华的青年作者越走越远。这是误人子弟。"[2]紧接着,1980年12月18日,《云南日报》刊发丁力的诗论《新诗发展管见》。在文中,丁力将当前的诗坛分为三个流派:以写旧体诗词为主的"古风派",以晦涩诗风为代表的"洋风派",和以民族化、群众化倾向为主的"我国社会主义时代的现实主义诗派"[3]——"国风派"。在他看来,

---

[1] 孙绍振:《新的美学原则在崛起》,《诗刊》1981年第3期,第55—56页。
[2] 丁力:《古怪诗论质疑》,《诗刊》1980年第12期,第6页。
[3] 丁力:《新诗发展管见》,《云南日报》1980年12月18日。

晦涩难懂的"古怪诗"也是"洋风派"的一种,"古风派""洋风派"都是不值得被提倡的,真正值得受到关注和诗论家们推崇的应当是"国风派",并且明确表示自己的个人倾向,支持并寄希望于"国风派"的发展。除了丁力之外,尹一之、宋垒、易征、闻山等编辑成员对隐晦的诗风同样也是反对的态度。

因此,从创办之初起,学术观点的兼容便使得《诗探索》能够尽可能地保持着相对中立的态度,对诗歌潮流和诗歌现象做客观的评价和把握。

(二)刊物的自我定位

《诗探索》作为全国第一本纯诗歌理论刊物,从诞生之初,就受到了诗歌界各方的重视。如何建立起自身的刊物品格,如何建设诗歌理论批评,如何响应诗歌的适时发展,都在创刊之时摆在了所有编辑成员面前。因此,1980年《诗探索》的创刊号最为真实地反映出了《诗探索》最初对自身的定位与衡量。而这样的自我定位不仅体现在发刊词中,同时也体现在具体栏目的编辑上。

《诗探索》所坚持的是一种纯粹的学术立场。作为国家刊物,《诗刊》一方面似乎要代表这个国家的诗歌艺术水准,无论是它的自我定位还是公众期待;另一方面,正因为是国家刊物,它必定是主旋律的,代表主流意识形态和公共精神的,同时是方方面面必须照顾周全的。"[1]不同于《诗刊》,由中国当代文学研究会主办的《诗探索》,面向的是相对比较纯粹的诗歌学术领域,它所致力的是与诗有关的探索:"我们的刊物将与广大作者和读者携手,共同为加强诗歌研究、活跃诗歌批评、发展诗歌创作、壮大诗歌队伍,为繁荣发展我国多民族的绚烂多彩的诗艺术和诗评论而做出自己的贡献。"[2]尽管《诗探索》本身有着学会主办的背景,但是它所代表的却是一种相对自由的学术立场,"从一开始就是以非官方的批评发言"[3]。

---

[1] 王光明等:《开放诗歌的阅读空间》,社会科学文献出版社2008年版,第162页。
[2] 谢冕:《我们需要探索》,《诗探索》1980年第1期,第6页。
[3] 此处摘自诗人邵燕祥在"《诗探索》创刊30周年纪念座谈会"上的发言。详见王夫刚:《坚持民间立场 恪守诗歌精神——〈诗探索〉创刊30周年座谈会纪要》,《诗探索·理论卷》2011年第2辑,第29页。

作为全国首本诗歌理论刊物，《诗探索》对自身的定位一方面在于注重学术性、理论性和知识性的并重，另一方面在于主张自由论争、多样化和独创性。对刊物学术品味的重视，如上文所述，一方面是编辑团体的构成所奠定的基础，另一方面也是理论刊物的内在要求。纵观第1期的发文作者艾青、丁慨然、单占生、刘湛秋、刘汉民、王光明、匡满、刘登翰、郭小川、雁翼、韩瀚、闻山、孟伟哉、杨牧、高行健、孙绍振、袁行霈、晓雪等，基本上由当时比较活跃的批评家、诗人、高校教师以及一部分研究员构成，都是具有学术研究基础的群体。此外，《诗探索》参加和组织了很多诗歌研讨会，研讨会上的一些比较优秀高质的学术研讨文章也会被编辑部收录编入《诗探索》。这样一来，《诗探索》的学术性和理论性就进一步加强了。

　　《诗探索》并没有在保证较高的学术水准的同时而脱离了现实的需要，而是紧密联系着新诗发展的实际来对当代新诗进行考察。从创刊开始，《诗探索》便设立了《新诗发展问题探讨》，在这个专栏中主要刊发与当前诗歌形势联系紧密的文章。在创刊号的该栏中，共刊发了5篇文章，首先是将谢冕在《光明日报》上发表的《在新的崛起面前》刊发出来，随后又紧接着刊发了丁慨然的《"新的崛起"及其他》，与谢冕一文意见相悖，随后还有单占生的《新诗的道路越走越窄吗？》、刘湛秋的《诗的漫想三题》、刘汉民的《新诗要进一步民族化》和王光明整理的《探索新诗发展问题的意见综述》。这些基本上是当时比较受诗坛关注的话题。此外，在发表的诗人诗作点评中，所点评的诗人和诗作基本上都是青年诗人和新作。《诗探索》不仅刊登了一组青年诗人笔谈，在之后又刊发了对雷抒雁、舒婷的评论文章。《新探索》一栏，则均刊登的是在创刊前不久所发表的诗作及评点。[1] 在该栏下还特意添加了"编者按"，表达了编辑部开设此栏的目的：

---

[1]《新探索》一栏一共发表了3篇诗作点评，分别是杨炼的《铸》（发表于《上海文学》1980年5月号）、林希的《无名河》（发表于《诗刊》1980年6月号）、方牧的《河汉灿烂》（发表于《星星》诗刊1980年第5期）。

我们开辟这一专栏，对别具一格，独辟蹊径的新作，既登原文，又略加评点。有成绩的、有毛病的乃至完全失败的，均在评点之列。评点不当，还可商榷。我们愿与诗人们一起在不断的实践与探索中，走向诗歌艺术的自由王国。[1]

可见，在探索中追求创新是《诗探索》的致力点之一。对"新"的追求，欢迎不同意见来稿，也正体现着《诗探索》的主张：自由论争、多样化和独创性。在1980年第1期的《征稿·征订》中，就提道："本刊为季刊，主要服务对象是大中学生、青年工人，教育、文艺工作者等。"[2] 将服务对象首先确定为大中学生和青年工人，也传递出了《诗探索》试图使刊物年轻化的愿望。为了实现这样的期望，《诗探索》自创办之日起，在确保"学术性、理论性和知识性"并重的基准之上，还注意发现与扶植新的诗歌评论人才。面向青年、服务于青年，表明了《诗探索》在以切实批评保持刊物学术性的同时，也期望改变以往批评过于传统老旧的局面，实现诗歌理论批评的创新，为诗坛注入新的活力与青春的朝气。发刊词《我们需要探索》便直接表示：

我们希望把诗的理论批评搞得切实些，一切理论，或直接或间接，均以于新诗的发展有所助益为评价的标准。我们不愿充当老古董或洋货的收藏家。我们深愿《诗探索》是一个始终充满了首创精神的、充满了青春与朝气的探索者。[3]

由此可见，《诗探索》对刊发的批评文章是有"新"的要求的，首先必须要符合当代诗歌发展的实际，不作虚妄之言也不故步自封、墨守成规。《诗探索》所追求的"新"即是一种独创性，不是一味地以无意义的标新立异来博取

---

[1]"编者按"，《诗探索》1980年第1期，第74页。
[2]《征稿·征订》，《诗探索》1980年第1期，第165页。
[3]谢冕：《我们需要探索》，《诗探索》1980年第1期，第4页。

眼球。这种独创性更应该说是作者们真实的想法和观点，兼有诗歌创作和诗歌评论方面。而对"新"的追求，与主编谢冕的诗歌观念有着紧密的联系，这从发刊词中不难看出。发刊词《我们需要探索》经常会表明顺应时代潮流，对艺术进行创新的探索的主张：主张艺术民主，允许多种不同声音的争鸣，强调诗歌理论批评应当具有时代感。

创刊号发表的文章也的确印证着《诗探索》在发刊词中声明的主张。首先，充分体现了自由论争、多样化的坚持。发刊词中，编辑部就已经明确表示欢迎不同意见的热烈交锋：

> 我们将在《诗探索》上体现各种不同观点的交锋，我们将欢迎并发表对本刊文章以及本刊以外的文章、包括本刊编委的著述在内的讨论、批评。我们鼓励说理的批评，更鼓励说理的反批评，我们希望经常保持一种不同意见自由论战的热烈局面。我们想让大家都习惯于生活在这样一种艺术自由民主的空气中，从而确认这是一种正常的秩序。[1]

编辑团体本身就是针锋相对的两种诗歌观念的集合，这样的统一战线团队本身就奠定了确保自由论争的基础。因此，我们对《诗探索》上同时出现的意见相悖的文章并不感到讶异。能够出现这种自由论争的局面，以主编谢冕为首的编辑团体的较为开放的诗歌理论批评观念发挥了重要作用。在审稿原则上，《诗探索》并不以某种诗歌观念为指标，而是主张有独创的个人见解，有扎实稳固的良好文风；并且特意声明了从主编至编委的文章仅代表其个人观点，与《诗探索》自身的态度无关。为了践行这样的主张，创刊号上虽然刊发了主编谢冕在当时引起广泛关注的《在新的崛起面前》，同时也刊发了一篇与其意见相悖的文章——丁慨然的《"新的崛起"及其它——与谢冕同志商榷》。除了刊发一些思想相对新潮的文章之外，《诗探索》也刊发对传统研究的文章。例如闻山的《诗美学漫笔》则主张当代新诗应当充分吸收古典诗歌中的"美"，注重

---

[1] 谢冕：《我们需要探索》，《诗探索》1980年第1期，第4页。

对诗歌"美"的维护，加强与人民之间的联系，等等。副主编杨匡汉在《诗探索》创刊30周年纪念会上，就回忆了创刊号上一些有争议的文章的发表过程，从主编到具体的编委成员们都不以个人观点作为筛选文章的依据，丁力同意发表孙绍振的相关文章，谢冕欢迎与自己诗歌观点针锋相对的文章发表，正是在这样的氛围下：

> 确定了我们编辑部的一个思想，主编也好，副主编也好，编委也好，文章只代表个人的学术主张，不代表本刊立场。本刊立场是鼓励学术争鸣，鼓励多元化和独创性。[1]

可见，编辑团体的思想都只是个人的观点和意见，不代表刊物本身的态度。这种相对开放和宽容的编辑思想与当时相对宽松的环境分不开，也是编辑团体致力于将刊物办好、将诗歌理论批评发展好的努力。从某种意义上来说，对自由学术争鸣的鼓励和对多元化独创性的支持，也顺应了当时思想解放的洪流，并更进一步地希望实现对禁锢文艺层面的保守陈旧思想的溶解。事实上，在刊发的一些诗人、批评家的文章中也体现了这样的思想和主张。例如韩瀚的《让诗在辽阔的诗国自由驰骋》，就从诗歌形式的角度，反对以批评家个人的喜好对诗歌形式进行不应当的干预和限制，呼吁诗歌形式的自由发展。无论是从创作层面还是从理论批评而言，破除禁锢，跳出传统路线，都有益于对艺术民主的发扬。

坚持艺术民主，保持刊物的独立性，充分保证"学术性、理论性和知识性的并重"，鼓励"自由论争、多样化和独创性"，在这样的自我定位的基础上，《诗探索》的编辑特色也随着长达40年的发展逐渐显露了出来。总体上来说，通过考察栏目设置的情况，我们可以发现《诗探索》的编辑特色有以下几个方面：一、注重诗歌理论批评的时代感，深入探讨诗歌发展基本规律；二、重视

---

[1] 王夫刚：《坚持民间立场　恪守诗歌精神——〈诗探索〉创刊30周年座谈会纪要》，《诗探索·理论卷》2011年第2辑，第29页。

对诗人诗作的积极评论；三、坚持开拓诗歌研究、积极建设青年诗评家队伍。基本上，编辑团队所实践的编辑方式和理念，正是沿着其在发刊词中所郑重申明的路线进行着探索：

> 我们将通过积极而及时的诗歌评论以总结推广诗人创作的经验，我们将开展诗歌基本规律的探讨以促进诗歌理论的建设，我们将加强对于诗歌史的研究以增进诗歌发展的知识，我们也将鼓励更多的人向诗歌美学的广度和深度进军。我国古典诗论的遗产十分丰富，我们还来不及用马克思主义的观点加以系统的研究并使之服务于当前，对于外国诗论我们所知甚少，对此也有更广泛的介绍之必要。[1]

自创刊之日起，《诗探索》就十分注重诗歌理论批评的时代感，在发刊词中就提到了："我们认为新诗要有时代感，我们同样认为诗的理论批评也要有时代感。"[2]《诗探索》对理论批评"时代感"的把握，主要体现在以考察新诗发展动态的栏目、重点专栏以及介绍诗坛活动等方面。从首期起，它就设立了《新诗发展问题探讨》一栏，对诗坛上比较受到热点关注的话题和现象进行及时有效的批评与跟踪。此后，该栏目就成了《诗探索》长期固定栏目。即便在1980年代，其他栏目设置不是很稳定的阶段，几乎每一期都能见到这一栏目的建设。[3] 1994年复刊之后，该栏目依旧保留了下来，更名为《诗坛态势剖析》，基本上比较稳定。纵观该栏目，无论是在停刊之前还是在复刊之后，都将视线聚焦在当时诗坛的波动起伏之上，涉及多个重要话题，例如新诗形式问题、新诗的民族化问题、"朦胧诗"论争、世纪末诗歌的沉思、1990年代的新

---

[1] 谢冕：《我们需要探索》，《诗探索》1980年第1期，第10页。

[2] 谢冕：《我们需要探索》，《诗探索》1980年第1期，第3页。

[3] 在1980年代的《诗探索》中，《新诗发展问题探讨》虽然长期存在，但是名称发生过一定的变化，具体如下：《新诗的争鸣》（1981年第4期），《新诗发展问题论坛》（自1982年第4期起改为此名）。虽然栏目名称出现了变化，但是可以看到在刊发的文章内容上却有着一致性，均是与新诗发展动态有着紧密联系的一系列文章。

诗写作问题、知识分子与民间写作的论争等。在该栏中，《诗探索》积极地介入了"朦胧诗"论争和"盘峰论争"。

此外，除了在《诗坛态势剖析》中参与当代新诗发展的热点问题，《诗探索》还以专题的形式，对诗坛上值得重点探讨的诗学话题进行了集中发稿，为有学术兴趣点的诗人、批评家以及新诗研究者提供了发表观点的平台。仅就1980年第1期至2004年秋冬卷（改版前），它就曾创办过"新边塞诗笔谈"（1985年第1期，总第12期）、"当代诗歌文化价值取向"（1994年第2辑，总第14辑）、"当代诗歌中的'后现代问题'"（1994年第3辑，总第15辑）、"女性诗歌研究"（1995年第1辑，总第17辑）、"诗歌语言问题"（1995年第2辑，总第18辑）、"第三代诗研究"（1995年第4辑，总第20辑）、"'字思维'与中国当代诗学"（1996年第2辑，总第22辑）、"'后新诗潮'研究"（1998年第2辑）、"90年代诗歌纵横谈"（1999年第1辑）、"关于北大诗歌"（1999年第3辑）、"儿童诗研究"（2001年3—4辑）、"网络诗歌研究"（2002年1—2辑）、"歌词与新诗"（2002年3—4辑）、"地域诗歌研究"（2003年第3—4辑）。改版之后，它还设立过"中生代研究"（2008年理论卷第1辑）、"台湾诗歌研究"（2009年理论卷第1辑）、"新诗史料"、"诗歌翻译研究"、"中国新诗：新世纪十年回顾与反思"、"诗歌文本细读"、"新诗形式建设问题研究"、"八十年代大学生诗歌运动回顾"、"新媒体视野下的诗歌生态"等专题。基本上，当代新诗发展过程中出现过的热点议题大多都能在《诗探索》中找到辙印。对诗坛上举办的一些重要活动，《诗探索》也及时地予以介绍，如1994年复刊之后专门设立了介绍诗坛中举办过重要活动的《诗歌理论动态》[1]一栏。早期在未设立该栏时，《诗通讯》一栏对"南宁诗会"、爱荷华的诗会等进行了介绍；复刊之后，对"1993年中国现代诗学讨论会""中国当代诗史写作暨《诗探索》新刊座谈会""当代女性诗歌：态势与展望座谈会""当代大学生诗歌创作研讨会"等会议，都发有专门的综述文章，以供读者了解会议详情。

在充分把握刊物的"当代性"和"时代感"的同时，《诗探索》编辑部也致

---

[1] 自1997年第4辑起，该栏更名为《诗坛动态》。

力于深入开展诗歌基本规律的探讨，进一步加强诗学研究。创刊号上虽然没有设立专门的《诗学研究》栏目，但是所发表的文章中就涉及了对诗歌形式的讨论和诗歌美学的论述。自1980年第2期起，设立的《诗的美学》《学诗园地》《诗艺》专栏，刊发的文章涉及有关诗歌美学、诗歌类型及艺术、诗歌写作及鉴赏、诗歌的想象及形式技巧、诗歌语言节奏等多方面问题的探讨，在深入诗学研究的同时也兼具了"知识性"的自我定位。1994年复刊之后，早期的相关诗学栏目被整合撤销，专设《诗学研究》一栏，对比较深入的诗学问题进行了探讨，"知识性"被削减，涉及"个人化与私人化"、"死亡"主题、当代诗歌中的"禅道精神"、诗歌与文化、"纯诗"、诗体变革、诗歌"当代性"、玄学与诗、意象批判、隐喻结构等多方面更为深入和广阔的诗学研究领域。与早期的诗学研究相比，复刊后的诗学研究学术性加强，同时也更贴近诗歌发展的动态，诗学研究的"当代性"得到了体现。

在总体的编辑特色中，编辑团体除了注重诗歌理论批评的"时代感"、深入开展诗学研究之外，另一个显著的特点就是对诗人诗作的重视。纵观《诗探索》自创刊以来的栏目建设，栏目层次最为丰富的就是诗人论部分。在发刊词中，它就曾郑重承诺：

> 我们将不怀成见地重新评价中国新诗发展的历史，只要在思想或艺术上有一定价值的诗人诗作，就给以适当的地位。我们将不忽视那些有自己的独创性而长期受到歧视的不同流派的诗人。[1]

对诗人论和诗歌鉴赏的重视，在创刊号上就得到了充分的体现。诗人以及诗歌作品本身就是诗歌发展的根基，只有及时有效地对诗人和诗歌作品进行充分的研究，才能更进一步探索诗歌发展规律，摸索诗歌潮流动态。因此，从创刊号起，诗人论及诗歌作品解读和鉴赏就占据了较大的篇幅。首期刊登了青年诗人雷抒雁以及舒婷的相关研究文章，又相继解读了几首刚刚发表的新作。随

---

[1] 谢冕：《我们需要探索》，《诗探索》1980年第1期，第4—5页。

后，自第 2 期起，就相继设立了《诗坛新秀》《创作谈》《诗人研究》《诗人诗作研究》[1]栏目。早期，在栏目不是特别稳定的情况下，《诗探索》依然也保持了对不同层次的诗人进行相应的研究。《诗坛新秀》主要就介绍了一部分"青年诗人"[2]，如张学梦、曲有源、叶文福、徐刚、李松涛、赵恺、江河、李钢、刘小放等在诗坛中崭露头角的诗人。而《诗人研究》则以评论现当代诗歌史上有着重要贡献或者影响的诗人为主，早期共涉及对徐志摩、贺敬之、臧克家、郭小川、张志民、公刘、蔡其矫、黄永玉、戴望舒、李季、朱湘等诗人的研究，既有从新的角度的重新解读，也有对其诗艺诗歌作品的细读。

　　复刊后，诗人论栏目基本上比较稳定，初具规模，小成系统，与诗歌理论研究相配合，形成了相得益彰的两大板块。复刊后的诗人论系列栏目层次更为鲜明多样，不仅对不同时代具有不同影响力的诗人们分别都予以了关注并设立专栏，并且对于同层次的诗人研究而言，这样的集合也有利于横向的对比研究。大体上来说，自复刊后比较稳定的诗人论栏目有以下几类：《诗人研究》《结识一位诗人》《关于××》或《××研究》《姿态与尺度》《纪念××》。《诗人研究》是从早期延续下来的老牌栏目，从复刊后到改版前，就发表了有关何其芳、痖弦、李瑛、洛夫、纪弦、辛笛、孙大雨、废名、杜运燮、闻一多等现当代诗歌史上有着重要影响的诗人的研究文章。新开辟的《结识一位诗人》则主要面向的是在诗坛中比较活跃且具有一定影响力的青年诗人，与早期的《诗坛新秀》一栏一脉相承，但是相比于早期的"青年诗人"而言，复刊之后所刊发的文章一般都是以相对而言比较年轻的诗人为主，像西川、王家新、于坚、伊沙、翟永明、沈苇、谢湘南等诗人都曾成为这个专栏所关注的对象。此外，对一些特别重要的诗人，例如顾城、海子、食指、芒克、林莽、穆旦、昌耀、戈麦、韩东、王小妮、郑敏、卞之琳、曾卓等，则采取了专辑的形式，集中刊

---

[1] 该栏目创办于 1982 年第 3 期，除 1984 年第 1 期（总第 10 期）名为《诗人诗作评介》外，都保留原栏目名。

[2] 此处的"青年诗人"并非以年龄来划分："当时的'青年诗人'涵盖二十岁左右到近四十岁的年龄段的作者。他们有 70 年代初（或更早）已有作品问世的，也有 80 年代初才开始写诗的。"详见洪子诚、刘登翰：《中国当代新诗史》，北京大学出版社 2010 年版，第 138 页。

发相关研究文章。而对已经过世的重要诗人，则也开辟纪念专栏，重新考察他们的诗歌艺术。《诗探索》曾为曹辛之、艾青、邹荻帆、孔孚等诗人专门开设了纪念专栏，既发表相关的回忆文章，也刊发诗歌艺术鉴赏的研究论文。除此之外，为了推出更多的诗坛新人，《诗探索》开辟了《姿态与尺度》一栏，这个栏目推介出的诗人相对而言比较复杂。一般来说在该栏中所推介出的诗人都是在诗坛中初秀风采，但是暂时受到的关注度比较有限的这样一批诗人。因此以专栏刊发这样一类诗人的研究文章，也希望能够得到更多诗歌研究者和诗歌爱好者的关注。

继 2008 年第 1 辑理论卷开设的《中生代研究》专栏之后，2008 年第 2 辑理论卷随之开设了比较具有特色的《中生代诗人研究》专栏，研究对象基本上控制在 1950 年代出生的这样一批诗人，如简政珍、黄梵、杜涯等等。自 2002 年第 3—4 辑开始，开始适时编选一部分诗人创作研讨会上的论文，设定了《诗人诗歌创作研讨会论文选辑》。总体上来看，各大诗人专栏各有层次，基本上互不重叠却又相互之间构成了一个比较系统的诗人论体系。虽然诗人论栏目层次较多，但是并不是每一个栏目都固定存在每一期中，例如《结识一位诗人》从 1995 年第 4 辑（总第 20 辑）起至 1998 年第 4 辑（总第 32 辑），就曾长期在《诗探索》中隐匿。总体上而言，开设的诗人论栏目以及所推介点评的诗人，主要还是配合着诗坛的发展以及诗歌理论研究的总体走向的。因此可见，《诗探索》对诗人研究并不是一味地求多求全，而是真正去发掘在诗歌发展过程中值得重视、值得被关注的诗人群体。主编吴思敬在采访中也曾说道："我们在'诗人论'中讨论过的诗人，我们所肯定过的诗人，不见得以后全都能站得住脚，后人会有他们的眼光，但相信也会有我们《诗探索》肯定过的诗人能够流传下来。"[1] 重在"发掘"不同阶段不同层次值得被关注和重视的诗人以及他们的诗歌艺术价值，不断完善诗人论研究层次，也是《诗探索》多年来坚持和致力的前进方向。此外，配合不同层次的诗人论栏目，《诗探索》还开设了《诗人谈诗》《诗人回忆录》《诗人专访》等栏目，丰富了诗人从自身创作角度的研究性资料，

---

[1] 详见附录一《〈诗探索〉主编吴思敬访谈录》。

为进一步的研究打下了基础。

在建设好诗歌理论研究和诗人论这两个大的版块之外，从栏目的建设来看，《诗探索》通过不断完善的栏目体系，坚持开拓诗歌研究领域、积极建设青年诗评家队伍。

首先，既注重对外国诗论的翻译和引入，也注重研究古典诗论的"遗产"。创刊号上设立的《名诗欣赏》一栏，一共发表了两篇文章，分别是袁行霈的《如梦似幻的夜曲——〈春江花月夜〉赏析》和荒芜的《〈白发苍苍的老好诗人〉惠特曼研究散记》。尽管在创刊号上还没有专设栏目，但是从编辑选文来看，已经表明了编辑团体期望在研究古典传统的同时，也介绍外国诗论的初衷。但是，从具体的栏目分布来看，《外国诗论译丛》一栏一直以来长期存在，早期名为《诗窗》。自1981年第1期设立起，基本上每一期都能看到该栏目的身影，少有几期出现中断。此外，还配合有《西方诗论的反思与评介》《当代外国诗坛》等栏目。与此不同的是，虽然设立了研究古典诗论的专栏——《古代诗论新探》[1]，但是栏目的出现频率较低[2]，与《外国诗论译丛》反差较大。

其次，既关注诗歌现场之外，也注重诗歌历史。前期展开对诗歌史的回顾，后期重视新诗史料的搜集和梳理。1994年4月2日，《诗探索》编辑部与北京大学中国新诗研究中心联合在北京文采阁举办了"中国当代诗史写作暨《诗探索》新刊座谈会"，围绕着会上的中心议题之一——洪子诚、刘登翰的新著《中国当代新诗史》，与会者展开了对当代新诗史写作方法、原则、史观等多方面问题展开了讨论。中国当代新诗史写作这样一个当时的重点和热点话题，也及时地进入了《诗探索》的栏目地图之中。1994年第3辑（总第15辑）起开设专栏《历史的沉思》并邀请孙玉石和谢冕，分阶段撰写了1917—1937

---

[1] 早期名为"古典诗歌新探"，自1981年第2期起设立。

[2] 据统计，从1980年第1期开始至2005年改版之前，早期《古典诗歌新探》一栏仅出现过1次，即1981年第2期。该栏复刊后出现的次数也不多，仅出现过5次，分别是1994年第1辑（总第13辑）、1995年第1辑（总第17辑）、1998年第1辑、1999年第4辑、2004年春夏卷。此外，2002年第1—2辑组织了一次《古代诗学思想与现代诗》栏目。之所以出现这样的情况，主要是与《诗探索》的性质有关。详见附录三《〈诗探索〉编辑刘福春访谈录》。

年、1937—1949 年、1949—1978 年、1978—1989 年的新诗发展史，自 1994 年第 3 辑（总第 15 辑）起连续刊登在《诗探索》该专栏中。在开设专栏的"编者按"中，编辑部表示，开设该专栏的目的在于，在新诗发展长达 80 年之久，又即将面临世纪之交的转型之时，希望能够以深沉的历史反思促进新诗的发展："显然，没有对历史的回顾、反思与总结，新诗难以有真正的发展，尤其是在新诗发展到一个特殊而又关键时期的今日。"[1]。在这一系列的文章发表完之后，2007 年第 1 辑理论卷又开设了《新诗史研究》一栏，即现在的《新诗史料》，中间曾用名为《新诗史料钩沉》。这个栏目随后便成了《诗探索》的固定栏目之一。在该栏中刊发了一系列具有史料价值的文章，例如段从学的《有关艾青的三条札记》、解志熙的《艾青诗文拾零》、王贺的《牛汉、冯振乾与海星诗社》等。2010 年第 2 辑的理论卷起，也增设了《诗歌刊物研究》，研究范围不仅包括当下公开出版的诗歌刊物，还包括对现代诗歌历史上出现过的诗歌刊物的回顾，民间刊物也在研究范围之类。凡是与诗歌刊物紧密相关并有史料价值的文章，编辑部都欢迎来稿，由此更进一步丰富了史料研究。

再次，在诗人论研究之外，增加了对诗歌群体的研究视角。自 1994 年复刊后第 1 辑（总第 13 辑）起，就设立了《当代诗歌群落》一栏，首先就推出了有关"他们"诗群的文章：韩东的《〈他们〉略说》和贺奕的《"诗到语言为止"一辩》。这两篇文章在展开对"他们"的个人观点前，就首先都否定了以《他们》为中心的诗歌创作群体构成流派的说法。此外，该栏还涉及对"一行"诗社、"白洋淀"诗群、"莽汉"等诗歌群落的研究，其中对"白洋淀"诗群的研究比较深入。1994 年 5 月，《诗探索》开展了"白洋淀诗歌群落"的寻访活动，并在当年第 4 辑（总第 16 辑）中推出了"白洋淀诗歌群落"的相关研究文章。在这之后，白洋淀诗歌群落也逐渐成为当代诗歌研究的一大重点和热点。2008 年第 2 辑的理论卷中，以杨桦的回忆性文章《白洋淀的回忆》为主，再次刊发了一批白洋淀诗歌群落研究的专栏文章，对"白洋淀诗歌群落"的研究再添新

---

[1] 详见孙玉石《20 世纪中国新诗：1917—1937》一文的"编者按"，《诗探索》1994 年第 3 辑（总第 15 辑），第 3 页。

的色彩。

最后,在诗歌理论研究的持续进行中,编辑部也注重了对诗论家和诗歌理论著作的评介工作。1995年第4辑(总第20辑)起设立了《诗论家研究》一栏,既对像俞平伯、孙玉石这样的诗论家进行探讨,也研究诗人的诗论成果,例如艾青的诗论、戴望舒的诗论等。同时,较大层面的研究文章也被纳入了该栏的范围之列,例如中国40年诗歌理论批评景观、九叶派诗歌批评理论等。1996年第2辑(总第22辑)起,设立《青年诗论家研究》,对一批有杰出贡献的新锐的青年诗歌批评家进行了深入研究,例如唐晓渡、陈超、李震、程光炜。《青年诗论家研究》专栏的设立,一方面为了使诗歌理论研究更加切实和完善,从研究诗论家的角度,在了解诗论家的理论批评特点的基础上,加深对其所发表的研究文章和出版的研究著述的理解,不盲目偏倚批评家的观点,基于研究事实给予客观评判,保持批评的独立性;另一方面,事实上也是希望从诗论家研究的角度,为青年研究者提供一个学习的平台和前进的方向。而对青年评论队伍的建设,则是自创刊之时就已纳入致力的方向之一。《诗探索》的创办本身就有感于诗歌评论园地的狭小和诗歌批评队伍的贫弱。因此,自创刊起,就十分重视对青年评论队伍的培养:

> 我们把发现、培养、提高新人的工作,郑重地放在自己的肩上。我们已经有了一支相当宏大的青年诗人的队伍,我们也应当有一支与之相当的青年的诗评家的队伍。[1]

为了实现这样的培养和发现目标,《诗探索》在创办之后就宣称刊物的服务对象是广大大中学生、青年工作者以及教育和文艺工作者等。将学生和青年放在首位,也充分展现了编辑团体对青年诗歌爱好者和诗歌评论队伍的兴趣培养。回顾《诗探索》的目录,我们会发现经过多年的不懈努力,当初在《诗探索》上发文的青年学者,现在已经成为具有一定知名度和威望的诗歌评论家,

---

[1] 谢冕:《我们需要探索》,《诗探索》1980年第1期,第4页。

或者已经转向其他文学领域的研究并成为自身专业领域的翘楚。但是，在当时发表文章之时，他们往往也是处于研究学习阶段的莘莘学子。早在 1981 年第 1 期的青年学生京宁的文章《诗，请"超脱"些！》之后，编辑部便后附编后附记：

> 本文作者是北京某大学一九七八级学生，现年二十二岁。本刊重申创刊时公之于众的一个宗旨：注意发现与扶植新的诗歌评论人才，使刊物年轻化。我们欢迎有更多的青年同志投入诗歌评论的行列中来。[1]

由此可见，《诗探索》在征稿和发文时是不设与学术无关的"门槛"的。这样，很多青年学生，尤其是硕士和博士阶段的在读研究生们的很多学术研究成果，能够通过《诗探索》这样一个平台被发表出来。事实上，尤其是《诗探索》发展的最近一些年里，青年研究者也成了《诗探索》的稿源主力。以各大高校的专业培养和编辑团体的层层选稿，使得所发表的文章一直保持着较高的学术水平。从《青年诗论家》《诗论家研究》《诗歌理论著作评介》这样的栏目能够设立并且长期存在可以看出，诗歌理论批评的队伍在不断地壮大，诗歌理论批评研究的成果也在不断地丰富、多样化。这一方面是《诗探索》不断开拓的诗歌研究领域的显现，另一方面也凸显了原先诗歌评论队伍贫乏的状况有所改善和缓解，诗歌理论批评自身得到了长足发展。

---

[1] 详见《诗探索》1981 年第 1 期京宁文章《诗，请"超脱"些！》的编后附记，《诗探索》1981 年第 1 期，第 50 页。

第二章　独立批评空间的开辟：介入"朦胧诗"论争

在特殊的历史时期结束后不久，空气中凝重传统的味道并未完全消散的时候，一场酝酿已久的文学自觉风潮，便以其独特的先锋姿态踏入了公众的视野之中。这场发轫于 1970 年代末的诗歌潮流，以其与特殊时期截然不同的诗歌创作风貌出现，将全新的诗歌艺术以及饱满的创作激情呈现在公众面前，充当了时代的先锋。在这个过程中，"朦胧诗"之所以会受到广泛的关注，与当时以《诗刊》为代表的诗歌刊物有着密不可分的联系。《诗探索》作为全国第一本诗歌理论刊物，从诞生之初，就与这场论争结下了不解之缘，它自创刊号起就直接参与了这场论争当中。尽管《诗探索》所竭力保持的是以相对中立的立场来对诗歌发展进行考察，但是通过细致的梳理，我们发现，从一开始，《诗探索》就是带有一定的先锋姿态的。对当时受到有意的政治话语批判的"朦胧诗"，《诗探索》进行了一定的有效维护，并在这场文学论争愈演愈烈进而显然转化为一场批判的时候，选择了相对沉默的立场，并从自身刊物的定位出发，竭尽所能，试图将脱离诗歌本身的论争转向对诗歌理论研究的关注，以及对诗人创作和诗歌作品的研究之中去。《诗探索》在"朦胧诗"争取合法地位的过程中所扮演的重要角色，值得重视和深思。

第一节　缘起

"朦胧诗"论争的缘起是一个比较复杂的问题，它并不仅仅是几篇重要文章的发表所能够带来的。在这背后，有着繁复的力量在逐层推进、相互作用，使得这股新的诗歌潮流成为一个瞩目的现象。

一、一股无法遏制的"暗流"

（一）冰川纪过去了

如果要谈到轰轰烈烈的"朦胧诗"论争的情况，那么就不能不先了解"朦胧诗"缘起的大致情况。在特殊的思想管制严格的1960年代，却也内蕴含着蠢蠢欲动的寻求思想上解禁的积极分子。由于一些重要的内部读物的油印和传播[1]、地下沙龙活动[2]"前赴后继"般成立并自由组织文学以及诗歌的阅读和交流活动，带有人道主义性质的思想和以现代主义为主的自主意识获得了最初的萌发。阿城曾将1980年代称为是"表现期"，而北岛则将1970年代称为"潜伏期"。这样的描述，也可以说是对当时诗歌发展线索的一种回溯：

> 如果80年代是"表现期"，那么70年代就应该是"潜伏期"，这个"潜伏期"要追溯到60年代末的上山下乡运动……更深的潜流是各种不同文化沙龙的出现。交换书籍把这些沙龙串在一起，当时流行的词叫"跑书"。而地下文学作品应运而生。[3]

---

[1] 详见萧萧：《输的轨道：一部精神阅读史》，载廖亦武主编：《沉沦的圣殿——中国20世纪70年代地下诗歌遗照》，新疆青少年出版社1999年版，第4—16页。

[2] 主要以北京地区的地下沙龙诗歌活动为主，其中以1960年代初形成的"×小组"和"太阳纵队"为主要代表。

[3] 查建英：《八十年代访谈录》，生活·读书·新知三联书店2006年版，第68页。

由于 1960 年代末的上山下乡运动，城市知识青年们中的一部分人带着萌发的"人的自我意识"进入了各个远离政治思想钳制的中心城市，抵达了管理相对松散并且能够获得广泛交流机会的"边缘"地带。其中以白洋淀为代表，聚集了大批周边的知识青年。脱离了权力的俯视与管制，他们坐在田间炕头，读书、聚会、交流、创作。大量的地下诗歌作品获得了广泛的传阅和交流，并进而影响到了以北岛、江河等为代表的"今天派"的诗歌创作，从而奠定了"朦胧诗"的基础。一股文学发展的暗流急切地寻求着喷薄和表现的出口。当"四人帮"被打倒之后，政治控制的松动和权力场域的缝隙使得一种新的诗歌现代形式的探寻获得了某种可能。由手抄本文学形式发展而来的民刊，遇到了发展中的黄金时机，各地的民刊开始广泛地涌起和流传："1978 年至 1979 年是中国民刊的鼎盛时期，从外省到首都，从边缘到中心，几乎都有私印的小册子、传单和杂志流传，大约有成千上万种"[1]。

1978 年 10 月，来自贵州的青年诗人黄翔，以一种傲然的"战斗"姿态出场。也是在 1978 年，《今天》创刊了，带着"壮士一去不复返"的悲壮，北岛等人将《今天》贴满北京最引人注目的公共场所。《今天》是作为民刊诞生的，尽管十分活跃，但是也时常由于一些外部压力和多方的关注而处于一种半地下状态。然而这并不影响《今天》以及发表在上面的诗作获得众多青年朋友的欢迎。1979 年北岛他们在玉渊潭公园一连举办了两场可谓是"史无前例"的诗歌朗诵会，听众从四五百人直升为近千人。[2]《今天》上的诗歌作品也开始被主流的官方刊物转载，《诗刊》1979 年 3 月号就率先转载了北岛的《回答》。《安徽文学》在 1980 年第 1 期开辟《原上草》专栏，选登了民办刊物《初航》《今天》《沃土》

---

[1] 廖亦武主编：《沉沦的圣殿——中国 20 世纪 70 年代地下诗歌遗照》，新疆青少年出版社 1999 年版，第 317 页。

[2] 第一次朗诵会在 1979 年 4 月 8 日，地点在玉渊潭八一湖畔松林小广场，第二次朗诵会举办于 1979 年 10 月 21 日，并印发了朗诵会诗选。据北岛、查建英的访谈录上记载，诗歌朗诵会是在 1978 年举办的，但是鉴于《今天》创办于 1978 年末，预计此处为口误，因此，采用鄂复明提供的《〈今天〉编辑部活动大事记》中的相关时间信息。收录于廖亦武主编：《沉沦的圣殿——中国 20 世纪 70 年代地下诗歌遗照》，新疆青少年出版社 1999 年版，第 438 页。

上的作品，舒婷的《四月的黄昏》和芒克的《自画像》纷纷登上了该专栏。这充分说明，"朦胧诗"作为一股不可遏制的"暗流"，注定会登上主流的话语坛之中。以具有广泛影响的《诗刊》对"朦胧诗"的敏锐嗅觉可以看出，这股"暗流"实际上已经转地下为公开了。而这也为之后所引起的论争奠定了基础。

（二）"一朵新花"绽放时

虽然《今天》自身的传播和影响是"朦胧诗"论争缘起的一个重要的来源，但是有关刊物对"朦胧诗"的推介作用也不能忽视。以《诗刊》为代表的官方刊物转载了《今天》上的部分诗作，使得有关"朦胧诗"的论争进入了一个白热化的激烈阶段。在"朦胧诗"还未获得这种命名之前，还未取得"公认"的合法存在权益的时候，有关"朦胧诗"的讨论是以对青年诗人创作问题的议论展开的。事实上，青年诗人的创作成为一个议题展现在公众面前，《今天》有着重要的推介作用，但是却不是唯一的渠道和平台。例如，舒婷的诗作除了通过《今天》与读者见面之外，还有一个重要的媒介值得引起当下研究的重视。1979年6月，由福建马尾文化站创办的刊物《兰花圃》发表了由蔡其矫转去的舒婷诗稿六首。[1] 舒婷的作品发表之后，不仅获得了更多的读者，同时也引起了一些争议的声音。据孙绍振回忆："这本油印诗刊居然发行到全国，甚至就舒婷诗歌展开争论。这令我激动不已。"[2] 当时，《兰花圃》的编辑部还特意为舒婷的诗添加了"编者按"，不仅指出了舒婷诗歌借助具体的形象，委婉含蓄地抒发诗人内心真实情感的特点，还将她的诗作称为是福建省"可喜的一朵新花"，并表达了希望外界扶持这朵"新花"绽放的愿望。1979年6月，随着《兰花圃》五、六月合刊的新鲜出炉，一场争议的前兆也随之而来了：

---

[1] 这6首舒婷的诗作，除了有已经在《今天》上发表过的《致橡树》外，还有创作于1975年的诗作《珠贝——大海的眼泪》，以及当时没有在《今天》上发表的诗作，如《致大海》《海滨晨曲》等。详见孙新凯：《〈兰花圃〉二三事》，载邵良官主编：《马尾文史资料第一辑》，政协马尾区委员会文史组1991年版，第120页。

[2] 孙绍振、张伟栋：《孙绍振访谈：我与朦胧诗论争（上）》，《当代文学研究资料与信息》2010年第2期，第42页。

刊物发出才几天，编辑部便收到傅子久、王者诚等厦门地区二十多位作者、读者的来信及评论文章。他们对舒婷的诗和"编者按"，提出了尖锐的批评。与此同时，我们也收到孙绍振、范方等十多位诗评家、诗人的评论文章，他们对舒婷的诗表示了极大兴趣，并给予很高的评价。两种尖锐对立的意见，导致了《兰花圃》关于舒婷诗歌创作问题的一场激烈争论。[1]

事实上，从这个时候开始，有关青年诗人的创作问题就已经浮现出来，从上述的参与《兰花圃》上的相关争议的人员来看，基本上也是后期参与"朦胧诗"论争的对垒力量之一。由于这些争议和评论文章并没有一个合理有效的平台来展示，因此这种非公开的争论所带来的影响是有限的。然而，这也从侧面表明，青年诗人的作品连带着相关的争议一起进入了诗歌发展的历史舞台。有关《兰花圃》所引起的争议，从某种意义上来说，也是《福建文学》开辟《关于新诗创作问题的讨论》一栏专门探讨舒婷的诗歌创作的导火索之一。

1980年1月，《福建文学》第1期以诗辑《心歌集》的形式，刊登了舒婷的五首诗歌，其中就有曾在《兰花圃》中发表过的《珠贝——大海的眼泪》。紧接着，2月就专设了《关于新诗创作问题的讨论》一栏，对以舒婷为主的青年诗人的创作问题进行了公开的争论。

(三)"无名的小花"暗香浮

无独有偶，青年诗人的创作问题在当时引起评论者的共同关注，并不是一个偶然的事情，当然也不得不说与期刊对青年诗人诗作的推介和《今天》的迅速发展有着密切的联系。1980年4月，顾城在《今天》上发表了诗作《雪人》。但是一年前，他其实就已经在《蒲公英》[2]报1979年第3期上，发表了《无名

---

[1] 孙新凯:《〈兰花圃〉二三事》，载邵良官主编:《马尾文史资料第一辑》，政协马尾区委员会文史组1991年版，第120页。

[2] 该报由北京西城区文化馆创办。

的小花》中的一部分诗作，反响积极热烈，迅速脱销。之后，"被称为'国刊'的《诗刊》也向顾城伸出橄榄枝，于当年10月发表他的《歌乐山诗组》"[1]。当《无名的小花》开始"有名"起来，也逐渐引起了一些老诗人的注意。公刘在《蒲公英》小报上读到了顾城的诗作后，深深地感到了一个"新的课题"出现并摆在了新诗发展的眼前。1979年10月，当公刘的《新的课题——从顾城同志的几首诗谈起》随着《星星》诗刊的复刊，一同出现在公众的视野之中，有关青年诗人的创作问题的争议也正式地由地下转为了公开。

公刘的这篇文章诞生之时，正是诗坛开始对青年诗人作品有着不同评议的时候，从文中公刘逐一辨析了当时口头争议的种种观点便可以看出来。公刘在文中提出了很重要的两点，而这两点也为后来的进一步的论争奠定了基础和语调。一方面，公刘指出了老一辈的诗人们和青年诗人之间出现了距离：

> 我对他们的某些诗作中的思想情感以及表达那种思想感情的方式，也不胜骇异。但是无论如何，我们必须努力去理解他们，理解得愈多愈好。这是一个新的课题。[2]

想要更深地理解青年诗人们，首先是注重对其作品的推介，让更多的人阅读到青年诗人的诗作。这种实践首先便与文学刊物相继推出的新人新作小辑有机地结合了起来。《安徽文学》1979年第10期便刊发了《新人三十家诗作初辑》，刊登了梁小斌、骆耕野、方晴、顾城等30位青年诗人的作品。除《安徽文学》外，《诗刊》也在1980年4月号上刊出《新人新作小辑》，发表了15位青年诗人的作品。《星星》则是以专栏的形式，例如《诗坛新一代》等推出青年诗人，并转载《今天》上的部分诗作。《福建文艺》更是如上所述，自1980年第1期起就按部就班地展开了对舒婷的专题探讨。在多家刊物的共同推动下，"朦胧诗"的影响进一步扩大。随后，青年文学工作委员会第一次会议召开，

---

[1] 刘春：《生如蚁，美如神——我的顾城与海子》，译林出版社2013年版，第31页。
[2] 公刘：《新的课题——从顾城同志的几首诗谈起》，《星星》1979年第1期。

在会上，提到了"现在文学青年非常多，是大问题。他们和五十年代的青年不同，有一种'异端'色彩……我们应该同他们'对话'，要敢于接触他们的问题"[1]。这说明，有关青年的创作问题并不是诗歌界的一个独特现象，而是整个文学发展在历经了特殊时期的损耗后而出现的一个整体的现象，突出表现在青年诗人的诗歌创作中。

另一方面，公刘在文中所提到的要对青年诗人们进行引导，以免他们走上"危险的小路"也被《文艺报》敏锐地把握到了。在这篇文章发表后不久，《文艺报》便于1980年第1期转载了全文，并附有"编者按"，提出了对像顾城这样的文学青年应当给予"正确的引导和实事求是的评论"[2]。由此，一方面有关青年诗人诗作的争议开始更为突出；另一方面站在被"引导"的立场上，青年诗人及其诗作在公开受到评价的同时，也似乎被置于一种不平等的地位上。一场交锋便已经在所难免了。

二、理论交锋的真正来袭——从南宁到定福庄

(一) 论争的浮出与《诗探索》的出场

当众多的情绪和铺垫都已经做好的时候，有关"朦胧诗"的争论便只差一个合适的时机。1980年4月，来自全国二十几个省市的诗人、评论家、编辑、大学教师和研究机构的研究者们，纷纷从各地奔赴广西南宁，参加全国当代诗歌讨论会，这似乎也给予了这场论争从自由议论转为正面论争的机会。

"南宁诗会"并不是特意针对有关"朦胧诗"的问题而召开的一个大型会议，这个会议召开的初衷主要是对打倒"四人帮"以来的新时期诗歌创作进行回顾总结，并对诗歌未来的发展进行展望。谢冕在回忆"南宁诗会"的相关情况的时候曾说："我是会议筹备组的，最初准备时，并没有要讨论后来的'朦

---

[1] 刘福春：《中国新诗编年史》，人民文学出版社2013年版，第1010页。
[2] 公刘：《新的课题——从顾城同志的几首诗谈起》，《文艺报》1980年第1期。

胧诗'，但是那个时候敏感的人能够感觉到这个创作现象。"[1]当《星星》的主编带着新出版的刊物而来的时候，一个话题就像"炸弹"一般，投向了原本表面上很平静的会场，由顾城的《一代人》《弧线》等诗作引发了意见完全相反的观点的交锋。实际上，当年刚出版的这一期《星星》，只是提供了一个契机，最根本的原因是关于新诗创作问题本身就存在了分歧。这种分歧并不是因为论争而产生，而是在论争之前就已经存在。公开的正面论争使得分歧直接摆在了诗坛面前。一方以丁力、闻山为代表的保守派，延续了公刘在《新的课题》一文中提到的"引导"，主张要对青年诗人的创作倾向进行引导。而以谢冕、孙绍振为代表的批评家则主张对青年诗人的创作给予支持。双方的发言措辞都较为激烈，但是当时也仅限于口头的交锋。

"南宁诗会"上爆发的这场论争，实际上就将这场论争的重要性抛掷了出来，这也促使了《光明日报》《诗刊》发现这场论争的重要性，并着手组织相应的文章对此进行讨论。从"南宁诗会"开始，关于个别青年诗人创作问题的零散讨论也被集中了起来，一个具有共同艺术特征的创作潮流和与其有关的论争被正式地搬上了历史舞台。但是，在当时还未获得一个合理的命名，即便是今天的"朦胧诗"这样的命名，也更多地只是大家约定俗成的一个指认。也正是在这个会议过程中，有一些人产生了创办一个理论刊物的想法。可以说，《诗探索》从最初的创办机缘开始，就与"朦胧诗"论争有着密切的联系：

> 1980年底，《诗探索》创刊号正式出版。《诗探索》之所以急匆匆地要赶在80年代的第一年问世，是要为那个梦想和激情的年代作证，为中国文学艺术的拨乱反正作证，为中国新诗的再生和崛起作证。[2]

实际上，从创刊号的字里行间，我们也不难看出《诗探索》是以比较先锋

---

[1] 王尧：《"三个崛起"前后——新时期文学口述史之二》，《文艺争鸣》2009年第6期，第101页。
[2] 谢冕：《为梦想和激情的时代作证——纪念〈诗探索〉创刊30周年》，《诗探索·理论卷》2011年第2辑，第4页。

的姿态出场的。它所要坚持的并不是去迎合经过特殊时期的洗礼俨然有些固化的传统诗歌发展理念,"墨守成规永不会有创造"[1]。由此可见,虽然在主要编委成员中也有相对保守的一派,但是以主编谢冕为首的比较新锐、开放、包容的诗歌批评理念是占据上风的。这也就为后来当有关"朦胧诗"论争在各大报刊上轮番上演的时候,《诗探索》保持自身的倾向性奠定了根本的基础。

(二)"定福庄"理论座谈会

由于"南宁诗会"的影响,"1980年4月,当时光明日报的一位资深编辑章先生,以他敏锐的眼力看出了这场论争的重要性"[2]。《光明日报》邀请谢冕和孙绍振撰文。谢冕很快便写好了《在新的崛起面前》[3]一文,他将当时的新诗潮与"五四"时期的新诗运动有机地联系了起来,事实上就为当时不受"待见"的"朦胧诗"进行了第一次的辩护,用"崛起"这样一个关键词,鼓励诗界进一步思想解放,包容艺术创新。新诗在接受着挑战,而支持"朦胧诗"发展的诗论家们面临的挑战也正式拉开了帷幕。谢冕的文章立刻在诗坛中激起了浪花,《诗刊》在1980年8月号的《春笋集》一栏中刊出了舒婷、王小妮、北岛的诗作,同时开辟了《问题讨论》的专栏,试图对这种诗歌创作进行理论上的探讨。章明的《令人气闷的"朦胧"》和晓鸣的《诗的深浅与读诗的难易》率先出现在该专栏中。"朦胧"一词也随着论争的不断深入,逐渐成为一种约定俗成的命名方式。

同年9月,《诗刊》举办了"定福庄诗会"[4],除了《诗刊》的负责人邹荻帆、

---

[1] 谢冕:《我们需要探索》,《诗探索》1980年第1期,第2页。
[2] 孙绍振、张伟栋:《孙绍振访谈:我与朦胧诗论争(上)》,《当代文学研究资料与信息》2010年第2期,第45页。
[3] 该文发表于1980年5月7日的《光明日报》上。
[4] 由于这次全国诗歌理论座谈会在北京郊区的定福庄举办,鉴于其自身影响较大,后被广泛称为"定福庄诗会",详见钟刃:《在争鸣中探求新诗的道路——记全国诗歌理论座谈会》,《星星》1980年第11期,第93页。

严辰、邵燕祥、柯岩等自始至终参加了这个会议外，会议还邀请了23位[1]来自北京和外地的理论工作者。尽管《诗探索》在当时还未出刊，但是刚刚于7月组织了筹备会并确定了编委会主要成员的《诗探索》，立即作为正式刊物，与《文艺报》《星星》《海韵》等刊物一同派代表参加了这次会议。可以看到，参加会议的23人中，丁力、谢冕、易征、孙绍振、杨匡汉、宋垒都是《诗探索》的重要编委会成员，主编谢冕、副主编丁力和杨匡汉纷纷到场。后期接任责编工作，并从复刊后至今一直担任主编的吴思敬也参与了这次会议。在吴思敬看来，"定福庄诗会"是一次非常重要的会议，如果说"南宁诗会"中爆发的论争还带有一定的意气成分，那么"定福庄诗会"则是充分坦诚且宽松自由的，学术民主的气氛十分浓厚。

《诗刊》社召开的这次座谈会虽然人数不多，规模与"南宁诗会"无法相提并论，但是却在理论探讨上并不处于弱势。这次会议基本上聚集了当时主要的具有代表性的批评家们，最初旨在自由论争、深入学术讨论的目的很好地实现了。在这次会议上，与会者们主要讨论了关于诗歌道路的问题，诗与现实的关系、诗歌"现代化"、对外国诗歌的借鉴问题，诗歌的真实情感以及诗中的自我以及如何看待青年诗人在诗作中表现出来的探索。从会议的主要讨论中不难发现，"定福庄诗会"上所讨论的这些问题，实际上也是后来"朦胧诗"论争中具体争论的主要方面。而在这个会议上，争议最大的话题是如何看待青年诗人的创作，与会者们在"引导"和"宽容""支持"之间再一次展开了交锋，当然也有部分与会人员保持了中立的观点。尽管在会上，谢冕感受到了"比南宁会议更多的人出来支持'朦胧诗'，支持我的观点"[2]，但是从《诗刊》发表的座谈会简记中，我们能够看到一种倾向性：

---

[1] 这23人分别是：丁力、丁芒、易征、孙绍振、尹在勤、任慷、严迪昌、李元洛、杨匡汉、吴超、吴思敬、宋垒、何燕平、张同吾、阿红、陈犀、罗沙、金波、钟文、郑乃臧、高洪波、黄益庸、谢冕。详见吴嘉、先树：《一次热烈而冷静的交锋——诗刊社举办的"诗歌理论座谈会"简记》，《诗刊》1980年第12期，第3页。

[2] 王尧：《"三个崛起"前后——新时期文学口述史之二》，《文艺争鸣》2009年第6期，第104页。

多数同志认为,对青年人的创作要热情鼓励,也要正确引导;赞扬和批评都是在引导,刊物有选择地发表他们的作品也是一种引导,有人一听"引导"就反感,其实,反对引导本身也就是一种引导。诗歌理论工作者应该积极地、热情地、耐心地、细致地做好对青年诗作者引导的工作,使他们能在诗歌创作的道路上健康成长,早日成材。[1]

这也说明,在当时支持"朦胧诗"自由发展的群体并不占大多数。在这种情况下,《诗探索》对"朦胧诗"论争的介入便显示出了其重要性,尽管谢冕曾说:"《诗探索》不想充当某一诗歌流派的代言人,也不谋求成为某一种风格的鼓吹者。"[2]但是,我们从《诗探索》介入"朦胧诗"论争的种种迹象可以看出,实际上它是带有一定的倾向性的。而这种倾向性并不是为"朦胧诗"代言,而是从诗歌自身的发展实际出发,支持诗歌自身符合规律的发展,是对前进和自由的选择。

1980年12月,《今天》中止了一切活动,但是围绕以《今天》为主要中心的"朦胧诗"以及它们的创作者们的论争却愈演愈烈。也是在1980年12月,《诗探索》创刊号出刊。

第二节　介入的维度

在整个"朦胧诗"论争中,除了主要参与论争的批评家外,主要的报刊媒介也起了十分重要的作用。《诗刊》《星星》《福建文艺》《安徽文学》《文艺报》都在这场新时期以来极有意义的论争中以自身的姿态和形式积极地参与论争,

---

[1] 吴嘉、先树:《一次热烈而冷静的交锋——诗刊社举办的"诗歌理论座谈会"简记》,《诗刊》1980年第12期,第5页。
[2] 谢冕:《为梦想和激情的时代作证——纪念〈诗探索〉创刊30周年》,《诗探索·理论卷》2011年第2辑,第4页。

从而构成了这场大论争的主要风貌。在这其中，它们有的组织讨论，有的提供发表意见的平台，有的也带有意识形态色彩，对有关"朦胧诗"的论争进行有意识的引导。《诗探索》从一开始就是直接介入"朦胧诗"论争之中的，并且可以说自创刊号起，《诗探索》就表明了自身的倾向性。

一、介入的姿态：从"青春诗会"到"青年诗人笔谈"

（一）"青春诗会"的引导

由青年诗歌的创作倾向和独特艺术引起的"朦胧诗"论争爆发之后，作为主流意识形态的代表性刊物，《诗刊》首当其冲地发现了青年诗人创作的重要性以及"朦胧诗"论争的学术价值，并责无旁贷地担任起了"引导"的职责，期望能够帮助青年诗作者们更好地走好诗歌创作的道路。在"定福庄诗会"召开之前，《诗刊》率先组织了第一届"青春诗会"[1]，并将他们创作的诗作以总题"青春诗会"发表在《诗刊》上。这些青年诗人在年龄上从20岁到30多岁不等，有的是大学生，有的是工人，有的来自农村。可以说层次多样，范围广，并不完全是针对"朦胧诗人"。在他们中间，既有具有现代气息的"朦胧诗人"，也有以现实主义创作为主要风格的诗人。为了做好青年的引导工作，《诗刊》请来了众多的诗坛前辈给青年诗人们上课、做讲座，如艾青、臧克家、贺敬之、田间、蔡其矫等人都先后将自己的诗歌创作经验分享给了这批年轻的诗人。袁可嘉和高莽则向他们详细地介绍了外国诗歌。无疑，这是一次和谐、愉悦的前辈与后辈之间的交流和学习。但是从《诗刊》发表的相关文章，我们可以发现，这次"青春诗会"在有关诗歌创作倾向的"懂"与"不懂"的问题，以及

---

[1] 第一届"青春诗会"于1980年7月20日至8月21日举行，共邀请了17位青年诗人，他们分别是：顾城、舒婷、江河、梁小斌、徐敬亚、王小妮、高伐林、才树莲、叶延滨、张学梦、杨牧、徐晓鹤、梅绍静、陈所巨、徐国静、孙武军和常荣。"青春诗会"最早名为"青年诗作者创作学习会"，在《诗刊》将青年诗人创作的诗作以"青春诗会"的总题发表后，"青春诗会"便由此得名。详见张映光：《王燕生：一段不该被淡忘的诗歌史》，《新京报》编《追寻80年代》，中信出版社2006年版，第52页。

诗歌与人民与现实之间的联系上是有不同意见的：

  大家都是写诗的，写好诗，不能不摆正自己的诗在人民中的位置，不能不找准诗在时代中的位置。如果我们的诗不在人民中，不在历史的进程中起到一定的作用，还要写诗干什么呢？他们较广泛地谈到了诗与政治，诗与人民，诗与生活，谈到了诗的时代精神，诗的社会功能，诗的继承、借鉴与创新，以及诗中的自我等这一类重要的问题。[1]

  可见，以"朦胧诗人"为代表的青年诗人创作中所表现出来的现代主义风格和气息，并没有受到主流意识形态的认可。而《诗刊》表现出这样的倾向性，与其自身的刊物定位和客观的环境有着密不可分的关系。被请来给青年们授课的老一辈的诗人们，纷纷就相关问题谈了自己的看法。贺敬之说："一定要解决好主观世界与客观世界的关系，要代表时代的先进力量、先进思想，来反映我们的时代。"[2] 艾青说："不能够把自己最简单的、最狭隘的一点感觉，认为就是大家都能理解的感觉；或者是属于个人苦思冥想所产生的东西，也要别人接受。"[3] 从诗人们在诗作前所附的诗话中来看，基本上也是不带明显的"异端"色彩的独白。但是事实上，青年诗人们对当时自己的处境并非是无所言语的。"比如'青春诗会'期间，谢冕他们办的季刊《诗探索》曾经采访过顾城等人，他们的一番话也引起了主流派的不满。"[4] 之所以会引起主流派的不满，就是因为在《诗刊》上不能发表的声音，却在《诗探索》的创刊号上公然地大篇幅地刊载出来。

---

[1] 王燕生：《青春的聚会——诗刊社举办的"青年诗作者创作学习会"侧记》，《诗刊》1980年第10期，第47页。

[2] 王燕生：《青春的聚会——诗刊社举办的"青年诗作者创作学习会"侧记》，《诗刊》1980年第10期，第46页。

[3] 艾青：《与青年诗人谈诗——在诗刊社举办的"青年诗作者创作学习会"上的谈话，一九八〇年七月二十三日》，《诗刊》1980年第10期，第37页。

[4] 田志凌：《对话邵燕祥：对新诗的推荐推动新诗向前走》，《南方都市报》2008年7月20日。

(二)"青年诗人笔谈"中的"反叛"

借着《诗刊》举办"青春诗会"的东风，还未正式出刊的《诗探索》便借此良机，请来了与会的部分青年诗人：张学梦、高伐林、徐敬亚、顾城、王小妮、梁小斌、舒婷、江河。《诗探索》请来这些青年诗人后，在文学所二楼的会议室里举行了一次小型座谈会。会议规模虽然不大，但是却具有重大的意义。杨匡汉回忆道："发言争先恐后，会后留下各自简短的笔谈，由编辑部合成《请听听我们的声音》一文。"[1]在对待青年们的创作方面，相比于《诗刊》所采取的讲授引导、学习创作的系统模式，《诗探索》所采取的方式是简单而直接的——让青年们发声。在当时的历史情境下，选择让青年们自由发声，并将主要内容不作有意删减集结成文公开发表出来，是需要一定勇气的。可见，《诗探索》从介入"朦胧诗"论争的出场开始，就带有鲜明的先锋色彩。争取学术民主和中国当代新诗的自由发展。这样的选择并不是毫无阻碍的，也遭受了一些非议和批评的声音："事后有人告诉我：'《诗刊》内部有人说，好不容易把他们引导过来了，《诗探索》又把他们引导回去了。'"[2]之所以会有"引导回去了"的说法，就是因为这组《请听听我们的声音》中包含了当时不太为人所接受的诗艺观念，尤其是在敏感话题上，青年诗人们勇敢地倾吐了自我的心声。

这组笔谈基本上是以主张诗歌的自由探索为主题的，诗人们认为当代诗歌应当具有新的创造和真正的自我。在这样的主题下，诗人们畅所欲言。张学梦希望在诗歌形式上摆脱格律的束缚，以自由体的方式自由地抒发情感，将抽象的哲思与具体的形象结合起来。高伐林在对待传统的观念上，呼吁既不要一概否定传统，更不能完全顺应传统，诗歌应该真实地反映当代人的思想情感，通过表现"我"的独特感受唤起情感共通和对真善美的追求。

> 我要努力寻找我"这一颗"心通往人们心灵的通道。人们往往要求诗

---

[1] 杨匡汉：《〈诗探索〉草创期的流光疏影》，《诗探索·理论卷》2011年第2辑，第9—10页。

[2] 杨匡汉：《〈诗探索〉草创期的流光疏影》，《诗探索·理论卷》2011年第2辑，第10页。

歌写得深。对于"深"却有两种理解:有的人理解为深刻的主题,挥起锄头挖开灰褐色的泥土、铁青色的岩石,挖到闪光的金子;有的人理解为深厚的生活体验,并不抛弃泥土和岩石,朝大地深处扎下根须,终于开出生机盎然的花。以前我是照前者那样干的,最近我觉得后者更是我努力的目标。诗总是作用于情感。[1]

徐敬亚则深刻地感受到了"中国新诗真的到了一个转型期"[2]。在这样全新的时期里,社会的现状、生活的现状决定了人们对全新的诗歌语言和诗歌情感的渴求,然而相应地也应改变传统的诗歌观念来给予新的诗歌创作以支持。

中国要产生全新的诗,甚至是全新的情感,全新的语言!甚至是全新的原始构思,全新的文学排列!!这需要调整和改善我们民族对诗的感受心理,调整和改善人们对诗的鉴赏心理,方能适应和召唤全新的生活。当前,青年们(包括那些不知名的文学青年)已经在进行着顽强的探索。(我朦朦胧胧地感到了耳边有掀动地层的声音)行路之初,他们面临着艺术的和社会的双重困难。当前,必须首先承认他们的创作是一种探索,必须给予鼓励和支持。[3]

这段话中,三个感叹号有力地传递出了诗人内心对"新"的强烈渴望,徐敬亚期盼着青年的顽强探索能够得到有力的支持,突破当下的创作困境,得到丰富的研究养分,同时也获得更为多元、注重诗歌美学价值的新评论。顾城则毫不避讳地谈到了"自我"的问题:

我们过去的文艺、诗,一直在宣传另一种非我的"我",即自我取消、

---

[1]张学梦、高伐林、徐敬亚等:《请听听我们的声音》,《诗探索》1980年第1期,第48页。
[2]张学梦、高伐林、徐敬亚等:《请听听我们的声音》,《诗探索》1980年第1期,第49页。
[3]张学梦、高伐林、徐敬亚等:《请听听我们的声音》,《诗探索》1980年第1期,第49页。

自我毁灭的"我"。如:"我"在什么什么面前,是一粒砂子、一颗铺路石子、一个齿轮,一个螺纲钉。总之,不是一个人,不是一个会思考、怀疑、有七情六欲的人。如果硬说是,也就是个机器人,机器"我"。[1]

　　顾城的这段话大胆而有力地否定了受到特殊时期阴霾笼罩而导致的、长久以来诗歌创作中"自我"消失的问题。即便是在特殊时期结束之后,由于社会政治环境的影响,诗歌所承担的社会功能与其本身应当具有艺术美之间也出现了失衡。"自我"的隐藏和消失成为一种普遍意义上的共识和默认。但是,在顾城看来,新诗的"新"就在于一个真正的自我的有效出现,他呼吁有着"现代"意义的"我"的不断出现。

　　谈到"自我"问题的诗人,除了顾城之外,还有王小妮。在她看来,要写好"自我",首先是要写好"人"。梁小斌则强调着要向人的内心进军,展开对情感和感觉的把握。舒婷感慨诗歌创作和评论中的浮泛现象:"以前读评论总有个感觉:褒贬都难以打动人心。允许小说写《伤痕》,就不允许诗歌有叹息。"[2]在她看来,无论是诗歌创作还是诗歌评论都需要"讲真话"。江河则态度鲜明地强调了诗人应当具有深刻的思想、炙热的情感和探索的精神,争取自己独特的位置,勇于创新和借鉴。

　　　　当然,过去的传统会不断地挤压我们,这就更需要百折不挠地全新地创造。不但会冲掉那些腐朽的东西,而且会重新发现历史上忽略的东西,使传统的秩序不断得到调整。马雅可夫斯基在多大程度上继承了普希金的传统呢?总有人喋喋不休地谈着诗应该是什么样子。诗人从来就喜欢做些似乎是不该做的。没有深刻的思想、疯狂的热情和冒险精神,做不成事情。至于向外国诗借鉴,五四以来的新诗,哪个没有?借鉴些什么,

---

[1] 张学梦、高伐林、徐敬亚等:《请听听我们的声音》,《诗探索》1980年第1期,第52页。"螺纲钉"为原文引用。

[2] 张学梦、高伐林、徐敬亚等:《请听听我们的声音》,《诗探索》1980年第1期,第56页。

诗人自有敏感。全世界的艺术越来越多地展示在我们面前，能否踏上世界的行列，取决于我们清醒的认识和竞争。[1]

纵观这一组"青年诗人笔谈"，与之前《诗刊》所发表的诗人们和风细雨般的诗论文字，有着明显的反差。隐藏的情绪与潜在的问题毫无保留地暴露出来了。诗人们所关心的问题，他们对诗歌现状的观察与想法，通过《诗探索》这样一个平台获得了真实的表达。"请听听我们的声音"，一个"请"字，将在逆境中探索的青年诗人们的处境呈现了出来。从公刘的《新的课题》中提出了"引导"，到"青春诗会"中的切实实践，青年诗人在论争中一直处于不平等的地位。他们没有发言的机会和平台，也缺少声援的声音。在这场"朦胧诗"大论争中，参与争论的基本上是各大报刊和批评家、研究者们，而作为创作主体的他们则是"沉默"的大多数。因此，当《诗探索》介入了这场论争的时候，舒婷说：

我确实不懂评论。我只是想：创作和评论是同盟军，现在诗歌创作的先头部队已闯进禁区，正需要炮火支援。《诗探索》的出现，令人鼓舞。还说明了评论界隔岸观火的现象不复存在了。[2]

舒婷所说的炮火支援，也就是高伐林谈到的"总结诗坛上的新鲜经验，给予我们切实的指导"[3]。不是去评判是非对错和做感性的辩说，而是从理论的层面切入。无论是参与论争还是通过多样化的栏目建设，《诗探索》实际上也践行着自身对"探索"的追求。

自《诗探索》的"青年诗人笔谈"之后，还有部分刊物也刊载了类似的笔

---

[1] 张学梦、高伐林、徐敬亚等：《请听听我们的声音》，《诗探索》1980年第1期，第58页。
[2] 张学梦、高伐林、徐敬亚等：《请听听我们的声音》，《诗探索》1980年第1期，第56页。
[3] 张学梦、高伐林、徐敬亚等：《请听听我们的声音》，《诗探索》1980年第1期，第48页。

谈文章。其中《福建文学》刊登的《青春诗论（十则）》[1]是值得关注和比较的。尽管相对而言《青春诗论》是更为完整和系统的诗论短文，但是有些观点从某种程度上说，可以视为是部分诗人在《请听听我们的声音》中所表达的主要观点的延续和扩展。相比《诗探索》的一组笔谈中，直接将触角深入在当时既热点又比较敏感的问题中去，让诗人们发表个人见解，《福建文学》这一组诗论相对而言棱角要弱化一些，个性观点的声音虽然也有，但基本上比较温和，它更侧重的是诗人诗艺的自我解读，与《诗刊》附在《青春诗会》中的诗人诗论有着类似之处。

　　《诗探索》发表的这一组"青年诗人笔谈"之所以在同时期同类文章中有着重要的位置，并成为众多文学著作参考的重要资料之一，不仅仅是因为它在时间上对《诗刊》进行了最为及时的回应，同时还在于它真实地记载了青年诗人们在当时处境下的感受和想法。更重要的是，《诗探索》敢于在"朦胧诗"论争兴起之时，以这样的方式率先以一个刊物的立场毫不犹豫地表达了对青年诗人诗艺探索的支持。这使得这组"青年诗人笔谈"所具有的意义，并不一定是在理论深度上的，而是更体现在争取艺术民主和潜在地呼吁诗艺探索等方面。《诗探索》重视青年诗人的想法、支持他们表达权利的做法，自然地流露了出来。而《诗探索》的这种勇气和选择也意味着一个新的独立的批评空间的开创，这也为其介入"朦胧诗"论争的方式奠定了基础的语调。

二、争鸣的场域：以"新诗发展问题探讨"为中心

　　带着"青年诗人笔谈"所彰显的独立姿态，《诗探索》自创办起就扎进了"朦胧诗"论争的旋涡之中。可以说，及时地进行诗歌评论，捕捉当代诗歌发

---

[1]《青春诗论（十则）》，《福建文学》1981年第1期，第60页。这十则诗论，分别来自杨炼、徐敬亚、顾城、高伐林、李发模、张学梦、骆耕野、梁小斌、陈仲义、王小妮。总题下附"编者按"："诗坛上新人辈出，不但以各呈异彩的诗作引人注目，而且有关于诗的新鲜的、精彩的见解值得重视。当然，有些意见还可以讨论。"

展的动态,既是《诗探索》作为一本诗歌理论刊物的职责所在,也是它自创刊以来一直坚持的工作之一。从1980年第1期开始,《诗探索》就专设了《新诗发展问题探讨》一栏,选取并发表关于当前的诗坛热点问题的相关评论文章,由此介入了"朦胧诗"论争当中。由于时间原因,《诗探索》中关于"朦胧诗"论争跳过了围绕着"懂"与"不懂"的论争起步阶段,主要经历了三个阶段:一、在有关新诗发展的热点问题中,围绕"朦胧诗"的艺术特点和表现特征,对诗歌形式、道路、"自我"、诗与时代社会的联系等方面进行讨论;二、加入外国诗论的介绍,加深"朦胧诗"论争中的理论研究的色彩;三、围绕孙绍振的《新的美学原则在崛起》一文而展开的争鸣。

(一)新诗发展问题探讨

1980年第1期,《诗探索》在《新诗发展问题探讨》一栏中再次刊载主编谢冕的重要评论文章《在新的崛起面前》[1],宣告了《诗探索》正式介入"朦胧诗"论争。由于以主编谢冕为首的编辑成员,在"朦胧诗"论争中有着明确的支持或者反对"朦胧诗"发展的倾向,因此为了表明从主编到具体的编辑成员所发表的文章都只代表其个人的观点,不代表刊物的立场。同时,也为了彰显艺术民主、培养出良好的学术讨论的氛围,首期便在《新的崛起》下面一连刊载了两篇与谢冕进行商榷的文章。丁力之子丁慨然的文章《"新的崛起"及其它——与谢冕同志商榷》直接表明了对谢冕一文《新的崛起》的强烈反驳,开篇就直接将谢冕文中所冠以"崛起"的诗篇,定义为青年作者在创作中的盲目跟风和生硬模仿西方现代派过程中出现的"消化不良"现象。他认为谢冕一文中所持有的新诗发展观是错误的、没有根据的。这样的不良倾向不仅会在客观上把一些青年作者引上歧途,而且这种诗歌评论本身就是对诗歌发展的限制甚至是毒害。而真正的新的崛起的新诗,所应当坚持的方向是"五四"新诗革命的革命现实主义精神,加强与人民之间的联系,诗歌为民所歌,向"民族化群众化"的方向努力。

---

[1] 原载于1980年5月7日的《光明日报》。

紧接着，单占生的《新诗的道路越走越窄吗？》同样是与谢文进行商榷，但是态度相对中肯温和。他在肯定了谢文中所表达的对新生力量进行积极支持的态度之后，对谢冕文中所论及的"新诗60年走了一条越来越窄的道路"这一观点进行了反驳。该文对新诗60年以来的三次大讨论进行了点评：1930年代文艺大众化的讨论符合诗歌发展规律，有利于诗歌发展道路的拓宽；1940年代关于民族形式的讨论，是对民族文艺过分吸收外来影响时的一种自我矫正，并不能因为某一诗歌流派的消亡就表示诗歌道路的狭窄；1950年代新诗向民歌学习也是如此。总之，三次大讨论都是以新诗为基础的，并不是纯粹地排外。新诗大众化、民族化顺应了民情，是一条应当坚持的正确道路；而真正体现了新诗道路狭窄甚至无路可走的，是"四人帮"文艺阴谋论控制下的中国文坛。

随后，刘湛秋的《诗的漫想三题》表达了对"朦胧诗"创作的支持与鼓励。开篇便指出，当前诗歌创作出现的变化是60年间罕见的；随后从诗与时代精神、诗的创新和探索、诗美三个方面对这种新的诗歌创作变化进行了探讨，并对当前的诗歌创作的艺术特征做了简单的总结。在涉及对当前诗歌创作情况的评价时，刘湛秋也表明了对青年诗人写作中所表现出来的"自我"倾向的支持。

而刘汉民的《新诗要进一步民族化》则是对刘再复、楼肇明两人在1979年第3期的《社会科学战线》上发表的文章《关于新诗艺术形式问题的质疑》[1]一文的反应。在刘汉民看来，刘再复和楼肇明的观点是偏颇的。他认为，从先秦到近代，我国古典诗歌的发展是代代承续的。但新诗却是从西欧生生搬运过来的，在艺术形式上与古典诗歌一点关系都没有，因此新诗的确走的就是"欧化"的邪路。但是在部分诗人的努力下，新诗具有一定的民族特色，应该在已有的基础上继续发展，而不是去推翻已有的一切。在刘汉民看来，新诗应当进一步民族化而不能散文化，此外还要注重对民歌和古典诗歌的学习，应当重新建立格律。

整体上来看，首期的《新诗发展问题探讨》一栏的确是保持了以新诗发展问题为主的方向，同时也体现出对青年诗人诗作的评介问题。总的来看，在

---

[1] 该文是对尹旭发表于《社会科学战线》1978年第4期上的《新诗要革命》一文的回应。

直接涉及"朦胧诗"的评价问题上，基本保持赞成与反对的持平。而在对具体的诗人诗作的评价上，《诗探索》选取的是相应的诗人诗作的评论文章，结合诗人的作品分析对诗人的创作特色进行讨论。例如刘登翰的《从寻找自己开始——舒婷和她的诗》主要分析了舒婷诗歌中的抒情个性的主要特征，以人的内心世界作为自己主要的描写对象，又以展现自己的内心世界为主的抒情方法分析了她抒情形象的两个侧面，以《致橡树》《赠》《这也是一切》为主要的分析对象，同时也指出了她诗歌中的题材狭窄的一面。从诗歌本身的艺术特色出发，对青年诗人诗作进行客观点评，表现出了《诗探索》在刊物发展中坚持了从诗歌本身出发的观点，这种做法使得它能够在论争中保持诗歌理论研究的本质。

（二）理论研究的深化

随着1981年第1期的《诗探索》将力扬的遗作《评郭沫若的组诗〈百花齐放〉》作为头条登载，《诗探索》参与"朦胧诗"论争开始进入第二个阶段。在这一阶段中，《诗探索》在倡导艺术民主、批评独立的声调中，加入对与"朦胧诗"相关的外国诗论的介绍，一方面为批评提供理论支持，另一方面为创作提供指导。

力扬的这篇文章创作于1958年6月，是对当时《人民日报》上连载的组诗《百花齐放》的及时批评，但是一直没能被发表，直到1981年在《诗探索》上首发。在该文创作的同一时期，由于当时的特殊情境，对《百花齐放》的评论普遍表现出了褒奖姿态。事实上，在当时的评论中，溢美之词并不鲜见。例如1959年第10期的《作品》上，发表了郭铭淳的《试评郭沫若的〈百花齐放〉》，该文就处处显露了对该诗的推崇与褒奖。作者将《百花齐放》视为是诗人郭沫若获得丰收里的一束异常绚烂的鲜花："这束鲜花，即使摆在一九五八年底整个五彩缤纷的诗坛上，同样也散发着沁人肺腑的馥郁的芳香。"[1]此外，类似的时评还有《〈百花齐放〉试论》[2]《别开生面的花草诗：读郭沫若的〈百花

---

[1] 郭铭淳：《试评郭沫若的〈百花齐放〉》，《作品》1959年第10期，第198页。
[2] 王绍明：《〈百花齐放〉试论》，《红岩》1959年第5期，第72—74页。

齐放〉》[1]等，基本上都表达了对《百花齐放》的赞美。

然而，力扬的文章明显表现出了截然相反的姿态。他在文中表明，作者郭沫若试图用他的作品反映一些社会主义革命的现实，并批判了人们的旧思想旧作风，但是在诗歌的作用和诗歌的创作方法上，这首诗却不能说是好诗。力扬认为，诗歌的作用是通过艺术形象来教育读者，但是《百花齐放》却没有生动鲜明的艺术形象，而是以对"百花"的训诂考据和革命术语以及哲学词汇来生硬拼凑在一起的。尤其是对革命术语和哲学词汇的生搬硬套，是对诗歌诗意的极大损伤和破坏。虽然作者试图通过他的作品来反映一些社会主义革命的现实，但是由于他并没有深入生活、缺乏深刻的生活实感而事与愿违。这篇文章发表在"朦胧诗"论争阶段，一方面是资料文献的发掘，另一方面选择刊登时间年限久远的旧闻，也是编辑部对力扬在文中表现出来的独立的批评姿态的赞赏和尊重。而这篇文章的发表也对鼓励并倡导人们发扬艺术民主、坚持独立批评有着重要的启发性意义。

这一期同样延续了之前的路线，在对诗与人民的关系上，发表京宁的《诗，请"超脱"些！》一文。针对当时被广泛普及的诗歌创作观念，即艺术应当根植于生活，和时代、现实保持密切联系，作者谈了自己的一些看法。他认为，这样的艺术原则是重要的，但是不能用这样的艺术原则去约束所有的诗歌创作。在这种艺术原则的过分约束下，诗歌缺乏了独特性和异彩，诗歌与生活的关系应当是多样化的，诗人不仅应该超脱于具体的事件，更应当超脱固有的诗歌观念，以求诗歌的隽永成熟之美。

在涉及"朦胧诗"的评价上，《诗探索》发表了田奇的《新诗的春洪》和臧云远的《关于新诗的艺术形式》。两篇文章支持与反对各占据一方，臧云远的文章主要是对"朦胧诗"的批评，措辞激烈。而田奇的文章则将"朦胧诗"创作潮流称为是新诗的春洪。将"春"这样一个带有生机和希望的词作为标题的重音，无疑也直接宣告了作者对新诗潮的鼓励和支持的态度。在文中，作者开诚布公地表示在创作实践中出现分歧是正常的。但是不同于一般的争鸣性文

---

[1] 王定亚：《别开生面的花草诗：读郭沫若的〈百花齐放〉》，《陕西日报》1959年12月20日。

章,田奇并没有直接参与对"朦胧诗"创作到底应不应该支持,诗歌到底应该让人看懂还是让人不懂这样的比较普遍的争执当中,转而从诗歌理论艺术的角度,对所谓的"不懂"的含义做了解释。他用"含蓄""隐晦""晦涩"这三种艺术处理的方式,并援引顾城、王小妮、舒婷、李金发的诗歌节选部分,对所谓的"不懂"这样的一个核心的争论点进行了解释。

　　实际上,这样一篇并不算很长的文章,虽然并不一定具有十分深厚的学理性的成分,但是却直接点明了为人所批判的"不懂",实际上应当如何作为诗歌的艺术特征来分析,将"不懂"这一"朦胧诗"最为"显著"的特点作为诗歌的艺术特征来进行廓清。一方面,用专业的诗歌艺术词汇对"不懂"进行拆除,清扫了带有偏见和贬损之意的评价,继而为"朦胧诗"正名,而另一方面,从编辑部选文的方面来看,《诗探索》并不是一味地选取争鸣激烈的文章进行相互之间的对垒,而是有意识、有步骤地进行学理上的引导。将一个诗歌现象应不应该存在这样的分歧逐渐转化为应当如何分析这样的诗歌理论的轨道上来,从而填补了在"朦胧诗"争鸣中理论分析的缺失。

　　与此同时,《诗探索》开始增加诗人诗作评论的比重,由首期的6篇文章增加至7篇,并增设了《诗坛新秀》一栏。《诗探索》试图通过这样的形式,将明显有着脱离诗歌本身、脱离诗人创作的新诗争鸣引导回对诗歌本身的分析中来,从本源开始探讨诗歌的艺术特征和语言特色。在这一期中,楼肇明点评了北岛的《回答》,立足诗歌文本,从诗歌艺术方面进行分析,从创作可能的背景、声调的嘶哑、诗歌艺术三个大的方面对诗歌进行了分析,对这首诗在艺术上的瑕瑜互见的特点给予了相对中肯的点评。在《传达出自己的声音的诗》一文中,钟文对梁小斌的诗歌《雪白的墙》和《中国,我的钥匙丢了》进行了解读,以诗歌细读的手法,赞赏了梁小斌诗歌中认识生活和表现生活的独特角度。

　　除此之外,一个特别值得注意的栏目《诗窗》开始登上了《诗探索》的舞台。《诗窗》一栏主要是介绍外国诗歌和诗论,在1981年第1期的《诗窗》一栏中刊载了张英伦的《法国象征主义诗歌概观》一文。特别值得注意的是,这篇文章不仅在目录中特意标粗,而且在30多篇文章中,仅这一篇文章就占用了该期八分之一的版面。一个值得考究的细节是,纵观全书,凡是篇幅较大的文章,均在排版时采用了较小的字体,但是对这篇长文却没有在版面上做任何限制,正正规规地采用了便于读者阅读的字体和版式,可见编辑对此文的重视程度。张英伦的文章对象征主义进行了相对而言比较系统的介绍,开篇也提及了该文的目的是为了让更多的人正确认识象征主义:"以法国为中心的象征主义诗歌的理论和创作,在我国从未获得过全面、系统的介绍。然而,象征主义在中国的恶名却是由来已久。"[1]因此,为了呈现出客观的象征主义概观,这篇文章以较多的篇幅来陈述必要的史料,在为象征主义正名的同时,一方面廓清了在"朦胧诗"论争中反复被言说却又含混不清的理论知识,起到了诗歌理论普及的作用,另一方面也是从理论上为"朦胧诗"的合法性和艺术性声援、确正。

可以说,在这场论争中,虽然并不能说在《诗探索》上发表的有关"朦胧诗"论争的文章全都是注重理论分析的文章、完全没有意气之争的成分,但是可以看到《诗探索》从一开始就在试图摆脱这场论争中的感性成分。除了立足具体的诗歌文本、对诗人诗作进行分析之外,自1981年第1期起,《诗探索》开始加重在"朦胧诗"论争中的理论研究色彩,试图通过那些学理性分析的文章深入对"朦胧诗"艺术特征、抒情特色的分析中,并通过筛选刊登一些与其相关的外国诗论文章,增加公众对争论中所涉及的理论知识的了解。

在1981年第2期,田奇的《新诗的真假现实主义》一文以新诗争论中的现实主义问题为中心进行了讨论,并对现实主义、何为现实主义进行了个人化的解读。作者认为,积极探索的新诗大部分都是直接描写现实生活,但采用了特殊的手法使得这样的现实描写并不那么容易被直接感知到,从而带有新鲜感。在他看来,这样变形地描写现实生活感受的"朦胧诗",也是现实主义。虽然田奇所说的假现实主义的标签的确是在当时值得重视的问题,但是田奇在这里对"朦胧诗"立论的观点却是有失偏颇的。尽管我们不能说"朦胧诗"与现实生活没有关联,但是现实主义注重的是对现实生活素材做不折不扣的真实反映,这种手法显然不是"朦胧诗"所使用的手法。这种失误是由于对相应的诗歌理论缺乏深刻透彻的认识所导致的。这也从侧面反映出了在"朦胧诗"论

---

[1]张英伦:《法国象征主义诗歌概观》,《诗探索》1981年第1期,第164页。

争中，有不少参与论争的文章仅仅只是抓住概念来进行自我的理解和阐释，从而为个人所支持的一方声援，但是并未过多的注重论争中实际的学理性分析。

但是，这也并不意味着注重理论分析的文章处于荒芜的状态。事实上，正是在诗歌理论研究处于相对贫乏的状态中，一批具有深厚学术基础的批评家在这场论争中凸显出来，成为诗歌理论研究的领军人物。《诗探索》也一直是以自己的方式为更进一步的学术讨论创造条件和氛围。值得注意的是吴思敬的《时代的进步与现代诗》，这篇文章是吴思敬根据自己在"定福庄会议"上的发言整理完成的，原名为《诗歌现代化之我见》。原本与孙绍振一同是受到《诗刊》的约稿而促成的文章，但由于种种原因，后又被《诗刊》退稿[1]。《诗歌现代化之我见》一文的标题在当时带有一些敏感性，《诗探索》将其题目改为了《时代的进步与现代诗》，并发表在1981年第2期的《新诗发展问题探讨》一栏中。该文阐述了作者对新诗现代化的看法，坚定地站在了支持"朦胧诗"的立场之上，对这批新锐的诗歌创作中的现代主义色彩进行了学理层面的揭示与梳理，分析了新诗现代化的趋向，引经据典，理论翔实，极具说服力。除此之外，这一期的《诗窗》一栏尤为重要，继上一期的由张英伦写的有关法国象征主义诗歌的介绍之后，为了进一步增强外国诗论的直接接触性，直接采取了刊载译文的方式来进行。这一栏刊登的《现代诗歌》和《观点》两文，都与当时论争的相关中心问题配合紧密。《现代诗歌》这篇文章中恰恰涉及了对诗歌的意象、"难懂的"诗歌、诗的批评这样关键的中心议题。

（三）新诗的争鸣

1981年，原本与吴思敬的《诗歌现代化之我见》一同被退回的孙绍振的《新的美学原则在崛起》一文，在被退稿一个月左右后，《诗刊》又再次向孙绍振要回了稿子。一场有意的批判拉开了序幕。1981年3月号的《诗刊》不仅刊登了孙绍振的《新的美学原则在崛起》，还特意在这篇文章前面添加了倾向性明显的"编者按"，除了对孙绍振一文进行了提要，并摘选除了比较敏感的字

---

[1] 详见霍俊明主编：《诗坛的引渡者》，长江文艺出版社2012年版，第108页。

句之外，还特意强调：

> 编辑部认为，当前正强调文学要为人民服务、为社会主义服务，以及坚持马克思主义美学原则方向时，这篇文章却提出了一些值得探讨的问题。我们希望诗歌的作者、评论作者和诗歌爱好者，在前一阶段讨论的基础上，进一步对此文进行研究、讨论，以明辨理论是非，这对于提高诗歌理论水平和促进诗歌创作的健康发展都将起积极作用。[1]

"编者按"的含义和指向非常明显，基本上就是将孙绍振以及这篇《新的美学原则在崛起》一文作为违背了当前主流意识的典型来进行专题讨论，或者说是批判，正如孙绍振自言："但我已经成了瓮中之鳖。"[2]《诗刊》在1981年第4期随即发表了程代熙的批判文章，一场有意的批判随即拉开了序幕。

《诗探索》也迅速加入这场论争之中。1981年第3期的《新诗发展问题探讨》一栏中，分别刊发了两篇批评孙绍振的文章和两篇支持的文章。首先刊发了李元洛的文章《是什么"新的美学原则"？——与孙绍振同志商榷》，这篇文章写于1981年4月下旬，应该来说是对孙绍振的文章发表后的及时回应，但是由于《诗探索》在出版中会有一定的延迟性，因此出现了一定的时差。可以看到，这一期的文章基本上主要都是针对着《诗刊》1981年第4期上相关文章的回应。李元洛的文章首先一带而过地肯定了孙文中表达的抒情诗必须要有诗人鲜明的个性以及向外国诗歌学习以求图新等观点，而紧接着，针对孙绍振文中所阐明的从"社会主义诗歌要不要表现时代精神"[3]以及"社会主义诗歌就

---

[1]《诗刊》1980年3月号。
[2] 孙绍振、张伟栋：《孙绍振访谈：我与朦胧诗论争（上）》，《当代文学研究资料与信息》2010年第2期，第47页。
[3] 李元洛：《是什么"新的美学原则"？——与孙绍振同志商榷》，《诗探索》1981年第3期，第32页。

是'自我表现'吗"[1]这两个方面,对孙绍振的观点进行了相应的驳斥。在李元洛看来,进步的或具有社会主义倾向性的文学就应当表现时代精神,那种"不屑于作时代精神的号筒"[2]的根本就不是所谓的"新的美学原则"。排斥人民情感,拒绝抒人民之情的诗作,排斥时代精神的"自我表现",实际上是对西方现代派陈旧思想的沿袭。虽然诗歌应当注重表现"人的价值",但是个人也应当注重实现和提高"自我价值",从而实现"自我"与社会的和谐统一。从正文中的小标题就可以发现,李元洛的这篇立论基础是强调为人民服务、为社会主义服务的马克思主义美学原则,基本上与《诗刊》在1981年第3期中刊出孙绍振一文时所附加的"编者按"的思路是一致的。由此,也可见《诗刊》在刊发孙绍振一文时的"编者按",在当时具有明显的导向作用。此外,傅子玖和黄后楼的文章《莫将腐朽当神奇——评〈新的美学原则在崛起〉》则认为孙绍振的"美学原则"其实并不新,也无所谓崛起一说,只是一种唯心的美学思想的泛起而已。

紧接着,《诗探索》刊发了江枫的《沿着为社会主义,为人民的道路前进——为孙绍振一辩兼与程代熙商榷》。该文写于1981年4月,是对《诗刊》1981年4月号上发表的程代熙的文章《评〈新的美学原则在崛起〉》一文的回应。针对程代熙一文中对孙绍振一文的种种批判和主要的指责点,江枫一一进行了分析和反驳。他认为,首先,不能证明"朦胧诗"所带来的新的美学原则是步西方现代派后尘;其次,诗歌可以而且也应当表现自我;最后,他认为马克思主义美学体系要在探索中发展与完善。可以说,这篇为孙文辩护的文章,实际上也是在争取"朦胧诗"的合法性地位。在孙绍振受到普遍批判的时候,江枫撰写并发表这样明确表示立场的文章是十分有勇气的。

而鹿国治的《目前新诗的美学突破》虽然没有直接为孙绍振一文的观点辩护,但实际上也是从美学讨论的角度深入分析了当前美学原则中的突破。该文

---

[1] 李元洛:《是什么"新的美学原则"?——与孙绍振同志商榷》,《诗探索》1981年第3期,第36页。

[2] 孙绍振:《新的美学原则在崛起》,《诗刊》1981年第3期,第55页。

针对当前青年诗歌创作中所表现出来"自我表现"和向内心世界深入的现象，从美学层面"人性复归"的角度，并结合了实际的社会背景和诗人们的创作历程等方面，对其产生的原因进行了层层分析，最后对青年诗人创作中的"自我表现"倾向给予了高度的肯定。鹿文告别了江枫一文中的针锋相对和互相驳斥，选择的是从理论的层面为"自我表现"提供存在的合理性证明：一方面是对当时争鸣的中心问题的回应；另一方面也跳出了"对"还是"不对"这样的是非存在的争论中心圈，直接选择解释"为什么"会出现这种现象，并阐释其合理性。从今天的角度来看，这篇文章所内含的美学思想不一定能够全部站得住脚，也的确有着刻意为"朦胧诗"辩护的痕迹；但是在当时，这篇文章的写作和发表，其实也就是以预先肯定青年诗人们创作中"自我表现"倾向的合法性为前提的。因此，在为"朦胧诗"辩护的众多论文中，这篇文章应该得到重视。

在当时的历史语境中，对孙绍振的批判显然已经附带了除诗歌本身之外的意味。包括《人民日报》在内的多家报刊基本上都持以批判的态度。因此，在这样的情况下，《诗探索》选择刊登为孙绍振辩护的文章是具有一定的勇气的。《诗探索》在保持中立立场的同时，更偏向于支持"朦胧诗"的发展。除了刊登为孙绍振声援的文章之外，还在《诗窗》一栏中刊登了郑敏讨论"物我"关系的文章：《英美诗创作中的物我关系》。虽然当前围绕"自我表现"展开了大范围的讨论，但是究竟如何处理物我关系，诗歌可不可以写"我"，如何写"我"存在着很大的分歧。因此，郑敏在文中尝试跳出物我割裂的看法，尝试立足于物我之间的联系，以西方诗歌创作为考察介绍对象，对意象派、现代派诗歌在主客观问题上的创新进行了介绍，回顾了19世纪浪漫派的主客观关系并对惠特曼进行了一定介绍，分析了罗伯特·弗洛斯特与现代派诗歌中的主客观关系以及渥兹渥斯与现代主客观意识交流派，最后介绍了20世纪现代派诗中的"咏物诗"。在谈到创作中物我关系的时候，郑敏认为："如果以为只要写我就产生深刻、真切的作品，向自己的内心寻找一切，就确实会愈走愈狭窄……但反之，以为要拥抱广大的天地就应当抛弃了'我'，也是一个幼稚的想法。"[1]该文从诗歌理论的客观层面，增强读者对物我之间互相关系的了解，从而更有利于认识当前的诗歌争论。

如果说 1981 年第 3 期的《诗探索》还在力求保持着中立的态度，那么到了 1981 年第 4 期，则直接将《新诗发展问题探讨》一栏改为《新诗的争鸣》，并接连发表了三篇态度鲜明的文章，表明对艺术创作和艺术批评的民主的呼吁。治芳的《诗，正在"复归"》认为，关于当前的诗歌创作，与其说是新人的崛起或者新的美学原则的崛起，不如说诗歌正在恢复其应该有的本来面目。诗歌正在告别十年浩劫中"异化"的痕迹，重新回到它本身应当具有的价值和存在形态之中去。作者希望有识之士能够宽容地对待它，用积极的态度引导它。商伟的《新诗的批评应允许有多重美学标准》也呼吁多种美学追求的并存："这是新诗发展的前提，也是新诗批评发展的前提。"[2]俞兆平的《"我"在抒情诗中的地位》则针对李元洛在《诗刊》1981 年 3 月号上的《诗歌问题片谈》一文中对"我"的解释的意见，力图在哲学和美学方面对"我"做一番探索，并认为在文艺批评中既要反对唯心主义，也要反对机械的唯物主义。

同期的《诗窗》一栏，则发表了赵毅衡的《诗歌语言研究中的几个基本概念》。虽然通篇没有看到作者提及新批评的概念，但是不难看出，这篇文章主要介绍的是新批评派中的诗歌语言研究的一些基本概念，对意象、语象的分类、比喻、比喻的老化和活化、象征以及私立象征的具体办法作了比较详细的解读。文末表示：

> 我们的诗论往往喜欢谈印象，谈感触，但诗歌语言的研究却需要一个科学的方法，无论在中国古典文论和当代文论中，科学的语言研究始终是一个薄弱环节。[3]

---

[1] 郑敏：《英美诗创作中的物我关系》，《诗探索》1981 年第 3 期，第 170 页。
[2] 商伟：《新诗的批评应允许有多重美学标准》，《诗探索》1981 年第 4 期，第 51 页。
[3] 赵毅衡：《诗歌语言研究中的几个基本概念》，《诗探索》1981 年第 4 期，第 153 页。

的确，赵毅衡一文确确实实指出了当时的论争所具有的通病。如何更科学地讨论诗歌语言，已经开始成为具有前瞻性诗歌理论发展观的诗论家们所注意到的问题了。大量的感性的论争只能是徒增口舌以及字句之间的相互驳斥，对诗歌创作的实际指导起不到任何作用，甚至不免带有新旧诗歌观念之间争夺话语权的痕迹。从《诗探索》坚持在《诗窗》栏目中介绍外国诗论，到赵毅衡的关于语言的具体深度分析，说明在喧哗的争论声中，关于"朦胧诗"的论争在具体的艺术创作和诗歌艺术特征的考察上，已经逐渐开始由感性的了解向理性的分析探究转变，甚至直接具体到对语言艺术的深入分析。这种被喧嚣所掩盖的诗歌理论研究的发展值得被重新审视和观察。

争鸣的热度持续到了 1982 年 6 月出版的 1982 年第 1 期的《诗探索》中。石天河的《关于朦胧诗的三昧、三度及三品》对"朦胧诗"出现的社会历史原因、围绕"朦胧诗"的论争的三个中心问题（"自我表现""打破传统""艺术创新"）以及如何评价"朦胧诗"的问题上，进行了自己的阐述，基本上已经跳出了争论的圈子，而开始尝试着将"朦胧诗"作为一种诗歌现象来进行研究。陈志铭的《"自我表现"与时代精神》一文，则主要围绕着"自我表现"展开。在陈志铭看来，时代精神首先是和社会状态联系在一起的，将"自我表现"和时代精神根本对立起来的做法，往往是用狭隘的功利主义的观点对作品进行了不恰当的分析而导致对诗歌不同评价的根本原因，在于衡量诗歌的社会功用的尺度不同。但是我们也应该看到，有的"自我表现"完全可以体现出比较鲜明的时代精神，但是有的却无法体现，甚至体现出的是个人主义的自我表现。因此，他也指出了诗人自觉改造世界观的必要性，引导的作用需要被重视起来。除此之外，还有何锐的《应当宽容这种侧重》呼吁对青年诗人借鉴外国诗歌手法的创作持以宽容态度；陈瑞统的《让人读懂，令人感动》则坚持反对"朦胧诗"；吴欢章则在《论诗人的创作个性——读〈百家诗会〉随笔之二》中表明应当鼓励诗人具有独特的创作个性。

不难发现，直到 1982 年第 2 期，《诗探索》都基本上还是保持着鼓励艺术民主发展的立场，对青年诗人的创作以及相关的诗论发表了一定数量的声援文章，但是在数量上也开始有所减少了。相应地，1982 年第 2 期中的《学诗园地》一栏则被大量丰富了。从某种意义上说,《学诗园地》一栏对诗歌创作是具有一定的启发性意义的,因此可以从侧面看出《诗探索》由争鸣向诗歌理论研究深度、创作指导及知识性的普及的转向。这也呼应了创刊词中所强调的对学术性、理论性、知识性的并重。纵览当时的论争环境,过分地感性争论和语词之辩并未触及对"朦胧诗"真正的研究,更多的是过分争议着它的合法性,并且陷入了一种比较极端的非此即彼的对立中去。而诗歌理论发展滞后,导致争论在愈演愈烈中偏离了对诗歌艺术探讨的轨道。因此,《诗探索》在这种情况下,选择从争论中逐渐抽出身来,进而转向对相关基本诗歌理论知识的引入与介绍,是可以理解的。

三、高潮后的转向:理论研究方面的引导

自1982年第3期(总第8期)起,《诗探索》开始逐渐从"朦胧诗"的论争中抽离出来,开始转向对诗歌艺术、形式、诗人诗作和诗歌理论方面的研究与介绍,至总第10期起,《诗探索》正式宣布结束对孙绍振一文的具体讨论。在1983年兴起的对徐敬亚《崛起的诗群》一文带有明显倾向性的大批判中,《诗探索》处于"失声"的状态,不再像对孙绍振一文所表现出来的支持倾向。这一方面是由于这场"朦胧诗"大论争在后期俨然已经转变为了非诗艺探讨的批判;另一方面也是由于《诗探索》本身也受到了外力的牵制。然而,《诗探索》没有趋同多数刊物,去参与对徐敬亚的批判浪潮,而是转向了诗歌理论的建设。实际上,这也是试图继续维护其所开创的独立批评空间。

由孙绍振的《新的美学原则在崛起》一文所激起的讨论或者说是批判,已经开始偏离诗歌自身。将诗歌的抒情性和个性化色彩与诗歌的社会功用价值对立起来,并将"自我表现"视为"为人民服务"和"表现时代精神"的对立面,实际上就已经为这场论争最后沦为带有浓重政治意味的大批判埋下了导火线。1982年第2期(总第7期)的《诗探索》上,《新诗发展问题探讨》一栏中发表的叶橹的文章《略论诗人"自我"的发展方向》,实际上就已经表达出了对这种倾向的察觉:

即以目前大家争论得十分热烈的所谓"表现自我"与"表现时代精神"来说，我觉得在理论的论证方式上，似乎都存在各执一端、以偏概全的倾向。因为在复杂万端的文学现象中，任何人都可以撷取那些对自己论点有利的现象来加以阐述，敷衍成篇，从而建立起对自己观点有利的论点，反证出对方的谬误。[1]

的确，在"朦胧诗"论争中，争夺话语权的表现是存在的。不少参与论争的文章都在急于划分各种"界线"，互相对立与批驳，无论是"自我表现"与"时代精神"还是诗歌的传统与借鉴方面，以偏概全的不良批评倾向并不鲜见。然而，这些争论都并没有涉及对诗歌本质的探究和摸索上。因此，当徐敬亚的《崛起的诗群——评我国诗歌的现代倾向》一文发表在《当代文艺思潮》1983年第1期上时，这场"朦胧诗"的论争也彻底偏离了诗性探讨的轨道。徐敬亚将新诗发展的方向判定为现代倾向，而在强调文学工具论的时代里，某种意义上的"现代主义"与占据上风的"现实主义"的交锋本身就是实力悬殊的对抗。大量的批判文章被刊发出来，也意味着"朦胧诗"论争中的有益成分在不断削减和消失。

除了论争本身的偏离和有益成分的削减外，外力的牵制也是导致《诗探索》在论争高潮后转向理论研究的重要因素。《诗探索》在1982年第3期上，张炯以本刊评论员的名义发表了一篇名为《加强诗歌内容的时代性》的文章。这篇文章的语调与以往的《诗探索》明显不太一样，该文之所以作为头条出现在《诗探索》上，有着一定的现实因素。据杨匡汉回忆，贺敬之曾专门约见过张炯，并对《诗探索》提出了"与时代同步、与人民同心"[2]的要求。之后，张炯便写出了这篇专论，并以本刊评论员的名义发表。这篇文章主要强调了当前的诗歌建设不在于形式而在于内容，要加强诗歌内容的时代性。而加强诗歌内容的时代性，则需要作者们正确处理好以下几大关系："自我"与时代、社会、

---

[1] 叶橹：《略论诗人"自我"的发展方向》，《诗探索》1982年第2期，第56页。
[2] 杨匡汉：《〈诗探索〉草创期的流光疏影》，《诗探索·理论卷》2011年第2辑，第11页。

人民的关系；在题材上要正确处理多样化的题材与重大题材的关系；正确处理歌颂与暴露的关系；同时在创作方法上要坚持以革命现实主义为主，提倡以革命浪漫主义为辅。

参对贺敬之《和〈诗探索〉负责同志的谈话》[1]一文，可以发现，张炯写下的这篇专论完全是在贺敬之的主要指导思想下完成的。从贺敬之的谈话中，我们可以看出，《诗探索》表现出的对"朦胧诗人"的创作及相关诗论的倾向性，已经受到了关注和重视。贺敬之指出，刊物在解放思想的同时，也应当注重对部分作品中"不良倾向"的批评和引导。但恰恰，《诗探索》所坚持的就是艺术民主的观点，主张诗歌艺术能够自由多元地发展。显然，这样的办刊思想在当时并不多见，因此《诗探索》会被"约谈"。而《诗探索》对青年的公开支持，也被视为了"偏颇"。贺敬之指出，文学刊物尤其是文艺理论型刊物，要重视引导的职责和团结的义务，不仅是要去支持青年作者，对于老一辈的诗人和广大工农兵作者都应当采取团结的态度；此外，不仅应该继承诗歌传统，还要坚持马克思主义文艺理论的基本观点。

而在具体的诗歌热点问题中，贺敬之则分别做出了指示。在"自我表现"的问题上，贺敬之认为，实际上"自我表现"的问题是如何处理好诗歌与时代、诗歌与人民的关系的问题："一个诗人，总有个与时代、与人民的关系问题。一个人民的诗人，他的诗应当离不开时代和人民，应当反映时代的脉搏，表达人民的心声。"[2]关于青年人创作中的"表现自我"，在贺敬之看来，有限的生活经历和隔绝的个人生活圈是导致青年容易"偏激"、容易倾向于"表现自我"的主要原因。很显然，贺敬之对这样的青年创作的态度并非肯定，但是也不是要杜绝，而是希望刊物尽到引导的职责。而在诗歌的内容与形式上，贺敬之提出当前文艺的首要问题是内容，而不是形式的创新和技巧的探索。

值得注意的是，《诗探索》被约谈的时间是1981年6月16日。此时正是有关孙绍振《新的美学原则在崛起》一文的大讨论刚刚兴起不久之后。很显

---

[1] 贺敬之：《贺敬之文集（文论卷）上》，作家出版社2005年版，第308—316页。
[2] 贺敬之：《贺敬之文集（文论卷）上》，作家出版社2005年版，第312页。

然,《诗探索》被"约谈",正是因为其在"朦胧诗"论争中所表现出来的立场与当时的主流有着不同的声调。而"约谈"的目的,则是希望《诗探索》能够,加强对诗歌时代性和人民的联系,重视对诗歌内容的考究。但是,我们看到,在约谈之后,《诗探索》也并没有立即对刊物的编辑进行改变。实际上,尽管刊物的编辑与出版之间存在着一定的时间差,但是直到1983年出版的1982年第3期中,才明确看到转向。这也意味着,一方面在思想解放的潮流下,整体的诗歌评论环境相比之前是有宽松的余地的,引导是一方面,更重要的是刊物的自觉选择;而另一方面也说明,《诗探索》在这个时候做出这样的转向,最根本的原因是"朦胧诗"论争偏离了诗歌本身,外部的压力只是一个契机和表象。

此外,邓小平在中共十二届二中全会上明确提出了思想战线中不可以搞精神污染的问题,由此,一场"清除精神污染"的运动大规模地展开了。文艺界首当其冲地成为被"清扫"的对象,而"朦胧诗"也成了被"清扫"的主要对象之一。在这次会议召开后,各地作协也纷纷召开座谈会,贯彻"清除精神污染"的思想政策。而各大文艺报刊也纷纷刊载相关的评论文章。[1]"朦胧诗"成为文艺界"清除精神污染"的首要对象之一。在猛烈的"清除精神污染"运动的展开下,不少支持"朦胧诗"发展的批评家也纷纷受到了影响。《诗探索》作为理论刊物,更是在这样的特殊时期受到了多方面的压力。在这样的多重因素下,《诗探索》也开始将重心转为诗歌理论建设。

自1982年第3期(总第8期)起,当《加强诗歌内容的时代性》一文作为头条刊发之后,我们便可以察觉这种转向的端倪。这一期的《新诗发展问

---

[1]《诗刊》在1983年12月一连发表两篇文章:《臧克家谈要站在清除精神污染斗争前列》和《艾青谈清除精神污染》。1983年12月27日,在《人民文学》第12期上,胡采发表了评论文章《谈谈清除精神污染》。这篇文章十分鲜明地指出了文艺界在"清除精神污染"运动中的指向:"人性论、资产阶级人道主义、异化论,还有什么现代主义等,在一个时期,像流感一样,一传十,十传百,那种不胫而走的现象,就是这种思想流向的反映。"此外,在1984年伊始,关于"清除精神污染"的评论文章则铺天盖地而来,1984年第1期的《文学评论》以"本刊评论员"的名义发表了《清除精神污染是文学工作者的重要任务》的评论文章,《当代文坛》也在1984年第1期上以"本刊评论员"的名义发表了一篇《坚决清除文艺上的精神污染》的文章,等等。

题探讨》一栏一共发表了 6 篇文章。骆寒超的《论生活、想象和真实世界的关系——兼谈当代诗歌的抒情个性》直接就将争论不休的中心问题"自我表现"还原到对当代诗歌的抒情个性的讨论之中去，并在文中对诗歌的自我表现特征与诗歌的社会职能作了明确的辨析："作为诗人，有一个'自我'必须受世界观制约，必须确立先进的、革命的世界观的问题；而作为诗人的创作，却有一个必须'面向自我''自我表现'的问题。"[1]不难看出，骆寒超这篇文章中所主张的观点应该来说是相对冷静和客观的，并没有明确偏向，而是将一个纠缠不清的问题试图捋清，并且将"朦胧诗"的自我表现的特征还原到了诗歌的抒情个性这样的艺术本质中去。

　　除此之外，周启万的《源于当代生活的诗》则对"朦胧诗"艺术形式及来源进行了分析。在他看来，象征、暗示、意象等表现手法并不是直接从西方借鉴过来的，而是对传统的继承。"朦胧诗"所表现出来的复杂性也应当与当下生活联系起来进行分析。降大任则在《诗歌形式的历史取向：自由体与毕竟口语》一文中表明了现代新诗的形式趋于自由体、逼进口语是一种历史必然，在形式上新的格律的创造是不必要的。值得注意的是刘斌、陈良运、吴思敬、苗雨时共同合作的《近年来诗歌评论四人谈》一文，对新诗发展的热点问题、诗歌理论以及诗歌评论中取得的实绩和存在的问题进行了总结和梳理。这篇"四人谈"与《诗刊》发表的《四人谈：读一九八一年新诗》是姊妹篇，在当时对诗歌理论研究的发展具有一定的启示性意义。

　　事实上，虽然《诗探索》正试图从"朦胧诗"论争中抽离出来，但是并没有完全按照"约谈"的指示，加强对诗歌内容的重视和探讨。《诗探索》选择的恰恰是从诗歌形式、技巧等方面，结合对诗人诗作的研究，深入开展诗歌理论建设。1982 年第 3 期（总第 8 期）起至 1985 年第 1 期（总第 12 期），《诗探索》主要栏目的发表情况如下：

---

[1] 骆寒超：《论生活、想象和真实世界的关系——兼谈当代诗歌的抒情个性》，《诗探索》1982 年第 3 期，第 37 页。

《诗探索》总第 8 期至总第 12 期主要栏目发表文章量一览表

期次	新诗发展问题探讨	诗坛新秀（总第10期新增）	诗人诗作研究	新探索	学诗园地诗艺	诗美学（总第12期新增）	诗窗	文章总量
总第 8 期	6	—	7	4	0	—	2	26
总第 9 期	7	—	4	0	5	—	3	26
总第 10 期	4	2	6	2	0	—	3	26
总第 11 期	3	0	6	0	8	—	3	29
总第 12 期	0	2	4	0	2	3	2	18

从中可以看出，《诗探索》不仅新增了诗人研究的栏目《诗坛新秀》，还新增了诗歌美学研究的专栏《诗美学》。此外，总体上有关诗人研究的文章数量基本比较稳定，诗艺方面的文章虽然有所波动但基本也保持了一定的基础。但是作为考察"朦胧诗"的重要园地的《新诗发展问题探讨》一栏，自总第 9 期起，呈现逐渐递减的趋势。总第 9 期发表了 7 篇文章，但是从具体的文章内容来看，基本上都是一些散论，探讨了诗歌道路、形式、诗体的有关问题，不再展现对热点问题的讨论。更没有有关徐敬亚一文的评论文章出现。取而代之的是对象征艺术手法的介绍。例如何锐在《探索与创新——浅谈新诗中的意象技巧和象征手法》一文中，介绍了意象艺术和象征的基本特点，分析了暗示性和含蓄性以及运用新的表现手法所造成的诗歌跳跃等方面的特点，并说明了新诗艺术创新产生的原因。作者认为，除了社会原因和特定的时代开放性特点之外，最值得探讨的还是新诗艺术发展自身的原因，并从诗的形象思维特点，诗歌的抒情特性和人类审美心理的发展变化的特点这三个方面进行了分析。基本上这篇文章没有论争的痕迹，而是远离了纷争，对论争的中心问题即"朦胧诗"的艺术特征中最为显著的意象技巧和象征手法进行了分析和论述，既有利于对当前论争问题的进一步了解和增进认识，也有利于对诗歌创作的指导。

此外，在 1984 年 7 月出版的总第 10 期，《诗探索》有关孙绍振《新的美学原则的崛起》一文的讨论也正式宣布结束。在总第 10 期的《新诗发展问题论坛》一栏中，发表了 4 篇文章，分别是李中岳的《诗人的"自我表现"和"人的价值标准"》、史唯实的《读〈朦胧诗的命运〉》、沈泽宜的《抒情诗的形象》、雷业洪的《六十年来关于新诗自由体的意见述评》。在这其中,李中岳一文对孙绍振的《新的美学原则在崛起》中的主要观点进行了反驳,他认为孙文中的观点之所以偏颇和片面在于缺乏正确的哲学基础,从而陷入了从个人的角度去看待社会的窠臼。在这篇文章后面,特附了编者后记如下:

> 针对孙绍振同志的《新的美学原则在崛起》一文,两年多来诗歌界展开了热烈争鸣,本刊也曾发表过不同意见的文章。现特约中国社会科学院文学研究所文艺理论研究室李中岳同志撰文进一步发表对这场讨论的意见。本刊就孙绍振同志文章本身的讨论到此结束。自然,关于如何坚持和发展马克思主义的诗歌美学,需要继续认真探讨,欢迎广大读者和作者来稿。[1]

至此,由孙绍振的《新的美学原则在崛起》一文而引发的讨论基本结束。总第 11 期则主要讨论了新诗发展中的民族化趋势、诗歌语言和意象这三个方面的问题。而到了第 12 期,《新诗发展问题探讨》一栏则被取消。从《新诗发展问题探讨》一栏自总第 9 期起到总第 12 期所发表的文章数量所占的比重也可以清晰地看出递减的趋势:

---

[1] 李中岳:《诗人的"自我表现"和"人的价值标准"》,《诗探索》1984 年第 1 期(总第 10 期),第 73 页。

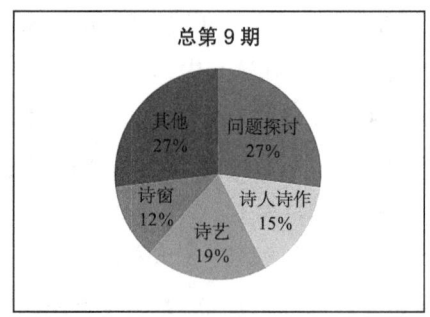
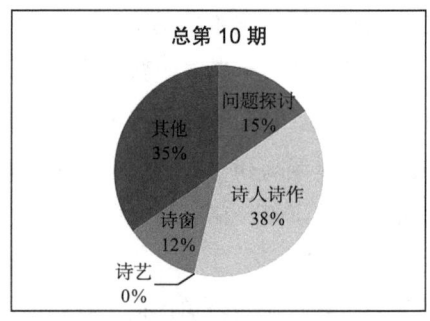
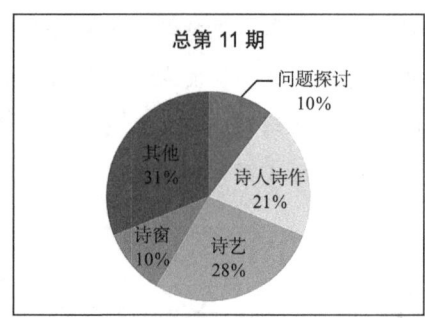
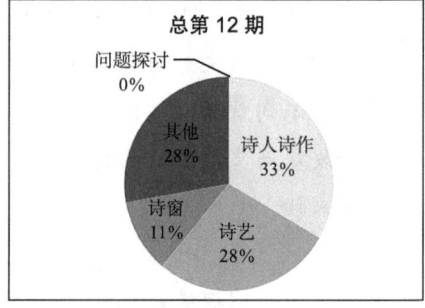

《新诗发展问题探讨》栏目文章数量占比变化

相反,有关诗人诗作、诗艺以及外国诗论介绍的文章总比重却在不断扩大。即便是在并没有明确归类到具体的栏目中的文章来看,除了通讯外,剩下的则主要是关于散文诗、儿童诗、抒情诗和具体诗歌作品或著作的评议文章。在具体的诗人诗作研究中,既有对老一辈诗人的研究,也有对比较具有影响的诗坛新人的研究。这样诗人论栏目则在 1994 年复刊之后,得到了极大的丰富和建设,甚至在具体的诗人和诗歌群落上,《诗探索》的"发掘"意识也填补了诗歌史叙述中的具体衔接。而在这一阶段中被丰富和重视的诗艺研究,应该来说是更为值得重视的。首先,我们在肯定这场论争对诗歌发展的助推作用的同时,也无法忽视在这场论争中暴露出来的评论较为薄弱的现实。这场论争也让一部分人认识到了当时现有的诗歌理论研究基础的贫瘠,导致很多时候有关"朦胧诗"的论争出现了偏离诗歌内在质地的倾向。在这样的情况下,《诗探索》自总第 7 期中设立的诗艺栏目,对诗歌艺术和技艺的多方面的具体问题进行了介绍,例如诗歌的意象、想象、语言、情感、意境、情境和节奏,还涉及对象征、比喻、潜喻、重叠等具体手法的介绍和分析。这样的相关知识的介绍和推广，对诗歌评论和诗歌创作都有一定的裨益。

随着对"朦胧诗"论争介入的彻底淡出，《诗探索》也开始面临了自身"经济危机"的来袭。据统计，《诗探索》自总第 6 期起至停刊前最后一期，即总第 12 期的发行量如下：

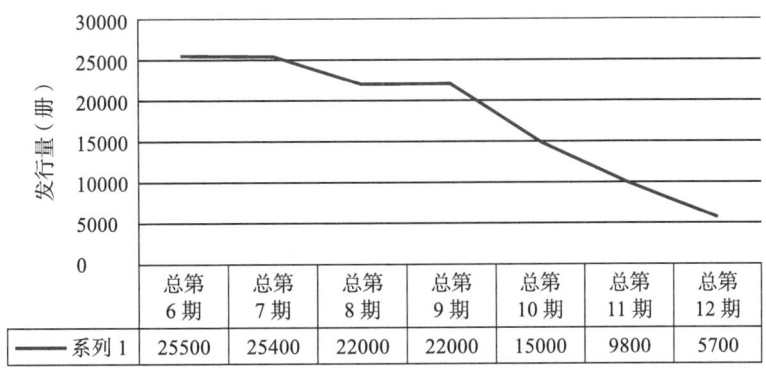

《诗探索》发行量（1982 年 6 月—1985 年 7 月）

从上表可见，自 1982 年起，《诗探索》的发行量由原本一般 2.5 万册左右逐渐递减至不到 1 万册；而在停刊前的最后一期，即 1985 年 7 月出版的总第 12 期，发行量仅为 5700 册。仅仅三年时间，《诗探索》的发行量便锐减了 2 万多册。这主要是由经济原因导致的。一份全部凭借义务劳动，在"朦胧诗"论争中乘风破浪的理论刊物，却在论争高潮消退之后，落寞地离场了。"朦胧诗"论争之后，曾经被批判的作家和诗歌作品却直接进入了诗歌史，成了很长一段时间内众多研究者争相研究的对象。它所带来的意义是人们对诗歌创作和艺术手法的新突破和新认识，不仅对后来的诗歌创作有着深刻的影响，还奠定了全新的新诗审美感官。

对于《诗探索》而言，参与"朦胧诗"论争是必然的选择。在众声喧哗、洋溢着理想主义激情的 1980 年代，《诗探索》对艺术民主的倡导和坚持既是先锋的也是沉稳的。它所竭力去保持的这种不随声附和的独立批评姿态，在当时的历史情境下所具有的典型意义也应当被重视和深思。随着"朦胧诗"论争的渐渐偃旗息鼓,《诗探索》自身的经济危机和出版问题也刚好来临,我们在惋惜一个具有独立姿态的诗歌理论刊物在新一轮诗歌浪潮来临之时落寞离场的时候,也庆幸《诗探索》相对比较完整地参与了"朦胧诗"论争,以"探索"的姿态记录了诗歌发展的动态。这个为争鸣提供了一席之地的平台,应当与那些具有史料价值的争鸣文章一样受到重视和关注。

第三章　新的"学院批评"的重建：1990年代的诗学建设

如果说一场轰动的诗歌运动是推动诗歌浪潮更迭的有效形式，那么如何在诗歌浪潮更迭变换之后，对其进行收割和整理以有利于当代新诗的发展便显得格外重要。在"朦胧诗"论争逐渐式微的时候，一场新的诗歌运动却在孕育而生。但是，相比于"朦胧诗"论争中诗人们在创作之外的论争中相对缄默而诗歌批评界却热火朝天的状况，"第三代"诗歌运动却是以诗人和诗歌流派为主要活动主体的，诗歌理论和诗歌批评却在诗歌现象短时间内出现繁杂状态的时候显得有点"无措"。在"第三代"诗歌运动热烈地展开的时候，相应的诗歌批评却没有跟上步伐。及时有效的诗歌评论更是少之又少，诗歌浪潮嬗变过速也不得不说是导致这种情况的原因之一。诗歌语言和形式的全面革新使得人们在"朦胧诗"的"不懂"后又面临了一种新的"不懂"。而这种批评脱节失语的情况甚至几乎伴随了整个新的诗歌浪潮的发生和离场，它不是一个刊物或者是某些批评家的个体现象，而是批评界在一段时间内的共同状态。

由于自1985年7月起，《诗探索》便开始了长达八年之久的"休刊"，直到1994年才复刊，因此在"第三代"诗歌运动发生发展过程中，作为诗歌理论刊物的《诗探索》是缺席的。这对于致力于及时反映诗坛动态、记录诗歌发展轨迹的《诗探索》来说，无疑是一种无法弥补的遗憾。但是，在1990年代复刊之后，《诗探索》便采取了一系列的举措来对"第三代"诗歌进行考察，设立了相关的专题，对"第三代"诗歌进行探究和考察，以弥补"缺席"的遗憾。

而这样的考究工作主要是在其整体的诗歌理论建设的设想下去一并完成的。1990年代的《诗探索》对"第三代"诗歌的反思与考察是与其全新的诗学建设结合起来的。《诗探索》希望通过诗歌理论研究的"前瞻"性和"后顾"性的结合，从而重新建立起一种具有的权威性和独立性的"学院批评"。这种新的"学院批评"的重建，体现在其1990年代的诗学建设工作中。复刊后的《诗探索》表现出了进行多元诗学建设的努力，一方面发掘当下具有研究价值的诗学话题，例如诗歌与文化、诗歌语言、"字思维"、"女性诗歌"；另一方面进行了"后顾式"批评建设，既有对"第三代"诗歌的研究，也重点以诗人论和诗歌群落研究的形式。《诗探索》不仅为具有代表性的"朦胧诗人""归来诗人"设立了专题，设立了诗歌群落研究的专栏，还组织了一些寻访活动，以此对当代新诗发展历程进行及时的回顾和考察。整体上来看，1990年代的《诗探索》在多个层面进行着诗歌理论的建设，为诗学建设和活跃诗歌批评尽着一己之力。

第一节　繁复的"诗歌现场"[1]与"失语"的诗歌批评

1985年7月，《诗探索》总第12期出刊之后，开始休刊。经济方面的困窘导致这一在"朦胧诗"浪潮中保有先锋姿态的刊物，在呼应了"朦胧诗"的兴盛与高潮之后，也饶有意味地在"朦胧诗"日渐式微的时候，意外休止了正逐渐系统化的诗歌理论建设工作。休刊的决定可以说是被迫无奈而临时做出的决定。事实上，在1985年7月总第12期出刊之后，《诗探索》编辑部依然参加诗歌活动，并进行着新一期的刊物编辑工作。1985年10月25日，《诗探索》编辑部联同中国社科院文学研究所当代研究室、北大中文系当代文学教研室共

---

[1] 于坚认为，"第三代"不是一场诗歌运动，而是一个"诗歌现场"："一个在20世纪80年代和90年代之间存在于中国文化空间中的诗歌现场。它不是诗歌运动，它是现场。无数诗人在特定的历史空间中产生的以诗为舌的生命活动。"详见于坚：《世界在上面诗歌在下面——答诗人朵渔的20个书面问题（节选）》，《山花》2002年第3期。

同召开了诗歌对话会,并邀请了一部分当时在京的批评家和诗歌理论工作者参加了会议,对当代诗歌的现状进行了探讨和预测。可见,在当时《诗探索》并没有停刊的打算,相反它积极地参与着诗歌活动和进行诗歌现状的观察。1986年10月,《诗探索》甚至还在休刊的情况下与《诗刊》联合举办了"诗歌专题·学术研讨会"。刘湛秋、谢冕、杨匡汉、楼肇明、晓雪、唐晓渡、王光明等三十余位学者和诗评家参加了这次会议,并就"诗歌观念的变革和诗的反思"进行了探讨。《诗探索》之所以休刊,主要是由于经济上的原因,经济上的无奈迫使主编谢冕做出了休刊的决定。

谢冕将此次休刊视为"放假"[1]。但是,谁也没有想到,这个"假期"会持续八年之久。在这八年里,随着以北京为中心的"朦胧诗"浪潮的逐渐消减,以四川等南方地域为中心,轰轰烈烈展开了"第三代"诗歌运动。抱有超越"朦胧诗"的雄心和建设全新的诗歌美学宏图的"第三代"诗人们,一方面继承了"朦胧诗人"的启蒙精神,另一方面又在试图将这种启蒙作用尽可能地扩大化的过程中,以一种带有"反叛"性质的独立姿态出现在诗坛中。一时间诗派云集,宣言四起,良莠不齐。就在《诗探索》总第12期出刊后不久的8月,《深圳青年报·两界河》副刊刊出了"深圳诗歌专版",不仅刊载了部分诗坛新人的诗歌作品,而且着意增加了"编者按":"深圳之诗——正如这里过去不曾有过、但如今已遍地萌生的摩天楼群一样,将会从无到有,由弱至强,发出一束束强烈的灵魂之光。"[2]这段"编者按"并不是对"第三代"诗歌的直接表述,但是却很贴切地表达出了当时又一批青年诗人们以诗派为单位群体性地集中登上舞台的情形。他们的确犹如摩天楼群一般在短时间内林立在1980年代中期的诗坛。

伴随着改革开放的潮流和更多的西方资源的涌入,"第三代"诗人展现出了更为鲜明的现代意识和一种不羁的"反叛"性。"朦胧诗"论争的广泛影响和"朦胧诗"本身所带有的现代启蒙意识,使得"朦胧诗"在经历了大论争之后,

---

[1] 杨匡汉:《〈诗探索〉草创期的流光疏影》,《诗探索·理论卷》2011年第2辑,第10页。
[2] 刘福春:《中国新诗编年史(下卷)》,人民文学出版社2013年版,第1155页。

一时之间成为广大青年诗人们争相效仿的对象。过于泛滥的复制和模仿，也在很大程度上造成了"朦胧诗"后期创作艺术价值的损伤。但不得不承认的是，随着大论争兴起，"朦胧诗"写作俨然已经成为1980年代中期现代诗歌写作的典型范式，随之而来的是以"朦胧诗"为准绳的批评模式。这在很大程度上限制了现代汉语诗歌写作的可能，正如臧棣所言："在他们的写作意识深处，中国现代诗歌所面临的写作的可能性，远远未被充分地涉猎。"[1]因此，"朦胧诗"遭到了以"反叛"和"超越"为旗号的"第三代"诗人的集体性的抵抗。

此外，自"清除精神污染"运动结束之后，思想界文艺界自觉展开了新一轮更为彻底的思想解放。这一时期的思想解放是试图突破各种文艺限制从而达到对文艺可能性的多维探索，不仅在诗歌界刮起了"第三代"的强风，小说界里的先锋小说写作也如火如荼。在改革开放的经济发展大趋势下，诗歌自身在精神领域的地位也逐渐开始了位移，综合的境况也使得继"朦胧诗"式微之后的诗歌创作向着反崇高、反传统、平民化、世俗化的倾向发展："把极端的事物推向极端的办法就是从另一个角度反对它。崇高和庄严必须用非崇高和非庄严来否定——'反英雄'和'反意象'就成为后崛起诗群的两大标志。"[2]在具有反叛性质的精神旗帜下，诗歌创作也从注重向自我深化转向了注重创作手法的出新和对诗歌语言的深入探索，追求在语词组合中所带来的诗意快感。正是这种创作上的特点，使得"第三代"诗歌的出现显得另类而独特。随着"第三代"诗歌活动的不断展开，在1986年左右，"第三代"诗歌运动也进入了高潮，强势地宣告了一种全新的现代诗歌体式和潮流的到来。

1982年，民刊《次生林》刊登欧阳江河、翟永明、柏桦等人的诗作，展现了全新的风貌。1983年，还是大学生的万夏、胡冬、唐亚平等人在四川编印了他们自己的油印刊物《第三代人》。1985年12月，万夏主编的《现代诗内部交流资料》在成都出刊，其中专设了几个十分值得重视的栏目：《结局或开

---

[1] 臧棣：《后朦胧诗：作为一种写作的诗歌》，《文艺争鸣》1996年第1期，第51页。
[2] 徐敬亚：《历史将收割一切》，载徐敬亚、孟浪等编：《中国现代主义诗群大观1986—1988》，同济大学出版社1988年版，第1页。

始》《亚洲铜》《第三代人诗会》和《女诗人》。编者将以北岛为代表的"朦胧诗人"视为一批在变革时代里的先锋,他们扬弃传统并走向了与现代人类文化相适应的发展道路;将江河、廖亦武、海子等人的诗作视为是迷惘与骚乱之后更为沉静和复杂的反思,这种反思不仅是对于自我、民族而言,更是面向了诗歌自身。《第三代诗人诗会》不仅刊登了杨黎、张枣、胡冬、李亚伟等人的诗作,并且在《序》中将这一批诗人视为具有更直接更真诚的开拓精神的诗人:"虽然其中的一些作品尚未成熟,但他们诗作中所透露的力量,已经预示了中国诗歌的又一次新的高峰正在崛起。"[1]

这次新的诗歌高峰的崛起,采取的是群体性的方式。在这一时期,中国当代诗坛上的诗歌流派也开始增多,新边塞诗派、雪野诗派、北大荒诗派、南方诗派等打着诗歌派别旗号的群体,在1980年代中期的诗坛中表现出了强烈的主动性和积极性。面对众多的诗歌流派,《星星》诗刊为了对其进行展现和研究,在1986年2月刊出了"流派诗专号"。除了诗派的增多之外,其中一些不同于以往的诗歌创作也得到了一些刊物的注意和重视,其中最具有代表性的就是由牛汉主编的《中国》。牛汉不仅注意到了这一批"新"诗人的创作,并表现出了极大的热情,还将其命名为"新生代",在《中国》上公开刊登这批"新生代"诗人的诗歌作品。尽管在持续了一段时间之后便停止了刊发"第三代"诗作,但牛汉以及《中国》对"第三代"诗歌的重视和意义却值得注意和研究。

随着"他们"文学社的成立和《非非》杂志的出刊,全新的"诗歌现场"已经开始展开,大量不同诗社自办自印的刊物开始传播,但是却鲜有刊物公开发表"第三代"诗歌。诗歌理论界对这一"诗歌现场"也开始有了回应,诗歌理论研讨会[2]召开。在会上就有人提出了自1980年之后诗歌创作中除了出现现代意识的倾向之外,也出现了注重自身意识的倾向。诗人在创作中不断向深层挖掘,切入生存状态:"由对人的百分之百的肯定转向对人的怀疑否定,产

---

[1] 刘福春:《中国新诗编年史(下卷)》,人民文学出版社2013年版,第1167页。
[2] 会议由《诗刊》《当代文艺思潮》《飞天》等编辑部于1986年8月25日至9月7日在兰州、敦煌举办。

生自身意识。反文化、反崇高、反优美的因素普遍出现。"[1]1986年9月20日的《深圳青年报·两界河》副刊,刊出了"中国诗坛:1986'现代诗群体大展"的预告,并称其为"新中国现代诗历史上第一次规模空前的断代宏观展示"[2]。预告表明了诗走向民间、走向青年,但是却并不能被权威所接受的情况。在"第三代"诗人看来,诗的位置是由诗和诗人所共同建设的,并非是批评的结果和权威认同的结果。怀抱着对这种全新的诗歌潮流的保护意识和宣传使命的徐敬亚等人,有感于在公开刊物上看不到诗歌实验的全部面目,他们共同策划了同年10月由《深圳青年报》和《诗歌报》联合展开的"中国诗坛:1986'现代诗群体大展"。

  这次两报联合举办的大展,在诗作、诗人和诗歌派别的总量上规模空前、声势浩大,诗歌形式多样、诗歌观念层出,可以说是史无前例的一次"狂欢"。在大展中,不仅刊出了以北岛、舒婷、江河、芒克、顾城为代表的"朦胧诗""前崛起派群体",还刊出了一百余位"后崛起诗人",如韩东、于坚、西川、周伦佑、欧阳江河、翟永明等等。此外,大展还汇集了60余家"诗派",其囊括了大部分省市和地域:北有"北京四人""超前意识";南有"非非主义""莽汉主义";西有西藏的"雪海诗派";东有"撒娇派""海上诗群";等等。这俨然一片天南地北汇集于此召开诗界大会的情形,当然,基本上以南方省市诗派汇集居多,尤其是巴蜀地区。尽管看起来大展中的诗派众多、诗社林立,但是实际上除了"非非主义"、"他们"文学社、"海上诗群"、"整体主义"、"地平线诗歌实验小组"、"撒娇诗派"等少数一些诗派是早在大展之前就已经创立,有一定的规模并有着明确的宣言和组织成员之外,不少自称为"诗派"的团体却是临时起意的三五组合。因此,在这次看起来规模宏大的大展中,存在鱼龙混杂、良莠不齐的事实。但是不可否认的是,这次现代诗群体大展,也的的确确在喧嚣中将"第三代"诗歌运动推向了高潮,同时也给诗歌批评提出了新课题。

---

[1] 丁国成:《富有成果的诗歌理论研讨会》,《诗刊》1986年第12期,第24页。
[2] 刘福春:《中国新诗编年史(下卷)》,人民文学出版社2013年版,第1986页。

然而，在诗歌运动高涨的时候，诗歌批评却没能及时有效地参与进来。与"朦胧诗"时期热烈而广泛的论争相比较而言，从这批先锋诗歌开始在诗坛发声的时候到"第三代"诗歌运动轰轰烈烈展开之时，诗歌理论批评似乎都没能及时地对其进行考察和指导。这样的情况甚至一度持续到1980年代末期，尽管在这一期间诗歌批评并非完全消失，但是相比"朦胧诗"论争时的热烈状况而言，显得骤然冷清。直到"第三代"诗歌运动逐渐消退以后，相应的诗歌批评和诗学理论建设才开始较为系统地运作起来，并成为当代诗歌理论研究的一大重点板块。

吴思敬将1980年代中期至1980年代末的这段诗歌理论发展时期称为"失语的阶段"[1]。而他所说的"失语"，一方面是指在喧嚣的"第三代"诗歌运动中，各种诗派云集、诗派宣言纷繁的情况下，却几乎是听不到诗歌批评的声音。这种情况则主要由于老一辈的持保守意见的诗歌评论家们虽然在"朦胧诗"论争期间大力地公开反对和批驳"朦胧诗"，但是在"朦胧诗"浪潮过去并取得了话语合法权之后，时代给予他们的批评环境已经不再。而新锐的诗评家们尽管有想法和观点，但是鉴于诗歌整体地位已经开始边缘化的状态，"过于尖锐的批评对他们无异雪上加霜，因而宁可缄默不语"[2]。另一方面，尽管在这一时期并不是完全没有批评的声音，但是不少诗歌评论在很大程度上却是在生硬地挪用西方理论，缺乏自身的话语系统，导致诗歌批评缺乏有效性。此外，相比于"朦胧诗"而言，"第三代"诗歌一直没能在主流诗坛中得到认可。尽管有少数的刊物例如《中国》，曾经对其表示过支持和认可，甚至在一段时间内刊发过一些"第三代"诗歌，但是相较于"朦胧诗"时期以《诗刊》为首的多家主流期刊平台对"朦胧诗"的推介，"第三代"诗歌是孤立无援的。缺乏主流诗坛的承认，也不得不说是导致在一定时期以内鲜有相关诗歌评论的因素之

---

[1] 吴思敬：《启蒙·失语·回归——新时期诗歌理论发展的一道轨迹》，《诗刊》1996年第7期，第52页。

[2] 吴思敬：《启蒙·失语·回归——新时期诗歌理论发展的一道轨迹》，《诗刊》1996年第7期，第53页。

一。这种情况直到自发性的"中国诗坛1986'现代诗群体大展"之后,当"第三代"诗歌争夺诗坛话语权之后才开始真正改变。

随着1990年代诗歌理论批评的渐渐复苏,经过《诗探索》编辑团体多年的不懈努力,这本休刊长达八年之久的诗歌理论刊物终于得以复刊。1993年7月16日,《诗探索》编辑部在首都师范大学讨论了《诗探索》的复刊。由于休刊时间较长、人员变动较大,因此《诗探索》的编辑团体也有较大的调整。主编由谢冕、杨匡汉、吴思敬担任,主要的具体编辑工作由吴思敬负责。新的编委会成员主要有林莽、刘福春、王光明、刘士杰、陈旭光等人。在1993年这次简单却又重要的会议上,与会者们对《诗探索》的栏目设置、集资以及发行等问题进行了探讨。两个月后,1993年9月18日,《诗探索》与北大新诗研究中心在北京文采阁举办了"'93中国现代诗学研讨会",在会议上宣告了《诗探索》的复刊。复刊后的《诗探索》在第一时间就开始回归考察当代新诗发展的道路。1994年,以"当前的诗坛现状与我们的对策"为议题,《诗探索》在北京大学举行了一次规模不大但却别开生面的"诗坛圆桌"会议。在会上,与会者们不仅对商品化时代的诗歌写作提出了寄望,还对诗歌批评提出了要求:

> 诗论建设需要把"前瞻"与"后顾"有机结合起来。就"前瞻"说,正视时代转型、商品经济、影像文化对诗歌艺术的影响乃至侵蚀,开放诗歌文本,顺应国际理论潮流,走向一种新的"文化批评";就"后顾"说,要对新诗发展史作进一步的清理工作,摒除以往研究中某些外在因素的干扰,还其历史本来面目。[1]

在这样的思想指导下,《诗探索》在1990年代的诗歌理论探索之旅开始起航。

---

[1] 陈旭光:《诗歌怎样了?——〈诗探索〉座谈当前诗坛现状》,《诗探索》1995年第1辑(总第17辑),第181页。

第二节　多元的诗学建设

一、从诗体革命到诗学革命

1994 年 1 月，《诗探索》复刊号出刊，头条刊载了艾青的文章《诗人要自信——对〈诗探索〉复刊的希望》。面对部分诗人纷纷"下海"经商的现状，艾青希望诗人们能够坚定和自信："诗人最重要的是精神上的自由与富有。"[1] 1980 年代末至 1990 年代初，社会文化进入了转型阶段。商品经济大潮来势汹涌，大众文化异军突起，诗歌边缘化已成为事实："经历 90 年代初期的震荡之后，诗歌与社会、时代之间的'整体性'关系遭到了破坏，开始变得若即若离直至全然崩溃，其所谓的'中心'位置也渐渐被其他文化力量（如影像）所取代，诗歌其实成了破碎时代的一个镜像。"[2] 在这样的情境下，诗歌面对自身的考究就显得格外重要。《诗探索》在复刊之后，继续开办了 1980 年代的热点栏目《诗坛动态剖析》。但是与 1980 年代在该栏中热烈讨论"朦胧诗"的状况不大相同，复刊之后，由于在一定时期以内，诗坛自身在边缘化中相对比较沉寂，并没有出现足够的分量能够引起较大争论的中心议题。另一方面，由于长期的停刊，复刊的《诗探索》再次进入诗歌发展的考察之路中的选择便显得格外重要。不难看出，以吴思敬为主的编辑团队在复刊之后，首先选择了对诗坛境况进行梳理和考察，以一种"刈麦者"的姿态，对诗坛的现状进行了梳理。

《诗探索》在复刊之后，首先关注的是对当下诗坛现状的考察，复刊后连

---

[1] 艾青：《诗人要自信——对〈诗探索〉复刊的希望》，《诗探索》1994 年第 1 辑（总第 13 辑），第 1 页。

[2] 张桃洲：《众语杂生与未竟的转型：1990 年代诗歌综论》，《长沙理工大学学报（社会科学版）》2010 年第 6 期，第 94 页。

续刊登了多篇观察当时诗坛状态的文章。例如郑敏便在复刊号上发表了《我们的新诗遇到了什么问题？》一文，深刻地谈到了诗歌发展在经济大潮冲击下所出现的一些问题。在郑敏看来，诗歌面临经济和商业所产生的危机，首先在于诗歌中精灵的消失。一味地求新使得诗歌反而疏离了诗歌自身，过度的语言扭曲使得诗歌内涵的"陈旧"空洞和外在形式的"新"之间出现了巨大的鸿沟。其次，诗人在进行新的艺术尝试的时候，忽视了对自我的联系与把握，也忽视了诗歌的思维的智性和悟性，空洞地使用语言的变换组合使诗歌失去了活力与生命。因此诗人要在勤于感受的同时重视思维和悟性的作用。再次，一味地追求艺术手法的新花样，而不注重诗歌观念的变化和更新，不注重语言与心灵经验的更新，这样的求新是无效的。最后，诗人应当逐渐淡化流派意识，吸收融合多种艺术成果，在更广阔的空间中绽放诗性的光芒。郑敏的这篇文章主要针对当时的诗歌创作来谈，指出了部分诗人在诗歌创作中所出现的一些具有普遍性的问题。整体上来看，该文也指明了"第三代"诗歌运动后诗歌创作出现的一些不良趋向问题。

何锐在《世纪末的文学格局与新诗创作》中，则首先从大的方面梳理了世纪末的文学格局，并进而对当时的诗歌创作现状进行了把握。新的文学格局形成了一个令人惊异的大十字架，在横向的、与现实平行的向度上，文学一方面表现出了响应着主流意识形态的对现实的肯定，另一方面又对现实流弊和阴暗面进行揭露。而在与政治的梳理作为标志的纵向上，文学表现出回归文学自身的现象："教化功能的萎缩，权威话语的失落，生命感悟的强化以及对文体、语言的刻意关注。"[1]诗歌出现了在横向域与纵向域之间的严重失衡。在横向的、与现实平行的向度上，诗歌的批评意识的缺乏导致对现实的介入显得贫瘠。而在纵向的创作上，诗歌则游离于形而下层面，并表现出与新写实小说之间的内在关联。值得重视的是"第三代"诗歌中表现出来的生命感悟的强化，但是近年来的"第三代"诗歌创作也表现出了先锋性的弱化趋向。

除此之外，耿占春从知识、良知、经验、记忆、语言这几个词语片段来谈

---

[1] 何锐：《世纪末的文学格局与新诗创作》，《诗探索》1994年第1辑（总第13辑），第37页。

了诗歌的现状。[1]程光炜将当时的诗歌局面划分为了两极：在写作性格上倾向于返回传统并更具有现代人格的"沙龙诗人"和承载着文学作品通俗化历程的"大众读者"。[2]在程光炜看来，青年诗人在对抗中表现出了实现个人和艺术的最大自由，这是深刻矛盾的聚焦点，复杂的时代也要求青年诗人进行着复杂多元的创作。

面对诗歌发展的复杂情境和诗歌创作越发多元的状况，也有不少新诗研究者看到了有的诗歌创作在"反文化""反理性"的过度发展下，的确也丧失了诗歌自身的诗性价值。1990年代初，当诗歌批评告别了短暂的沉寂而重新活跃起来时，却出现了一些不良的倾向：有的对一些诗人诗作做无原则的吹捧；有的对外国诗论囫囵吞枣，一些引进的概念术语不仅被滥用更似乎成了一种批评"时尚"；有的则更是没有实质的批评内容可言。《诗探索》明显表现出了一种希望通过自身努力来重建"学院批评"的权威性的倾向。面对复杂的诗歌创作和诗歌批评环境，《诗探索》首先选择了诗学建设，以改善诗歌理论批评研究长期落后于诗歌创作的情况；建设系统而具体的诗学批评，以期减少空洞无物、缺乏理论深度的批评。

作为《诗探索》主编，谢冕以个人身份在《诗探索》1994年复刊号上，发表了《从诗体革命到诗学革命》一文，在文中充分表露了进行诗学建设的必要性和紧迫性，甚至将其视为一场"革命"。他将新诗奋斗过程的诗体革命视为新诗冲破重围的第一道裂缝，尽管诗体解放取得了具有划时代意义的成就，但是这并不意味着中国新诗建设的成功。对于中国新诗的建设而言，以新的体式取代旧的体式仅仅只是开端。真正的新诗建设还要牵涉诗学革命，相比于中国现代诗发展的成熟和勇敢，诗学讨论却处于零基础低水平的状态，甚至在"朦胧诗"论争中最终转向了政治批判。由此，加强现代诗的地位并相应地建立一套完整的中国现代诗学迫在眉睫：

---

[1] 耿占春:《群岛上的谈话》，《诗探索》1994年第1辑（总第13辑）。
[2] 程光炜:《新诗发展态势剖析》，《诗探索》1994年第1辑（总第13辑）。

一种前瞻的而不是退守的、系统的而不是零碎的、紧密结合于中国现代诗的创作实践的而不是对于外来理论生涩拼凑的诗学视野的展开，是我们所期待的。[1]

尽管《从诗体革命到诗学革命》是以谢冕个人身份发表的，并不代表《诗探索》的立场和观点，但是进行诗学建设的想法，本身就是《诗探索》一直以来所倡导和坚持的，主编的想法也在潜移默化中影响着《诗探索》发展的轨迹。复刊之后，《诗探索》栏目在延续1980年代主要风格的基础上，也发生了一些微妙的变化。其中值得注意的就是增设了《诗学研究》一栏，纵观《诗探索》复刊后的诗学栏目建设，也不得不说其在诗学建设这一板块中下了一些气力。自复刊号起至1999年第4辑，中间除了1999年第1辑没有以《诗学研究》栏目形式刊发相关文章之外，每一辑都专设栏目并精选文章刊发出来，涉及众多的诗学话题。首辑中，杨匡汉针对"诗歌接受"问题刊发了《形上的驰骋——关于诗性接受的劄记》一文，并提出了更好地进行诗歌的接受过程的三种策略。他将这种策略统称为"形上的驰骋"：首先是充分发挥想象的作用，其次是将诗作放置在它自诞生起的发展背景中，最后是运用主体的内在尺度。此后的诗学研究则向更大的层面展开，并切入了众多的话题中。吴开晋在《当代诗中禅道精神与现代主义之结合》中认为当代诗中存在着一种独特的禅道精神。他从社会层面和诗人自身的审美心理结构的变化两个方面对其产生的原因进行了解读；并结合孔孚、昌耀、余光中、洛夫、周梦蝶、羊令野等诗人的具体诗作，对诗歌中所表现出来的禅道追求进行了探讨，并进而将禅道精神视为当代诗歌发展的一个明显的倾向。

这种诗学探讨并不是架空于诗歌发展的，而是结合着诗歌发展中出现的一些有一定价值的关注点来进行的。1994年第2辑（总第14辑）中，李震的《神话写作与反神话写作》将当时的诗歌创作分为神话写作与反神话写作两种，从这样的角度切入并涉及了对"莽汉""非非"为代表的"第三代"诗歌创作的分

---

[1] 谢冕：《从诗体革命到诗学革命》，《诗探索》1994年第1辑（总第13辑），第15页。

析。在李震看来，坚持神话写作的诗人依然是用翻译过来的外国诗歌语言来进行汉语诗歌创作，或是致力于汉语实验诗歌写作。这种诗歌写作偏离了现实环境，缺乏鲜活的母语条件。而反神话写作作为对传统的反叛，选择了符合现实生存语境的日常口语甚至是俚语俗语，返回了人生存的真实状态。崔卫平的《个人化与私人化》则更是从诗学研究角度对先锋诗歌写作中的个人化与私人化问题进行了分析。她认为个人化在某种程度上感到了"失语"或者"暗哑"的经验，而"私人化"与其说是对现有社会秩序的反叛，更不如说是一种认同。私人化在反叛上的总体特点使得其发展朝向了一种封闭性的自我空间中。奚密则从"诗人之死"谈到了具体的"死亡"主题。温儒敏在《梁宗岱的"纯诗"理论》一文中提出应对梁宗岱的批评进行再审视，并将"纯诗"理论视为是比象征主义译介更能体现他理论特色的代表。钱理群的《现代新诗和现代旧体诗的关系》从新诗与旧体诗之间的联系谈到了旧体诗在文学史叙述中所存在的一些问题。

此外，既有比较传统的诗歌艺术探讨，包括诗体变革、诗歌的意象批判问题、当代诗歌的隐喻结构、自由诗的建行原则、诗歌接受过程中的心理期待和阅读障碍、诗歌中的语词拆解、1940年代现代主义诗歌知性抒情原则，又有带有探索性和前沿性的话题探究，例如神话与灵感、文化与语言、诗歌当代性、玄学思维和中国山水诗、诗歌现代性、经验诗歌、生命诗学，等等。这些议题共同丰富和拓展了中国当代新诗的诗学建设。

在众多的诗学议题中，有两个话题可以说得到了《诗探索》的特别重视，一个就是诗歌与文化，另一个则是诗歌语言。除了在《诗学研究》一栏中有所涉及之外，《诗探索》还专设了一些栏目来对其进行研究。

二、诗歌与文化

随着思想解放的进一步深入和发展，新时期以来的中国当代诗歌也在自由和多元的道路上走得越来越远，越来越自如。当更多的西方理论资源涌入人们的视野并逐渐成为人们创作和批评的资源的时候，自然也对当代诗歌批评提出了新的要求。如何适应时代的发展、适应诗歌自身的多元化而适时建立起多元的诗歌批评，也成为《诗探索》全体同人共同思考和关心的问题。在由《诗探索》编辑部发起的"诗坛圆桌"会议中，与会人员[1]普遍认为在当前时代社会发生剧变的时候，诗歌的复杂性也随之加深。尽管诗歌发展展现出了不同于以往的面貌，但是诸如"诗人人格、责任心、使命感、时代精神、文化底蕴等，仍具有普遍而永恒的意义。在一个商品化的时代，诗人应该有自己的追求，'不能跟大家一起卡拉OK'"[2]。

事实上，部分文艺创作面对商品经济大潮时表现出来的浮躁已经被人们察觉。甚至对于观察者们而言，中国社会在1990年代初期已经出现了一种人文精神的衰落和危机。这种精神层面的颓靡和娱乐趋向并不仅仅表现在文学创作上，更是一种具有普遍性的精神结构的改组。1993年，王晓明等人的对话录《旷野上的废墟——文学和人文精神的危机》发表，由此开启了历时两年多、参与面相当广泛的"人文精神危机"大讨论。不得不说，在1994年底左右，"诗坛圆桌"会议上提出的诗歌发展主张也贴合了当时"人文精神危机"讨论的热潮。当然除此之外，就诗歌自身而言，会议所表达的主要精神和主张也是对以"第三代"为主的诗歌创作状况的反观。不同于对"朦胧诗"论争的及时批评，复刊后的《诗探索》在"第三代"诗歌运动结束之后，拉开时间间距进行考察，相对来说会更沉静、客观一些。因此，为了更好地适应新形势下的诗歌研究，也基于当时涌现在人们面前的西方理论资源日益丰富的现状以及文艺界对西方理论资源的有机吸纳，与会者在对诗歌精神文化价值提出重视的基础之上，希望能够建立起一种"前瞻"性的诗歌理论。"所谓'前瞻'，便是正视在时代转型、社会变迁和大众文化发展的形势下，开放诗歌文本，顺应国际理论潮流，

---

[1] 这次会议由《诗探索》主编谢冕、杨匡汉、吴思敬主持。洪子诚、刘福春、林莽、刘士杰、程光炜、沈奇、臧棣、陈旭光、汪剑钊、陈曦等参加了会议。
[2] 陈旭光：《诗歌怎样了？——〈诗探索〉座谈当前诗坛现状》，《诗探索》1995年第1辑（总第17辑），第181页。

走向一种全新的'文化批评'。"[1]

　　事实上,《诗探索》在复刊之后的某些栏目设置和文章选择上,与这次《诗坛圆桌》会议的主要精神有着某种内在的契合。它于1994年设立了专栏《当代诗歌文化价值取向》,刊载了三篇从文化价值的角度考察诗歌发展的文章,反思了在当时文化境况下的诗歌自身。一平从具体的文化状况中考察了诗歌的功能。[2]张同吾在《诗的文化流变与审美特征》一文中认为当前的诗歌格局是崭新的,出现了美学观念与"审美特征发展的趋向性"[3]的并存。尽管诗坛处于多元格局下,但是我们需要充分重视两种倾向:一种是以先锋姿态出现,并表现出盲目效仿西方理论资源和创作,并且严重脱离实际和文化传统的反传统、反理性、反文化的理论探索和创作实验;另一种则是一成不变地遵奉现实主义和直抒胸臆的诗歌理论和创作。在他看来,这两种倾向都会阻碍诗歌的健康发展。面对当时诗歌批评中出现的以派别论英雄的状况,孟繁华在《文化马戏中的"好诗主义"》认为诗歌的形式和内涵本身就是复杂的,并不能单纯的以某一种派别或类型来对其进行简单的概括。远离以"主义"来判断诗的优劣的做法,而应该尽力保持鲜明的个人阅读的真实性,重视审美体验。

　　除此之外,《诗探索》也在"文化批评"的层面加紧建设。1994年第3辑(总第15辑)设置了《当代诗歌中的"后现代"问题》一栏,通过发表相关的笔谈文章,旨在通过将"第三代"诗歌放置在更大的文化语境和背景中,以达到从"后现代主义"角度切入研究"第三代"诗歌的目的。在栏目《主持人的话》中,《诗探索》编辑成员陈旭光将"后现代"成为研究热点的情状视为一种不以个人意志为转移的必然,并且"它必将对大体从属于'现代主义'范畴的中国现代新诗创作及现代诗学研究发生根本性的影响"[4]。这种影响又集中体

---

[1] 陈旭光:《诗歌怎样了?——〈诗探索〉座谈当前诗坛现状》,《诗探索》1995年第1辑(总第17辑),第181页。

[2] 一平:《在中国现实文化状况中诗的意义》,《诗探索》1994年第2辑(总第14辑),第35—39页。

[3] 张同吾在文中指出的"审美特征发展的趋向性",是指无论诗人的审美个性如何,最终都是试图让诗歌更贴近诗的本质。

[4] 陈旭光:《主持人的话》,《诗探索》1994年第3辑(总第15辑),第55页。

现在"第三代"诗歌之中。早在1991年第1期的《当代作家评论》上，陈旭光便已经发表了一篇相关研究文章。[1]在陈旭光看来，从"后现代主义"研究视角切入对"第三代"诗歌的研究是对"第三代"诗歌进行更深刻的剖析的一种有效途径。他认为，"第三代"诗歌至少表现出了"主体的移置""象征的没落""现象还原与走向过程""语言的狂欢与游戏"四个方面的"后现代性"；并且，作为一种"解构颠覆愈益精深和自我游戏娱乐化的'精英文学'"[2]，"第三代"诗歌的反叛与反文化精神也使其更具有革命性和先锋性。

鉴于"后现代主义"与"第三代"诗歌之间的联系，也为了让更多对"第三代"诗歌中的"后现代"问题有所体察的诗歌研究者们能够有一个各抒己见的平台，《诗探索》创立了《当代诗歌中的"后现代"问题》一栏。但事实上，这个栏目在设立之后并没有得到很好的展开，在1994年第3辑（总第15辑）中，该专栏中刊登了三篇文章。[3]随后，只在1995年第1辑（总第17辑）中出现了该专栏，并且仅仅刊登了旻乐的《诗之"后"患》。尽管该专栏没有出现在后续的栏目编排中，只出现了两辑，但是值得关注的是在这两辑中，《诗探索》梳理了两种不同的态度。在1994年第3辑（总第15辑）中的三篇文章，均探讨了"第三代"诗歌与"后现代主义"之间的联系。然而，1995年第1辑（总第17辑），编辑则挑选了一篇对这种研究持否定态度的文章，并且在该辑该栏目中添加了"编者按"：

> 这里选发的《诗之"后"患》一文，对国内诗歌诗论界"望风云集"的"后浪潮"持比较强烈的批判否定态度。虽言语有些激烈，也未展开充分的论证，但毕竟代表了一家之言。从某种角度说，诱发并宽容不同的声音激烈交锋，进行真正平等的、互相尊重对方人格的"百家争鸣"，正是

---

[1] 陈旭光：《"第三代诗"与"后现代主义"》，《当代作家评论》1994年第1期，第105—124页。
[2] 陈旭光：《"第三代诗"与"后现代主义"》，《当代作家评论》1994年第1期，第116页。
[3] 这三篇文章分别是王宁的《中国当代诗歌中的后现代性》、沈天鸿的《后现代诗歌与后现代主义诗歌》、刘春的《第三代诗与后现代主义是何关系？》。

我们在"诗探索"途中一以贯之的原则。[1]

《诗之"后"患》这篇文章对当时"后现代主义"成为批评热点时的某些跟风成分进行了言辞激烈的批评。在作者旻乐看来，当下的诗歌创作中真正受到后现代主义影响或者专注于后现代主义创作的诗歌作品是少之又少的，甚至可以说是几乎没有的。当下的诗歌批评中运用后现代主义对诗歌进行批评的情况，有很大一部分无视了诗歌创作及诗歌作品本身，很大程度上都是先入为主地设立类型和案例然后再找材料进行佐证的。实际上，旻乐所指出的这种具有明显的预设性的跟风式批评在当时的确存在。从"编者按"中可以看出，《诗探索》选刊这篇文章的目的除了倡导不同观点的自由交锋外，也希望该话题能够受到广泛关注和热烈探讨，但是从后期可见，该话题的影响力相对有限，没有引起较大范围的争鸣。

三、"语言：一种新的诗学维度"

尽管有关"后现代主义"与"第三代"诗歌之间的讨论没有得到充分的展开，但是《诗探索》在诗歌语言的探讨上却取得了一定的进展。白话文的出现改变了中国文学的面貌，关于文学与语言的研究自1949年之后就已经开始。[2]从此，具有明显口语特点并且更有利于现代人在时代加速情境下，更直接鲜明地表达内心情愫的现代汉语，使得中国现当代诗歌表现出与古典诗歌截然不同的面貌来。作为诗歌表达重要的载体，语言对中国现当代诗歌的变革有着直接而深刻的影响。因此，语言问题伴随着当代诗歌的兴起，始终萦绕在众多研究者心中。"从1980年代开始，关于中国文学和诗歌语言的话题更为郑重地进入

---

[1]"编者按"，《诗探索》1995年第1辑（总第17辑），第53页。
[2] 详见高长印主编、北京市社会科学院文学研究所编：《新中国40年文艺理论研究资料目录大全1949—1989》，中国和平出版社1992年版。该大全中专设"文学与语言"专章，收录了1950年至1989年间相关文章条目。

了人们的视野。"[1]学者张颐武更是将"语言的自觉"潮流视为1980年代最重要的遗产，并将这种对语言自身的关注，视为"1980年代最具关键性的文学实绩"[2]。在1980年代，诗歌语言的相关研究大致有两种。一是从微观角度对具体的诗人诗作的语言特点和风格进行探讨，例如夏爵荣的《戴望舒诗歌的语言艺术》。二是从宏观角度将语言视为一个独立的研究范畴进行探讨，例如，早在1981年第4期中，《诗探索》就发表了赵毅衡的《诗歌语言研究中的几个基本概念》一文，可以说是早期较系统的诗歌语言研究成果。

总体上来看，将诗歌语言视为完整而独立的研究本体的这一研究视角，伴随着诗歌理论的引入逐渐成为一大重要研究领域。早在1984年，谢冕在《长江》第3期上发表了《永恒的星光——诗歌语言浅谈》，1985年3月《文艺理论研究》刊发短文《诗歌语言的表现力》对谢冕一文进行解读。值得注意的是，随着西方理论资源的涌入，当时的诗歌语言研究的对象不仅仅只是现当代诗歌，也有很大一部分批评家们侧重分析古典诗歌。[3]随着"第三代"诗歌的发展，自1980年代末到1990年代初，诗歌语言研究则更为突出和重要，诗歌语言研究的成果在《文艺争鸣》《当代作家评论》《当代文坛》《诗刊》《上海文学》等多家刊物上纷纷展露。[4]不同于其他刊物单篇发表诗歌语言的研究文章，《诗探索》率先将诗歌语言作为一个重要的话题，采用专栏的方式进行集中刊发诗歌语言的研究成果，为对诗歌语言问题有所见解的批评家和研究者们提供一个

---

[1] 张桃洲：《现代汉语的诗性空间——新诗话语研究》，北京大学出版社2005年版，第17页。

[2] 张颐武：《张颐武的本土符号学研究（上）——二十世纪汉语文学的语言问题》，《文艺争鸣》1990年第4期，第8页。

[3] 例如，李元洛的《独特的语法——中国语言弹性美札记》(《当代文坛》1985年第9期)和俞兆平的《诗歌语言的组合张力》(《当代文坛》1986年第5期)均引用了黑格尔的相关理论成果，并结合中国现代诗学研究成果对中国诗歌的语言特点进行了详细分析。其中，他们所采用的例证主要以古典诗歌为主，也涉及了少量的现代诗歌。

[4] 例如，1988年4月，《当代作家评论》发表了宋琳的《论自足体的语言》；《文艺争鸣》在1990年第4期的《百家文论》专栏，以《张颐武的本土符号学研究》为总题，连载了张颐武的语言研究长文《二十世纪汉语文学的语言问题》；《诗刊》在1992年第1期发表吴开晋的《感觉的变形与语言的新奇》；1993年4月，《当代文坛》发表陈旭光的《诗歌语言：困境、生机和反省》。

交流的平台。

《诗探索》在1994年第2辑（总第14辑）中便设立了诗歌语言专栏：《语言——一种新的诗学维度》。从专栏的名称可见，《诗探索》已经将诗歌语言问题视为一个独立的诗学问题，虽然只发表了两篇文章，但是这两篇文章均从语言热的现象出发，分析了语言研究热点背后可能存在的弊病。陈旭光指出了海德格尔的语言观对诗学建设的影响，并表明了这种语言理论中所存在的不足，指出应当谨慎、批判地对待海德格尔的语言观，以期建构一门科学的当代新诗学。[1]叶世祥则反思当下的语言热，并犀利地指出了语言热背后的潜在危机。[2]此后，在总第17辑、18辑（1995年第1辑和第2辑）中，《诗探索》重点刊发了郑敏的长文《诗歌与文化——诗歌·文化·语言》，这篇文章实际上是郑敏在《诗探索》编辑部召开的"当代新诗发展研讨会"上所做的学术报告，后经编辑整理发表。在这篇长文中，郑敏着重在下篇里谈到了诗歌语言问题。在郑敏看来，语言不仅仅只是创作诗歌的工具，更是一种无意识的表现，真正具有生命力的诗歌一定是凝聚了诗人自身对语言与生命的真实体验的。郑敏强调，应当重新认识语言，但这并不是将对语言的重视变成对语言的戏弄，追求刺激的肤浅和多余。紧随着郑敏这篇文章的连载结束，《诗探索》在同辑（总第18辑）开设了《诗歌语言问题》专栏并连发了五篇文章，从不同的角度对诗歌语言问题进行探讨。

马大康在《诗，语言的共和国》中将诗视为语言的共和国，在诗歌的世界里，语言不受任何语法的规范和逻辑的束缚，自由组合拼接，展现了充分的精神自由。南野则从行为的语言、还原的提出、创造的事实、可能性的复述四个方面展开对诗歌语言的讨论。[3]陈兴伟在《论诗歌的语言空间》中论述了语言的重要性。张目则根据沈小龙博士的"三分天下"的句型理论，从名词性句子

---

[1] 陈旭光：《论当代诗学理论建设的"语言论转向"》，《诗探索》1994年第2辑（总第14辑），第44—58页。

[2] 叶世祥：《语言：诗学的皈依及危机之源》，《诗探索》1994年第2辑（总第14辑），第59—63页。

[3] 南野：《诗歌语言两种向度的探讨》，《诗探索》1995年第2辑（总第18辑），第73—77页。

（主题句）、动词性句子（施事句）和关系性句子（关系句）这三种类型的句子入手，对现代主义诗歌文本的语言常态展开细读式的解析，以期探索出现代主义诗歌的语言范式。[1]魏慧认为"第三代"诗歌与其说是一场诗歌运动，不如说是一次形式偏激的精神运动，但是"第三代"诗歌对语言自身的关注和对语言意识的革新却值得关注和重视，因此该文以"第三代"诗歌的语言策略为讨论中心，从意象与结构两方面对其进行分析。[2]

事实上，《诗探索》之所以专设《诗歌语言问题》专栏，并连续用较多版面来专门讨论此话题，一方面是基于"语言的自觉"的潮流，另一方面则包含了《诗探索》的理论建设理想。设置《诗歌语言问题》的专栏是期望通过对诗歌语言问题的梳理，并相应地提出一些具有建设性的对策，以诗歌语言问题为切入口，"逐步建立起一套科学、完善、当代形态的新诗学"[3]。建设新诗学的理想并不是一蹴而就的，也不是《诗探索》一己之力能够完成的。时至今日，诗歌语言研究已日益系统，但是在当时能够及早地发现这一问题并对其给予足够重视并开拓平台和渠道、引导良性讨论的努力值得肯定。

在后期的发展中，《诗探索》对语言的问题的探讨在1996年之后就暂停了专题形式，在2000年第1—2辑中，诗歌语言的话题再次出现在《诗探索》的栏目版图上，在《关于诗歌语言》栏目下，6篇文章抱团来袭。此后，2002年第1—2辑中再次出现该专栏。在整体上看来，虽然在语言讨论的浪潮下，"诗歌语言"问题一度成为诗学研究的热点，但是"诗歌语言"作为重要的诗学话题，对其研究实际上应当更长久、连续地进行下去。从整体上来看，对语言问题的重视是《诗探索》在1990年代以后的诗学建设中的一大特点。无论是单独的语言研究文章的刊发，还是后期也依然在坚持开设语言问题的专栏，都体现出了《诗探索》对诗歌语言问题的重视，以及其在深化语言研究方面所做出

---

[1] 张目:《板块与套盒：现代主义诗歌的语言范型》，《诗探索》1995年第2辑（总第18辑），第85—101页。

[2] 魏慧:《第三代诗的语言策略》，《诗探索》1995年第2辑（总第18辑），第102—110页。

[3] "编者按"，《诗探索》1995年第2辑（总第18辑），第67页。

的努力。相比于散篇的论文，以专栏形式更能凸显该话题的重要性以及编辑团体对这个话题的重视。当语言问题得到不断深化的时候，另外一个全新的论题也在多种因素下促成，即"字思维"与中国现代诗学。

"字思维"最早由石虎提出。1996年6月出刊的《诗探索》1996年第2辑（总第22辑）中，开设了《"字思维"与中国现代诗学》专栏，发表了石虎的《论字思维》[1]一文，由此提出了"字思维"诗学命题。作为画家和艺术家的石虎，从文化的角度切入了对汉字文化与诗歌语言之间的探讨。在该栏中，《诗探索》特意添加了"编者按"，认为石虎的《论字思维》一文"第一次将'字'的问题提升到一种诗学的价值高度"[2]。此外，"编者按"中还强调了该话题多方面的启示性意义。但是，由于这是一个全新的话题：

> 石虎先生的观点尚有待于进一步的论证、充实、驳难、修正。为此，本刊决定开辟专栏，对这一问题进行深入的探讨，以期引起更多的人对这一问题的关注，并希望由此对汉诗的研究进而对中国母语文化的研究形成一个新的突破口。[3]

由此可见，对这样一个全新的诗学话题，《诗探索》对"字思维"问题给予了足够高的重视和期待。开辟专栏并不仅仅是为了将该话题呈现出来，更多的是希望在一种相对深入的讨论中，引起更多人对"字思维"问题的关注，从而推进汉诗研究的进程。作为话题的提出者，石虎在《论字思维》一文中，强调了汉字字象的思维意义的重要性。他认为，汉字不仅构成了语言，还支配了语言和思想，单字具有诗的性质。剖析字象的作用不仅仅是与文字相关，更是涉及了汉诗的本质。在石虎这篇文章后面，《诗探索》紧接着刊发了余仰仲的《隔世的妙语》，该文从以下两个方面与石虎进行商榷，认为他的"字思维"一说

---

[1] 该文最初发表在《文论报》1996年2月1日。
[2] 石虎：《论字思维》，《诗探索》1996年第2辑（总第22辑），第8页。
[3] 石虎：《论字思维》，《诗探索》1996年第2辑（总第22辑），第8页。

尽管有着可取性但是存在着客观的不足：一方面，对汉字字象思维意义的探讨只能是"对几世纪前中国人的意识命名"[1]，在长久的演变发展中，汉字自身也存在着种种局限；另一方面，语言的隐喻性也并非是汉字的专属。

面对余仰仲的质疑，李震的文章《"字思维说"的诗学意义》一文则与其进行了新一轮的商榷。从李震文中可以发现，该文原本是打算对"字思维"说的诗学意义进行探讨的，但在成文途中李震看到了余仰仲一文，于是在结尾处针对余仰仲提出的两点质疑，为石虎的"字思维"辩护。李震认为余仰仲在讨论中忽略了一个基本的前提，即语言与文字是不同的范畴，语言的"象"不同于汉字视觉直观上的"象"。此外，汉字的"象"性是独有的、唯一的。

在余仰仲和李震的辩论之后，《诗探索》紧接着刊发了梁小斌的《论我手写我口》。作为诗人的梁小斌，从诗歌口语化主张谈起，他认为诗歌语言不等同于口语实录，汉语诗歌实际上是由汉字来记录和承载的；在这样的意义上，汉字并不仅仅只是书写符号，而应有更深刻的理解和认识。梁小斌直接表达了对石虎"字思维"说的赞同，并从当今诗人应当如何看待中国文字这一问题出发，从汉字是否只是符号、文字的书写问题深入到对"口语直接书写"的批判。梁小斌认为，"口语直接书写必然导致返回口语，返回到无字书写的状态"[2]，在他看来，这种返回并不是一种更高意义上的返回，而是回到文字出现以前的蛮荒年代。石虎提出的"字思维"说，在诗学意义上是与口语直接书写方式相悖的论说，为中国当代新诗写作提供了一个具体的反思对象和中心，为新诗重建以汉字为基础的母语写作意识提供了可能。

这一辑的《诗探索》既展现了有关"字思维"说能否成立的讨论，也将"字思维"说与当前诗歌创作的相关反思结合在了一起。自此之后直到2000年，《"字思维"与中国现代诗学》专栏成为《诗探索》的固定栏目之一，2000年以后虽然栏目不再固定每辑出现，但是相对而言，该栏的开设频率也较高。随后，在1999年第3辑中，石虎发表《字象篇》一文，他提出字象与心性之

---

[1] 余仰仲：《隔世的妙语——与石虎先生商榷》，《诗探索》1996年第2辑（总第22辑），第13页。
[2] 梁小斌：《论我手写我口》，《诗探索》1996年第2辑（总第22辑），第24页。

间的内在关联性，强调汉字虽然具有象形性，但是此"象"并非"像"，而是比外在的肖形更为本质的象历史性，随其形义的理解需要历史来复原。该文与前一辑中发表的《论字思维》共同构成了相对比较完整的"字思维"说。"字思维"的出现，为重新审视现代汉诗提供了新的视角和维度。该话题也引起了一定的关注，得到了不少诗评家、研究者和诗人们的关注与参与。

之后的讨论则基本上是在肯定"字思维"这一话题提出的重大意义基础之上，展现对"字思维"说的思考的。对这一话题的思考，既有带有延展性的解读，也有对其局限性提出质疑的声音。

十分重视汉语语言问题的郑敏，早在1990年代初就在《世纪末的回顾：汉语语言变革与中国新诗创作》[1]一文中，触及了有关汉语与现代汉诗之间的思考。面对石虎提出的这一话题，郑敏将"'字思维'与中国现代诗学"这一话题讨论，视为"一场关系到21世纪中华文化发展的讨论"[2]，在反思陈独秀等人在"五四"时期提出的语言观的基础上，高度肯定了汉语的优越性和汉字的诗性，期待"字思维"能够激起汉语、汉字与中国诗学讨论的热潮，重拾汉语审美。洪迪则试图从造字、组词、炼字等方面讨论汉字思维与诗美创造之间的关联。晨声在《诗也朴》中表达了汉字的创造与诗歌创作之间思维的相通性，汉字的字象即诗象，字象生成的过程与诗歌生成有着极大的相似性。王岳川则指出汉字不仅是书写符号，更是诗性的本源，汉字字象的思维意义是第一位的。他从汉字本体论、思维论和文化论三个方面，就"字思维"理论进行了展开。章燕则关注到了汉字与人文现代性和科学现代性之间的联系，并试图阐明汉语彰显诗歌现代性的过程。高秀芹认为，在世纪之交新诗面临去向选择的时候，"字思维"说为中国新诗的发展提供了一个重要的思维维度，并从现代诗歌语境的角度，对"字思维"进行了探讨。也有一些学者讨论了"字思维"的

---

[1] 郑敏：《世纪末的回顾：汉语语言变革与中国新诗创作》，《文学评论》1993年第3期，第5—21页。

[2] 郑敏：《一场关系到21世纪中华文化发展的讨论：如何评价汉语及汉字的价值》，《诗探索》1996年第4辑（总第24辑）。

理论内涵，例如，章亚昕从汉诗学研究的角度切入对"字思维"的讨论。

当然，除了肯定之外，对"字思维"持有质疑的声音也在《诗探索》上展现了出来。例如，黄河在《汉字：传统与现代——"字思维"说的商榷》一文中，对石虎提出的汉语诗歌本源问题以及"亚文字图式"等观点提出了质疑，认为石虎在文中的论述存在了一些含混。此外，他还在文末表达了对郑敏提出的重视汉语思维的观点的赞同。段从学则在《形而上学的"字思维"及其讨论》一文中，针对汉语的本质与汉语诗歌之间的关系，对郑敏和石虎提出的相关观点进行了探讨。在他看来，"字思维"的最大的价值在于："它试图将汉诗的写作从表达文字之外的音与意的附生性境遇中解放出来，使写作本身成为一种意义活动，获得独立和自由。"[1]但是，"字思维"所具有的形而上的特性，使得这一学说并不能将汉字从工具性地位中解放出来，而强调字象背后的具有同一性的文化性意义，反而使得以汉字为载体的诗歌创作失去了更多的可能性意义，这是对汉语诗歌写作的变相压制，而非诗意本源。高玉在《"字思维"语言学辩论》[2]一文中，则指出了石虎的"字思维"说过于强调"字象"或"物象"，过于专注"亚文字图式"的局限性，并指出"字思维"的本质更在于一种思维性和汉字作为词的语言性。

1996年11月，《诗探索》主持召开了"'字思维'与中国现代诗学讨论会"[3]。在这次研讨会上，与会的四十多名诗人、学者、艺术家们，纷纷就"字思维"、汉语写作以及"字思维"与汉语诗歌语言特质、中国现代诗学的关系等问题进行了探讨。对"字思维"话题的提出，与会者们给予了普遍的肯定。在肯定该话题提出的意义的基础之上，部分与会者也对其讨论前提进行了限制。例如，欧阳江河指出应当廓清"字思维"说中的个人情感成分，增加其作为理论学说的智性内核，并强调在"字思维"中除了重视汉字、汉语之外，更应当将汉语"思维"的重要性提升至首位，以加强对现代汉语诗歌创作的切实

---

[1] 段从学：《形而上学的"字思维"及其讨论》，《诗探索》1999年第1辑，第130页。
[2] 高玉：《"字思维"语言学辩论》，《诗探索》2002年第3—4辑，第81—88页。
[3] 详见高秀芹：《"字思维"与中国现代诗学研讨会综述》，《诗探索》1997年第1辑。

指导性意义。此外,有不少与会者都注意到了"字思维"涉及了具体的汉语诗歌语言问题,任洪渊、陶东风、牛宏宝就"字思维"与诗性语言进行了探讨。

2002年8月,由《诗探索》主持举办的"'字思维'与中国现代诗学第二次研讨会"在北京召开。这一次讨论会在已有的基础之上,更加深入地对"字思维"命题的提出、字的特质与"字思维"的内涵、"字思维"与中国现代诗学、传统与未来这四大主要议题进行了集中而热烈的讨论。在这次讨论会上,众多的学者纷纷表达了自己对"字思维"的看法。孙绍振认为,汉字是"形而上"与"形而下"的统一,在强调汉字以及汉语思维的独特性时,应有明确的历史观。西渡则否定了将汉字文化神性化的态度和观点,他认为应当避免类同西方的视角,在强调汉语诗性的同时,也应该考虑到在长久的历史文化发展中,汉语文化中曾有过的"非人性、反现代的成分"[1]。孟繁华认为由"字思维"引申出来的相关话题更为重要,但要避免将"字思维"极端化。李兆忠将"字思维"视为一个绝大的命题,提出将美术界的"笔墨"视角挪至"字思维"中来进行研究。王光明指出了"字思维"在纠正语言工具论倾向的作用,既肯定了语言对诗歌的意义,同时也从辩证的角度强调了诗歌照亮语言,使语言充满活力;而如何通过诗歌写作来使汉语体现出独有的魅力,应成为众人思考的又一个重点。程光炜从新诗与传统的关系上,认为"字思维"更应该与中国古代诗学挂钩而非中国现代诗学。杨匡汉则强调汉语文化应有包容性。

除了召开相关的研讨会,2002年6月,以《诗探索》为主要平台发表的相关讨论文章被结集出版。谢冕在序言中高度评价了"字思维",他认为这一话题"第一次将'字'的问题提升到一种诗学理论的高度,也是第一次试图把汉语诗歌的语言本质归结为汉字及其汉字思维"[2]。该书除了收录了主要的讨论文章外,还收录了石虎、杨炼、唐晓渡三人的对话录:《当此关口:并非仅仅关

---

[1] 孟泽:《当此关口回到未来——"字思维"与中国现代诗学第二次研讨会综述》,《诗探索》2002年第3—4辑,第82页。

[2] 谢冕:《〈字思维与中国现代诗学〉序一》,《字思维与中国现代诗学》,天津社会科学院出版社2002年版。

于诗的对话》。这篇三人谈涉及"汉字"与"诗的本质"、母语与诗歌写作、现代与传统、语言与诗歌创作等多方面，挖掘了"字思维"话题可引申的多方面诗学话题。同样是在 2002 年 6 月，《诗探索》主编吴思敬发表《"字思维"说与现代诗学建设》[1]一文，将"字思维"理解为"汉字造字过程及意义发生过程中的思维"[2]，并强调了在此过程中直觉与理性的统一。吴思敬在文中指出，"字思维"讨论的重要价值在于加深对汉字文化价值的认识和对母语文化的思考，涉及文化衔接。正是基于该话题的讨论对中国现代诗学建设具有深远意义，这场讨论的重要性并不在于结果，而更在于在讨论的过程中所延展出的多个诗学研究视角。同时，在这个过程中更多的人进一步认可了语言的重要性。

在这一时期，除了对一些比较集中的诗学话题进行专题探讨外，《诗探索》更为鲜明的特色体现在对一些重要的诗人、诗歌流派和诗歌现象的专题研究上。可以说在一定意义上，《诗探索》自 1990 年代复刊后，开始了长期的"后顾"式批评建设。而这种"后顾"式批评建设则更多地是以诗人论和对诗歌群落的研究为重点，此外还有对"第三代"诗歌运动的考察。

第三节 "后顾"式批评建设

所谓"后顾"，即"要对新诗发展史作进一步的清理工作，摒除以往研究中某些外在因素的干扰，还其历史本来面目"[3]。《诗探索》的"后顾"式批评建设鲜明地体现在诗人论和诗歌群落的研究和重视上。在这种"还原历史本来面目"的期望下，《诗探索》通过一些专栏的设立和相关诗歌活动，对诗歌发展的历史进行了一定范围内的"查漏补缺"。为了加强诗人和诗歌群落研究的板块，

---

[1] 吴思敬：《"字思维"说与现代诗学建设》，《廊坊师范学院学报》2002 年第 2 期，第 1—3 页。

[2] 吴思敬：《"字思维"说与现代诗学建设》，《廊坊师范学院学报》2002 年第 2 期，第 1 页。

[3] 陈旭光：《诗歌怎样了？——〈诗探索〉座谈当前诗坛现状》，《诗探索》1995 年第 1 辑（总第 17 辑），第 181 页。

《诗探索》发展出了一系列丰富的、具有层次性的诗人论栏目，为许多具有代表性的诗人设立了专题。此外，《诗探索》还开辟了诗歌群落研究专栏，对一些具有当代性，同时又对诗歌发展进程有独特意义的诗歌群落进行了专栏研究。

一、诗人论栏目景观

从1994年第1辑（总第13辑）到2004年第3—4辑（总第55—56辑）间，《诗探索》诗人论栏目所涉诗人达150人左右，共设诗人论栏目6个，具体分布如下表所示：

《诗探索》(1994—2004)主要诗人论栏目统计表

辑次	栏目						
	关于××	结识一位诗人	诗人研究	姿态与尺度	当代诗歌群落	纪念××	××研究
1994.1(13)	顾城		何其芳、痖弦		"他们"		
1994.2(14)	食指	西川	卞之琳		"非非"		
1994.3(15)	海子		李瑛、洛夫		"一行"		
1994.4(16)		王家新			"白洋淀诗群"		
1995.1(17)			纪弦	黑大春、奔雷			
1995.2(18)		于坚	蔡其矫、罗门、臧克家	孙文波、汤养宗			
1995.3(19)	芒克	伊沙	辛笛	韩作荣、杨黎			
1995.4(20)	林莽			姜诗元、邹静之			
1996.1(21)				李松涛、潞潞		曹辛之	
1996.2(22)	戈麦		废名、杜运燮	桑恒昌、冰妹	"莽汉"		
1996.3(23)	韩东		闻一多	何小竹		艾青	
1996.4(24)				张烨、雨田			穆旦
1997.1(25)			李金发、梅心、王尔碑	东虹、张洪波、胡的清			昌耀

续表

辑次	栏目						
	关于×××	结识一位诗人	诗人研究	姿态与尺度	当代诗歌群落	纪念××	××研究
1997.2（26）	王小妮					邹荻帆	
1997.3（27）				张新泉、灰娃、晨声、白木、宋德丽、陶然		孔孚	
1997.4（28）			顾城	犁青、龙彼德、余文法			冯至
1998.1（29）			唐祈	臧棣、纤纤、陈鹤森			食指
1998.2（30）				灰娃、文川、高凯、小海			
1998.3（31）				于炼、王鸣久、刘以林			杜运燮
1998.4（32）	田晓青			林染、鄢家发、叶庆瑞			丁力
1999.1（33）		翟永明		王耀东			郑敏
1999.2（34）				郑玲、黄殿琴			牛汉
1999.3（35）				灰娃、刘向东			绿原
1999.4（36）				杨晓民			唐湜
2000.1—2（37—38）		沈苇		吕剑、李小雨、柏桦、徐江、金山、田原			陈敬容
2000.3—4（39—40）				莫文征、叶延滨、稚夫		昌耀	辛笛 彭燕郊
2001.1—2（41—42）		北野		叶延滨、刁永泉、余文法、程步奎			李金发 卞之琳 曾卓
2001.3—4（43—44）	杨克	杨晓民		侯马	"九叶诗派"		袁可嘉
2002.1—2（45—46）		谢湘南	穆旦、袁可嘉、韦丛芜	流逸、梁平			洛夫
2002.3—4（47—48）		牛庆国 叶玉琳		张新泉、旭宇、徐江、赵丽华		杜运燮	梁秉钧

续表

辑次	栏目						
	关于××	结识一位诗人	诗人研究	姿态与尺度	当代诗歌群落	纪念××	××研究
2003.1—2（49—50）		蓝蓝		刘松林、邓万鹏、林柏松、森子			罗洛 叶维廉
2003.3—4（51—52）	北岛			木斧、高洪波、荒林、海田			冯至
2004.1—2（53—54）		桑克		石天河、梁平、刘松林、海男、廖志理			
2004.3—4（55—56）		朱朱		郑单衣、黑大春、陈有才、赵野			吕剑 痖弦

注：1994—1996 年间出版的《诗探索》封面只标示出总辑数，故在"辑次"一栏中加括注。例：1994.1（13），表示"总第 13 辑"之意。

从上表的统计情况来看，《诗探索》的诗人论栏目总体上来说比较清晰和明朗。在改版之前，以《关于××》形式为 11 位重要诗人设立了专辑，他们分别是：顾城、食指、海子、芒克、林莽、戈麦、韩东、王小妮、田晓青、杨克、北岛。不难看出，这些诗人在当时已有一定影响力。《结识一位诗人》主要面向当时的青年诗人，一般都是 40 岁以下的年轻诗人，他们的诗艺特征鲜明同时在诗坛中比较活跃。相对于青年诗人，《诗探索》设立的《××研究》所推介的主要是比较重要的老诗人。除了以上两个这样年龄层面相对比较集中的专栏外，《诗探索》开辟了《诗人研究》这样跨度比较大的诗人论栏目，主要面向的是更多有重要影响的诗人。值得注意的是，整体上来看，在《诗探索》重要的诗人栏目推介中，"归来诗人"占了很大的比重。其中，《诗探索》给了"九叶诗派"足够的篇幅，可以说每一位成员都以专栏形式进行了专辑研究，可见对其重视程度。在当代新诗研究中，对"九叶诗派"这个重要的诗歌群体的确认是进入 1980 年代后才开始，并从 1980 年代末期开始逐渐成为新诗史研究的一大热点。《诗探索》在复刊后对"九叶诗派"的研究和关注事实上也呼应着新诗史研究的潮流。

　　当然，除了对已经具有重要影响力的诗人进行专辑研究外，《诗探索》专设栏目《姿态与尺度》。这个栏目推介出的诗人相对来说比较复杂，一般来说，这些诗人在当时已经在《诗刊》《绿风》《诗刊》《创世纪》《人民文学》等重要诗歌刊物上崭露头角，在当时也具有一定的重要性，因此《姿态与尺度》栏目将这样一股诗坛的新兴力量推介出来。总体上来说，《诗探索》的诗人论栏目基本上照顾到了各个层面的诗人群体。随着其自身和诗坛的不断发展，《诗探索》在后期还推介出了一个重要的诗人论栏目——《中生代诗人研究》，这个栏目中的诗人大多出生于20世纪五六十年代，他们现在基本上已经进入中年，该专栏中推介的诗人基本上都是在这个年龄层次比较突出的。

　　除了上述的主要栏目集中对一些诗人进行了研究外，《诗探索》自1995年起，开始增加对女性诗人和女性诗歌进行研究的全新板块。自1980年代起，西方女性主义理论的涌入和当代女性自我意识的成熟，使女性文学得到良好的发展。以翟永明、伊蕾、唐亚平为代表的女诗人在1980年代中期掀起了"猛烈的性别风暴"[1]。鉴于女性诗歌取得的实绩和相应的女性诗歌批评研究薄弱的局面，《诗探索》在1995年第1辑（总第17辑）开始，设立《女性诗歌研究》专栏，并配合设置了《女诗人自白》专栏，开启了参与女性诗歌研究之路。

　　沈奇在《角色意识与女性诗歌》一文中提出了一种新的诗学思考，在他看来，在中国新诗发展中，女性诗歌由缺失到强烈出演，性别角色意识一方面是内驱动力，另一方面也是一种大的困扰。在男性话语权力占据主导地位的情况下，女性诗人被强加了明显的性别角色意识，而这种理论预设成为对女性诗歌研究一大遮蔽。在他看来，当前的诗歌创作中真正的具有探索性意义的是对角色意识的清除，从生命的"出演"回归到表现本真生命的自然呼吸中去。汪剑钊则在《女性自白诗歌："黑夜意识"的预感》中，从女性意识的觉醒以及女权主义的影响的角度，着重分析了女性自白诗歌，并以伊蕾、翟永明、唐亚平、

---

[1] 吴思敬：《从黑夜走向白昼——21世纪初的中国女性诗歌》，《南开学报（社会科学版）》2006年第2期，第44页。

海男为主要的分析对象和线索,探讨了女性诗歌的多重表现和色彩:无论是过分张扬的女权主义色彩,还是以女性独特视角展现了"黑夜意识"等,都在这种自白倾向中展现了诗歌神秘柔美而富有激情的魅力与诱惑。张慧敏以翟永明、陆忆敏、伊蕾、海男等为代表的女性诗人为代表,将她们创作中展现的对女性个体经验的抒发,视为一种话语权力意识的觉醒和对以往被遮蔽和隐没的女性经验的强调。张慧敏试图通过对女性诗歌中有关时间性和空间性意象的摸索,对其所展现的个体经验进行一定的探求。

在这一专栏中,除了对女性诗歌进行整体性观照外,也有具体的个案研究。例如,刘群伟主要以伊蕾为主要研究对象,结合伊蕾多篇重要诗作如《女人眼中的水柳》《迎春花》《浪花致大海》等,对伊蕾诗歌创作的多方面特点进行把握。在她看来,伊蕾在诗歌创作中经历了一定的发展后,把握了诗歌命名这一本质而有效的武器。一方面,伊蕾试图在哲学和诗歌师承的外力帮助下创造全新的女性象征,从而建构女性话语象喻体系;另一方面,与女性象征呼应的"理解者"象征也出现在她的诗歌之中,以独特的两性良性联合的方式来争取话语权力。刘群伟认为,在解构陈旧的象喻体系并建构全新的象喻体系中,伊蕾重新审视了女性自身,并且通过诗歌话语形式完成了从寻找女性视角到确立女性立场的转变,实现了女性的超越。此外,还有张建建、李森对唐亚平和海男的研究。

在此之后,《诗探索》便一直以《女性诗歌研究》的专栏形式,参与女性诗歌研究热潮。而与《女性诗歌研究》专栏不同的是,《诗探索》在1995年第1辑(总第17辑)中配合刊出的《女诗人自白》虽然只出现了一辑,并且只刊发了翟永明、唐亚平和海男的三篇自白文章,但却对女性诗歌研究有着重大意义,这为后期的女性诗歌研究提供了重要的第一手材料。

翟永明的《再谈"黑夜意识"与"女性诗歌"》一文,成了此后女性诗歌研究的重要材料。这篇文章虽然篇幅十分精短,但却有力地掷向了当时的女性诗歌写作和有关女性诗歌的批评之中。翟永明一方面反思了自己创作于1985年的、对女性诗歌发展具有重要意义的文章《黑夜的意识》,另一方面也借助于对该文的反思,对女性诗歌的当下发展进行了思考。在翟永明看来,女性诗歌的发展还未进入完全成熟的阶段，并期待以后的女性写作能够超越自身的局限，摆脱以男女性别为参照的固有模式，跳出社会学和政治等框架束缚，实现纯粹文学意义上的艺术思考和技巧锤炼。同时她也期盼着诗歌批评在面向女性诗歌的时候，那种武断而粗暴地将女性诗歌与女权主义混为一谈的批评模式能够逐渐消解，从而真正地面向女性诗歌文本本身。

此外，唐亚平则在《我因为爱你而成为女人》一文中，书写了自己对身体、阅读、语言的认识和体验。海男在《语言的危险时期》围绕语言问题，对诗与我的关系以及自身对语言的理解和把握进行了自白。海男将写作视为一种危险的生活方式，这种危险也正是其获得快乐和愉悦的源泉。

除了开设专栏之外，为了迎接1995年联合国第四次世界妇女大会在北京召开，也进一步促使人们对女性投以更多的关注，《诗探索》在1995年5月组织召开了"当代女性诗歌：态势与展望"[1]座谈会。在这次座谈会上，"女性诗歌"的命名和定义引起了较大争议。此外，与会者还对女性诗歌中的"性别"角色和"性别"话语以及"自白"性话语等话题展开了一定的探讨，并在肯定女性诗歌发展突出实绩的同时，指出了其存在的误区和不足。这次讨论会的部分观点也以会议述要的形式在1995年第3辑（总第19辑）的《诗探索》上呈现出来。《诗探索》还重点刊发了臧棣、李小雨、崔卫平和郑敏的相关研究成果。郑敏在文中列数了数条有关女性诗歌座谈会会后的思考和疑问，虽未做出回答，但却为女性诗歌研究拓宽了思路。臧棣认为在女性诗歌中存在着过分强调自白话语的误区，这种将自白话语视为评判女性诗歌价值尺度的做法，不利于女性诗歌的创作和诗艺的提高，也会贻误相应诗歌研究的发展。李小雨则从1990年代的时代背景和当时的诗坛状况出发，结合当前女性诗歌写作中女性自觉意识淡漠的情况，对女性主义诗歌和女性诗歌进行了辨析。

---

[1] 这次座谈会于1995年5月20日在北京举行，会议由《诗探索》主编谢冕、杨匡汉、吴思敬主持。在京部分诗人、诗评家郑敏、屠岸、洪子诚、李小雨、沈奇、崔卫平、汪剑钊、臧棣、林祁、戴杰，荷兰莱顿大学汉学博士、北京大学国际访问学者贺麦晓，《诗探索》编辑部的林莽、刘士杰、刘福春、陈旭光、陈曦、李华等参加了会议。详见陈旭光：《凝望世纪之交的前夜——"当代女性诗歌：态势与展望"研讨会述要》，《诗探索》1995年第3辑（总第19辑）。

在此之后的《女性诗歌研究》专栏，总体看来主要从两个方面进行栏目建设：一方面以具体的女性诗人为研究对象，分别对李琦、闫月君、林珂、李小雨等女诗人进行研究；另一方面从理论研究的角度，对女性诗歌进行了整体的探析，包括文化意蕴、中日女性诗歌的三度嬗变、诗歌文本、中西女性诗歌中的女性主体意识比较等等。

总体上来说，《诗探索》的诗人论建设成果是比较突出的，由于诗人论栏目的很多文章并不是散篇来稿的集辑，往往是围绕着某一位诗人召开了相关的诗人研讨会之后搜集的研讨会论文，这样的情况就使得专栏诗人论中的探讨具有较高的学术水平。此外，《诗探索》不仅注意对不同年龄层次的诗人进行分专栏梳理，还包含了一定"发掘"的意识。主编吴思敬在接受笔者采访时就曾谈到，在选择诗人进行专栏研究时，《诗探索》侧重的是在文学史上"曾经被埋没的，或者没有被给予公正评价的诗人。而对于那些在诗歌史上已经具有显赫地位，并且已经有大量研究成果的诗人，《诗探索》却不一定会去对他进行探讨。"[1]因此，我们可以看到在《诗探索》的诗人论版图中，一方面"归来诗人"占了较大的比重，另一方面部分在新诗潮中受到关注较少的诗人如食指、田晓青等诗人，也为其开设了专栏。尤其是在对诗人食指的"发掘"上，《诗探索》做了大量的工作。

多多将食指视为"70年代以来为新诗歌运动伏在地上的第一人"[2]。1965年，年仅17岁的食指（郭路生）开始了他的重要作品《海洋三部曲》的创作[3]。"文化大革命"期间，食指创作的大量诗歌作品在众多的知青诗人们中传阅，并对他们产生了重要的影响，谢冕曾将食指比作一座"桥"，称他为"承前启后的一个重要诗人"[4]。尽管食指在1981年就已经在《诗刊》上登载了诗

---

[1] 详见附录《〈诗探索〉主编吴思敬访谈录》。
[2] 多多：《1970—1978：被埋葬的中国诗人》，《开拓》1988年第3期，第166页。
[3] 林莽、刘福春选编：《诗探索金库·食指卷》，作家出版社1998年版，第155页。
[4] 林凤：《谢冕访谈录》，孟繁华编：《谢冕的意义》，现代出版社2013年版，第342页。

歌作品《我的最后的北京》，后期又在《今天》上发表了很多诗作[1]。但是，在新诗潮浪潮逐渐平静、这一段历史开始被收割时，食指却被"遗忘"了。不仅在文学史的叙述中食指被忽略了，甚至有些诗歌选本中也遗漏了食指的诗歌作品。直至1980年代末，随着"地下文学"研究热潮和新诗潮的源头的梳理工作的逐步进行，食指才逐渐受到了重视。

1993年，食指在加入北京作协后，在好友黑大春的努力下，《食指黑大春现代抒情诗合集》出版。借着新书出版的契机，北京作协诗歌委员会在同年5月18日，召开了食指作品讨论会。这次会议原本只通知了40多人，结果有90多人到会，可见当时虽然食指在新诗史的地位暂时还没有得到确认，但是其本身已经具有了一定的影响力。在这次关于食指的作品讨论会中，《诗探索》主编谢冕、吴思敬均到会并且发言，编辑林莽更是作为作协创作委员会委员主持了该会议。1994年，《诗探索》开设了专栏《关于食指》，刊登了两篇文章，一篇是林莽的诗人专论《并未被埋葬的诗人》，另一篇则是食指的创作谈《〈四点零八分的北京〉和〈鱼儿三部曲〉写作点滴》。林莽在文中简要梳理了食指的主要生平事迹，之后不仅分析了食指的《海洋三部曲》和《鱼儿三部曲》，而且着重解读了在食指"诗歌创作的黄金时期"[2]的两首代表作品——《相信未来》和《四点零八分的北京》。在文末，林莽对食指的创作阶段、文体特色和艺术指向进行了总结。可以说，这是一篇相对系统和完整的食指专论。

在此之后，食指逐渐走进越来越多的诗评家、研究者的视野，其自身的诗歌艺术特色也受到了普遍较高的评价。此外，食指也开始走进大众的视野之中。[3]尽管食指已经得到了关注和重视，有关他的报道和采访也越来越多，但是他却一直都没有一本较为全面的个人诗集。介于这种情况，《诗探索》编

---

[1] 如《相信未来》《命运》《疯狗》《鱼群三部曲》《这是四点零八分的北京》《烟》《还是干脆忘掉吧》，等等。

[2] 林莽：《并未被埋葬的诗人》，《诗探索》1994年第2辑（总第14辑），第98页。

[3] 1995年北京有线电视台播放了食指的专题片《启明星》，中央电视台制作的以知青为题材的电视片《老三届》也有一集以食指为中心，反映了他的创作和生活。（见林莽、刘福春选编：《诗探索金库·食指卷》，作家出版社1998年版）

辑部决定为食指选编一本个人诗集。诗集的选编工作从1997年开始，1998年6月由作家出版社出版。选编工作由林莽和刘福春主要负责，唐晓渡任责任编辑。这本书在设计上，可谓颇费心思：一方面选入食指诗歌81首，精细校对，每首诗后详细注明诗歌创作时间；另一方面，在作品后附有《食指（郭路生）生平年表》(添加有20多张食指的照片）和《食指诗歌创作目录》，图文并茂地展示了食指的生平事迹，并且详细展示了食指的创作情况，为研究者提供了比较完整的材料。作为编者，林莽不仅为该书撰写序言《食指论》，而且还负责了该书的装帧和设计[1]。值得一提的是，《诗探索》在当时还通过这本书的发行和义卖，为食指筹集了一定的资金来缓解他生活上的困难。此外，《诗探索》1998年第1辑中再次开设食指研究专栏[2]，并占用了整整20页版面。《诗探索金库·食指卷》出版后，据林莽回忆，食指签名售书的时候可谓是场面热烈，数百人排队，有的人甚至为了一本书出价千元……可以说，在促使诗人食指"浮出水面"、推动食指诗歌艺术研究和诗歌史修订"拾遗"上，《诗探索》以自己的方式贡献着自己的一份力量。

二、当代诗歌群落研究

除了建设具有层次性的诗人论栏目外，《诗探索》还创办了《当代诗歌群落》一栏，对重要的诗歌群落进行专题研究，在改版前主要对"第三代"诗歌运动中具有代表性的诗歌团体进行了介绍。最初，在《诗探索》编委会上提出对诗歌流派进行一定程度梳理的是主编吴思敬[3]，做出一些具有回忆性的材料是该栏目的一个初衷。因此，在推介方式上，栏目基本上采取了当事人回忆和研究评论相结合的方式。这样的方式也在女性诗歌研究专栏中得到了充分的体

---

[1] 装帧和设计署名建中。

[2] 该专栏发表了林莽的《食指论》和由他梳理的《食指生平年表》，以及李宪瑜的《食指：朦胧诗人的"一个小小的传统"》。详见《诗探索》1998年第1辑。

[3] 详见张清华与林莽访谈录。张清华：《穿越尘埃与冰雪——当代诗歌观察笔记》，西北大学出版社2010年版，第269页。

现,大量当事人的自白文字,也为许多后续研究提供了丰富的第一手资料。但是比较可惜的是,具有极大史料价值和研究参考性的诗歌流派梳理工作,在进行了几次之后便暂停了,2005年在改版后继续开办的《当代诗歌群落》栏目基本上偏重研究。尽管在复刊至改版之前的《当代诗歌群落》栏目只推介了有限的诗歌流派,但是其中对"白洋淀诗歌群落"[1]的发掘却对诗歌史的完善有着重大意义。

在特殊的社会背景下,远离城市文化中心的"边缘"地带聚集了大批的知识青年,他们坐在田间炕头,读书、聚会、交流、创作。他们不仅创作出了大量的地下诗歌作品,更是在相互的传阅和交流中,吹响了"朦胧诗"浪潮的前奏。以文化沙龙活动为"产床"的"白洋淀诗歌群落",伴随着"文化大革命"时期的地下诗歌研究的不断丰富和完善,作为"朦胧诗"的重要环节也逐渐获得了越来越多的关注和重视,甚至可以说在中国当代新诗史的叙述中已经逐渐被经典化了。但是,当代新诗史中如此重要的一环,与"今天"在诞生之初便受到关注不同,"白洋淀诗歌群落"却是在1980年代中期之后才进入人们的研究视野中来。这一方面由于特殊历史时期所采取的地下创作的方式,使得大量的诗歌文本只在诗人内部传播;另一方面也由于研究材料的有限,使得这一段诗歌史的重要性被遮蔽,成为一段时间内诗歌研究的一个"盲区"。

直到1980年代中后期,随着多多的回忆性文章《1972—1978:被埋葬的中国诗人》发表[2],这段重要历史时期的相关史料开始浮出地表。据《开拓》文学"编者按"记载,这篇文章源于1988年5月15日的一次聚会,酒后的芒克与多多"你一句我一句地回忆起70年代末到《今天》创刊前的北京地下诗歌群体的兴衰史,我感到这段史料和先驱者的血不能任其淹没,于是约多多写了这

---

[1] 本书对1969年至1976年间在河北安新白洋淀及周围地区插队并进行诗歌创作诗人群体的命名,采用诗人牛汉所倡导的"白洋淀诗歌群落"。详见宋海泉:《白洋淀琐忆》,《诗探索》1994年第4期(总第16辑)。

[2] 在多多《1970—1978:被埋葬的中国诗人》发表之前,贝岭的《作为运动的中国新诗潮》发表于1986年12月25日《华侨日报》上,详见顾巧云:《"白洋淀诗群"研究综述》,《中国诗歌研究动态》,2008年第2期(总第16辑)。

篇长文"[1]。1993年，杨健的《文化大革命中的地下文学》一书出版，在1990年代对"文化大革命"时期地下文学研究热中得到了广泛关注。书中第四章涉及对"白洋淀诗歌群落"的叙述，但是书中这一部分的重心却并不是"白洋淀诗歌群落"本身，而是以徐浩渊为中心的沙龙活动与"白洋淀诗歌群落"重要代表人物芒克、多多、岳重之间的联系，并且更多的是转述多多一文中的相关叙述，而缺少较有新意的史料补充。事实上，直至此时，"白洋淀诗歌群落"的史料发掘工作并没有得到很好的展开。

在这样的情况下，《诗探索》在复刊后开始组织的"当代诗歌群落"的梳理工作便在此时显得意义重大，尤其是在"白洋淀诗歌群落"的寻访活动和组织专栏研究上，可以说为当代新诗史上的"拾遗"工作打下了坚实的基础。在吴思敬的倡导下，《诗探索》自复刊之后就开始了对部分社团的梳理工作，例如"他们""非非""莽汉"。由于对"白洋淀诗歌群落"的研究缺乏原始资料，因此《诗探索》编辑部决定举行一次寻访活动，一方面邀请了"白洋淀诗歌群落"的一部分诗人，另一方面请《华北石油报》主编张洪波负责寻访的相关接待工作。"1994年4月，我联系了华北油田《华北石油报》的副社长诗人张洪波，请他帮助完成这次寻访活动。那时，他因一年前在青海骑马摔伤脊柱，手术后刚刚恢复得好了一些。他知道这是一次十分重要的关于廓清诗歌史的寻访活动，马上与文联商议，活动很快就确定了下来。5月6—9日寻访活动如期进行。来自北京、天津、河北的作家、诗人、诗歌研究者牛汉、吴思敬、芒克、林莽、宋海泉、甘铁生、史保嘉、刘福春、陈超、张洪波等20多人参加了此次寻访活动。寻访者深入白洋淀的相关村落进行实地考察，并进行了认真的研讨。大家围绕着'白洋淀诗群'的背景、人员、时间以及影响等等问题，进行了追忆和探讨，通过当事人各自的回忆与相互补充，基本上厘清了这段史实。"[2]除了故地重访外，更重要的是举办了寻访讨论会，在会上确定了"白洋

---

[1] 详见多多：《1970—1978：被埋葬的中国诗人》一文的"编者按"，《开拓》1988年第3期，第166页。

[2] 详见附录二《〈诗探索·作品卷〉主编林莽访谈录》。

淀诗歌群落"[1]的提法，并指出在此之前的"白洋淀诗派"的说法欠妥。寻访结束之后，1994年第4辑（总第16辑）的《当代诗歌群落》一栏集中刊发的6篇文章均来自寻访活动参加者宋海泉、齐简、甘铁生、白青、严力、陈超。

作为"白洋淀诗歌群落"的一员，诗人宋海泉介绍了"白洋淀诗歌群落"的命名，追忆了白洋淀诗歌群落的形成与往昔，并对白洋淀这个地区本身特殊的疏远文化的特质进行了分析。在宋海泉看来，正是白洋淀这样的一个相对封闭但又宽松自由的"生态龛"造就了诗群的诞生。地理位置的特殊性使得"白洋淀诗歌群落"的根系实际与北京是紧密相连的，因此他将这样一个文化现象的本质归纳为一种都市文化。宋海泉以"白洋淀诗歌群落"的主要代表人物为主线，例如林莽、江河、多多、芒克、根子等，在回忆人事的同时，也将"白洋淀诗歌群落"的发展历程以及其与"朦胧诗"之间的联系展现了出来，其中特别分析了在白洋淀期间举行的读书活动对后来的诗歌创作的影响。

齐简则在《到对岸去》中简记了有关白洋淀的回忆，其中特别强调了对"白洋淀诗歌群落"这个命名的解读。在齐简看来，以白洋淀诗歌为主体的新诗，最大的特点在于人的自我意识的显现。当然，除了部分"当事人"的回忆性文字外，在这一辑中同样也刊发了相关研究文章。例如陈超[2]的《坚冰下的溪流——谈"白洋淀诗群"》，便不再是感性的对"白洋淀诗歌群落"的回忆和探讨，而是将其作为诗歌历史发展中的重要阶段和环节来进行研究和考察。陈超将"白洋淀诗歌群落"称为"白洋淀诗群"，将其主要发展阶段确定为1960年代末至1970年代中期即1969—1976年之间，确认了诗群的主要代表人物，还对"白洋淀诗群"的形成原因进行了详细的介绍，对"白洋淀诗群"所表现出来的诗歌本体的初步觉醒以及独特的"精神社区"的特点进行了探讨。可以说，该文是一篇比较系统的学术研究论文。

---

[1] 宋海泉：《白洋淀琐忆》，《诗探索》1994年第4辑（总第16辑）。

[2] 林莽在接受张清华采访时，曾指明陈超在《坚冰下的溪流——谈"白洋淀诗群"》一文中署名为陈默。详见张清华：《穿越尘埃与冰雪——当代诗歌观察笔记》，西北大学出版社2010年版，第269页。

除此之外，林莽在栏目《主持人的话》中，以编者和这段诗歌活动亲历者的双重身份，以类似"前言"的形式，结合讨论会情况对"白洋淀诗歌群落"值得关注的几点问题进行了简单扼要的总结。他首先确认了"白洋淀诗歌群落"的提法；其次将"白洋淀诗歌群落"的时间定为1969—1976年，并确认了该团体的主要人员定位；再次介绍了诗群兴起的具体原因；最后对其进行了定位，"以现代诗为其主要标志"[1]。正如林莽所言，"对'白洋淀诗歌群落'的研究，不仅是对中国现代诗歌史的一种关注，这也将为我们当代诗歌的发展与未来提供某种有益的启示"[2]。这一工作不仅对"白洋淀诗歌群落"做出了称谓的确定，并对其基本特征和基本情况进行了具体的定位。这一辑中刊发的相关文章，尤其是当事人的回忆性文字，在后期的新诗史研究中作为重要材料被大量反复地引用。正如洪子诚所言：

> 这种由"当事人"提供以前未公开发表的作品，讲述当时的事实细节，规定对这一诗歌"群落"的"定位"和叙述方式的情形，在新诗史上尚不多见。这是特殊的历史情境的产物……但这种"建构"，却提供了具有完整意义和秩序的叙事：这满足了我们对"历史"的完整、清晰性质的期待。[3]

伴随着与"白洋淀诗歌群落"相关的研究越来越丰富和相关材料的逐渐发掘，"白洋淀诗歌群落"也在当代新诗史叙述中获得了重视。[4]而《诗探索》组

---

[1] 林莽："主持人的话"，《诗探索》1994年第4辑（总第16辑）。
[2] 林莽："主持人的话"，《诗探索》1994年第4辑（总第16辑）。
[3] 洪子诚、刘登翰：《中国当代新诗史》，北京大学出版社2010年版，第223页。
[4] 在较早的当代新诗史中，如洪子诚、刘登翰的《中国当代新诗史》（人民文学出版社1993年版）并没有涉及对"白洋淀诗歌群落"的确认，仅仅将是"白洋淀"这个地方作为新诗潮孕育阶段的读书热潮聚集地来提及。但是在1999年出版的洪子诚《中国当代文学史》（北京大学出版社）中便已经开始为"白洋淀诗群"专设小节（第十五章第四节）。洪子诚、刘登翰的《中国当代新诗史》在2005年修订后（北京大学出版社）也将"白洋淀诗群"和多多的诗歌一起，作为第十一章"朦胧诗与朦胧诗运动"中的一部分。

织的这次"白洋淀诗歌群落寻访"活动以及相关研究文章和回忆性文字的刊发，为"白洋淀诗歌群落"在之后的新诗史叙述中逐渐"经典化"作了不可缺少的铺垫。

在这一时期，《诗探索》除了对在诗人论建设和诗歌群落的梳理上，充分体现了"后顾式"编辑思路外，其在对重要的诗歌现象，例如"第三代"诗歌的研究上，也同样体现了这一编辑特色。由于长达八年之久的休刊，《诗探索》在"第三代"诗歌运动发生发展过程中，处于长期的缺席状态。复刊之后，为了弥补"缺席"的遗憾，《诗探索》先后设立了相关的专题，对"第三代"诗歌进行探究和考察。1995年12月，《诗探索》专设了《第三代诗研究》[1]专栏，以专栏的形式刊发"第三代"诗歌的相关评论文章，可以说是率先以专栏形式对"第三代"诗歌进行研究。在这些文章里，有对"第三代"诗歌的整体把握和概观，如汪剑钊的《"后朦胧诗"初论》。汪剑钊的这篇文章从"后朦胧诗"的发展方向、主要的诗歌群落以及"后朦胧诗"中个人写作的不同向度三个主要方面对"后朦胧诗"进行了梳理。除此之外，也有从一些独特的角度，比如语感、抒情策略等切入对"第三代"诗歌的研究。在这一时期，除了《诗探索》之外，《文艺争鸣》也在1996年第1期中针对"第三代"诗歌的问题，刊出了李振声、王光明、臧棣三人的有关评论文章，分别是李振声的《既成言路的中断——"第三代"诗的语言策略，兼论钟鸣》、王光明《不断破碎的心灵碎片——论"新生代"诗》、臧棣《后朦胧诗：作为一种写作的诗歌》。相比于《诗探索》直接以《第三代诗研究》为专栏命名刊文，《文艺争鸣》并没有采取专栏的形式，而是采取单篇刊发的形式，一个十分值得体味的细节在于，《文艺争鸣》这一期上的三篇文章对"朦胧诗"之后的这一诗歌现象有着各自不同

---

[1]《第三代诗研究》专栏首设于1995年第4辑（总第20辑），1996年第1辑（总第21辑）延续。1998年第2辑，由于召开了"后新诗潮研讨会"，因此在这一辑中以《后新诗潮》研究为专栏，并在1998年第3辑中延续。事实上这个栏目探讨的主要对象依然是"第三代"诗歌，因此可以视为《第三代诗研究》专栏的延续。总体上，该栏目在《诗探索》中，自复刊之后至改版前一共只出现了四辑。

的命名。实际上,这也反映了在这一时期存在的"命名"[1]问题。

　　1996年4月10日至13日,在山东省青州市召开的全国诗歌理论研讨会中,与会者对"第三代"诗歌的研究和评价问题进行了初步的探讨,肯定了"第三代诗"的出现给诗坛带来了值得思考的问题,但是也指出其对诗坛而言不具有代表性。实际上,有关"第三代"诗歌的讨论在1990年代中期之后,有了发酵的迹象,新诗潮内部从创作到评价都产生了一定的分歧,在诗学观念的分化下,一场瞩目的争鸣事件在世纪末上演。作为诗歌理论刊物的《诗探索》则不仅全程参与了这场"知识分子写作"与"民间写作"之间的大争论,还竭力地维持着多元共存的良性批评环境。

---

[1] 详见霍俊明:《朦胧诗之后:错乱的新诗史命名》,《渤海大学学报》2010年第5期,第37—44页。

第四章　多元化的批评观:《诗探索》与"盘峰论争"

历史的进程总是惊人的相似。1980年4月,"南宁诗会"使得"朦胧诗"论争正式浮出水面。时隔20年,一场新的论争,再次以会议的形式拉开了正式帷幕。与"朦胧诗"论争不同的是,世纪末的这场论争以"知识分子写作"和"民间写作"对立的方式出现,发生冲突的双方主要是新诗潮内部成员。对于20世纪的中国当代新诗而言,爆发于世纪末的"盘峰论争"不仅仅轰动一时,还在出版和传媒的双重推动下,受到了广泛的关注。尽管在这场论争中,"非诗"因素占据了一定的成分,"知识分子写作"与"民间写作"争夺诗歌话语权的意气之争也不难发现。但是,"盘峰论争"的确在一定程度上,为新世纪以来多元化的诗歌格局和诗歌观念的形成奠定了基础。《诗探索》在这次诗歌事件中不仅全程参与,发表多篇重要争论文章,还主办了"盘峰诗会"。在"盘峰论争"前后,《诗探索》一方面通过发表评论文章,使得多种争鸣声音均能得以展现,维持争鸣场域的平衡;另一方面,更是有意识地主办了"盘峰诗会",将"知识分子写作"与"民间写作"之间的矛盾公开化,直接促使了这场论争的爆发。

第一节　先锋诗坛的内部分化：从创作到评价

1989 年，在 1990 年代来临之际，诗人海子选择了卧轨自杀。随后不久，诗人骆一禾也不幸因突发脑溢血而去世。一系列令人扼腕叹息的事件，在世纪末的年代切换里，引起了诗坛不小的震颤。1990 年代对于中国新诗的发展而言可谓是一个比较重要的转折阶段。面对市场经济大潮的汹涌席卷和消费主义对人们越发强烈的熏染，社会文化也进入了全面转型的阶段。商业化浪潮的冲击和大众文化的异军突起，在一种更为自由开放的文化语境下，使中国诗歌逐渐发生了微妙的变化。1980 年代里高扬的理想主义热情逐渐消退，"经历 90 年代初期的震荡之后，诗歌与社会、时代之间的'整体性'关系遭到了破坏，开始变得若即若离直至全然崩溃，其所谓的'中心'位置也渐渐被其他文化力量（如影像）所取代，诗歌其实成了破碎时代的一个镜像"[1]。

臧棣曾说："80 年代的诗歌主题因为受惠于历史话语，从而获得一种阅读的普遍性：比如它的人道主义，理想主义，英雄主义，反文化，对意识形态的疏离，走向世界的文学梦，纯诗主义，语言的表层化（它的两个变体是反语义和口语化）等等。而 90 年代的诗歌主题实际只有两个：历史的个人化和语言的欢乐。"[2] 的确，诗歌进入 1990 年代以后，"个人化"倾向逐渐明显。面对着消费主义日益盛行的时代环境和略显浮躁的社会环境和诗歌地位逐渐"边缘化"的现实情况，关于诗歌本身的思考显得自然而然并且十分必要。在这种思考中，诗人们也展现出了大相径庭的诗学认识，诗歌作品在内容素材、语言手法上也表现出了截然不同的样态。知识分子写作在借助西方文化资源的基础上，更多地表现出从历史文化的角度展现对内心世界的摸索。民间写作则以介

---

[1] 张桃洲:《众语杂生与未竟的转型：1990 年代诗歌综论》,《长沙理工大学学报（社会科学版）》2010 年第 6 期,第 94 页。

[2] 臧棣:《90 年代诗歌：从情感转向意识》,《郑州大学学报（社会科学版）》1998 年第 1 期。

入日常经验的姿态开始了新的发展，表现出鲜明的口语化、平民化、日常化的特点。

一、介入一场新的论争

伴随着 20 世纪八九十年代诗歌的"转型"，诗人以及诗评家在实践中构建了不同的"自我叙述"[1]和标识，以求对自身诗学路向的廓清。在此之中，最为典型的就是知识分子写作和民间写作。强调吸纳西方精神文化资源，侧重历史文化探索，注重对内心世界进行探索的知识分子写作，和坚持口语化、平民化、深入日常生活的民间写作在各自的诗学范式言说中，展开了不可避免的论争。在这场论争中，《诗探索》以更为主动的方式介入其中。

1987 年，在第七届"青春诗会"上，西川提出了"诗歌精神"[2]和"知识分子写作"的概念。当时他所提出的"知识分子写作"主要侧重的是诗歌写作风格："一方面是希望对于当时业已泛滥成灾的平民诗歌进行校正，另一方面也是希望表明自己对于服务于意识形态的正统文学和以反抗的姿态依附于意识形态的朦胧诗的态度。"[3]对诗歌本身，西川希望诗歌能够展现出多层次性，以感情的适当节制、修辞的透明纯粹和质地的高贵展现出精神运作的过程。

1988 年秋，西川、陈东东和老木共同创办了《倾向》[4]诗刊，杂志扉页上引用了庞德诗论《严肃的艺术家》，便直截了当地摆明了西川、陈东东和老木

---

[1] 姜涛:《叙述中的当代诗歌》，《诗探索》1998 年第 2 辑，第 1 页。在文中，姜涛指出："在某种意义上，当代诗歌写作的历史进程是伴随着对自身的叙述和命名展开的，朦胧诗、第三代、后新潮、90 年代……诗歌批评者与诗歌实践这门不断彼此抛掷着花样繁多的诗学词汇，以期廓清自身、指明方向，获取写作的合法性身份。"

[2] 西川:《答鲍夏兰、鲁索四问》，该文写于 1993 年 4 月 16 日，收录于西川:《大意如此》，湖南文艺出版社 1997 年版，第 246 页。

[3] 西川:《答鲍夏兰、鲁索四问》，收录于西川:《大意如此》，湖南文艺出版社 1997 年版，第 246 页。

[4]《倾向》创办于 1988 年 9 月，共出 3 期，主要作者有西川、欧阳江河、张真、王家新、陈东东、钟鸣、柏桦、翟永明、黄灿然、贝岭、张枣等。

创办这本诗刊的目的,不仅态度鲜明地表达了对"平民化"的否定,更倡导"以严肃的态度去发现并有所发现"[1]。

> 对《倾向》的诗作者们来说,写作并不是语言之下的动作,纯感官的行为、宣泄或作为"生活方式"的无聊之举,从情绪感受直抵语言并且"到语言为止"的倒退;写作也不是从语言到语言的实验、为填补一个偶然碰到的形式空格的努力、一场游戏或一个无关紧要的小小发明。平民——小市民主义和弄虚作假的贵族化倾向都应予以否定。[2]

他们所倡导的是一种理想主义信念和带有使命感和责任的"知识分子写作精神"[3]。对于《倾向》的诗作者们来说,小市民主义和弄虚作假的贵族化倾向都应予以否定。1990年代以后,欧阳江河试图将"知识分子写作"从单纯的写作倾向中跳脱出来,将其发展为一种诗学观念和"针对诗歌与历史关系的具有普遍性的命题"[4]。在欧阳江河看来,知识分子诗歌写作是一种自觉剥离中心话语,具有个人化和边缘化特点的写作,是"为自己的阅读期待而写作"[5]。在此,他也诠释了个人对"知识分子诗人"的定义:

> 我所说的知识分子诗人有两层意思,一是说明我们的写作已经带有工作的和专业的性质;二是说明我们的身份是典型的边缘人身份,不仅

---

[1] "编者前记",《〈倾向〉的倾向》,《倾向》1988年第1期。此处引于谢冕总编、刘福春主编《中国新诗总系 10·史料卷》,人民文学出版社2010年版,第285页。

[2] "编者前记",《〈倾向〉的倾向》,《倾向》1988年第1期。此处引于谢冕总编、刘福春主编《中国新诗总系 10·史料卷》,人民文学出版社2010年版,第285页。

[3] "编者前记",《〈倾向〉的倾向》,《倾向》1988年第1期。此处引于谢冕总编、刘福春主编《中国新诗总系 10·史料卷》,人民文学出版社2010年版,第286页。

[4] 欧阳江河:《'89后国内诗歌写作:本土气质、中年特征和知识分子身份》,《花城》1994年第5期。

[5] 欧阳江河:《'89后国内诗歌写作:本土气质、中年特征和知识分子身份》,《花城》1994年第5期,第206页。

在社会阶层中，而且在知识分子阶层中我们也是边缘人，因为我们既不属于行业化的"专家性"知识分子（specific intellectual），也不属于"普遍性"知识分子（universal intellectual）。[1]

王家新则强调了"知识分子写作"是作为一种"诗歌立场"[2]和"文化理想"[3]而存在，是要将写作发展成为能够与时代的要求相均衡的"承担"，并获得处理现实的能力与品格。

这种"承担"当然属于一种难以简单界定的诗学行为，但我想它首先意味着的是把我们自己置于历史与时代生活的全部压力下来从事写作；同样，这种承担也不限于某种道德姿态，它在今天还会要求我们从一个更为开阔的视野来反观我们自身的文化构成。例如，在一种对生存的洞察中，使那些"显然是政治的东西失去政治的意义"，同时又使"没有政治意义的带上政治意义"。正是通过这种承担，我们的写作才有可能积极介入目前中国的话语实践中并成为其中富有变革、批判精神和诗性想象力的一部分。[4]

1997年，程光炜选编的《岁月的遗照》一书出版，作为洪子诚总编的《九十年代文学书系》诗歌卷部分，这本书的重要性不言而喻。程光炜在选编

---

[1] 欧阳江河：《'89后国内诗歌写作：本土气质、中年特征和知识分子身份》，《花城》1994年第5期，第206页。

[2] 王家新：《阐释之外：当代诗学的一种话语分析》，《文学评论》1997年第2期，第61—68页。

[3] 王家新：《阐释之外：当代诗学的一种话语分析》，《文学评论》1997年第2期，第61—68页。

[4] 王家新：《阐释之外：当代诗学的一种话语分析》，《文学评论》1997年第2期，第61—68页。

作品时具有明显的"倾向性"[1]，大量编选了知识分子写作的诗歌作品，仅仅各选编2首于坚、韩东的诗歌。尽管洪子诚作为总主编，也感受到了诗歌部分选编的作品"可能有一点点偏"[2]的问题，但是依然尊重了程光炜作为单卷主编的个人编定权。程光炜在该书的序言《不知所终的旅行》[3]一文中充分表达了他对1990年代诗歌的看法，并且以评论家的角度对张曙光、柏桦、王家新等诗人的诗歌写作进行了分析。在程光炜看来，1990年代诗歌正如《倾向》在编者记中所提出的，它"怀抱的是两个伟大的诗学抱负：秩序与责任"[4]，所涉及的是1990年代诗歌写作的根本命题。在程光炜看来，"知识分子写作"并不是以阶层为划分标准，而是一种对当代思想文化中"知识分子"概念的"修正"。诗人必须坚持一种"理想化的灵魂状态"[5]。在语言的工具理性上，程光炜也强调了语言虽然是决定诗歌有效性的重要源泉之一，但是也应警惕由过分夸饰语言功能、无约束发展语言导致缺失意象深度、古典品质和抒情性。不难看出，在对1990年代诗歌的态度中，程光炜也夹杂了些许对诗歌写作"口语化"的"拒斥"之意。

　　90年代诗人所做的恰好是对"两种诗歌态度"的纠偏工作：一种是服务于意识形态或以反抗的姿态依附于意识形态的态度；另一种是虽然疏离

---

[1]　程光炜在书中选编了张曙光、欧阳江河、王家新、翟永明、西川、开愚、陈东东、孙文波、柏桦、臧棣、王艾、钟鸣等五十位诗人的作品。在诗人作品选上本卷带有明显的倾向性，对坚持"知识分子写作"立场的诗人，如张曙光、欧阳江河、王家新等，每人选编十首代表性诗作；而对坚持"民间写作"立场的诗人，不仅排靠后，并且只选编了一两首代表性诗作，甚至遗漏了许多重要的"民间写作"重要诗人。正是由于这点，该书也受到了"民间写作"力量的强烈批评和驳斥。

[2]　洪子诚：《在北大课堂读诗》，长江文艺出版社2002年版，第378页。

[3]　程光炜：《不知所终的旅行——90年代诗歌综论》，《山花》（上半月）1997年第11期，第69—75页。

[4]　程光炜：《不知所终的旅行——90年代诗歌综论》，《山花》（上半月）1997年第11期，第69页。

[5]　程光炜：《不知所终的旅行——90年代诗歌综论》，《山花》（上半月）1997年第11期，第69页。

了意识，但同时也疏离了知识分子精神的崇尚市井口语的写作态度。[1]

将疏离知识分子精神的口语写作态度视为1990年代诗人应纠偏的诗歌态度之一，不仅明确表明了程光炜个人的诗学立场，也刺激到了坚持口语化倾向的民间写作力量。事实上，尽管诗歌创作早已表露出鲜明的不同流向，但是在诗学范式探讨上，知识分子写作一方表现出了更敏锐的行动力。一方面，知识分子写作不仅以诗歌创作成为主流，更借助群体性的自我言说抢占了话语主动权，成为1990年代诗歌讨论的热点之一；另一方面，它通过诗歌选本的鲜明表态，构建出符合知识分子写作价值认同、具有个性化色彩的新诗学范式。

面对知识分子写作的自我言说，针对程光炜《不知所终的旅行——九十年代诗歌综论》一文，于坚随即在《诗探索》上发表长文《诗歌之舌的硬与软：关于当代诗歌的两类语言向度》[2]，为民间写作中的"口语化"倾向辩护。在于坚看来，分别以"软"和"硬"为特点的口语（方言）和书面语（普通话）是当代新诗语言的两个向度。其中，口语写作在人们通常认识到的先锋性和非诗化的语言游戏表征下，更深刻地恢复着语言与日常之间的关联。口语化写作不仅应该被认识，更应该不受任何偏见影响的正视：

> 但80年代从诗歌中开始的口语写作的重要意义其实并没有被认识到，人们仅仅将它看成某种先锋性的、非诗化的语言游戏，而忽视了它更深刻的东西，对汉语日益变硬的舌头的另一部分（也许是更辽阔和更具有文学品质的部分）的恢复。口语写作实际上复苏的是以普通话为中心的当代汉语的与传统相联结的世俗方向，它软化了由于过于强调意识形态和形而上思维而变得坚硬好斗和越来越不适于表现日常人生的现时性、当下性、庸

---

[1] 程光炜：《不知所终的旅行——九十年代诗歌综论》，《山花》（上半月）1997年第11期，第74页。

[2] 于坚：《诗歌之舌的硬与软：关于当代诗歌的两类语言向度》，《诗探索》1998年第1辑，第1—18页。这篇文章写于1996年11月—1997年3月，改于1997年6月。

常、柔软、具体、琐屑的现代汉语,恢复了汉语与事物和常识的关系。[1]

　　这篇文章被《诗探索》发表在头条栏目中,并占用了九分之一的版面。可见在这个时候,《诗探索》编辑团体已经察觉到了在有关"90年代诗歌"话题以及相关诗歌史叙述过程中,诗歌谱系建构有所缺失的迹象。面对知识分子写作和民间写作,它在诗学范式自我言说的较量中,既没有因为某一方力量占优势而选择"添砖加瓦",也没有凭借编辑团体的喜好作个性化的追随和附和,而是秉持一直以来的立场,保持着对自由精神的呼唤。它站在客观的立场上,让每一个想发声的人能够被听到,让诗坛理论探讨的声音更多元。这一点从对于坚一文给予足够的重视上不难看出。于坚这篇长文,可以说是较早地以"民间写作"立场参与"90年代诗歌"话题讨论中的文章,《诗探索》重点刊发该文,并不是对其观点的绝对认同,而是为"民间写作"提供了一个公开"发声"的平台。

　　着眼于日常生活,主张用浅显易懂、直接明了的诗歌意象,口语化、平民化诗歌风格的民间写作坚持"独立的精神和自由创造的品质"[2],这种独立精神,在韩东看来"所谓的独立精神就是拒绝一切庞然大物,只要它对文学的创造本质构成威胁并试图将其降低到附属地位"[3],同时也强调不同于知识分子写作的个人化。在他看来,知识分子写作中坚持的个人化,是依附于体制、市场、西方话语优势下的伪个人化,事实上是消解真正个人化的。相比之下,民间所坚持的个人化占有绝对的主动权,"独立而天才的个人是民间不可或缺的灵魂"[4]。在这样的标准下,他们也将1990年代以来主张继承西方文学资源、脱离民间精神的主流诗人视为"毫无精神独立性""自甘奴役"的存在。韩东将写法视为民间写作与知识分子写作最大的分歧:

---

[1] 于坚:《诗歌之舌的硬与软:关于当代诗歌的两类语言向度》,《诗探索》1998年第1辑,第13页。
[2] 韩东:《论民间》,选自杨克主编:《中国新诗年鉴1999》,广州出版社2000年版,第465页。
[3] 韩东:《论民间》,选自杨克主编:《中国新诗年鉴1999》,广州出版社2000年版,第465页。
[4] 韩东:《论民间》,选自杨克主编:《中国新诗年鉴1999》,广州出版社2000年版,第472页。

当一种写法一统天下并振振有词的时候就构成了压抑，或者压迫。20世纪90年代的诗歌界就是这种情形，"知识分子写作"甚嚣尘上，继而成了主流，登堂入室了。"民间"和"知识分子写作"之争对具体的诗人而言乃是话语权力的争斗，但对诗歌本身而言却是写作方式、风格、理想的相互映照。一元变成了两元、多元，这有多么好！如果"民间"一统天下，我也肯定会很反对。

如果说之前有关"90年代诗歌"的话题讨论还处于一种尚不均衡的状态，那么伴随着程光炜的《岁月的遗照》[1]，"知识分子写作"和"民间写作"之间的争论开始呈现出愈演愈烈的态势。1998年"后新诗潮"研讨会召开，会议中"仅以知识分子写作群体作为'后新诗潮诗歌'主要指认对象，遗漏了'他们''非非'等坚持民间写作立场的诗歌成就"[2]。未完待续的讨论，以及从诗人到诗歌评论者们的内部裂痕，实际上已经为一年后的这场"盘峰诗会"酝酿了"硝烟"的味道。在多重因素的共同促使下，持"民间写作"立场的诗人们感受到了强烈的不公正评判。沈浩波、于坚、谢有顺等人言辞激烈的批评文章将论争推向了高潮。

二、"后新诗潮研讨会"的发酵

实际上，有关"后新诗潮"的讨论在1990年代中期之后，有了发酵的迹象。1996年贵州诗会上，一些年轻的诗人甚至认为谢冕等人的诗歌观念和诗歌批评已经落后，提出了"请谢冕下课"[3]的口号。面对20世纪八九十年代诗歌生态失衡的状态，1980年代初期大力支持"朦胧诗"的谢冕、孙绍振、郑敏等诗评家们也对当下的诗歌发展现状表达了自己的感受和疑虑。1997年，谢

---

[1] 程光炜:《岁月的遗照》，社会科学文献出版社1998年版。
[2] 洪子诚、刘登翰:《中国当代新诗史》，北京大学出版社2010年版，第341页。
[3] 林凡:《谢冕访谈录》，孟繁华编:《谢冕的意义》，现代出版社2013年版，第337页。

冕不禁感慨"有些诗歌离我们远去"[1]。如果说谢冕还在相对温和地表达自己的切身感受,那么孙绍振以明确鲜明的观点和激烈的言辞,正式发表了自己对"后新诗潮"的观点和看法。1997年,孙绍振发表《向艺术的败家子发出警告》[2]一文,引起了强烈的反响,刘登翰在1997年的武夷山现代汉诗学术讨论会上便对此提出了质疑。[3] 1998年,孙绍振在《诗刊》第1期上发表了《后新诗潮的反思》一文,不仅对有关《向艺术的败家子发出警告》引起的争议作了回应,还就"后新诗潮"问题进一步发表了自己的见解。在他看来,尽管"后新诗潮"进行了一定的诗艺探索,"但是所造成的混乱,似乎比取得的成绩更为突出,新诗的水平并没有全面的提高。相反,给我的印象是,有点江河日下的样子"[4]。从文章中可以看出,孙绍振对"后新诗潮"发展倾向的忧虑,伴随着"后新诗潮"的发展,在1980年代末就开始逐渐衍生了。他在该文中批评了"后新诗潮"创作中偏离肉体和灵魂、偏离日常和真正诗艺的倾向和"挟洋自重"装腔作势的姿态。[5]总体上来说,以谢冕、孙绍振为代表的诗评家们都希望诗歌在发展中保持诗歌艺术的严肃性,适当肩负起一定的社会和艺术的职责。

正是由于有关"后新诗潮"的讨论已经开始发酵,1998年《诗探索》编辑部联合中国当代文学研究会、北京作家协会、清华大学中文系,共同主办了"后新诗潮研讨会"[6]。这次研讨会由李青、谢冕、蓝棣之、杨匡汉、吴思敬共

---

[1] 谢冕:《有些诗正离我们远去》,《诗刊》1997年第1期,第45页。

[2] 《星星》1997年第8期。

[3] 孙绍振:《后新诗潮的反思》,《诗刊》1998年第1期,第66页。孙绍振在该文开篇便提到了刘登翰对自己的质疑。刘登翰在武夷山会议上提到,在"朦胧诗"论争中,孙绍振曾经极力反对那些高举"看不懂"旗号并且要对"朦胧诗"进行引导的批评家,而今自己却也表示"看不懂",甚至在《星星》上发表了《向艺术的败家子发出警告》一文。

[4] 孙绍振:《后新诗潮的反思》,《诗刊》1998年第1期,第67页。

[5] 孙绍振:《后新诗潮的反思》,《诗刊》1998年第1期,第71页。

[6] 这次会议在1998年3月召开,由于"后新诗潮研讨会"在北京郊区的北苑宾馆举行,因此也被称为"北苑会议"。详见荒林:《当代中国诗歌批评反思——"后新诗潮"研讨会纪要》,《诗探索》1998年第2辑;韩小蕙:《后新诗潮诗人说:不是我们写得不好……》,《文论报》1998年4月16日。

同主持，主要围绕着对"后新诗潮"的界定和评价展开，此外还对"现实"与"诗歌创作中现实"[1]进行了辨析，并继而谈到了中国当代诗学建设的构想。在会议上，探讨到有关"后新诗潮"的评价问题引起了较大争议，以谢冕、郑敏、孙绍振为代表的老一辈新诗潮支持者，在"后新诗潮"的问题上态度截然相反，对"后新诗潮"提出了批评。而以吴思敬、陈超、唐晓渡为代表的"褒扬派"[2]则肯定了"后新诗潮"的文学史意义和价值。

这次会议结束后，《诗探索》率先在1998年第2期中专设"'后新诗潮'研究"，并陆续在该专栏和头条栏目中刊发相关评论文章。总体上来看，除了少数相对侧重理论分析的文章之外，针对"后朦胧诗"讨论问题，带有鲜明态度的文章占据一半以上，并且其中以支持"后新诗潮"、鼓励其发展为主。例如，《诗探索》编辑陈旭光以个人身份发表文章《先锋的使命与意义——为"后新诗潮"一辩》，认为："后新诗潮"诗歌创作中的平民化、大众化、日常化倾向和"'精英化'、个人化和形式的实验"是"后新诗潮"的"两幅面孔"，[3]"在'后新诗潮'中，这两副面孔、两种趋向都有生动异常的表现，共同地凸显了'后新诗潮'的先锋性。因而，正是从此角度出发，我们既应该理解某些人对先锋诗'晦涩''看不懂''太个人化'的指责，也应理解对它的所谓'丧失诗美''缺少诗意'等的指责，这貌似相悖的指责恰好各自针对了先锋诗的两种面孔"[4]。在他看来，当下对先锋诗缺少诗意、丧失诗美的批评是不恰当的，"因为它把丰富驳杂、桀骜不驯，甚至常常是有意地亵渎诗美，肆意嘲弄读者的惯常审美趣味的'后新诗潮'强行纳入一种古典理性美的框架中来削足适履，完

---

[1] 荒林：《当代中国诗歌批评反思——"后新诗潮"研讨会纪要》，《诗探索》1998年第2辑，第77页。

[2] 韩小蕙在《后新诗潮诗人说：不是我们写得不好……》一文中，将以谢冕、郑敏、孙绍振为首的曾经为新诗潮保驾护航的批评家们称为"批评派"，将另一边以吴思敬、陈超、唐晓渡为代表的称为"褒扬派"。

[3] 陈旭光：《先锋的使命与意义——为"后新诗潮"一辩》，《诗探索》1998年第2辑，第45页。

[4] 陈旭光：《先锋的使命与意义——为"后新诗潮"一辩》，《诗探索》1998年第2辑，第45页。

全无视'后新诗潮'所导致的艺术观念之转变的事实"[1]。

吴晓东则在《关于"后新诗潮"的随感》一文中表示要求诗歌介入生活、适应大众没有错,但是当下的诗歌却恰恰更应该保持先锋性和独立性,"后新诗潮"可能在诗性和完美的总体性上存在着不足,但是当下更应关注的却不是诗歌内部的问题,而是诗歌前提性问题。"'看不懂'的质疑在特定历史时代是有一定的历史合理性的,它的一部分潜台词是社会关怀和大众关怀,要求诗歌介入现实、关注社会、适应大众。这些要求并没有错。但是,当前的诗歌面临的最迫切的问题可能并不是介入现实和适应大众,而是恰恰相反,今天的诗歌可能比以往任何时候都更应该保持先锋性,保持前卫性,保持对抗性。这涉及的是对当今中国社会文化特征和性质的估价问题。"[2]

此外,王性初认为经历了"朦胧诗"论争,诗坛好不容易才摆脱了长期被"假大空"诗作占据的不平衡局面,并在后续的发展中表现不断尝试的新局面。尽管有些诗篇在很多前辈看来是莫名其妙的,但是这正是诗坛百花齐放、繁荣发展的局面,是良性的生态平衡,应该极力保护。"应该看到,世道变了,有些人会听从某些人的警告或戒律,有些人仍然我行我素;有些人会醉心于创作无愧于时代的最强音,有些人仍然不屑于做时代精神的号筒,也不屑于表现自我感情世界以外的丰功伟绩。怎么办?只好你走你的阳关道,他走他的独木桥。"[3]

郜积意的《"后新诗潮"论争及其理论问题》一文,则直接针对谢冕的《有些诗正离我们远去》和孙绍振的《向艺术的败家子发出警告》两篇文章,对其进行理论问题分析,探讨二者对"后新诗潮"下此论断的深层原因。在郜积意看来,"后新诗潮"取得的成绩是毋庸置疑的,因此他更愿意将谢冕和孙绍振对"后新诗潮"的批评视为一种"期待和呼唤"[4],一种对如何为当代新诗树立

---

[1] 陈旭光:《先锋的使命与意义——为"后新诗潮"一辩》,《诗探索》1998年第2辑,第45页。
[2] 吴晓东:《关于"后新诗潮"的随感》,《诗探索》1998年第2辑,第61页。
[3] 王性初:《并不遥远的呼吁——保护诗坛生态平衡》,《诗探索》1998年第3辑,第6页。
[4] 郜积意:《"后新诗潮"论争及其理论问题》,《诗探索》1998年第3辑,第54页。该文最初发表在《南方文坛》1998年第3期。

典范和寻找出路的思考和努力。

邰积意这篇文章最早刊发于《南方文坛》，在这场关于"后新诗潮"的探讨中，除了《诗探索》外，《南方文坛》《文学评论》也陆续刊载了几篇讨论"后新诗潮"的文章，参与其中。《南方文坛》在 1998—1999 年间，选择在《理论新视界》《文坛评述：中国当代文学研究会专栏》《当代文学关键词》中刊发了 3 篇主要评论，最早刊发了邰积意的《"后新诗潮"论争及其理论问题》，紧接着在《文坛评述：中国当代文学研究会专栏》中刊发了文波的《诗歌界渐趋分化——新生代引起关注》。在这篇文章中，文波回顾了此次会议的召开过程，并肯定了会议的价值，从诗人到小说家，对新生代进行了评述。1999 年，《南方文坛》在《当代文学关键词》一栏中刊发了王光明的《"后新诗潮"》一文。该文较全面地对"后新诗潮"进行了梳理，并充分肯定了"后新诗潮"出现的意义：

> 没有理由认为"后新诗潮"加剧了当代诗歌发展的危机，虽然这种诗潮的确有把自由个人主义和语言实验推向极端的倾向。但从总体上看，它有力地推进了集体经验向个人体验的转变，极大地解放了诗歌的感受力，催生了包括女性主义诗歌在内的薪新诗歌现象；同时，高度的语言意识也促进诗歌写作更深地进入了它的可能性的探索，也更深地发现了语言与现实、语言与主体亲和与分裂的辩证，从而让人们深入思考语言、文本中历史、社会、个人意识的踪迹，思考诗歌践行语言的方式与策略。[1]

从《南方文坛》发表的主要文章来看，面对"后新诗潮"，多数人持有积极肯定的态度，相较于《诗探索》的专栏探究，《南方文坛》在均衡各文体研究和热点话题追踪的情况下，对"后新诗潮"的关注略显不足。

除《南方文坛》外，《文学评论》《艺术广角》也参与其中。1999 年，《文学评论》在第 4 期刊发了郑敏《新诗百年探索与"后新诗潮"》一文。郑敏在新诗

---

[1] 王光明：《"后新诗潮"》，《南方文坛》1999 年第 3 期，第 14 页。

百年发展的背景下探讨了"后新诗潮",以欧美诗歌史作为背景揭示了"后新诗潮"存在的问题;并指出当代新诗若要有健康长远的前途,就必须摆脱"崛起"心态,摆正和西方诗学的关系,致力于挖掘中国诗学传统的精髓。

相比于以上期刊零星地发表部分评论,《天津社会科学》在1999年刊登了一组"后新诗潮"及其批评反思的笔谈。在这一组笔谈中,龙明泉的《后新诗潮的艺术实验及其价值》对"后新诗潮"进行了介绍,并肯定了"它为中国新诗的发展毕竟提供了某种新质与某种可能性,提供了某种参照与启示,因而其意义和价值是不可忽视的"[1]。李怡在《对于"后新诗潮"的多种阐释》中则试图从不同的角度出发,寻找对"后新诗潮"的更清晰的解释。宋剑华在《后新诗潮的意义与局限》中充分肯定了"后新诗潮"存在价值与现实意义,"主要体现为年轻的诗人们通过主观的努力,去积极探索现代形式、现代话语、现代意识的内在统一"[2]。同时,他也指出了"后新诗潮"存在的局限性:首先是由反传统与创新精神带来的浮躁心态和非理性因素;其次,一些后新诗潮诗人在反传统的呐喊声中,也表现出一种强烈的反历史主义倾向;最后,他认为后新诗潮最致命的弱点是视野狭窄的问题。李润霞在《反传统:后新诗潮的语言实验》中对"后新诗潮"诗人与诗作进行全面细致地分析后,着重探讨了"口语化"追求以及由此带来的"非诗化"倾向。赵小琪则认为"后新诗潮"理论与创作上的"五大变革"与"五大悖论"表现在:"道德观的变革与悖论;本质观的变革与悖论;历史观的变革与悖论;'语言所指化'的变革与悖论;'语义确定性'的变革与悖论。"[3]整体上来看,《天津社会科学》发表的这一组笔谈,意在对"后新诗潮"进行一定的梳理,在评论上基本以中和的观点为主,既肯定价值又中肯地提出问题。相比而言,《诗探索》表现出的客观立场,则从多元声音的碰撞可见。

由此可见,在有关"后新诗潮"的评价问题以及诗歌创作与现实的关系等

---

[1] 龙明泉:《后新诗潮的艺术实验及其价值》,《天津社会科学》1999年第3期,第69页。
[2] 宋剑华:《后新诗潮的意义与局限》,《天津社会科学》1999年第3期,第71页。
[3] 赵小琪:《变革与悖论》,《天津社会科学》1999年第3期,第74页。

问题上,后新诗潮内部已经存在了分化。1998年举行的"后新诗潮"研讨会最终也没有达成一致意见,而是由此引起了一定范围内的论争。此外,这次具有权威性的研讨会没有邀请韩东、于坚,导致"民间写作"一方对此强烈不满。在他们看来,这就等同于直接忽视了"民间写作"在"后新诗潮"中的贡献和价值,从而使得这次研讨会仅仅侧重于"给泛滥于90年代的一脉所谓'知识分子写作'的诗歌一个权威性的认同,并作为90年代纯正诗歌写作的主流予以历史性的充分肯定"[1]。这就为一场波及范围极其广泛的诗歌事件——"盘峰论争"埋下了伏笔。

第二节 世纪末的争鸣

1998年10月30日,沈浩波发表《谁在拿"90年代"开涮》一文,措辞激烈地批评了《岁月的遗照》一书在选编上只偏向"知识分子写作"的立场,并将此视为一种在出版势头和强大的新闻炒作下的一种独断的"诗歌秩序的建立"。[2]随后,强调"民间立场"的诗歌选本也加急出版出来。1999年2月,杨克的《1998中国新诗年鉴》一书出版,一方面该书是对《岁月的遗照》的回应,另一方面编选这本诗选的目的在于选编出好诗,同时想办法将它们推向市场:

> 我们首先想到要为这个急剧变化的时代留存下有价值的文本,他们是中国新诗80年来有历史延续意义的部分,是中国当代诗歌的真正精髓。但我仍感到力不从心,书的编选出版大概不会有问题,但似乎谁也无力将它推向市场。好诗无法进入更多普通读者的视野,这就是困扰20世纪90

---

[1] 沈奇:《秋后算账:1998中国诗坛备忘录》,《诗探索》1999年第1辑,第23页。
[2] 沈浩波的《谁在拿"90年代"开涮》最初发表在10月30日的《中国图书商报》上,后被编入杨克主编的《1998中国新诗年鉴》,此处引自《1998中国新诗年鉴》,花城出版社1999年版,第541页。

年代诗歌的症结！[1]

因此，在为"民间写作"争夺话语权的同时，"出版意图"[2]也应当成为导致"知识分子写作"与"民间写作"之间爆发论争的因素之一。于坚在该书代序《穿越汉语的诗歌之光》一文中，直截了当地表明了该《年鉴》出版的目的就在于表明，所谓"好诗"的"民间标准"[3]。在于坚看来，民间意味着一种独立的品质。民间诗歌的精神在于"从不依附于任何庞然大物，它仅仅为诗歌本身的目的而存在"[4]。于坚认为杰出的诗人无不来自于民间，"好诗在民间，这是当代诗歌的一个不争的事实，也是汉语诗歌的一个伟大的传统"[5]，而将1990年代的知识分子写作视为"对诗歌精神的彻底背叛"[6]。

从民间出发，最终为庞然大物所吸纳，这似乎是文明史的某种规律。

---

[1] 杨克：《〈中国新诗年鉴〉98工作手记》，《1998中国新诗年鉴》，花城出版社1999年版，第517页。
[2] 杨克在工作手记中提到，在选编《1998中国新诗年鉴》的时候，请到了具有"丰富市场经验"的杨茂东来参与策划。伊沙在《世纪末：诗人为何要打仗》(杨克主编《1999中国新诗年鉴》，花城出版社2000年版，第519页)一文中提到"盘峰论争"谁先发难问题时，回忆到在"盘峰诗会"上，"杨克大谈《年鉴》的销售业绩和在郑州书市上的良好走势，谈得过于具体(像个商人？)，态度也不够谦虚，有得意扬扬之嫌"。据柴福善的《一个旁观者的实录》(载《诗探索中国新诗会所会刊》2012年第1期)，杨克确实在发言中谈到了《年鉴》印了2万册。笔者认为，杨克在此处的"出版意图"，并不是单纯地追求销售业绩，而是正如他在手记中谈到的，希望通过出版的扩大，使好诗更多地进入更多普通读者的视野。
[3] 于坚：《穿越汉语的诗歌之光(代序)》，杨克编：《1998中国新诗年鉴》，花城出版社1999年版，第9页。
[4] 于坚：《穿越汉语的诗歌之光(代序)》，杨克编：《1998中国新诗年鉴》，花城出版社1999年版，第9页。
[5] 于坚：《穿越汉语的诗歌之光(代序)》，杨克编：《1998中国新诗年鉴》，花城出版社1999年版，第9页。
[6] 于坚：《穿越汉语的诗歌之光(代序)》，杨克编：《1998中国新诗年鉴》，花城出版社1999年版，第7页。

20世纪90年代的"知识分子写作"是对诗歌精神的彻底背叛,其要害在于使汉语诗歌成为西方"语言资源""知识体系"的附庸。在这里,诗歌的独立品质和创造活力被视为"非诗"。

1999年4月2日,谢有顺的《内在的诗歌真相》在《南方周末》上发表。他在文中直接将"表达中国当下日常生活经验的民间写作"[1]与"明显渴望与西方诗歌接轨的知识分子写作"[2]作为两种具有代表性又存在着冲突的诗歌写作,并且表示《1998中国新诗年鉴》"完成了一次对诗歌现状的清场"[3],它的出版使得二者的冲突和矛盾得以浮出水面。谢文的发表在诗坛激起了强烈的反响,也催生了坚持和主张"知识分子写作"的诗人与诗评家的回应与反击。

由此可见,在1999年"盘峰诗会"召开并爆发论争之前,当代诗坛已经处于明显的阵营划分之中,并且已经有了实质性的矛盾存在,但是双方并没有机会正面交流。就在这个时候,《诗探索》在北大五号院召开编辑部工作会议,讨论到了沈奇《秋后算账:1998中国诗坛备忘录》一文是否可以采用。据沈奇回忆,当时的具体情形如下:

> 本是应硕良先生之约撰写的(发表于1999年2月出刊的《出版广角》),稿成后觉着毕竟事关先锋诗歌界,便另打印一份并附信给《诗探索》编辑部,解释撰写此稿的初衷及说明已定《出版广角》刊发,并建议能否再开一次会,以补"后新诗潮研讨会"之缺憾。未想很快收到林莽先生电话,告知已转呈吴思敬主编并商量过,拟在《诗探索》发表此文,且也正好在考虑择时举办新的研讨会。[4]

---

[1] 谢有顺:《内在的诗歌真相》,杨克编:《1998中国新诗年鉴》,花城出版社1999年版,第528页。

[2] 谢有顺:《内在的诗歌真相》,杨克编:《1998中国新诗年鉴》,花城出版社1999年版,第528页。

[3] 谢有顺:《内在的诗歌真相》,杨克编:《1998中国新诗年鉴》,花城出版社1999年版,第528页。

[4] 沈奇:《摆渡者的侧影:仁者无疆》,载霍俊明主编:《诗坛的引渡者》,长江文艺出版社2012年版,第7页。

第四章　多元化的批评观:《诗探索》与"盘峰论争" | 149

鉴于当时诗坛严重分化,并且存在着矛盾滋长的现状,林莽提出将先锋诗歌内部不同写作倾向的双方召集在一起,公开就不同的观念和主张展开探讨,希望能够对中国当前的诗歌发展起到一定的推动作用。尽管在策划这次会议之前,《诗探索》已经预料到了这次会议必然会是一个"打架"[1]的会,但是开会时的激烈情形也依然是超出了主办方的预料。

一、从《一个旁观者的实录》谈起

虽然"盘峰诗会"十分重要,但是这次会议并没有留下录音材料,这也为后期的研究工作增加了一定的难度。由于缺乏第一手资料,因此,在早前的"盘峰论争"研究中,对"盘峰诗会"上论争详细情形的介绍往往建立在与会人员的"回忆性叙述"上。在"盘峰诗会"过去12年时,诗探索中国新诗会所[2]在《诗探索中国新诗会所会刊》2012年第1期上以"盘峰诗会资料汇编"为专辑,汇总刊发了原始的个人记录、会议综述、部分照片和研究综述,可以说这是首次以主办方的身份以及尽可能客观的立场披露"盘峰诗会"的相关情形。其中作为"旁观者"的柴福善,提供了一份非常详细的文字"实录笔记"[3]。作为"圈外人"的柴福善在《"盘峰论剑"前后》一文中,也记叙了整理这份"实录笔记"的来龙去脉,并在文中郑重承诺这份文字实录的真实性与客观性:

---

[1]《盘峰诗会资料汇编·编者按》,《诗探索中国新诗会所会刊》,2012年第1期,第2页。
[2]《诗探索》在创刊30周年之际,在2010年2月6日,成立了以会员制为主体的"诗探索·天问中国新诗会所",会所创办的目的是"为了更广泛地团结诗坛的有生力量,共同促进中国新诗的研究与发展",该会所后更名为"诗探索中国新诗会所"。虽然采取的是会员制,但是《诗探索》并没有收取会费,而是采用"订刊"的方式。
[3] 在此之前,"盘峰诗会"并没有保留下来文字实录材料和录音材料。在2002年"字思维与中国现代诗学研讨会"上,林莽、刘福春在和柴福善的小坐中,无意中发现作为作协理事会成员的柴福善,不仅本人全程参与了"盘峰诗会",并且做了详细的文字实录,因此邀请柴福善将其"原汁原味"地整理出来。

我所记之录，原本为自己日后所看，根本不准备整理，更不准备公之于世，所以完全是原原本本地实录，绝没有主观好恶，亲疏远近。整理中，我力求保持原貌，凡遇到一时不能辨认之字，绝不轻易猜测揣摩。[1]

这次由《诗探索》主动发起的会议，最初由林莽提议后，马上得到了三位主编谢冕、杨匡汉、吴思敬的一致认同。在谢冕看来这次会议不仅要开，而且应当尽快开。吴思敬为会议定名为："世纪之交：中国诗歌创作态势与建设研讨会"。杨匡汉提出当代文学研究会可以出部分会议经费，但是由于经费不够，林莽找到了北京作协秘书长李青和《北京文学》主编章德宁，并得到了二人的支持，答应作为主办单位并负责不足的经费。由《诗探索》编辑部、中国社会科学院文学研究所当代室、北京作家协会、《北京文学》杂志社联合主办的"盘峰诗会"于1999年4月16日至18日在北京平谷县盘峰宾馆召开。会议通知的人员[2]除诗人韩东未出席外，其他人均到场。可见在当时，召开一个这样的研讨会是必要的。一个公开对话的平台，无论是对于坚持"知识分子写作"的一方而言，还是对于坚持"民间写作"立场的一方而言，都是急需的。尽管在这次研讨会上，几十位诗人、评论家观点针锋相对，互不相让，甚至激动时不免摔门而去、爆出粗口。[3]但是鉴于诗歌发展进入1990年代以来的种种态势，这样一场观念的交锋和对战，迟早会出现在当代诗坛上。

尽管并不能仅凭柴福善的《一个旁观者的实录》来断言"盘峰诗会"的实

---

[1] 柴福善：《"盘峰论剑"前后》，《诗探索中国新诗会所会刊》2012年第1期，第4页。对比伊沙《世纪末：诗人为何要打仗》（杨克主编《1999中国新诗年鉴》，花城出版社2000年版，第519页）一文中记录的"盘峰诗会"的基本脉络，可见在发言顺序上基本一致。在内容上，柴福善的记录比较详细，对笔记中曾有的笔误也原原本本地呈现了出来。

[2] 此次会议通知了陈超、唐晓渡、王家新、程光炜、西川、于坚、伊沙、徐江、小海、车前子、杨克、孙文波、张清华、臧棣、西渡、沈奇、侯马、陈仲义。会议主办方与记者等有谢冕、吴思敬、任洪渊、林莽、刘福春、刘士杰、李青、章德宁、兴安、柴福善、张颐雯、彭俐等。（《盘峰诗会资料汇编·编者按》）

[3] 柴福善：《"盘峰论剑"前后》，《诗探索中国新诗会所会刊》2012年第1期，第3页。

际情形，但是《一个旁观者的实录》在现有资料十分匮乏的情况下，为我们观察"盘峰论争"提供了一条幽径。从《一个旁观者的实录》中可以看到1999年4月16日下午，会议正式召开时，杨克和程光炜的发言均以各自编选的备受争议的诗歌选本开始，直接打响了论争的"第一炮"，以至于主持人李青不得不感慨"这个会开得有点涩呀，大家要开得质量高一点"[1]。杨克在谈到1990年代诗歌沉寂情形的同时，也提到自己编选的诗歌选本印发2万册的销量，并借此表示"诗歌还是可以走向大众的"[2]。程光炜则谈到了自己的诗选本遭受诟病，并强调在1990年代必须尊重个人的思想自由，但是个性自由也需要节制。陈超在其他与会者比较激动的发言中显得平静。他直言："一个林子里不能只种一种树，不然就要得病。诗歌也是这样。"[3]他重点阐释了对几个诗学关键词[4]的个人看法。但是，陈超的发言并没能将会议的重心从"知识分子写作"与"民间写作"两种倾向的交锋中拉回理论建设上来。接下来的会议中，双方各执一词，互不相让。

站在"知识分子写作"立场，王家新、臧棣、孙文波、唐晓渡、西川等人是为其辩护的主将。王家新对"知识分子写作"被批判的情形深感不公，不由得发出了"知识分子写作何罪之有？！"[5]的感慨，更直言"不要把诗坛弄成垃圾堆"[6]。唐晓渡公开批评了谢有顺，认为他的批评带有某种炒作的嫌疑。关于诗坛出现的不同声音，唐晓渡认为是正常的现象，创作和批评应当在尊重双方的前提下进行，并且不存在主次之分。此外，他还认为提出"知识分子写作"问题有着深刻的背景，并不是架空的建构，而是基于50年来知识分子精神不断沦丧的事实。孙文波则指出"于坚说的诗人不左不右的中坚立场，不可做，

---

[1] 柴福善：《一个旁观者的实录》，《诗探索中国新诗会所会刊》2012年第1期，第5页。
[2] 柴福善：《一个旁观者的实录》，《诗探索中国新诗会所会刊》2012年第1期，第5页。
[3] 柴福善：《一个旁观者的实录》，《诗探索中国新诗会所会刊》2012年第1期，第6页。
[4] 乌托邦写作、集体写作、寄生性写作、中国诗歌国际背景问题。
[5] 柴福善：《一个旁观者的实录》，《诗探索中国新诗会所会刊》2012年第1期，第7页。
[6] 柴福善：《一个旁观者的实录》，《诗探索中国新诗会所会刊》2012年第1期，第15页。

你说民间的诗就已经是一个选择了"[1]。面对持"民间写作"立场的诗人和批评家们对《岁月的遗照》一书选编的质疑和《1998中国新诗年鉴》的编选，程光炜认为，于坚为《1998中国新诗年鉴》作序，"实际上是一种论战"[2]。孙文波则认为单从《岁月的遗照》和《1998中国新诗年鉴》这两本书的销量以及涉及的主要诗人群体并不能说明什么问题。臧棣在谈论中提到了程光炜编选本有其自己的趣味，有其自主的选编权，如果不同意可以自己编一本。此外，他也指出"作品不是说读者多少，而是首先要同行认可"[3]。

为"民间写作"辩护的一方也不甘示弱，主要有于坚、伊沙、徐江、沈奇、侯马等人。于坚的发言，被伊沙视为是"真正的诗人的发言"[4]。于坚从"知识分子写作"问题谈起，质问王家新："你为知识分子辩护，为什么不为诗辩护？我觉得你不要为低层次辩护，我们都是老江湖的呀。"[5]在于坚看来，时间会证明诗歌存在的价值，《诗刊》是平庸的刊物，却被一般读者奉为权威。"中国的真正的好诗在民间，通过民间刊物走向民间。并不是诗没有读者，而是平庸的东西在把关。"[6]伊沙认为，会上的这些争吵并不能产生真理，只能产生一种公道。侯马认为1990年代的诗歌是有进步的，但是却被社会所漠视。关于这次会议上的争论，侯马也指出了存在"圈子"问题，希望知识分子写作"不要形成一种垄断"[7]。

当然，除了会议上两方势力的互不相让、你来我往地辩说之外，与会人员中也有一部分人保持了中立的观点，例如任洪渊、陈仲义、小海、张清华、林莽、刘福春等。他们希望争论的双方能够实现相互促进的良性共存局面。这部

---

[1] 柴福善：《一个旁观者的实录》，《诗探索中国新诗会所会刊》2012年第1期，第11页。
[2] 柴福善：《一个旁观者的实录》，《诗探索中国新诗会所会刊》2012年第1期，第14页。
[3] 柴福善：《一个旁观者的实录》，《诗探索中国新诗会所会刊》2012年第1期，第12页。
[4] 伊沙：《世纪末：诗人为何要打仗》，杨克编：《1999中国新诗年鉴》，花城出版社2000年版，第520页。
[5] 柴福善：《一个旁观者的实录》，《诗探索中国新诗会所会刊》2012年第1期，第9页。
[6] 柴福善：《一个旁观者的实录》，《诗探索中国新诗会所会刊》2012年第1期，第13页。
[7] 柴福善：《一个旁观者的实录》，《诗探索中国新诗会所会刊》2012年第1期，第12页。

分发言集中体现在 4 月 18 日上午由吴思敬主持的会议上。陈仲义认为，双方在申明自己的主张的同时带有一点极端性，一定的矛盾性必然会存在，但是不必过于绝对。在他看来，从文本上来说，民间写作应该是"口语的写作"，"知识分子写作"应该兼具了人文和智性。二者并不是势不两立的对抗，应当放开视野，实现互补。张清华认为"民间写作"和"知识分子写作"之间没有矛盾，二者各有缺陷，"实际应互为前提，互相促进"[1]。林莽认为追求诗歌的人都持有对语言的热爱，在浮躁的时代下，应当更加沉静一些。刘福春则认为在多元的情况下，强调突出是必然的，但是应当有一定的限度，不能过分地膨胀了"权力欲"。在会议结束的时候，吴思敬做了总结，他强调虽然这次会议可能打乱了事先的准备，超出了预估，但是涉及了很多问题，对"知识分子写作"和"民间写作"的认识也进一步深化了。"中国当代诗歌史就是一部交锋史，这是很正常的现象……诗人们都展示出了一种态度，争论是次要的，最重要的是拿出重要的文本。真正的诗人是不会被历史淹没的。"[2]

二、"诗坛态势剖析"的回归

正如谢冕在 4 月 17 日上午主持会议时谈到的，"交流就是目的，理解高于一切，依然不会有也不试图有结论"[3]，正是由于"盘峰诗会"上公开爆发了有关"知识分子写作"和"民间写作"的争论，因此在会议结束时，这场争论也没有结束，反而是正式拉开了"论争"的序幕。在多家报刊的重点报道和开辟的专栏专文专发的助攻下，"盘峰论争"被推向了高潮，成了世纪末的罕见大论争。《诗探索》在 1999 年 6 月率先刊出了张清华的会议综述《一次真正的诗歌对话与交锋——"世纪之交：中国诗歌创作态势与理论建设研讨会"述

---

[1] 柴福善：《一个旁观者的实录》，《诗探索中国新诗会所会刊》2012 年第 1 期，第 16 页。
[2] 柴福善：《一个旁观者的实录》，《诗探索中国新诗会所会刊》2012 年第 1 期，第 18 页。
[3] 柴福善：《一个旁观者的实录》，《诗探索中国新诗会所会刊》2012 年第 1 期，第 9 页。

要》[1]。此外,《文艺报》[2]《北京日报》[3]《中国青年报》[4]等报刊都对会议情况进行了报道。紧接着,相关专题讨论也开始在各大报刊[5]中大面积展开。众多的报刊都以专版的形式,例如《北京文学》《科学时报·今日生活》《太原日报·双塔文学周报》针对"盘峰论争"问题,为诗人、诗评家提供发表看法的平台。

《北京文学》在1999年第7期立即刊出多篇相关评论。其中,首先刊发的是陈超、李志清的访谈实录《问与答:对几个常识问题的看法》。这次访谈不仅探讨了"知识化"倾向、"西方资源"等问题,也否定了"知识分子写作"和"民间写作"之间存在对立的说法:

> 我关注这场争论,也出席了"盘峰诗会"。我的观感是,"知识分子写作"与"民间立场"的尖锐对立是被虚构出来的。明明是两种审美创造力形态的差异,却被骇人听闻地归为受难者和权势者的势不两立。知识分子与民间不是不相容的概念。[6]

唐晓渡发表《致谢有顺君的公开信》,针对谢有顺的《内在的诗歌真相》一文进行了严厉批驳。在唐晓渡看来,谢有顺设计了多少有点耸人听闻的标题,对诗歌写作进行了一次非常糟糕的清理,甚至不具备"清理"的资格:"是因为您对诗歌写作作为一种复杂的精神劳动缺乏最低限度的尊重,是因为您的着眼点根本就不是什么'真正的诗歌精神',而是'诗歌门户',或者不如说,

---

[1]《诗探索》1999年第2辑,第68—77页。

[2] 1999年7月6日的《文艺报》发表《"民间的"还是"知识分子的"?诗人为写作立场而争论》一文。

[3] 1999年7月12日的《北京日报》刊发静矣的《'99诗坛:"民间写作"派与"知识分子写作"派之争》。

[4] 1999年为5月14日,《中国青年报》也对"盘峰论争"进行了报道,《十几年没"打仗"诗人憋不住了》。

[5] 参与"盘峰论争"的报刊非常多,其中以《诗探索》《读者报》《北京文学》《科学时报·今日生活》《大家》《文论报》《太原日报·双塔文学周刊》《华夏诗报》《文友》等为代表。

[6] 陈超、李志清:《问与答:对几个问题的思考》,《北京文学》1999年第7期,第63页。

有关诗歌的话语权力!"[1]

紧接着,《北京文学》发表了西川的《思考比谩骂更重要》、谢有顺的《谁在伤害真正的诗歌》等文。在西川看来,民间写作一方尚未明确什么是"知识分子写作",和唐晓渡一样,西川也将此次论争视为民间写作力量的争权夺利:

> 说到底"民间"立场并不存在。与其说有个什么"民间立场",还不如说有个"黑社会立场",而诗歌黑社会立场中的头一条原则就是利益均沾,所以眼下的争论表面上看是诗歌方向的斗争,其实背后是利益在驱使。[2]

从谢有顺文中不难发现,促使他撰写该稿的直接原因是在"盘峰诗会"上,部分与会者对他的批评有效性的质疑。谢有顺在文中表述了他参与该论争的始终及缘由,并继续就该论争表达了自己的看法,明确为"民间写作"声援的立场。在他看来,"诗歌本身并未衰落,衰落的是那些非诗的东西,不是诗歌没有读者,而是提供给读者的多是些平庸的渠道与作品"[3]。此外,谢有顺结合自己参与编辑《1998 中国新诗年鉴》的经历和个人感受,态度鲜明地表示"大多数好诗都沉潜在民间,许多优秀的诗人都在民间做着许多有益诗歌建设的不懈努力,诗歌的活力与希望实际上很大部分已转移到民间,但'知识分子写作'却并没有诚实地接受这一事实,没有用他们倾听西方大师那样敏感的耳朵去倾听来自民间的声音,而依旧停留在自己几个人所构筑起来的诗歌幻觉中"[4]。面对知识分子写作力量一方关于民间写作"争夺权力"的指控,谢有顺也做出了相应的回应。他认为知识分子写作事实上操纵着权势话语,民间写作身处弱势,却依旧在"坚实地推进诗歌精神的发展,使诗歌生长在生活之内"[5]。

---

[1] 唐晓渡:《致谢有顺君的公开信》,《北京文学》1999 年第 7 期,第 66 页。
[2] 西川:《思考比谩骂更重要》,《北京文学》1999 年第 7 期,第 76 页。
[3] 谢有顺:《谁在伤害真正的诗歌》,《北京文学》1999 年第 7 期,第 70 页。
[4] 谢有顺:《谁在伤害真正的诗歌》,《北京文学》1999 年第 7 期,第 70 页。
[5] 谢有顺:《谁在伤害真正的诗歌》,《北京文学》1999 年第 7 期,第 71 页。

由于第 7 期中刊发的一组争论文章引起了较大的反响，紧接着，在进入第 8 期后，《北京文学》再次刊发 7 篇相关论争文章，论争双方所占比例基本持平。此次《北京文学》希望通过这一组摘编的相关文章，帮助读者进一步了解双方的观点和立场，并"能以超越论争本身的视点来把握目前诗界存在的根本问题"：

> 近期，诗歌界关于"民间立场"和"知识分子写作"两种不同诗歌写作倾向的论争引起广泛关注。众多诗人就此阐述了自己的观点。本刊七月号已就此发表了一组论争文章，引起较大反响。本期，我们再次围绕这一问题摘编了五位诗人的文章，希望读者通过这些文章，不但能深入了解论争双方的立场、观点和各自的诗学理念，而且能以超越论争本身的视点来把握目前诗界存在的根本问题。[1]

于坚的《真相——关于"知识分子写作"和新诗潮批评》一文，从"知识分子写作"如何确立自己身份，如何成为新诗潮批评家纲领并"取代"中国诗歌界，以及"知识分子写作"的秩序和责任这几个方面，从相关评论出发，逐篇历数"知识分子写作"与新诗潮批评之间的关联。紧随其后，臧棣的《诗歌：作为一种特殊知识》一文，则是针对谢有顺《内在的诗歌真相》一文的回应，针对谢文中对"知识分子写作"的批评，臧棣在文中逐条回击，并在文末强调了诗歌在范式意义上是一种涉及人的想象和感觉外化的知识："诗歌的非知识化，主要是使诗歌摆脱对现代知识的依附状态，其目的是捍卫想象力对存在的描绘与解释。这项工作并不导致诗歌的反知识，而是要将诗歌建构成一种关乎我们生存状况的特殊的知识。也不妨说，现代诗歌所取得的最大成就，即是通过持续的丰富多彩的艺术实验，将想象力塑造成了一种执着于自由关怀的知识。"[2]

---

[1] "编者按"，《北京文学》1999 年第 8 期，第 88 页。
[2] 臧棣：《诗歌：作为一种特殊的知识》，《北京文学》1999 年 8 月刊，第 92 页。

西渡和孙文波则主要围绕"知识分子写作"被指责是"'西方资源'的附庸"这一点进行了回应。西渡在《为写作的权利声辩》一文中,强调1990年代的诗歌受到西方诗歌的滋养,但是这并不能说1990年代的诗歌就沦为了"西方资源"的附庸。"我们知道,白话诗歌就是在西方诗歌的影响下产生的,而且这种影响在新诗80年的发展历史中一直起着至关重要的作用。那么,新诗是否一开始就是西方'语言资源''知识体系'的附庸呢?稍有诗歌史常识的人都知道,恰恰是这种影响的被迫中断,造成了50、60年代新诗的式微。"[1]

除了《北京文学》之外,四川的《读者报》以专辑的形式,也参与了本次论争。1999年7月13日,《读者报》首次刊出"关于'知识分子'写作的争论"专辑,刊有于坚的《真相大白》、王家新的《诗人何为》、徐江的《"知识分子写作"的内在真相》、西渡的《年鉴两编意何在》。紧接着,《读者报》在7月20日再次刊出"关于'知识分子写作'的争论"(续)专辑,除了发表侯马的《腐朽的"写作"》、安琪的《"知识分子写作"在当下中国可能吗》和沈奇的《谁在伤害》等文之外,《读者报》已经明显察觉到了这场论争中的"非诗"气息,因此在该专栏中特意增加编后语,对之所以参与该论战的缘由进行了说明,同时宣布不再参与此次论争:

> 当下中国诗坛有关"知识分子写作"的论战所引发的知识伦理、价值关怀、角色立场等等思考,都远远超出了诗学命题,而领有鲜明强烈的现实感时代感。所有这些甚至对于诗外、文坛外的普通读者,无疑都暗含了某种冲击和挑战而发人深思,意味深长。为此,本报不惜版面,连续两期,正版推出这场论战……现在该暂停休战了。本报从下期起,恢复本版作为文学艺术版的秩序和常态。[2]

如果说以上主要的发声平台基本保持着相对中立的态度,那么《科学时

---

[1] 西渡:《为写作的权利声辩》,《北京文学》1999年8月刊,第92页。
[2] 刘福春:《中国新诗编年史》,人民文学出版社2013年版,第1502页。

报·今日生活》则有意侧重了"知识分子写作"一方，在专版刊发《诗人口腔舌弹乱作一团媒体笔戈墨阵又起烽烟——"盘峰论剑"是非后的是非》中，主要刊发的是持"知识分子写作"立场一方的文章。从该专版的总题中不难看出当时的部分报刊的确也存在着"火上浇油"的动态，也正是这样的情况促使"盘峰论争"进一步白热化。

在众多的刊发互相攻讦文字的版面中，《太原日报·双塔文学周刊》的第35期显得冷静和客观得多。该期不仅刊出了《世纪之交的诗歌论争——中国诗歌创作态势与理论研讨会纪要》，还以《背景与其它》为题，刊出对研讨会组织者吴思敬和林莽的采访，并以《关注者的声音》为题，刊出牛汉、郑敏、孙绍振对此次论争的看法。牛汉认为论争双方都有各自的审美观点，论争是正常的、有益的，但不必非得分出胜负高低，而是应该回归到作品上来，创作是个人的，但是必须要有严肃的态度。郑敏则认为应该更多地探讨诗歌本身的艺术问题，而不是议论对错，双方的主张都有待完善，应当相互结合和包容。孙绍振认为二者实际上是互补的，真正的较量应该落实到作品中去。尽管《太原日报·双塔文学周刊》刊发的文章有限，也没有直接发表争论双方的争辩之音，但是借助研讨会的契机从理论研究的角度出发，集结了中立观点，对此次论争进行了冷静而理智的"旁观"。可惜的是，这样的工作却没能在该报刊上得到长久有效的维持。

除了以专栏或专版的形式进行发文外，还有很多刊物也发表了一些单篇的论争文章。例如，针对于坚连续的发文，西渡在1999年第7期的《山花》上发表《写作的权利》一文，对于坚在系列文章中提出的主要诗学命题进行了分析。在西渡看来，这些于坚提出并用以对"知识分子"进行批评质疑的诗学命题，不仅存在着逻辑的混乱，更有着理论上的误区。因此，他针对诗歌创作资源问题、民间立场的界定、于坚的"诗歌常识论"、口语与普通话等问题一一进行了廓清。

事实上，大部分报刊在参与"盘峰论争"时，主要是在话题热度下的短时间内的集中发文，对该事件的观察和反馈不具有完整性。此外，部分报刊媒体更是不注重文章质量，刊发双方互相攻讦的文字，这样的感性争论实际上缺少一定的理论厚度，缺失相应的批评有效性。相比之下，《诗探索》对"盘峰论争"的观察和记录既是相对完整有效的，同时又通过编选文章，在保持中立立场的同时显示出一种保持均衡的努力。

《诗探索》作为这次会议的主要发起者，实际上在"盘峰论争"爆发之前，就已经处于这次"论争"场域中了。除了刊发了于坚的《诗歌之舌的硬与软：关于当代诗歌的两类语言向度》、沈奇的《秋后算账——1998：中国诗坛备忘录》外，还发表了谢有顺的《诗歌与什么相关》和孙绍振的《关于所谓"脱离人民"的理论基础》。这些文章不仅被《诗探索》作为重点头条刊出，实际上也反映出了在"盘峰论争"爆发前，从诗歌创作到诗歌批评早已存在内在的分歧。

"盘峰诗会"结束之后，《诗探索》也在第一时间介入"盘峰论争"中，可以说直到"盘峰论争"逐渐平息，全程参与了整个"事件"及其后续的发酵。在"盘峰诗会"引起的大论争中，《诗探索》在积极参与的同时，尽量保持的是一种相对中立的态度。它所做的工作，是提供一个有效的、开放性的平台，让论争双方都能在这样的平台上发表自己的见解，无论是质疑还是澄清，都能够在此"发声"。它力图打造的从来都不是一种声音的独唱，而是多重奏。从一开始，《诗探索》体现出来的就是一种脱离两派对立、面向诗歌整体的多元化的批评观。

在"盘峰诗会"结束后，《诗探索》立即将"诗坛态势剖析"搬到了首要位置，并刊发了张清华的会议综述，还一连刊发了四篇争论双方的文章。尽管作为会议主办方，《诗探索》完全可以预见这场论争的轰动性，但是在文章顺序上，却没有将直接相关的评论文章放在首要位置。而是先刊发了陈仲义的《日常主义诗歌——论90年代先锋诗歌走势》，他认为1990年代先锋诗歌呈现的是整体的日常主义诗歌走势，并从对韩东、于坚、臧棣、孙文波等人的诗作进行分析，在此基础上对日常主义诗歌的美学评判进行了归纳总结。从陈仲义文中可见，他并没有将韩东、于坚以及臧棣、孙文波这已然在会议上对立分化的两拨势力对立起来分开来谈，而是注重他们在诗歌创作中所呈现出来的日常主义的整体性。

紧随其后的王光明《个体承担的诗歌》一文，主要针对"后朦胧诗"受到批评和非难的情况，为"后朦胧诗"进行了辩护。实际上是基于在"盘峰诗会"之前，新诗潮理论批评出现分化的状况和"后新诗潮"不被认可的现状。在王光明看来，"后新诗潮"在社会的现代化追求下应运而生，存在"读不懂"的问题有着深层次的背景和根源，在这种文化处境下，不能简单地以大众趣味为标准，而应当坚持诗的标准。"后新诗潮"使诗歌探索呈现多样化的态势，于坚、伊沙的创作虽然不追求深度的语言效果，但"以调侃、游戏甚至堆砌的方法，把生活的平面化、生命的分裂感以及心灵的破碎呈现出来"[1]，展现了"企图对应破碎的现代生存境遇"[2]的努力。而西川、欧阳江河、王家新等人的诗作，则"试图从灵魂的视野去阐述和想象当代的生存处境，以严肃的思想和语言探索回应肤浅低俗的时代潮流"[3]。面对这样的诗歌我们应当具体地分析，而不是笼统地批评。

这样的两篇文章虽然在创作上并不完全是针对"盘峰论争"上的相关话题而言的，但是在此处选刊，一方面是针对相关问题的评论，另一方面也表现出了注重诗歌发展的整体性，避免两派争论的非诗因素的倾向。在而后刊发的文章中，既有维护"民间写作"的，也有为"知识分子写作"辩护和澄清的。

在"民间写作"方面，徐江在《俗人的诗歌权利》[4]中，认为诗人写诗已经远远脱离了自身经验和生活，希望诗歌创作能够在保有自身诗歌趣味的同时，考虑大众兴趣、撤除故作高雅的格调，拉低姿态走向日常世俗生活；同时，也迫切希望俗人的诗歌权利能够得到尊重。于坚[5]则借五个问题，对"知识分子写作"进行了批评，他认为"知识分子写作"试图利用"政治神话"确立自己的特殊"身份"，但是这种"身份"只是个别人的，不能代表一种写作

---

［1］王光明：《个体承担的诗歌》，《诗探索》1999年第2辑，第18页。
［2］王光明：《个体承担的诗歌》，《诗探索》1999年第2辑，第18页。
［3］王光明：《个体承担的诗歌》，《诗探索》1999年第2辑，第18页。
［4］载《诗探索》1999年第2辑，第21—25页。
［5］于坚：《真相——关于"知识分子写作"和新潮诗歌批评》，《诗探索》1999年第3辑，第30—48页。

趋势，他们在写作中往往故作玄虚、空洞无物，却还企图用"知识分子写作"来替代整个中国诗歌界。于坚则认为，"知识分子写作的秩序与责任，乃是为了与主流意识形态和道德主义达成'某种话语缝合的状态'"[1]。邹建军在《中国"第三代"诗歌纵横论——从杨克主编〈1998中国新诗年鉴〉谈起》一文中，大力赞赏了《1998中国新诗年鉴》一书，认为这本书是关心中国诗歌、文艺和中国民族精神的人的"必读书"[2]，同时也肯定了中国诗歌未来系于真正的民间立场。

在"知识分子写作"立场上，王家新、孙文波、西渡、臧棣等人纷纷发文，对"民间写作"提出的质疑进行反驳。孙文波的《我理解的90年代：个人写作、叙事及其他》一文，从个人写作、叙事等方面对1990年代诗歌进行了分析。开篇即是针对当时部分"民间写作"相关言论的批评："这些文章以自以为是的夸张言辞，摆出一副真理在握的架子，将某种类型的诗歌说成是代表了1990年代最高成就的东西，而把其他的与文章作者诗歌观念不同的诗人的作品统统指责为'伪诗歌'，其言论的霸道、所依据的理论的荒谬，都是近十年来罕见的。"[3]孙文波在该文中甚至都没有使用"民间写作"的概念，而是将其定义为"非知识分子写作"，可见其对"民间写作"这个概念本身的质疑与否认。而在注释第八条中，长篇论述了"知识分子写作"的深远历史根源，承接的是"五四"以来的新诗创作传统，这种立场分明的区分也足见孙文波的鲜明态度。王家新在《知识分子写作，或曰"献给无限的少数人"》一文中，则认为杨克《1998中国新诗年鉴》一书是有目的的精心操作，于坚、谢有顺和沈奇三人的文章则是有意的造势。王家新在文中，先是针对于坚一文对"知识分子写作"的批驳展开了"反击"，从于坚对"知识分子写作"列出的"罪证"入手对于坚的诗歌文本进行了分析，认为于坚的诗歌创作本身就存在着他自己所批判

---

[1] 于坚：《真相——关于"知识分子写作"和新潮诗歌批评》，《诗探索》1999年第3辑，第45页。

[2] 邹建军：《中国"第三代"诗歌纵横论——从杨克主编〈1998中国新诗年鉴〉谈起》，《诗探索》1999年第3辑，第87页。

[3] 孙文波：《我理解的90年代：个人写作、叙事及其他》，《诗探索》1999年第2辑，第26页。

的这种"倾向";之后则主要从谢有顺、沈奇以及于坚等人撰写的批判"知识分子写作"的文章出发,针对"知识分子写作"所受到的各种"批驳"进行了辩护,并指出这种论争存在着"权力相争的需要"[1];并强调这种人为的对立是不可取的,诗人应当不受任何权势的规范。西渡[2]则针对于坚近期发表的一系列文章,认为他所提到的命题存在盲点,并从"西方资源"与民族传统、民间立场、诗歌不是常识、语言(口语/普通话/方言)四个方面,提出了个人看法。臧棣则在《当代诗歌中的知识分子写作》[3]中,针对谢有顺《内在的诗歌真相》和沈奇的《秋后算账》这两篇文章的回应,对这两篇文章中历数的"知识分子写作"的"罪状"进行了驳斥,并指出这是一种有意的丑化行为。

面对论争中很多评论家和诗人都将张曙光列入"知识分子写作"行列的现状,张曙光在《90年代诗歌及我的诗学立场》[4]一文中表达了自己的看法,他认为这是一个误会,自己虽然不否认知识分子的身份,但是却不认同自己属于"知识分子写作"。同时,张曙光也认为"知识分子写作"的这一理论有着一定的局限性,诗人在拥有知识分子身份的同时也应当超越这一身份。对"民间写作"的说法,张曙光予以了严厉的批评,他认为提出这种说法的人带有强烈的功利性,这种提倡对诗坛的发展有害而无益。而"民间写作"只能算是一种"姿态",自身也存在着很多的逻辑性矛盾。虽然,倡导"民间写作"写作姿态有益于诗坛多元化,但是对这场论争张曙光却表现出了极大的反感和厌恶。

除此之外,也有一些针对诗歌理论的探讨之声。张清华则在《90年代诗坛的三大矛盾》一文中,从"自由与秩序""诗学与写作""个人写作"三个方面,指出了1990年代诗坛从诗歌创作到诗歌理论中存在的问题。姜涛则认为"这次与出版、学术均有所挂钩的'反思论战'背后,运作的是诗歌象征资本和话语权力的争夺"[5],此外更为重要的是,这次微妙的"诗歌政治"也暗示出

---

[1] 王家新:《知识分子写作,或曰"献给无限的少数人"》,《诗探索》1999年第2辑,第43页。
[2] 西渡:《面对几个问题的思考》,《诗探索》1999年第2辑,第53—67页。
[3] 载《诗探索》1999年第4辑,第1—6页。
[4] 载《诗探索》1999年第3辑,第49—55页。
[5] 姜涛:《可疑的反思及反思话语的可能性》,《诗探索》1999年第3辑,第56页。

当代诗歌进程的某种结构性矛盾以及诗歌自我想象的分歧。因此,他采取了对论争背后所涉及的想象方式、修辞策略进行必要的知识清理。

在众多的争鸣文章中,尤其值得重视的是王家新的《从一场蒙蒙细雨开始》[1]一文,该文是《中国诗歌九十年代备忘录》一书的代序。这篇文章最初发表在《诗探索》1999年第4辑上,随后还被刊发在《读书》和《淮北煤师院学报(哲学社会科学版)》。《从一场蒙蒙细雨开始》一文虽然也针对"民间写作"的质疑,为"知识分子写作"作了澄清,但是更重要的是,王家新在文中对1990年代以来的诗歌态势进行了深度的澄清和辨析。基于对1990年代诗歌的基本认识,他不仅对这场"论争"的不良影响进行了客观的总结,并呼吁诗歌阅读和诗歌批评能够回到一种"独立的、负责任的、专业化的批评上来,或者说回到一种首先面对诗歌和文本而不被一些理论和派别之争有所干扰的阅读和研究上来"[2]。同时,该文从一种相对开阔的视野倡导对"个人写作"的认知,自觉维护诗歌多元化的局面,并坚定对诗歌精神化和诗歌纯正品质的追求。在这些论争的应答中,除了对自身诗歌理念进行申明外,也内含着对1990年代以来诗坛状况的审视和清算。对这些看似罔顾论争的言说,他认为"应该从中国当代诗歌进行自我建构的更为开阔的背景,来理解其深层的诗学内涵"[3]。

1999年11月,《诗探索》与《中国新诗年鉴》联合主办了'99龙脉诗会,"知识分子写作"一方的缺席使得这次会议成了"民间写作"的"独角戏"。持"知识分子写作"立场的诗人及评论家们对龙脉会议的缺席,实际上已经反映出他们对这场论争的疲倦与否定。就在论争的高潮基本已经过去的时候,由于王家新和孙文波合编的《中国诗歌九十年代备忘录》一书的出版,论争再度受到了

---

[1] 王家新的《从一场蒙蒙细雨开始》最初发表于《诗探索》1999年第4辑上,该辑出版时间为1999年12月。后该文改题名为《从一场濛濛细雨开始》,作为《中国诗歌九十年代备忘录》一书的代序,该书由王家新、孙文波编著,人民文学出版社于2000年版。
[2] 王家新:《从一场蒙蒙细雨开始》,《诗探索》1999年第4辑,第13页。
[3] 张桃洲:《现代汉语的诗性空间——新诗话语研究》,北京大学出版社2005年版,第219页。

重视[1]。面对这本合辑，沈奇在2000年第1—2辑的《诗探索》上发表文章《中国诗歌：世纪末论争与反思》对该书的编选表达了强烈的不满。尽管王家新随即在同年第3—4辑的《诗探索》上发表了回应文章《纪念一位最安静的作家》，但是这场看似要再次燃起的硝烟却逐渐熄灭了。

随着"盘峰论争"的逐渐偃旗息鼓，《诗探索》的《诗坛态势剖析》一栏也开始缩减相关评论。2001年第1—2辑上，刊发了陈旭光的《"现实问题""语言资源""向上的路"与"向下的路"——世纪之交诗坛态势之旁观者言》。陈旭光在这篇文章中以一个一直密切关注论争却又"迄今没有介入的诗评者"[2]的身份，对这场论争作了"旁观者"式的客观总结。刊发这篇文章，基本上可以视为《诗探索》对该事件的收尾。陈旭光在该文中指出，论争的焦点集中在语言资源和现实问题上，"这些问题都称得上是本世纪新诗开始其历史进程以来屡屡聚讼，不断引发争议的，关乎新诗的立足点、本体依据和发展方向等的重要问题"[3]。在陈旭光看来，导致双方对立的矛盾症结并非实质性的存在。生活是任何艺术的本源，而语言资源的重点在于"诗人主体对现实的深入和现实之诗性转化（袁可嘉称为"艺术转换能力"）的成功与否，而这成功与否应该说与是否翻译语体或是口语体并无直接的关系"[4]。并且，书面语与口语之间并不存在鸿沟，而是处在相互影响与转化之中。就"知识分子写作"与"民间写作"二者的关系，陈旭光认为，应当共存而非一争高下，在多元时代下诗歌也应当多元化。

---

[1] 2000年3月28日，《社科书目·阅读导刊》以《诗坛再次爆发战争》为总题，刊发谷昌君《"知识分子写作"或曰"新左派"——〈中国诗歌九十年代备忘录〉导读》、沈浩波《真正的民间精神之光》、中岛《一场蓄意制造的阴谋》。

[2] 陈旭光：《"现实问题""语言资源""向上的路"与"向下的路"——世纪之交诗坛态势之旁观者言》，《诗探索》2001年第1—2辑，第58页。

[3] 陈旭光：《"现实问题""语言资源""向上的路"与"向下的路"——世纪之交诗坛态势之旁观者言》，《诗探索》2001年第1—2辑，第59页。

[4] 陈旭光：《"现实问题""语言资源""向上的路"与"向下的路"——世纪之交诗坛态势之旁观者言》，《诗探索》2001年第1—2辑，第62页。

作为《诗探索》的主要编辑成员,陈旭光的观点从某种意义上也代表了《诗探索》的立场。从"盘峰诗会"的会议实录上,我们可以看到,无论是主编吴思敬,还是主要编辑成员林莽、刘福春,都认为双方并非是对立的,并且倡导着二者的互补和相互促进。吴思敬也公开发文,表达了自己的看法。在吴思敬眼里,"'知识分子写作'与'民间写作',它们各自强调了诗歌创作的一个侧面,有其各自的合理性,也有各自的局限性,理应和睦相处,互相学习、互相竞争"[1],之所以会吵得不可开交,一方面是因为带有情绪,另一方面是因为处于非此即彼的两极思维模式之中。实际上,二者之间并非对立的,就创作实际而言,也不存在不可逾越的鸿沟,应当实现互补。事实上,在纷繁的诗歌流派中,《诗探索》从来都不是某一方的声援者,它想做的始终是拨开现象的迷雾向内看。通过理论研究、观点争鸣,不断贴近诗歌本质,探索诗歌思想艺术的前进和变革,这便是《诗探索》的立场。正如谢冕在纪念《诗探索》创刊30周年的座谈会上所言:

《诗探索》的立场是坚定的,它选择了前进和自由,《诗探索》不想充当某一诗歌流派的代言人,也不谋求成为某一种风格的鼓吹者。它矢志不移地为诗歌思想艺术的前进和变革而贡献热情和智慧,它始终不渝地与探索者站在一起。[2]

尽管"盘峰论争"存在着一些非诗成分:一方面带有诗坛话语权的色彩,另一方面部分争论文章脱离了诗学本身,显示了无价值的意气之争的倾向。但是这场论争也使得当代诗歌发展中所积攒的矛盾和问题得以暴露,同时也反映了诗歌与诗歌批评之间需要保持良性的平衡。在这场论争之后,中国当代诗歌在进入新世纪以来,也展现了多元化的融合与共生状态。2014年,林莽在选编《诗探索》(作品卷)时,便曾以"盘峰诗会"前后为起点,推荐了一批近十

---

[1] 吴思敬:《裂变与分化:世纪之交的先锋诗坛》,《文艺研究》2000年第6期,第24页。
[2] 谢冕:《为梦想和激情的时代作证》,《诗探索·理论卷》2011年第2辑,第4页。

几年来的新诗佳作:"'盘峰诗会'应该是中国新诗历史上的一个节点,在这之前,我们的新诗经历了 20 世纪 20 年代的起步;30 年代的第一次高潮;40 年代因战争、动荡而导致的相对低谷;五六十年代的社会约束,十年'文化大革命'的摧残;80 年代的第二次高潮;90 年代社会变革影响下的式微;'盘峰诗会'之后,新世纪以来的新诗回暖,呈现了多元共生的新局面。"[1]这场看似偶然却实则不可避免的世纪末大争论,实际上也宣告了真正意义上的"个人化写作"时代的全面到来和"权威"的逐渐远去。

---

[1] 林莽:"编者的话",《诗探索·作品卷》2014 年第 1 辑,第 34 页。

第五章 "始终站在诗的前沿":新世纪以来的《诗探索》

当世纪的钟声响起的时候,一个全新的诗歌时代也正逐步向我们走来。尽管中国当代新诗在新世纪到来之后,依然处于"边缘化"的状态中,但是由于时代的发展和进步,新诗发展在步入新世纪以后也开始表现出新的时代特点。尽管2000年并不能成为某种诗歌发展阶段代际划分的符号,但是却在时间上代表着新世纪的到来,成为一定意义上的"新世纪"的象征。对于诗歌发展而言,新世纪仅仅只是时间上的概念,诗歌发展并不因为进入新世纪的时间轴中而出现某种新的化学反应。但是,一方面由于互联网在1990年代中期开始在中国兴起并得到发展,并在新世纪初期表现出了愈来愈强大的媒介功能;另一方面"盘峰论争"后诗坛出现了多元化的发展趋向,民刊更是蓬勃发展[1]。中国当代新诗的传播媒介和途径发生了颠覆性的变化,网络更是从创作、传播和阅读上为诗歌的发展带来了颠覆性的变革,从而导致当代诗歌在进入新世纪以后的确主动或者被动地增添了许多新的元素,呈现出复杂的面貌。

然而,在新世纪初期很长一段时间里,《诗探索》却再次遇到了出版危机,这也是《诗探索》一直以来面临的艰难处境,但是编辑团队却从未轻言放弃。正如谢冕在《〈诗探索〉改版弁言》中所言:

---

[1] 详见王士强:《诗歌民刊与网络诗歌的"崛起"——诗歌传播方式变化之于新世纪诗歌的意义》,《天津大学学报(社会科学版)》2010年第5期,第454—457页。

《诗探索》的经济来源主要来自民间的资助,它的所有编辑都是志愿的、业余的和无偿的。这样的一个严肃的、高雅的、致力于诗歌理论批评的出版物,在如此艰苦的处境下竟然生长和坚持了这么长的时间,这在今日中国可算是一个奇迹了。诗歌的探索还在继续,《诗探索》的工作当然也要继续。《诗探索》的同人自出版之日起,就已下了决心,不论多么困难,我们都要坚持。所以,尽管多年以来情况多变,《诗探索》几易出版社,不到山穷水尽,我们总是挣扎着让它存活下来。[1]

由于经济原因,《诗探索》在出完1999年第4辑后,便结束了与中国社会科学出版社的合作;自2000年起,转入天津社会科学院出版社,尽管找到了新的出版社,但是出版的状况却不容乐观。由于资金匮乏,2000年至2004年间,《诗探索》不再以每年四辑的形式出版,而改为每年只出两本合辑。作为一本贴合时代发展、观照诗坛动态的诗歌理论刊物,这样的出版频率对刊物的影响可想而知。《诗探索》2005年进入时代文艺出版社,在诸多因素的促成下进行了改版,实行理论卷和作品卷并行的发展路线。在《〈诗探索〉改版弁言》中,谢冕就《诗探索》的改版原因[2]及未来发展规划[3]进行了说明。在改版后的规划上,一方面理论卷将继续坚持理论研究的稳健风格和态度鲜明的理论立场,保持学人刊物的学理性,克服理论锐气和敏感性减弱的影响,高举思想艺术创新气质;另一方面在介绍诗人、解读作品理论研究之上,结合诗歌作品的

---

[1] 谢冕:《〈诗探索〉改版弁言》,《诗探索》2005年第1辑(理论卷),第1—2页。
[2] 谢冕在《〈诗探索〉改版弁言》中提到:"我们在21世纪的第五个年头决定改版,固然有生存方面的实际考虑,更着眼于进一步推进诗歌理论批评的深度和广度,致力于进一步支持和加强诗歌思想艺术的探索精神,并且更为具体而深入地介入诗歌创作的实际。"
[3] 谢冕在《〈诗探索〉改版弁言》对创办诗歌作品卷的缘由作了详细说明:"《诗探索》作为理论批评的专业出版物,它的对象是诗人及其作品,但它的立足点和最后旨归仍然是对于创作现象的抽象的归纳和概括。尽管我们过去曾经通过介绍诗人的工作或解读作品等方式,力图建立起理论和创作之间的桥梁,但由于毕竟不是直接的作品展示,而使我们往往有力不能及的遗憾。正是基于此种认识,改版的《诗探索》准备直接介入诗人的创作及其作品的展示,这是一种大胆而充满风险的举措,以理论卷配套作品卷的方式出版。"

直接展示，更加直接地介入诗人的创作和作品，并且特别强调作品卷的"与众不同"[1]。这种"与众不同"既指诗歌作品具有独特作用和价值，也指诗歌作品具有鲜明的创新精神，既不平庸也不猎奇。

但是由于特殊原因，改版初期的《诗探索》被大量积压，有效出版的数量比较有限。2007年转入九州出版社之后，出版逐渐得到改善，2010年后才恢复每年四辑的出版频率并逐渐好转，呈现出越来越好的发展态势。在2010年第1辑（理论卷）中，"编者的话"也明确表达了《诗探索》在新世纪以来诗歌探索的方面的追求方向：

> 《诗探索》自2007年由九州出版社出版以来，一直每年出版两辑，每辑理论卷、作品卷各一册。由于出版的间隔较大，版面容量有限，一些时效性强的话题很难展开及时的讨论，不少很有学术品位的稿件也只能割舍。编辑部一直有扩版的想法，读者也有这方面的呼吁。最近在天问文化传播机构的支持下，《诗探索》扩版的愿望终于可以实现了。从2010年起，《诗探索》每年出版4辑，每辑仍为"理论卷""作品卷"各一册。扩版以后的《诗探索》，增强了时效性，为开辟新的栏目，寻找新的话题，密切关注当下诗人的创作和理论家的动态，创造了条件。我们希望扩版以后的《诗探索》，既关注诗歌历史又关注诗歌现场，既提倡学术性又提倡公共性，既注重经典性又注重先锋性，以新的面貌为诗人、诗评家和诗歌界提供一个对话、交锋和反思的平台。[2]

---

[1] 谢冕在《〈诗探索〉改版弁言》中对"与众不同"作了详细说明："不仅是要和已有的和将有的诗刊予以区别，而且还必须体现他人不可替代的独特作用和价值。首先是必须遴选在思想内涵和艺术方式上体现明显的创新精神的作品。它应当让人耳目一新，必须给人以启示，并被记忆所保留。《诗探索》作品卷不发表平庸的作品。它不炫奇，更不浅薄地'追新'，却始终支持勇敢而大胆的创新。它有极大的包容性，包容有价值的、有创意的、'正统'的和'另类'的，也包容新、奇、怪在内的一切佳作。"

[2] "编者的话"，《诗探索·理论卷》2010年第1辑，第1页。

尽管在将近十年里，《诗探索》只能保持较低的出刊频率，但是它始终秉持着创刊时的初心，紧贴着不断变化、起伏着的新诗脉搏。无论情形如何发生变化，它始终坚持做"在场"的诗歌观察先锋，维持对诗歌经典性的研究，坚持"以多元求共存，以竞争求发展"：

> 《诗探索》不支持单一的和单向的艺术格局，它深知，艺术世界从来都是复杂的、多向的甚至是混杂的，只有后者才是常态，反之则是异态。以多元求共存，以竞争求发展。[1]

正是在这样的思想指导下，新世纪以来的《诗探索》也紧贴诗歌发展动态。它一面继续为诗歌发展进步而锐意探索，通过专栏编选、刊发，对新诗发展的热点问题给予了高度重视；一面维护和发扬中国诗歌的伟大传统，不仅继续完善着诗歌理论建设的版图，还增设了作品卷，努力搭建起诗歌理论与诗歌创作的桥梁，并试图总结新诗百年来的成就和局限，探讨新诗适应当代社会的发展之路，促进新诗繁荣，正如编者们给予《诗探索》的自我定位一般——"始终站在诗的前沿"。

第一节 "在场"的诗歌批评

新世纪以来，伴随着经济全球化、市场化的深入发展，诗歌发展也面临着全新的生态环境。面对大众文化的异军突起，新诗一方面面临着巨大的挑战，另一方面也在某些方面成为经济发展下的受益者。互联网的全面普及，诗歌环境发生着剧变：诗歌创作参与面扩大，诗歌传播速度提高，诗歌"热点"频繁，诗歌刊物增多，诗歌资助增加，诗歌奖项丰富，诗歌研究机构纷纷建立……在这样的生态环境中，新诗创作也表现出了复杂的面貌，经济的迅猛

---

[1] 谢冕：《为梦想和激情的时代作证》，《诗探索·理论卷》2011年第2辑，第4页。

发展也让静下心来读首诗成为金钱难以换置的宝贵财富。诗歌创作作品众多，虽然不乏佳作，但总体而言有效率却大为下降。在强调自由、个人化的发展之路上，诗歌展现出复杂、多元的面貌。"抢眼"的话题、热闹的议论、非诗的成分以及失去"自我"的表达等，也让诗歌呈现出了冲淡智性思维和美学思考的失衡状态。

一、诗歌刊物何为？

在这样的情境下，诗歌何为？诗歌刊物何为？这些也是众多批评家关注的中心话题。纵观新世纪以来的诗歌生态，不难发现，诗歌刊物犹如雨后春笋一般，数量大幅度增加。相比于新世纪之前，诗歌刊物寥寥无几的贫乏局面[1]，陈超将新世纪称为"中国当代诗歌就发表场地的开阔性而言，应该是处于历史上的最好的时期"[2]。这种最好的时期，正如吴思敬在《仰望天空与俯视大地——新世纪十年中国新诗的一个侧面》所言：

> 进入新世纪后，由于国力的大增，相关机构与诗人们有可能把部分财力投入诗歌事业中来。企业家中的诗人骆英、阎志、潘洗尘等，大手笔地资助诗歌事业，不仅是由于他们的经济实力，更是由于他们有一颗对诗歌的爱心。在这种背景下，各诗歌刊物普遍扩版增刊。2002年起《诗刊》首创"下半月刊"，此后各刊纷纷效仿，双月刊变月刊，月刊变半月刊，一刊变两刊，甚至变三刊。还有一些诗刊是由原有的综合性文学刊物中派生出来的，如由大型文学刊物《江南》派生出来的《诗江南》。此外还

---

[1] 吴思敬在《仰望天空与俯视大地——新世纪十年中国新诗的一个侧面》一文中曾描述道："从建国到'文革'结束近30年间，我国仅出现过两家诗歌刊物，一家是中国作家协会主办的《诗刊》，由1957年创刊到1964年只存在了八年；另一家是四川作协办的《星星》，就更为短命，由1957年勉强支撑到1960年。新时期以来，公开发行的诗刊诗报增加到十余家，这在新诗史上已是前所未有的了。"

[2] 陈超：《新世纪诗坛印象：诗歌精神和当代言说》，《当代作家评论》2012年第2期，第168页。

诞生了由出版社编辑出版的诗歌辑刊，如《中国诗人》《新诗评论》《星河》《中国诗歌》等。至于由民间诗歌社团或诗人个人自费印刷、内部交流的诗歌报刊，更如春草到处蔓延。

虽然诗歌发表场地似乎"繁花似锦"，但是新诗批评在进入新世纪之后所表现出的样貌却似乎不尽如人意。霍俊明曾用"单行道"来形容新世纪以来诗歌批评的状态："在越来越多元化的写作年代，众多的诗人在交错的路径上寻找自己的诗歌理想，然而诗歌批评却仍然在单行道上自恋地奔走或止步。"[1]在霍俊明看来，当下的诗歌批评，或者远离诗歌现场，或者是隔靴搔痒，并没有论及诗歌现象的实质问题。[2]这一观点在张德明的《新世纪诗歌八问》中找到了共鸣。张德明在这"八问"[3]里，也对新世纪诗歌批评、新世纪诗歌刊物发出了质询之声，毫不留情地将新世纪诗歌发展中存在的问题暴露出来。张德明将新世纪诗歌批评的失语状态，视为新世纪诗歌生态出现问题的突出表现之一。诗歌批评进入新世纪之后之所以失语，其症结在于虽然身在诗歌批评场域之内，但在实际上却"隐于市"了。从批评心态上而言，这种直击要害，针尖对麦芒的争鸣不再有了；既保持客观距离，又密切关注诗学实质的冷峻观察变少了；有的甚至是以表面和气为筹码，换取共同利益，互惠互利：

---

[1] 霍俊明：《并未消失的单行道——新世纪十年诗歌批评的问题与思考》，《文艺评论》2010年第2期，第29页。

[2] 霍俊明在《并未消失的单行道——新世纪十年诗歌批评的问题与考察》中提到："批评文章和批评者之间尽管时时显现出圈子式的集结和吹捧，但是基本上批评文章和批评家之间已经很少互通有无，往往是自说自话、自言自语，所以这一时期以来真正的有意义的诗歌争鸣和论争并未出现。而这在笔者看来显然是不正常的现象，因为新世纪以来中国的诗歌写作无论是在生产、发表、传播和接受方式上都与此前的诗歌有明显的变化。"(《文艺评论》2010年第2期)

[3] 张德明在《新世纪诗歌八问》一文中，提出了"新世纪诗歌的先锋性合在""新世纪诗歌的民间性何在""新世纪诗歌创作的难度意识何在""新世纪诗歌的伦理底线何在""新世纪诗歌刊物的平庸性何时终结""新世纪诗歌奖项为何如此泛滥""新世纪诗歌的审美标准是什么""新世纪诗歌批评的锋芒哪去了"。

诗歌批评已不再扮演质检员、检察官和主治医生等角色，不再对新世纪以来出现的各种不良诗歌现象、诸多不好的诗歌文本进行大胆的揭示和直言不讳的批判了。如今的诗歌批评家多是诗坛的和事佬，他们通常与诗人之间保持着合作共赢、互惠互利的友好关系，在诗歌名利场里共同维持着利益分享、相安无事的稳定局面。基于此，新世纪诗歌批评一定程度上成了人情稿、关系稿、捧场稿、表扬稿的代名词，有些批评家在自己的批评实践中，只是一味地说好话、戴高帽、做表面文章，真正指出问题、点到要害、痛下"杀"手的批评显得少之又少。[1]

王珂、陈卫也在《新诗研究必须重视技法——21世纪中国现代诗第五届研讨会暨"现代诗创作研究技法"学术研讨会分类综述》中，提出了新诗研究进入新世纪以来出现的问题：

尽管新诗研究成绩巨大，但是仍然存在问题，如研究者的偏执、研究方法的落后、理论缺乏操作性等。新诗研究界存在问题，新诗评论界更存在问题。改革开放使中国人富了起来，很多人有了写诗的物质条件。随着新诗作品的大量出现，新诗评论也越来越多。诗评界却出现了"商业化""功利化"倾向，诗评家的生态环境越来越差，甚至可以说行风堪忧！诗评界需要"洁身自好"，诗评界需要"行业自律"。[2]

虽然也有学者认为，新世纪诗歌不过才发展十几年，如此定论尚且有些为时过早，但是我们也应看到，新世纪诗歌从创作到批评，在发展初期确实也在经济、互联网等因素冲击之下，遇到了一些可能很难避免的问题，甚至不妨称之为新诗必经的成长之路。在这条路中，诗歌批评的引领则尤为重要，如果

[1] 张德明：《新世纪诗歌八问》，《创作与评论》2014年6月号（下半月刊），第48页。
[2] 王珂、陈卫：《新诗研究必须重视技法——21世纪中国现代诗第五届研讨会暨"现代诗创作研究技法"学术研讨会分类综述》，《廊坊师范学院学报（社会科学版）》2010年第4期，第2页。

说批评家的力量是相对孤独的,那么诗歌理论刊物则能以专栏、刊物等方式聚集力量,向拥挤的诗坛内部吹进一股醒神的凉风。那么诗歌刊物进入新世纪之后,在除了在数量上大有增长外,又呈现出了怎样的面貌呢?张德明也在此表达了自己的看法。在他看来,新世纪绝大多数诗歌刊物都是"相当平庸的,毫无个性和特色可言,在读者心中已很难唤起求购的欲望和阅读的热情了"[1]。大时代背景下,诗歌氛围发生了转变,由于大多数刊物本身缺乏卓越的艺术追求、勇于探索的先锋精神,因此相比于1980年代广受读者追捧的诗歌刊物,新世纪诗歌刊物平庸了许多。因此,他也给出了一些建议:诗歌刊物应当梳理自己独特的诗学标签;精细筛选诗歌作品,提高刊物品位和档次;栏目设置应当有亮点。新世纪诗歌尚在发展,诗歌刊物也在发展,对新世纪前20年的诗歌刊物的整体评价,笔者尚且无法定论。但是,就诗歌刊物发展而言,独有的诗学观念、长远的诗学规划、高标准的刊发原则、诗歌编辑的历史使命感和工作责任心、足以体现诗歌美学追求的栏目编排,可以成为一本好的诗歌刊物的特点之一。

《诗探索》进入新世纪以来,也经历着自身的变革,从原本的诗歌理论刊物转身为理论卷与作品卷配套出版的形式,虽然有生存方面的实际需求和考虑,但是更着眼于推进诗歌理论批评的深度和广度,加强诗歌研究的探索精神。在诗歌作品卷的遴选和刊发上,它坚持着改版以来的初衷:"不仅是要和已有的和将有的诗刊予以区别,而且还必须体现他人不可替代的独特作用和价值。首先是必须遴选在思想内涵和艺术方式上体现明显的创新精神的作品。它应当让人耳目一新,必须给人以启示,并被记忆所保留。"[2]

在理论研究方面,《诗探索》依然保持着探索的精神,时刻紧贴着新诗发展的律动,给予适时的观照。作为学人编选的出版物,《诗探索》始终坚持着"科学的立场和理性的精神,高举思想艺术创新的旗帜,勇于和善于寻找和探

---

[1] 张德明:《新世纪诗歌八问》,《创作与评论》2014年6月号(下半月刊),第43页。
[2] 谢冕:《〈诗探索〉改版弁言》,《诗探索》2005年第1辑(理论卷),第2页。

索新的、更多的可能性"[1]。这种学理性和理论敏感性,则主要体现在自创刊以来,一以贯之的丰富栏目景观之中。新世纪之后,《诗探索》通过特色专栏的编排设计,对新诗进入新世纪之后的重点现象和动态给予了最大限度的关注,并形成了独具特色的系列专栏,呈现了一种"在场"的诗歌批评动态。

二、丰富"中生代"诗学研究

(一)推出《中生代研究》专栏

2004年,《江汉大学学报》(人文科学版)创设《现当代诗学研究》专栏,该专栏旨在"对20世纪以来汉语新诗理论、诗潮、流派、现象和新诗文本进行诗学意义上的专题研究,栏目将长年不间断地集成当下具有创造力和深邃视野的诗界学人的研究成果,呈现多层、多维、多元的诗歌观念和艺术方法的学理演化,以实质性地推动中国新诗诗学研究的深入开展"[2]。由诗人刘洁岷策划,诗人、批评家臧棣和张桃洲主持的《江汉大学学报》《现当代诗学研究》栏目,在2005年第5期推出"关于'中生代'诗人研究"专题。在"编者按"中,他们对"中生代"这一命名进行了如下阐释:

> 1990年代中期以后,一个诗歌写作群体悄然形成。这个我们命名为"中生代"的诗人群体,以1960年代出生的诗人为主,他们的写作大多开始于1986诗歌大展前后,1990年代中期引起关注。相对于"朦胧诗""第三代"诗歌运动的横空出世,这代诗人的理论主张与诗歌文本更内在、驳杂,缺乏鲜明、易于概括的特点,是当代新诗潮"后革命"期的产物;其精神背景是1980年代末和1990年代初的社会转型,与"朦胧诗"的"文

---

[1] 谢冕:《〈诗探索〉改版弁言》,《诗探索》2005年第1辑(理论卷),第2页。
[2] 朱现平、刘洁岷:《特色栏目:〈江汉大学学报〉寻求质的突破——"现当代诗学研究"的创设与拓展》,载江汉大学现当代诗歌研究中心主编:《群峰之上"现当代诗学研究"专题论集》,长江文艺出版社2011年版,第703页。

化大革命"背景、"第三代"诗歌的"改革开放"背景迥然有别。

由于这批诗人艺术观念、美学风格、修辞手段等等的各不相同,在诗歌技艺上更综合化,文本呈现上又更个人化,因而中生代研究必须建立在具体的具有代表性诗人及其作品的深入研究、梳理与把握之上,否则难以获得有价值的指认与确立。中生代诗歌具有"非代性"这种悖论性特征。

"中生代"借用的是一个地质学名词。中生代诗歌与70后、80后等按时序划分的表象化命名无关,它的成立很大程度上与当代诗歌经历了整个1990年代沉闷、黯淡的孕育和摸索有关,有人曾将之命名为"中间代",这一说法不甚缜密和科学,也不具备质朴、准确与有启示性的特质。[1]

该专栏着重刊发了荣光启《"中生代":当代诗歌写作中的一种"地质"》一文。在这篇文章中,荣光启追溯并梳理了"中生代"命名的由来,分析了命名的合理性和必要性,并且从这一类诗人与"第三代""70后"诗人迥异的精神背景和写作取向、文本价位等方面思考问题,探悉了"中生代诗人"的"非代性"和个人化风格,重在强调他们的写作状态和"一种与诗歌本体的探寻有关的写作的精神、质地"[2]。该专栏及荣光启的《"中生代":当代诗歌写作中的一种"地质"》一文逐渐引起了诗歌界的关注。

2007年3月9日至11日,"两岸中生代诗学高层论坛暨简政珍作品研讨会"在北师大珠海分校隆重召开。"中生代"成为诗坛的热点话题,引起多家诗歌刊物的重视。《诗探索》虽然还未设立理论研究专栏,但是已经开始为后期的《中生代诗人研究》专栏蓄势。2007年,《诗探索·理论卷》第1辑在《女性诗歌写作研究》《关于驻校诗人路也》《结识一位诗人》《姿态与尺度》等不同栏目中,推介了荣荣、潘维、路也、林莽、胡的清、马莉。在"编者的话"中,编

---

[1]《江汉大学学报(人文科学版)》第24卷,2005年第5期。
[2] 荣光启:《"中生代":当代诗歌写作中的一种"地质"》,《江汉大学学报(人文科学版)》第24卷2005年第5期,第27页。

辑团队也直截了当地表明了这样安排的意图：

> 这几位诗人均属于"中生代"诗人，希望能引起大家对当下诗坛中年写作的重视。自本辑起，《诗探索》理论卷与作品卷同时推出。《诗探索》理论卷重点推介的诗人，同辑作品卷也编发了他们的相关诗作，读者可以参阅。

《诗探索》不仅在理论卷中对"中生代"诗人进行了单独的研究，同时还在作品卷中推出了重点推介的诗人作品。可见，在面对"中生代"这个重要诗学话题时，《诗探索》保持了理论的灵敏度，尽管主编吴思敬早已关注并从个人角度介入了"中生代"研究，但是《诗探索》并没有在第一时间设置专栏对此话题进行讨论，而是选择了以推出多篇"中生代"诗人论和诗歌作品的方式，在"编者的话"中提醒读者关注"中生代"诗人。

2007年5月，《西南大学学报（社会科学版）》在《中国现代诗学》栏目下，一连刊发了2篇[1]探讨"中生代"的文章，在栏目《主持人语》中，有如下表述：

> "中生代"，是近年诗学界提出的一个概念。按照一般的说法，"朦胧诗"以前的诗人被认作"第一代"，或者叫"前行代"，"朦胧诗"被称作"第二代"，而中生代则是在"第三代"和"70后"的新生代之间的一代，一般指60年代前后出生的诗人。他们也被称为"中间代"——在"朦胧诗"和"70后"之间。据说他们的作品既有别于"前行代"的沉重叙事，又有别于"70后"的轻逸想象。"朦胧诗"的精神背景是改革开放，而中生代的精神背景则是社会的文化转型，所以在审美情趣和语言理想上都别有开

---

[1]《西南大学学报（社会科学版）》在《中国现代诗学》栏目下刊发了子张的《"中间代"或"中生代"：诗人自我意识的一种方式》和沈奇的《"意象的姿容"与"现实的身影"——简政珍诗歌艺术散论》。

拓。"代"具有"时间"的内涵，是就创作主体的辈分而言；同时，"代"也具有"类"的特征，因此也是就诗学层次上的代际共同性而言。对崛起于80年代、成名于90年代的这个诗人群，在命名上的确有相当的难度，主要是由于他们的"非代性"。但是这些诗人的确是当下诗坛的中坚，对于诗学界，这是一个避不开的课题。本期发表子张和沈奇的有关论文。子张对于"中生代"的命名问题做出了阐述，沈奇的论文则是对中国台湾中生代的代表诗人简政珍的研究，供读者参阅。

从"主持人的话"中不难看出，《西南大学学报（社会科学版）》在"中国现代诗学"中对"中生代"的命名、阐释等问题上，更多地表现出了对前者讨论的认同，出现了以典型诗人为例的中生代诗人论研究。《文学评论》随即在7月刊发吴思敬《当下诗歌的代际划分与"中生代"命名》，这篇文章发表后，引起了诗歌界更为广泛的关注。吴思敬将代际划分视为文学史叙述中的重要课题，在文中探讨了"中生代"命名的由来和依据。在吴思敬看来，"中生代"既不是流派概念，也不是诗群概念，而是一种"断代的时间概念"[1]，大致可以定位于20世纪50—60年代出生的诗人。这一命名的重大意义在于适应了诗坛发展的当下需要：首先是对当代诗歌进行宏观描述的需要，其次是沟通诗歌创作与研究的需要，最后是消解诗坛"运动情结"和化解形形色色的山头的需要。

《南方文坛》在2007年9月第5期上刊发了朱寿桐的《中生代诗人的群体焦虑与诗性自觉》。在界定"中生代诗人"这一概念时，朱寿桐认为："时间因素原不应视为决定性的因素，必须从这一批诗人共同的志趣和类似的诗性自觉寻找他们的同代依据。这就是说，'中生代'虽然是个断代概念，时代性的考量在所难免，但与一个时代诗人的整体风貌和群体品性相比，时间外延的确定并不如通常想象的那么重要。"[2]这篇文章跳出了单纯的时间代际划分，主张

---

[1] 吴思敬：《当下诗歌的代际划分与"中生代"命名》，《文学评论》2007年第4期，第178页。
[2] 朱寿桐：《中生代诗人的群体焦虑与诗性自觉》，《南方文坛》2007年第5期，第28页。

在时间因素外，从诗人群体的诗性自觉上探索群体特性，并强调中生代应当是"一种写作状态，一种诗人生活和诗歌运作的特定状态"[1]。因此，他提出与其在时间因素上争鸣不断，不如将研究的目光放到对其写作特征的研究上。

多家刊物对"中生代"话题展开探讨，"中生代"研究在诗坛引起关注。《诗探索》仍然选择了以推出"中生代"诗歌作品的方式，带领读者先了解、感知"中生代"诗歌作品的特点。2007年第1期作品卷除了配合了理论卷完成对部分"中生代"诗人的作品推介外，还在"文本内外"一栏中刊发了生于1949—1969年的13位诗人的作品。"编者的话"强调了这13位诗人的作品，是"以一种时段的形式集合"[2]。实际上，《诗探索》已经通过诗人和作品选编，向读者传递了"中生代"在时间代际上的基本范畴和概念。此外，本辑专门刊发了黄梁的《诗人何为？——台湾中生代十三家诗选编选导言》，在这篇导言中，作者已经不再在时间因素上单纯地去定义"中生代"了，而是把重点放在了语言策略的差别和主题的异同上："台湾中生代（1949—1969）十三家诗选，企图反映台湾近二十年来在文化、社会激烈变动的挑战下，诗人究竟以文字在探索什么？他们的诗学倾向与语言准则又是什么？"[3]

如果说，多家报刊是以单篇发表的形式在诗坛引起了一定的反响，那么《诗探索》则以专栏的形式，正式拉开了《中生代诗人研究》的大幕。相比于其他诗歌刊物的临时讨论，《诗探索》的《中生代诗人研究》以理论研究和诗人论相结合的形式，从2007年起一直延续至今，不仅仅是将其作为某一时期的诗学话题，而是基于"中生代"诗人研究自身的重要诗学价值，将其作为一个既具有代际意义又对当前诗歌的发展有重要影响的重点诗学话题，进行了长期的动态追踪研究，形成了不断完善的诗人论研究版图。正是在这样的努力之下，《中生代诗人研究》也成为《诗探索》新世纪诗歌批评活动中不容忽视的风景。

---

[1] 朱寿桐：《中生代诗人的群体焦虑与诗性自觉》，《南方文坛》2007年第5期，第28页。
[2] "编者的话"，《诗探索·作品卷》2007年第1辑，第1页。
[3] 黄梁：《诗人何为？——台湾中生代十三家诗选编选导言》，《诗探索·作品卷》2007年第1辑，第118页。

《诗探索》的《中生代诗人研究》栏目，主要是选取了"中生代"诗人的典型代表，以诗人研究为主；此外，还分别在 2008 年和 2013 年主要有两次大的讨论，第一次在 2008 年，第二次发生在 2014 年。

2008 年，《诗探索》在第 1 辑理论卷中设立《中生代研究》专栏，一方面是对 2007 年 3 月在珠海举办的"两岸中生代诗学高层论坛暨简政珍作品研讨会"的积极响应，另一方面也是对《江汉大学学报》《文学评论》《诗刊》《南方文坛》等刊物发表的多篇相关论文的补充。在《中生代研究》专栏中，共发表了 4 篇文章：屠岸的《关于中国新诗"中生代"命名的思考》；鲍昌宝《"中生代"：命名与引领》；张立群的《"中生代"：命名的可能及其写作》；王珂的《隐与秀：近年两岸"中年诗人"写作方式的差异》。《诗探索》编辑部希望能够在"中生代"这一话题上有进一步的纵深开掘，并对中生代诗人有更深入的研究："我们希望在理论上对'中生代'的命名及其内涵进行探讨的同时，能对当下最有活力的中生代诗人有更深入、更扎实的研究。"[1]

屠岸在文中首先对"中生代"的命名进行了梳理，他将"中生代"视为"极左意识掌控下诗歌严重失语时期与诗歌'双轨制'出现时期之间的这个时间段的诗人群，它大约从 20 世纪 70 年代末到 90 年代末，其间大约 20 年"[2]。屠岸这篇文章是他在参加珠海会议时的发言。不难发现，在命名的思考中，屠岸不仅从时间要素上对"中生代"进行个人化的梳理，还在定义中充分肯定了"中生代"出现的重要意义。如果仅仅是因为在时间上出现得恰到好处，还不足以下此论断。因此，屠岸还在文中对"中生代"的整体特点进行了一定的梳理，在他看来，"非意识形态化""发现自我""诗歌审美的多元化""内宇宙和外宇宙的渗透和统一""迎接挑战"是"中生代"所表现出的普遍特点。由此，屠岸给予了"中生代"极高的评价："'正名'的任务，让给文学史家或诗歌史家去担当吧。一个历史名称的成立，往往是历史筛选的结果，其中自有史学家的功劳。我要说的是，中生代诗人和青年诗人是中国诗歌振兴的依托，是中国

---

[1]"编者的话"，《诗探索·理论卷》2008 年第 1 辑，第 1 页。

[2] 屠岸：《关于中国新诗"中生代"命名的思考》，《诗探索·理论卷》2008 年第 1 辑，第 10 页。

诗歌能够重铸辉煌的希望！"[1]

鲍昌宝则在《"中生代"：命名与引领》对"中生代"的命名过程进行了详细的梳理，并强调"中生代"不应作为代际划分，将其定性诗人群的概念更为合适。与此同时，鲍昌宝还对中生代命名背后的精神引领作用进行了分析："也许我们可以在进入以中生代为主题的当代诗歌内在特质同时，把握新世纪主流诗歌发展的几个关键词：真诚的品格、激情的质量、神性的仰望和智慧的光亮。"[2]

张立群既充分肯定了"中生代"概念的价值，也指出在这种命名背后存在着"模糊性"：

> 一个50年代末期出生和70年代初期出生的诗人究竟是否一定会与60年代出生的诗人具有泾渭分明的写作表征，从来就无法被出生的时间而简约，正如在一个以60年代出生为主题组成的诗歌"流派"（比如民刊）中，偶然的"年代涨破"还包括低于性格和旨趣上的志同道合。所以，代际划分会遭遇精确性的挑战并常常处于边界状态模糊，就成为命名问题的另一侧面。[3]

在"中生代"研究上，张立群认为应当关注以下三个方面：诗人"个人化"写作方式中隐含着"一代人"的"群体焦虑"；"中生代"在诗歌本身意义上的"张力"；与1990年代的文化语境联系起来进行研究。

王珂则探讨了"中年诗人"写作方式的差异。他认为"中年诗人"的写作进一步促使了诗坛的个人化写作发展。在诗歌生态发生变化的时候，"中年诗人"选择了转入"隐"和"地下"的状态，写作方式上也呈现了"向内转"的倾向。张立群将近年的写作分为"寂寞的个人写作""自我玩味的艺术写作""独

---

[1] 屠岸：《关于中国新诗"中生代"命名的思考》，《诗探索·理论卷》2008年第1辑，第13页。
[2] 鲍昌宝：《"中生代"：命名与引领》，《诗探索·理论卷》2008年第1辑，第17页。
[3] 张立群：《"中生代"：命名的可能及其写作》，《诗探索·理论卷》2008年第1辑，第21页。

善其身的人生反思写作""哲理追寻的神性写作""青春重现的爱情享乐写作"
等。此外,王珂也对比评价了"中年诗人"写作上的部分差异。

由此可见,在 2007 年 3 月的珠海会议之后,《诗探索》组织的"中生代"
专栏研究,已经不仅仅在命名和内涵上对"中生代"进行探讨,也通过刊发的
这些文章传递出了继续对"中生代"进行理论研究的多重维度。

2008 年之后,《扬子江评论》《安徽文学(下半月)》《艺术广角》等刊物也
分别发表了部分关于"中生代"的评论文章,对"中生代"这一新世纪以来重
要的诗学问题进行了探讨,但都没有形成比较系统的研究。鉴于新诗研究和
评论存在问题的现状,2009 年 8 月 16 日至 19 日,福建师范大学文学院主办、
中国当代文学研究会协办的 21 世纪中国现代诗第五届研讨会暨"现代诗创作
研究技法"学术研讨会[1]在武夷山召开。这次会议主要研讨了现代汉语诗歌的
创作技法和研究技法。在这次会议上,与会人员也针对新诗流派研究与命名展
开了讨论,傅天虹、张立群等都涉及了"中生代"研究的相关话题。傅天虹充
分肯定了"中生代"的命名意义,也指出了后续诗学建构的重要性。但是由于
本次研讨会的主题并不仅仅针对"中生代",因此相关研讨并没能在诗坛中引
起对"中生代"诗学话题的大范围讨论。

2013 年 6 月 21 日至 24 日,南开大学文学院和中国当代文学研究会联合
举办了第五届当代诗学论坛。这次会议主要围绕"中生代"的命名、理论探
讨、诗人个案、台湾诗歌创作进行了集中的讨论。在本次会议学术总结中,
吴思敬充分肯定了这次会议的质量和意义;与此同时,也提出了"中生代"研

---

[1]"这是新诗研究界首次以'技法'为主题举办的大型研讨会,更是首次由新诗理论家及评论家
拿起解剖刀解剖自己,针对自身问题进行反思和治疗的大型研讨会。参加者主要是在高校从事
新诗教学和研究的教授和副教授,共 50 余人,其中有十余位博士生导师,如谢冕、吕进、吴
思敬、骆寒超、姜耕玉、孙基林、王珂等。首次集结了老、中、青三代诗评家的代表人物,老
年一代有叶橹、刘士杰、沈泽宜、古远清等人,中年一代有彭金山、庄伟杰、章亚昕等人,青
年一代有熊辉、赵思运、霍俊明、张德明、张立群、向卫国等人。"见王珂、陈卫:《新诗研究
必须重视技法——21 世纪中国现代诗第五届研讨会暨"现代诗创作研究技法"学术研讨会分
类综述》,《廊坊师范学院学报(社会科学版)》2010 年第 4 期,第 2 页。

究的"三个不够":一是比较研究还不够;二是对"中生代"诗人中新的理论发展探讨还不够;三是用不同视角考察"中生代"的研究还不够。

会后,《文学与文化》《长沙理工大学学报(社会科学版)》《诗探索》《广西师范学院学报(哲学社会科学版)》《暨南学报(哲学社会科学版)》《当代文坛》《江汉学术》等都刊发了与"中生代"诗歌研究相关的文章。

《文学与文化》在《诗学与词学》栏目中,选取了第五届当代诗学论坛中的四篇论文:傅天虹的《论台湾"中生代"新诗的"汉语性"》,崔修建的《"中生代":在焦虑与沉浅中彰显"个人气质"的写作》,熊辉的《中生代诗人与70后诗人的比较研究》,刘波的《论新世纪中生代诗人的日常书写》。这四篇论文分别从语言、个人化、代际划分、比较研究的不同方面,对"中生代"这一诗学话题进行对话。栏目主持人罗振亚也表示,之所以选取这四篇风格、角度、观点各异的文章,是因为这些文章"彼此间却构成了奇妙的'对话',它们共同彰显出作为当代华语诗坛核心力量的中生代的重要,也均为对中生代诗歌乃至当代诗歌进一步繁荣的寻路问津"[1]。

《诗探索》同样也在2013年选发了王学东、王巨川、黄伶、罗小凤等人的文章,希望能引起读者对中生代诗歌异同点与关联性的关注。在《诗探索》本次专栏中,首先体现出了对中生代"命名"的关注。王学东探讨了在"中生代"命名背后所隐含的文化意义,在这种诗坛自发的"命名冲动"背后凸显的是为文学和文化"正名"的独立意识。其次,关注了"中生代"的诗学特质和内涵。王巨川归纳了"中生代"诗人在创作中所表现出的共性,例如口语与诗意语言的有机融合、主流意识与个体责任的相互融合等。此外,本次专栏,还体现对"中生代"与其他抒情群落的比较研究。罗小凤在代际命名的话语场域中比较了"中生代"与"80后"诗人群。在她看来,"80后"诗人在某种意义上表现出了对"中生代"诗歌特性的继承和创新。不难发现,《诗探索》本次专栏虽然没有组织新的讨论,但是与《文学与文化》一样,都在通过自己的努力,借助刊物的宣传作用,以选刊部分主要话题的论文的形式,对中生代与新世纪诗坛

---

[1] 罗振亚:《主持人的话》,《文学与文化》2013年第3期,第36页。

的新格局进行了一次微观再现。

在接下来的时间里，诗坛中针对"中生代"的理论研究虽然也会零星地发表在部分刊物上，但并未能像"朦胧诗""盘峰论争"一般，激起诗坛热烈的反响。一方面，大多数学者和批评家们普遍肯定了"中生代"命名及概念提出的意义，虽然各家观点均有不同的侧重点，但是像"朦胧诗""盘峰论争"这样双方立场鲜明且对立的局面，并未出现在"中生代"诗学话题的讨论上；另一方面，对诗学话题进行深入的理论研究和多元的声音、争鸣的场域同样重要。这也是为什么不同时期论辩的最终指引，都是在诗学话题上向深处和远处漫溯。新诗在进入新世纪之后的多元面貌，也奠定了诗歌研究的多元生态；人们愈来愈快的生活节奏似乎也在无形中使诗歌创作进入了量的快车道，诗歌话题更迭的节奏也逐渐加速。

（二）不断积累的"中生代"诗人个案研究

《诗探索》选择了在"中生代"诗歌研究这个话题上，以积累诗人个案研究的方式，形成了慢慢固定下来的重要栏目。这让《诗探索》在众多的诗歌理论刊物中独树一帜。自 2008 年设立专栏至今，《诗探索》的《中生代诗人研究》专栏已经对简政珍、黄梵、杜涯、池凌云、刘立云、大解、李南、田禾、安琪、柏桦、从容、陆忆敏、杨克、陈先发、朱零、谷禾、毛子、古马、张执浩等诗人的创作，从不同方面进行了研究和讨论，累计发表论文 71 篇。在专栏刊发频次上，《诗探索》基本上保持了 2 辑理论卷出 1 次专栏的频率。2008 年至 2019 年中，《中生代诗人研究》专栏的详细发文情况如下表所示：

2008—2019 年《诗探索》中《中生代诗人研究》专栏统计表

辑次	主要研究对象	文　章	作者
2008 年第 2 辑（理论卷）	简政珍	《现实与想象——以简政珍为主，兼论台湾中生代诗人之作》	郑慧如
		《玄学传统与简政珍诗歌中的反叛精神》	谭桂林
		《简政珍：沉思者的诗艺探索》	蒋登科

续表

辑次	主要研究对象	文　章	作者
2009年 第1辑 （理论卷）	黄梵	《"已有无数的桥，可供我节节败退……"——读黄梵札记》	敬文东
		《黄梵诗歌赏析》	柏桦
		《诗与事》	黄梵
2010年 第1辑 （理论卷）	杜涯	《风用它忧伤的翅膀——论杜涯的诗歌》	范云晶
		《杜涯诗两首赏析》	薛红云
		《诗，抵达境界》	杜涯
2010年 第4辑 （理论卷）	池凌云	《"她的脸多么荣耀，和火焰有共同的王冠……"——池凌云试论》	西渡
		《瞬间的光华——读池凌云的两首小诗》	张桃洲
		《饥饿的灵魂——写作笔记之一》	池凌云
2011年 第2辑 （理论卷）	刘立云	《钢铁是如何泛出幽蓝的——刘立云印象》	姜宝才
		《人与剑：呈现与隐秘的秘密——读刘立云〈内心的呈现：剑〉》	李轻松
		《天堂离我们有多远——读刘立云〈向天堂的蝴蝶〉》	刘春
		《火焰的剑为我们劈开天地——外国现代战争诗歌阅读思考》	刘立云
2012年 第1辑 （理论卷）	大解	《试着赞美这残缺的世界——论大解的短诗和长诗》	陈超
		《解读大解的〈北风〉》	刘春
		《生活的背后》	大解
2012年 第4辑 （理论卷）	李南	《拒绝背后的坚守和信念——李南论》	刘波
		《诗歌中的"下槐镇"离现实有多远——读李南〈下槐镇的一天〉及吊诡的中国诗歌》	霍俊明
		《卑微生命的倔强与尊严——李南〈小小炊烟〉解读》	辛泊平
		《为了内心奇妙的转化》	李南
2013年 第2辑 （理论卷）	田禾	《田禾的村庄》	谢冕
		《田禾和新崛起的乡土诗》	程光炜
		《在土地的深处和道路的尽头——推荐田禾诗歌的理由》	张清华
		《诗歌在突围中谋求生存和发展》	田禾

续表

辑次	主要研究对象	文　章	作者
2013年第3辑（理论卷）	安琪	《独自与对话——读安琪的诗》	颜翔林
		《精神的自画像——读安琪诗作〈风过喜马拉雅〉》	邱景华
		《词语与镜像案例与辐射——安琪〈明天将出现什么样的词〉解读》	张无为
		《诗歌的救赎力量》	安琪
2014年第1辑（理论卷）	柏桦	《"红色"背景上的"白色"表达》	赵飞
		《节制和内敛之美——评柏桦〈往事〉》	刘波
		《形象的抒情——评柏桦〈唯有旧日子带给我们幸福〉》	薛红云
		《我的几种诗观》	柏桦
2014年第2辑（理论卷）	从容	《新世纪女性诗歌的独异书写——从容诗歌论》	张德明
		《隐秘的莲花·寓言·如梦令——从容诗歌论》	霍俊明
		《凝视之下的母亲——读从容的〈我们本该有三个孩子〉》	张晓红
		《这是一首被生命牵引着的诗——读从容诗作〈倒车〉》	安琪
		《关于现代女性心灵禅诗的一点自语》	从容
2014年第4辑（理论卷）	陆忆敏	《隔渊望着人们——论陆忆敏》	胡桑
		《谁能理解陆忆敏》	胡亮
		《谁能理解弗吉尼亚·伍尔芙》	陆忆敏
2016年第3辑（理论卷）	杨克	《论杨克诗歌的文化批判和社会关怀》	罗执延
		《黑暗时辰里的一场打坐——读杨克诗作〈信札〉》	戴潍娜
		《〈人民〉："经验之诗"命名可能》	龙扬志
		《我说出了风的形状》	杨克
2017年第1辑（理论卷）	陈先发	《暮色里的秋鹗与尘世之灰》	霍俊明
		《生活中那一道跳跃的风景——评陈先发的〈秋鹗颂〉》	刘波
		《"前世"之诗》	罗麒
		《即兴诗话》	陈先发

续表

辑次	主要研究对象	文章	作者
2017年第2辑（理论卷）	朱零	《在人间澡雪——论朱零的诗歌》	曹霞
		《诗与诗人：谁是谁的影子》	王单单
		《互文性或一种文学观念的更新——读朱零〈致普拉达〉》	张海彬
		《论足球的射门技术与一首诗的诗眼及结尾》	朱零
2017年第3辑（理论卷）	谷禾	《诗歌与真实——论谷禾》	王士强
		《触摸现实与超越现实——读谷禾诗作〈坐一辆拖拉机去耶路撒冷〉》	李文钢
		《看树的诗人——由〈树疤记〉谈及新诗意象的能量流转》	冯强
		《向杜甫致敬》	谷禾
2018年第1辑（理论卷）	毛子	《失败或曰诗人之心——毛子诗歌论》	何方丽
		《广阔又混沌的幻影——读毛子的〈迁徙之诗〉》	胡清华
		《言说不尽的"母亲"——从毛子的〈母亲〉谈开去》	杨亮
		《已经开始的未来》	毛子
2018年第4辑（理论卷）	古马	《语言修辞与古典性的诞生——古马诗歌语意辨析》	苗霞
		《生猛民谣，孕育"新诗经"——读古马〈生羊皮之歌〉》	陈仲义
		《有缘的人，有根的草——古马诗歌〈青海的草〉赏析》	白晓霞
		《思无邪》	古马
2019年第1辑（理论卷）	张执浩	《困境与美德：示弱者的诗学理想——张执浩论》	江雪
		《词语的声音与意味》	魏天无
		《不可思议的诗》	小引
		《在黄鹤楼下谈诗（节选）》	张执浩

首先，从推出的诗人特点上来看，呈现出了多元的面貌。有台湾诗坛中举足轻重的领军人物简政珍；有理工科出身的诗人黄梵；有多年来致力于乡土诗写作的湖北诗人田禾；有沉潜于军旅诗歌的写作，守护精神高地的刘立云；有1980年代"第三代"诗人群体的重要成员柏桦；有女性诗人从容、陆忆敏；有参与了"盘峰论争"的诗人杨克，等等。

其次，从专栏的组文方式上来看，形成了相对系统的模式。基本上维持了 1 篇诗人创作研究专论，1—2 篇诗人作品研究，以及作者个人创作谈、随笔相结合的方式，总体比较稳定。由此可见，对"中生代"研究，《诗探索》选择了"持久战"。

再次，也尤为重要的是，展现出"中生代"研究的不同视角。一是立足于研究诗人个人独特的创作特色，对诗人的创作进行阶段性的总结，或展现群体共性。例如郑慧如、谭桂林、蒋登科的文章，从不同角度，重点展现简政珍既立足现实又充满想象的诗歌特色，突出他在台湾中生代诗人中的重要位置。也有借助诗人作品研究，展现"中生代"整体风貌的。例如，借黄梵的《中年》一诗，展现其诗中抒写的当下中生代诗人的普遍心态。

二是突出展现"中生代诗人"的心理特征和艺术追求。在杜涯的专栏中，《诗，抵达境界》一文一方面向读者们展示了杜涯的个人体验，另一方面又借助这种自白开拓了一条理解"中生代诗人"的心理特征及艺术追求的路径。在刘立云的专栏研究中，《火焰的剑为我们劈开大地》展现他对现代战争诗的思考：现代战争诗首先是用现代人的视角与心理去认识和评判战争的，它在揭示战争残酷的同时，对人类共同的遭遇和命运，表达出了一种在传统诗歌中根本不可能出现的大悲悯、大哀伤那种深切的精神关怀，在写法上不再像浪漫主义那样直抒胸臆，多半采取讥诮、隐喻和反讽等手法。这篇文章充分展现了刘立云开阔的理论视野和艺术追求。在安琪的专栏研究中，刊发了安琪的诗随笔《诗歌的救赎力量》，从中可以窥见诗人安琪对诗歌的挚爱，能够读出诗人是把自己的生命和诗歌融合在一起的人。在陆忆敏的专栏研究中，重新发表了陆忆敏写于 1989 年 3 月的《谁能理解弗吉尼亚·伍尔芙》，阐述了陆忆敏本人的女性写作观。

三是借助"中生代诗人"研究，兼顾了对重点诗学话题的探讨，具有重要的诗学价值。2013 年第 2 辑理论卷在《中生代诗人研究》专栏中发表了谢冕、程光炜、张清华三位评论家的文章，从不同角度论述了田禾乡土诗写作的意义，指出其带着泥土的、和着血肉情感的写作，为当下乡土诗写作展示了古老而常新的可能性。2014 年第 1 辑推出了诗人柏桦。作为 1980 年代"第三代"

诗人群体的重要一员，柏桦既是诗人，又能够对诗歌理论的发展作出观察。在诗歌创作上，柏桦既具有鲜明的阶段性跨度，又在这种不同阶段中展现出动态变化特点：早期迷恋象征主义，称"象征主义的旋律已融化为我血液的旋律"；新世纪后则自称为"极权时期的古典主义者"，风格丰富而独特。《诗探索》以柏桦为研究对象，试图借助专题研究，一方面对柏桦的创作成就进行阶段性总结，另一方面也意图在当下的诗学建设上，提供一己之力。2014 年第 2 辑和第 4 辑理论卷，《中生代诗人研究》专栏先后推出女诗人从容、陆忆敏。在编者看来，当代女性诗歌写作经历了以翟永明为代表的女性主义诗人掀起的性别风暴后，在新世纪发生了深刻的转型。当下的女性诗歌一方面淡化了性别对立，诗歌的主体还原到了普通的女性，但另一方面也在发展中出现了一些值得关注的问题，例如平庸的场景、琐屑的意象、百无聊赖的情绪等等。正是鉴于这样的现实情况，《诗探索》在"中生代诗人研究"中，一连推出两位女性诗人，旨在引起对当下女性诗歌写作的重视，展示了对女性诗歌现状的思考。这种思考在某种意义上，似乎也是针对女性诗歌进入新世纪之后出现的问题的一种回应。推出陆忆敏，既是对陆忆敏内向而节制、精致而敏感风格的赞赏，似乎也在呼吁这样一种陆忆敏式的女性诗歌风格——"净化了某些女性书写的非理性的、极端的情感体验，在自我与世界的关系中建构了一个既敞开而又具有收敛能力的空间"[1]。

最后，做"中生代"诗人的"发现者"。这种"发现"的意义，具有以下几个方面的具体内涵：一是发现具有创作实力的诗人；二是发现自觉维护诗歌精神高地的努力；三是发现暂时远离诗坛但始终影响着诗坛的诗人；四是重新评价诗人，打破刻板印象，发现新的研究视角。《诗探索》在"中生代诗人研究"中推出了不少在当时暂时还没有得到普遍关注，但是诗歌作品过硬又极具独特诗歌个性的诗人。例如，《诗探索·理论卷》在 2010 年第 4 辑推出了池凌云，在当辑的"编者的话"中，这样提到：

---

[1] "编者的话"，《诗探索·理论卷》2014 年第 4 辑，第 1 页。

池凌云是一位在孤独中写作的诗人,她已有长达25年的诗龄,并有一批相当坚实的作品问世,但长期来,她在诗坛上未得到相应的评价。本辑的《中生代诗人研究》一栏中,我们发表了诗人西渡对她的专论、诗评家张桃洲对她两首诗作的点评,以引起读者对这位诗人的关注。池凌云在其写作笔记《饥饿的灵魂》中说:"饥饿,却不屈从,这是一种非凡的经历,一种神圣的体验,在深处不断寻找值得珍视的最宝贵的东西。这将对一个人的一生产生滋养。"这些话一方面印证了中国传统文论中"诗穷而后工"的道理,同时也回答了这位诗人为什么能在逆境中坚持写作二十余年。[1]

在经济冲击之下,诗歌创作和诗歌研究能否保持"初心",诗歌精神高地是否尚在,是心系新诗发展前途命运的诗人和研究者共同关注的问题。《诗探索》在《中生代诗人研究》栏目中,也明确表达出了刊物自身的态度和品格,在2011年第2辑理论卷推出诗人刘立云时,"编者的话"这样评价了他:

在某些军旅作家成了电视剧的"名编",沉浸于非文学层面的成功时,依然有人沉潜于军旅诗歌的写作,守护着这块精神的高地,刘立云就是其中的一位。本辑《中生代诗人研究》一栏,刊发了姜宝才、李轻松、刘春的评论文章。如同姜宝才所说,刘立云的"最大贡献,是以他自觉的行动,勇敢阻止了军旅诗歌的下滑,同时删除或剔除了同类诗歌已经出现的大量水分和杂质,使军旅诗保持着自身的尊严"。刘立云诗歌中的那种"剑气"与"血气",那种阳刚的气质,对当下诗歌中孱弱、缺钙的诗风不啻一剂良药。[2]

---

[1] "编者的话",《诗探索·理论卷》2010年第4辑,第1页。
[2] "编者的话",《诗探索·理论卷》2011年第2辑,第2页。

2014年第4辑理论卷中推出陆忆敏,一方面与从容的专栏形成了和鸣,展现出对"女性诗歌"的高度关注,另一方面也具有"发现"的意义。显然,从"编者的话"中我们不难发现,《诗探索》想要去关注的"中生代诗人",不仅仅是当下活跃在诗坛的诗人们,也有作品影响着当下诗坛的诗人们,哪怕他们暂时疏离了诗坛。在2014年第4辑理论卷的"编者的话"中,给予了陆忆敏比较高的评价:

> 在20世纪80年代中期的女性诗歌写作潮流中,陆忆敏是一颗闪烁着特殊光亮的星。她的《美国妇女杂志》《Sylvia Plath》等诗作,在高扬"黑夜意识"的翟永明、唐亚平、伊蕾等人之外,提供了一种内向而节制、精致而敏感的女性诗歌的存在。她净化了某些女性书写的非理性的、极端的情感体验,在自我与世界的关系中建构了一个既敞开而又具有收敛能力的空间,形成了鲜明而独特的风格。90年代中期以后,陆忆敏疏离了诗坛,但是她的诗作却被后起的年轻女性写作者不断地阅读。在本辑"中生代诗人研究"栏中,发表了胡桑的《隔渊望着人们——论陆忆敏》和胡亮的《谁能理解陆忆敏》,向这位当年有独立存在的价值、当下依然有重要影响的诗人致意。[1]

除了向有重要影响的诗人致意外,重新认识诗人也是"中生代诗人研究"的重要特色。在杨克的专栏探讨上,《诗探索》试图撕下"盘峰诗会"和主编《中国新诗年鉴》在杨克身上贴上的"民间写作"标签。编者认为"民间写作"这个标签并不适合杨克。这主要是由于杨克自1980年代前期踏上诗坛以来,他的作品呈现出丰富与多变的面貌。"他的笔下既有对现代主义手法的娴熟运用,又有口语写作的鲜活生猛;既有富于个人化的抒情,又有对社会问题的关注与思考。"[2]1990年代后杨克则展现出对当下社会、精神现象的关注。在杨

---

[1] "编者的话",《诗探索·理论卷》2014年第4辑,第1页。
[2] "编者的话",《诗探索·理论卷》2016年第3辑,第1页。

克的专栏中,《诗探索》则期待借助专栏研究,对杨克创作的多元特点进行阶段性的总结。

由此可见,《诗探索》在推进多视角研究"中生代"方面,出力不小。这一点,从栏目推出的诗人和多元的研究侧重点上,可以得到印证。崔修建曾通过对安琪、荣荣、简政珍等"中生代"诗人的考察,总结出"中生代"诗人有三个特点:一是重视个体生命的丰富体验;二是既有鲜明的"世俗化"个人风格,又十分重视诗歌思想深度;三是重视诗歌写作技术的打磨。《诗探索》通过打造《中生代诗人研究》栏目,在以上三个主要维度上对"中生代诗人"进行了相对充分的个案研究,这无疑将对新的理论探讨提供丰厚的素材,具有诗学建设的参考价值。

《诗探索》的"在场式"诗歌批评,除了体现在《中生代研究》《中生代诗人研究》系列栏目中外,也体现在一些极具特殊时代烙印的评论文章和专栏中,例如网络诗歌、女性写作、身体叙事、口语诗研究、诗与歌词、地震诗歌等等。这些栏目也表明了《诗探索》在紧随诗歌发展潮流、反映诗歌动态的过程中,以带有"反思性"的视角对诗坛进行着观察和反馈,同时也努力为丰富新世纪以来的诗学建设尽一己之力。

第二节 "反思性"的诗歌观察与诗学建设

新世纪以来的诗歌,在不同声音的簇拥中,一边选择性地坚守着新诗传统,一边顺应着时代的变革。一方面,诗歌进入新世纪之后,尽管不可避免地面临了"边缘化"的局面,但是始终未曾缺席人们的社会生活、精神生活,保持着"在场";另一方面,诗人队伍壮大、诗歌作品激增、诗歌活动繁多、诗歌奖项林立、诗歌刊物扩版、诗集与民刊大量出版、诗歌发表进入自媒体时代等现象,也展现出了新世纪诗歌发展的繁荣一面。诗坛对新世纪的观察自新世纪以来,就未曾间断。

第五章 "始终站在诗的前沿":新世纪以来的《诗探索》

新世纪新诗不知不觉,已经走过了20年。尽管对于以新世纪为节点划分诗歌发展阶段的方式尚有待商榷[1],但新诗在"盘峰论争"结束后走进新世纪时,确实也呈现出了更加多元的面貌,这也为众多诗人、学者、批评家们提供了多维的观察视角,传播方式、诗歌困境、诗歌题材等都成了可以不断拓展广度和深度的重要话题。一些研究者和诗歌刊物也积极地回应着诗歌发展的多元变化。

2005年,《文艺争鸣》刊发了徐敬亚的《新世纪"诗歌回家"》"三部曲"[2],在文中,徐敬亚将诗歌回家的六个方向概括为:回归闲适,回归亲情,回归自然,回归异化;回归业余,回归歌唱。同时,他也指出了新世纪诗歌从创作到批评出现的一些问题。11月1日,由首都师范大学中国诗歌研究中心和《文艺争鸣》杂志社联合主办的"世纪初中国新诗走向研讨会"在北京召开。这一次会议主要围绕着"新世纪诗歌"的命名、新世纪以来诗歌写作呈现的态势和现象等问题展开了研讨,面对与会人员提出的新世纪诗歌在发展中出现的问题,会议主持人吴思敬也在总结时提出,新世纪诗歌的复杂现象,不可能在一次会议中得到全面的回答。因此,他也提出倡议:"关注现实,关注当下,关注现在进行时态的诗歌,是新世纪诗歌评论家的庄严任务。"[3]会议结束后,《文艺争鸣》在2006年第1期上,集中刊发了4篇"新世纪诗歌"评论文章,并发表了崔勇整理的会议综述。

---

[1] "中国社会由计划经济向商品经济的转型,给文学艺术的生产、传播及接受带来了巨大的震撼。置身于大转型之中的诗歌,无疑也打上了这一时代的印记。但这些留在诗歌行进途中的印迹,是从20世纪绵延而来的,并不因世纪的转换而中断或有所更改。所以说诗的演变与世纪无直接和必然的关系。诗按照自己的规律行事。要是说,在两个世纪之交,诗歌的状态与20世纪80年代相比有着大的改变的话,其因盖出于市场经济时代的到来。而市场经济时代并不以世纪分。"见谢冕:《世纪反思——新世纪诗歌随想》,《河南社会科学》2004年第3期,第65页。

[2] 徐敬亚在《文艺争鸣》上一连发表的3篇文章:《诗,由流落到宠幸——新世纪的"诗歌回家"(之一)》《诗歌回家的六个方向——论新世纪"诗歌回家"(之二)》《原创力量的恢复——新世纪"诗歌回家"(之三)》。以上三篇均发表于《文艺争鸣》2005年第3期。

[3] 崔勇:《新世纪,新诗歌——世纪初中国新诗走向研讨会综述》,《文艺争鸣》2006年第1辑,第88页。

谢冕在《行进着和展开着——我看新世纪诗歌》中表达了他对新世纪诗歌的看法。在他看来，新诗是在不断行进的，在进入新世纪之后，新诗面对着多元的选择和多方位的发展路径，尽管诗歌发展中存在的问题、疏漏到现在依然存在，也许还面临着新的问题，但是我们应该给予诗歌自己发展的时间和空间，也应给予新诗发展更多的信心和等待。

宗仁发表达了他对新世纪诗歌发展中几种现象的疑惑。首先，对诗坛中的大融合和谐之风保持疑虑，缺乏良性互动对诗歌多样性、保持独具个性的诗歌创作不一定有助益，甚至还将消减有效的诗歌多样性。此外，他也对诗歌创作中的热点话题分别进行了分析，例如"地理""新表现""民族""80后""生态""生存中写作"等等。

龙扬志则重点关注了"新世纪诗歌写作"中的新平民倾向。龙扬志将这种"新平民化倾向"定义为："反拨口语写作的过于沉溺生活表相，对现象本身给予必要的超脱；救赎语言本体写作的贫血症，降低对诗歌神话的期待，把凌空蹈虚的技艺请到充满阳光和血液的现实生活中来。"龚渤则主要分析了新世纪大学生诗歌对"打工族"的关注，试图从分析现在大学生诗作中的"民工"形象入手，进一步挖掘大学生诗歌创作的深层社会及心理原因。

紧接着，《文艺争鸣》又在2006年第4期上发表了陈仲义的《新世纪五年来网络诗歌述评》和刘广涛的《新世纪诗坛的"精神黑洞"》，延续了对新世纪诗歌的观察。2007年6月，《文艺争鸣》在第6期"新世纪文学研究"中发表了张清华的《持续狂欢·伦理震荡·中产趣味——对新世纪诗歌状况的一个简略考察》一文。该文基于新世纪以来经济发展迅猛的背景，考察了诗歌作为一种敏感的艺术形式对社会问题的反应。

紧随其后，《当代文坛》《探索与争鸣》都发表了关于新世纪诗歌的研究文章。《诗探索·理论卷》在2007年第2辑《诗坛态势剖析》栏目中，发表沈奇的《新世纪诗歌面面观——答诗友二十问》一文，涉及物质与精神、诗歌创作与大众审美习惯、诗歌与社会的关系、1980年代与当下的对比、诗与当代艺术等话题。2008—2010年间，除了《文艺争鸣》的《新世纪文学研究》栏目集中刊发研究评论外，多家诗歌刊物、杂志、学报也纷纷参与其中[1]，诸多评论所涉及的诗学话题也比较丰富。例如，有生态主题、诗人个案研究、新诗教育、女性诗歌、审美意识、世俗化潮流、"打工诗歌"现象、草根性等等。其中我们不难发现，《诗探索》仅仅只是在《诗坛动态剖析》栏目中推出了部分探讨新世纪诗歌的评论文章，并没有急于参与这一重要的诗学话题的讨论中。吴思敬曾在"世纪初中国新诗走向研讨会"上提出倡议："关注现实，关注当下，关注现在进行时态的诗歌，是新世纪诗歌评论家的庄严任务。"[2]那么，《诗探索》将如何回应主编吴思敬提出的研究新世纪诗歌的倡议呢？

2010年6月26—27日，由北京大学新诗研究所与首都师范大学中国诗歌研究中心联合主办的第三届当代诗学论坛在北京隆重举行，约70人参加了此次会议。此次论坛的主题是"新世纪十年中国新诗的回顾与反思"，谢冕在开幕式发表感言："诗歌是做梦的事业，我们的工作是做梦。人们尽可疑嘲笑一切，但是诗歌的魅力、高压和神圣不可嘲笑。半世纪最初十年，灾难和恐怖不期而至，地震、海啸、形形色色的炸弹和坍塌。但我们依然怀有梦想，期待诗歌的奇迹出现。奇迹没有发生，我们还在等待。"[3]在论坛安排的七场研讨会上，与会专家和诗人们回顾新世纪十年中国新诗创作与理论的现状，探讨新诗的本体特征与建构策略，并就如何拓展新诗发展空间、寻找新的诗歌生长点，以推动新诗创作与理论的深入发展与繁荣展开了深入、广泛的讨论与争鸣。

此次会议结束后，《理论创作》开设《新世纪十年诗歌观察》栏目，刊发了此次会议上部分重要论文。《南方文坛》在2010年第5期《诗人论诗》栏目中，

---

[1] 据不完全统计，在2008—2010年间，刊发新世纪诗歌探究文章的报刊有：《文艺争鸣》《诗探索》《电影文学》《渭南师范学院学报》《天津师范大学学报（社会科学版）》《名作欣赏》《安徽理工大学学报（社会科学版）》《艺术广角》《福建论坛（人文社会科学版）》《小说评论》《南都学坛》《南方文坛》《沈阳工程学院学报（社会科学版）》《玉林师范学院学报》《云梦学刊》等等。

[2] 崔勇：《新世纪，新诗歌——世纪初中国新诗走向研讨会综述》，《文艺争鸣》2006年第1辑，第88页。

[3] 谢冕：《奇迹并未发生——新世纪诗歌观感》，《理论与创作》2010年第4期，第34页。

刊发霍俊明的《重返"政治"和社会学批评——对新世纪以来一种流行的诗歌批评倾向的批评》和沈奇的《"自由之轻"与"角色之崇"——有关"新世纪诗歌"十年的几点思考》。《诗探索·理论卷》在2010年第3辑，开设《中国新诗：新世纪十年回顾与反思》栏目，刊发了第三届当代诗学论坛中的部分论文，由此正式拉开了《诗探索》对新世纪诗歌进行研究和回顾的序幕。专栏直接沿用了本次诗学论坛的主标题。在2010年第4辑理论卷，"编者的话"中也明确宣告"对新世纪十年诗歌的回顾和反思，是本刊今明两年的组稿重点"。在这一辑中，黄梁在《人之树：新世纪大陆先锋诗歌的文化图腾》一文中，对近十年的先锋诗歌进行了审美阐释与思想梳理，"也试图从诗歌文本中照映我国跨世纪前后的历史脉动与社会变迁，从新世纪代表诗人的诗篇与诗论中整理出一幅具有未来愿景的'人之树'文化图像"[1]。罗小凤的《边缘之边缘的"突围"——新世纪十年来散文诗发展态势探察与反思》一文，对散文诗写作做了回顾。在罗小凤看来，散文诗一直以来都没能得到重视，是处在文学的边缘地带，但是在新世纪以来，散文诗也在不断地进行自我突破，展现出全新的景观。诗人蓝蓝则以个人的身份回顾了新世纪十年中自己创作理念的变化，作了真诚的自白与交流。

《诗探索》对新世纪诗歌的观察虽然一直在进行，但是真正介入研究是从新世纪第一个十年之交时。2011年第1辑，《诗探索·理论卷》在"编者的话"中郑重宣告，将在新诗百年诞辰之际，致力于对新诗进行一定的总结：

> 时光荏苒，当我们编好本辑《诗探索》的时候，已是2010年的岁末。新世纪的第一个十年就这样过去了。十年来，诗坛上风生云起，潮起潮落，《诗探索》始终站在诗的前沿，与诗人、评论家和广大读者携手走过了一段不平凡的路程。当读者拿到本辑刊物的时候，已经进入新世纪的第二个十年，新诗将迎来它的百年诞辰。总结新诗百年来的成就与局限，探讨适合当下社会诗歌发展的途径，促进中国新诗的发展与繁荣，将是《诗

---

[1] 黄梁：《人之树：新世纪大陆先锋诗歌的文化图腾》，《诗探索·理论卷》2010年第4辑，第70页。

探索》在未来十年的重要使命。[1]

《诗探索》对中国新诗的回顾和总结，首先从新世纪诗歌开始。自2010年第3辑理论卷起开辟《中国新诗：新世纪十年回顾与反思》专栏，虽然已经在该专栏中发表了数篇新世纪诗歌研究的重要文章，但是相较于《文艺争鸣》在探究"新世纪文学"时给予新诗的重视，《诗探索》在前期的新世纪诗歌研究的讨论和栏目开辟上，略显单薄。新世纪诗歌的发展尚不足十年，诗评与研究尚未与评论、研究对象拉开适当的距离，这或许是《诗探索》在热潮初期保持冷静的因素之一。那么，当新世纪诗歌发展进入第一个十年之后，《诗探索》将以怎样的方式来对这一热点话题进行观察和反映呢？

从2011年第1辑理论卷起，《诗探索》在《中国新诗：新世纪十年回顾与反思》栏目中推出了"世纪初诗歌（2000—2010）八问"的问卷调查，请诗人、诗评家就新世纪诗歌的若干问题表达自己的看法，"以期能够总结近年诗歌发展中的经验与教训，对当今及以后诗歌良好生态的形成有所助益"[2]。2011年第1辑到第4辑，调研了36位当下最为活跃的中青年诗人和评论家对新世纪诗歌若干问题的看法。在首期调查中，参与者有五六十年代出生的诗人于坚、郁葱、杨克、伊沙、阿毛、安琪、路也，有1970年代出生的诗人阿翔、徐俊国、夏雨、黄礼孩、朵渔、江非、刘春、刘川、莫卧儿，有20世纪八九十年代出生的诗人阿斐、唐不遇、肖水、南方狼、胡桑、丁成、李成恩、麦岸、余刃、原筱菲。同时，还邀请了近几年较为活跃的诗歌研究者和评论家沈奇、陈超、罗振亚、赵思运、吴投文、张立群、霍俊明、刘波、卢桢、杨庆祥。

关于"诗歌生态满意度""网络诗歌对新世纪诗歌的影响""对当下诗歌刊物的评价""诗歌与娱乐、流行文化之间的关系""当今口语诗歌的成就和误区""如何定位诗歌写作和现实的关系""诗歌创作值得重视的问题"这八问，不同的诗人群体、不同的代际特征和更为真实全面的诗歌动态感受便立体地呈

---

[1] "编者的话"，《诗探索·理论卷》2011年第1辑，第1页。
[2] "编者的话"，《诗探索·理论卷》2011年第1辑，第1页。

现在我们的面前。这样一组调查问卷，可以说为研究新世纪诗歌提供了具有一定价值的第一手资料。在这些问题的调研中，我们既可以看到不同诗人、评论家之间的横向对比和差异，也可以观察不同代际诗人间的纵向异同，更可以看到诗人与评论家之间关注点的异同比较。

在这些问题调研中，从诗人创作、诗评家评论的真切角度出发，我们获取了观察新世纪诗歌动态的一种更真实、更落地的反馈。尽管诗人们的反馈各具特点，也有着各自的出发点，但是在众人的描述中，新世纪诗歌的发展态势也愈来愈清晰。网络对新世纪诗歌的影响在于自由发表，让好的诗歌能够以最快的速度与读者见面。但是，最负面的影响也在于此，一些质量下乘的诗歌，在未经筛选的情况下与大众直接接触，这也直接导致了媒体炒作下的诗歌现象不断出现。关于诗歌刊物，诗人们普遍认为，诗歌刊物数量众多，但是缺乏权威性，独到的编辑眼光比较少见，诗歌与现实也在一种相对辩证的关系中不断发展着等等。

在新世纪诗歌热点讨论中，《诗探索》似乎保持着一种谨慎。用调查问卷的方式，激起诗人、诗评家们对新世纪诗歌重要话题的讨论热情，以期点燃新世纪诗歌讨论的热潮。诗人们、诗评家们在回答同一个问题时，实质上也呈现出不同年龄层次的交流与互动。调查结束之后，《诗探索·理论卷》在2012年第1辑推出两篇研究文章，分别是子张的《十年诗："本土的"与"母语的"》和王士强的《新世纪以来的诗歌热点问题之反思》。在当辑的"编者的话"中，这样说：

  关于新世纪十年中国新诗的回顾与反思，本刊年曾采用问卷调查的方式，在"世纪初诗歌（2000—2010）八问"的题目下，发表了36位当下最为活跃的中青年诗人和评论家对新世纪诗歌若干问题的看法。他们的观点不尽一致，但发言生动活泼，富有个性，已引起了诗人和理论界的重视。为了把这一讨论深化下去，本辑又编发了子张的《十年诗："本土的"与"母语的"》和王士强的《新世纪以来诗歌热点问题之反思》，欢迎诗人和读者继续来稿。[1]

王士强在这篇文章中对新世纪诗歌的几大重点话题都进行了回顾，如"下半身"诗歌与"身体写作"、"底层写作"与"打工诗歌"、"梨花体"与口水诗歌、"地震诗潮"、"羊羔体"事件等。在热点话题的整理之后，《诗探索》对新世纪诗歌的研究方向，也转为了更为具体的诗学领域。2012年第2辑，《中国新诗：新世纪十年回顾与反思》栏目退下一线，《口语诗研究》、《诗歌传播研究》（2014年第1辑理论卷）、《女性诗歌研究》（2014年第3辑理论卷）、《少数民族诗歌研究》、《地域诗歌研究》逐渐登场，成为新世纪诗歌研究更为具体的向度。

如果说对新世纪诗歌的回顾是一种带有反思性的观察，这种反思性体现在反映的谨慎，呈现的真实。尽管《诗探索》在新世纪诗歌的理论研究热潮之中，表现出了足够的冷静和拉开适当距离的观察，但是从八问系列中，我们不难看出策划团队对新世纪诗歌发展中热点话题的谨慎选取和理性引导。除了《中国新诗：新世纪十年回顾与反思》外，《80年代大学生诗歌运动回顾》同样也具有典型的反思精神。

自2015年第2辑理论卷起，《诗探索》开设《80年代大学生诗歌运动回顾》专栏，发表了沈奇《诗性生命历程的"初稿"与"原粹"——答20世纪80年代大学生诗歌运动访谈》、姜红伟的《20世纪80年代大学生诗坛档案》。2015年第3、4辑理论卷刊发了姜红伟对叶延滨、王自亮、宋琳、马莉的访谈。2016年第1、4辑理论卷，又刊发了姜红伟对徐敬亚、程宝林、王珂、朱霄华、蒋登科、王强、徐江、王国钦的访谈。鉴于姜红伟编的《诗歌年代——20世纪80年代大学生诗歌运动访谈录》一书的出版，《诗探索》后续停止了对姜红伟相关文章的选刊，却将《80年代大学生诗歌运动回顾》这一专栏长期保留了下来。一篇篇访谈和回忆不仅能够勾起曾经亲历过这场诗歌运动的人的难忘回忆，也能再现那个充满激情和理想的时代，让更多人的年轻人补上重要的一课。《诗探索》之所以如此重视该专栏，正如"编者的话"中的自述：

---

[1]"编者的话"，《诗探索·理论卷》2012年第1辑，第1页。

自中国新诗诞生以来，就有"大学生诗歌"写作现象。只不过由于高等教育欠发达，20世纪70年代以前的"大学生诗歌"一直是散漫的、个别的存在，未能在诗歌史上造成重要影响。然而80年代异军突起的"大学生诗歌运动"却构成了当代诗歌史上继"朦胧诗"群之后一个特殊的诗歌现象，从中涌现了被称为"新生代"或"第三代"的多个诗歌创作群体，推出了大量的校园诗人，形成了浩浩荡荡的诗歌创作潮流。其中有些诗人离开校园后继续坚持诗歌写作，并成为90年代及新世纪初诗坛的中坚。为给80年代中国大学生诗歌写作留下真实的记录，本辑特辟《80年代大学生诗歌运动回顾》专栏，所刊出的沈奇《诗性生命历程的"初稿"与"原粹"》一文，以访谈的形式回忆了他所亲历的80年代大学生诗歌运动，富有现场感，可视为这一诗歌运动的个案。姜红伟的《20世纪80年代大学生诗歌档案》则着眼全局，是对这一诗歌运动的鸟瞰，从他列举的一个个校园诗人、校园刊物、校园社团的名字中，我们不难发现校园诗歌运动的自由、开放的精神气质，以及这一运动的参与者与后来的诗歌、小说、散文、影视界的不解的渊源。

《80年代大学生诗歌运动回顾》这一栏目，不仅是一种回顾、反思，更是一种真实、生动的诗歌史场景的再现，甚至具有一定程度上的教育意义。无论是对新世纪诗歌的观察，还是对80年代大学生诗歌运动的回顾，《诗探索》都呈现出了带着一定的反思精神，"始终站在诗的前沿"的姿态。新世纪的第二个十年已经开始，《诗探索》将要做的回顾与反思还将继续，我们也期待更多与时俱进的观察，也期待更多沉淀与回顾。

结　语

在中国当代诗潮中，作为媒体的刊物对诗潮的发展起了十分重要的推动作用，它们紧密联系着每一场论争或诗歌浪潮的发生、发展与结束。诗潮推动着诗歌发展的步伐，而刊物为我们研究中国当代诗歌发展、诗潮演变提供了一条新的途径。在更迭的当代诗潮中，许许多多诗歌刊物都以自身的方式，积极地参与着诗歌潮流的推进。它们犹如一块块画布，记录着中国当代新诗不同角度的风貌特点。纵观1980年至新世纪的中国当代诗歌发展，《诗探索》不仅是当代新诗发展的"见证者"，更是积极参与其中的"当事人"。

作为当时全国唯一的诗歌理论刊物，《诗探索》伴随着"朦胧诗"论争的氤氲而诞生，急匆匆地在1980年末，赶来为"为那个梦想和激情的年代作证，为中国文学艺术的拨乱反正作证，为中国新诗的再生和崛起作证"。在"朦胧诗"论争中，它以先锋的姿态出场，开辟相对独立的批评空间，努力保持自身立场，为"朦胧诗"论争提供发表各方意见的平台为多种"声音"提供发声的平台；并在论争高潮阶段，竭力保持自身的理论倾向，避免陷入感性争论和话语权力之争的泥淖。在"朦胧诗"以及相关诗论受到普遍批判的时候，倡导相对宽容的诗坛生态环境。即便是在"朦胧诗"论争演变为非诗艺探讨的批判时，它也没有随声附和地发表批判文章，而是从变味的论争中及时抽身，转向对多层次、多方位的诗歌理论建设，拓展诗歌理论研究的深度与广度，维护批评空间的独立性。

尽管由于经济原因，在"第三代"诗歌运动发生发展过程中，作为诗歌理论刊物的《诗探索》是缺席的。但是，在1990年代复刊之后，《诗探索》便采取了一系列的举措来对"第三代"诗歌进行考察，表现出了建立一种具有的权威性和独立性的"学院批评"的努力：一方面加大诗学研究的比重，拓展诗学研究的话题和领域；另一方面正视在全新的时代环境下，经济、大众文化对诗歌的影响，加强了诗歌批评中的"文化批评"成分。此外，在1990年代的诗学建设中，《诗探索》着重加强了"后顾"式批评建设，丰富诗人研究的板块，设立了诗歌群落研究的专栏，组织了寻访活动，对诗歌发展的历史进行了一定范围内的"查漏补缺"，在重要诗人的发掘和诗歌群落在诗歌史地位的确认上起了不可忽略的作用。

而在世纪末的"盘峰论争"中，《诗探索》更是通过组织研讨会，为酝酿已久的"知识分子写作"与"民间写作"之间公开争论提供了一个直接的契机。随后在众多刊物、媒体纷纷参与进来的这场世纪末大论争中，《诗探索》保持自身的中立立场，倡导二者之间消除非此即彼的二元对立观念，避免脱离诗歌本身的意气之争。它全程参与"盘峰论争"的始终，并着力倡导一种多元化的批评观，允许多种声音的争鸣，维系良性的诗歌理论批评环境，并在后期的中国新诗会所的活动建设中，为搜集"盘峰论争"的原始资料尽了自己的一份力。

新诗发展进入新世纪之后，《诗探索》更是始终秉持着诗歌研究的初心，站在诗的前沿。在纷繁复杂、多元交织的新世纪诗歌生态中，《诗探索》能够用审视的眼光和高品质的标准，筛选文章、诗作，设置栏目，关注诗坛动态，并以不同的方式积极参与重要诗歌话题的讨论。《诗探索》走进新世纪之后，整体的栏目组织和策划都呈现出了一种更贴近诗歌创作的研究观察视角。例如，相较于发表理论争鸣文章，《诗探索》选择用较长的时间沉潜下来，坚持做"中生代诗人研究"；相较于不同视角的研究著述，《诗探索》选择用调查问卷的方式，对在创作或评论上走入新世纪的诗人进行调研；相较于长篇大论，《诗探索》选择用访谈录的形式来再现激情饱满、理想高昂的1980年代。《诗探索》发展到新世纪之后面临着一些困难，迎接着一些挑战，但也在此之中不断地深入诗学建设，创设了诸多独具特色的栏目。

纵观《诗探索》与中国当代诗潮的互动，我们可以看到，作为一本具有学院色彩的刊物，它秉持了作为一份纯诗歌理论刊物的严肃性，注重刊物的高品质、学术性以及多样化。而在参与当代诗潮的过程中，坚持维护学术观点兼容的良性诗歌理论批评环境，坚持艺术民主，以相对独立的批评立场进行发言，充分保证刊物"学术性、理论性和知识性的并重"，始终主张自由论争、多样化和独创性。在具体的当代诗歌理论批评建设中，它注重诗歌理论批评的时代感和及时性，也以一种历史的眼光，注重对具有一定价值的诗人和诗歌群落的发掘。此外，它坚持开拓诗歌研究领域、丰富诗学建设，既重视对外国诗论的翻译和引入，也注重研究古典诗论的"遗产"，并在办刊中积极建设青年诗评家队伍，为中国当代诗歌研究储备力量。

诗歌理论工作是寂寞的，时至今日，《诗探索》已经走过40年，以吴思敬为首的主要编辑团体们，在消费时代、经济时代的喧嚣中始终坚守着对诗歌的赤诚之心，恪守着诗歌精神，始终如一地为诗歌事业默默奉献着。充满激情和梦想的1980年代鼓舞了谢冕、张炯、杨匡汉等人一同创办了《诗探索》，这样的激情和梦想在40年后的今天依然没有消散。这颗坚硬而温暖的诗心，将鼓舞越来越多的人走入这寂寞的长途。

刊物的创办和发展能够为我们观察中国当代诗潮提供些许的痕迹。泛黄的旧书文中传递出的脉动远远比只言片语的记载来得更生动、更真切。然而，正如绪论中所言，作为全国首本诗歌理论刊物，《诗探索》诞生的价值不言而喻。但是，囿于出版发行的限制，再加上理论研究本身的专业性，受到诗坛内部重视的《诗探索》对于跳出"诗歌圈"的读者甚至是研究者们而言，往往是陌生的。这也导致了其在更大范围内的影响力相对有限。目前有关《诗探索》的研究更是相对贫乏。但正是因为这样，对《诗探索》的研究才显得尤为必要。

愿这本秉持着对中国诗歌事业的敬重的刊物，能够越办越好，也愿更多的研究者能够从刊物研究中找到中国当代诗歌研究的新启示。

附 录

由于《诗探索》的相关研究材料十分有限,一方面为了丰富原始材料、支撑此项研究,另一方面也希望通过与《诗探索》的编辑成员的直接沟通,进一步加强对《诗探索》的了解,笔者对《诗探索》主要编辑成员、重要作者、相关诗评家进行了采访;但由于时间和精力的限制,目前只采访了吴思敬、林莽、刘福春三人。对于丰富此项研究而言,目前的采访工作远远不够。特别感谢吴思敬老师、林莽老师、刘福春老师能够在繁忙的日常工作中特意抽出时间与我长谈,现将三篇访谈录附上。

一、《诗探索》主编吴思敬访谈录

林:吴老师您好,非常荣幸也十分感谢您能接受我的采访。《诗探索》创刊至今已经30多年了,从1994年《诗探索》复刊以后,您一直担任《诗探索》的主编工作,为它的发展做出了很多贡献。我今天也希望借助这个机会,更近一步走近《诗探索》。

吴:《诗探索》的创刊是在1980年。大的背景是在粉碎"四人帮",文学发展的春天到来之后。这个时候诗歌是走在最前面的。当时,诗歌界通过大型诗歌朗诵活动,在拨乱反正中发挥了巨大的作用。与此同时,"朦胧诗人"开始浮出地表。伴随着"朦胧诗"的出现,诗歌界出现了不同的声音。在1980年4

月的南宁会议上,发生了一场关于诗歌的大辩论。"南宁诗会"之后,一些诗人与评论家便有了做一本诗歌理论刊物的设想。在此之前,我们只有《诗刊》和《星星》两个诗歌刊物,但是这两家刊物主要刊登诗歌作品,较少发表理论文章。《诗探索》是作为专门的诗歌理论刊物诞生的。杨匡汉老师曾经在《诗探索》30周年纪念专辑上发过一篇文章,这篇文章详细地记录了《诗探索》的创刊过程。南宁会议之后,张炯、谢冕、杨匡汉等回到北京,报请中国当代文学研究会领导同意,成立了《诗探索》编委会。这个编委会实际上是一个"统一战线"的编委会,其成员不单单有支持"朦胧诗"的谢冕、孙绍振、杨匡汉,也有强烈反对"朦胧诗"的丁力、闻山。在《诗探索》创办初期,我没有直接介入《诗探索》的工作,只在《诗探索》上发过一些文章。当时匡汉老师在社科院文学所工作,我在首都师大教书,我们是朋友关系,常在一起聚会,相互之间接触比较多。早期的《诗探索》编辑工作在匡汉老师的主持之下进行。谢冕老师是主编,掌握大方向。丁力老师不做具体的编辑工作,但经常过问,会对一些稿子的倾向问题表态,他提出来了,匡汉老师就得考虑。当时呢,文学所还有几个人,如刘士杰、楼肇明、林岗、雷业洪、刘福春,都在不同程度上参加了编辑工作。另外,王光明那时在社科院做了一年的访问学者,这期间也介入了《诗探索》的编辑工作。当时的《诗探索》没有一个脱产的专门的编辑队伍,大家都是各有各的本职,各有各的科研任务。它实际上是由社科院文学所当代室部分人员兼职,利用业余时间干活,由匡汉老师具体负责的一个编辑工作坊。

林:在1981年第2期上,您发过一篇《时代的进步与现代诗》。

吴:对。1980年秋天,在北京东郊定福庄开了中国诗歌理论座谈会,我根据自己会上的发言和提纲,在会后整理出了这篇文章,指出在1980年代的中国,一股现代诗的潮流,正在冲击着诗坛。现代诗是诗歌现代化的产物。诗歌现代化的提法反映了诗歌要随着时代的进步而不断变化的规律。我的这篇文章的题目最初叫《诗歌现代化刍议》,当时编辑部可能就觉得"诗歌现代化"的提法是不是太过激了,就改成了《时代的进步与现代诗》,但基本观点还是一样的。此后呢，我还在《诗探索》上点评了江河的《让我们一起奔腾吧》，为江河写了第一篇评论《追求诗的力度》，另外就是我和刘斌、陈良运、苗雨时的《近年来诗歌评论四人谈》。

林：我发现在编辑出版1984年总第11期时，您就已经担任了责编的工作。

吴：对，大概到了1984年吧，因为我也是中国当代文学研究会的成员。当时，文学所这边研究人员事情比较多，匡汉老师想让我分担一些，所以我开始担任《诗探索》的责任编辑。但我这个责编，不是光看初审的稿子，实际上要把这期刊物完整地编出来，交主编审阅。前面已经编了10期了，我实际编的是第11期、12期、13期。第11、12期你们都见到了，第13期却没有见到。但实际上，第13期稿子我都已经全部编好了。编出来之后就交到中国社会科学出版社，但此后就始终没有出来，这是什么原因呢？就是经济原因了。当时社科出版社提出《诗探索》是纯文学刊物，印刷量少，如果要继续出版，当代文学研究会是不是要补贴一下？提出的标准按现在来说应该不高，就是每期补贴3000块钱。这个钱在1980年代初期，那个3000块钱与现在可不一样。

林：那是一笔不小的数目。

吴：嗯，那绝对不是一笔小数目。当时的中国当代文学研究会是民政部批准的国家一级学会，一级学会每年民政部都会拨点钱，一年的活动经费是6000块钱。6000块钱开一个年会都开不了。所以呢，年会我们只能到地方上找学校，跟某个大学合办。比如说1984年在甘肃和兰州大学合办，1986年到内蒙古和内蒙古师范大学合办。总而言之得让地方大学出钱，出了钱之后，我们也拿出一部分钱来才能开成一个年会。所以，在这种情况下，当代文学研究会就拿不出这3000块钱。拿不出钱来就僵持着，《诗探索》得不到印刷出版，就这样拖下来了。于是这第13期稿子就搁置在出版社了。等到1994年《诗探索》复刊的时候，八年都过去了，时过境迁，结果第13期已编订的稿子就都没有用成。

林：八年停刊期间，编辑团队为《诗探索》重新出版做过哪些事情？

吴：实际上，从1986年到1993年这八年的时间，我们为《诗探索》恢复出版做了很多努力。中国社会科学出版社停止出版后，我们曾经考虑过和大众文艺出版社合作，张炯老师和我去找大众文艺出版社的主编，但是最后也没有成功。后来我们一度考虑和内蒙古人民出版社合作，因为内蒙古人民出版社当时出过一本《诗选刊》，就想他们既然支持出版《诗选刊》，是不是跟他们商量再弄一个《诗探索》。这样两个诗歌刊物，一个作品，一个理论，成为一对，也是个很好的构思。双方通过电话做过沟通，后来一度考虑让我去呼和浩特面谈，但是没有去成，主要还是经济原因，人家觉得这个刊物是赔钱的，最后还是没有办成。在这期间，我们还联系了若干出版社，希望能够让《诗探索》衔接下来，但是都没有成功。这八年，我们并没有不闻不问，而是尽了很大努力，希望能够让《诗探索》重见光明。等到1992年邓小平发表"南方谈话"以后，改革开放继续往前推进，这个时候，思想文化战线出现了松动，诗歌又开始有了新的起色。1992年8月，我给《北京晚报》就写过一篇《京华诗坛的几片新绿》，背景就是到了1992年以后，诗歌又开始活跃，富有创新性、探索性的诗歌再度出现。在这种情况下，看到了诗坛的复苏，我们就想怎么样能够把《诗探索》再办起来。

在这期间，北京大学成立了一个新诗研究中心，当时开了几个会，关于先锋诗歌的研讨等等，产生了一定的影响。到了1993年，诗歌界思想更加活跃。这个时候我们就想怎么能够把《诗探索》再办起来。在这其中有一个契机，当时有一个书商，通过其他关系找到我，说他有一定的经济实力，愿意帮《诗探索》复刊。有了这个契机之后，我们就商量着把《诗探索》再度搞起来。由于人员变动比较大，这个时候就成立了新的编辑部。当筹备工作一步步向前推进，准备出刊的时候，我却联系不上他了。当时已经箭在弦上了，我没有办法也得想辙了。我在首都师范大学，就找到了当时首都师大的杨学礼校长，谈了这样一个刊物的情况，希望学校能够给予一定的支持。杨校长人很好，同意拨4万元的启动经费，但是也表示没有办法每年都拨4万元，启动之后，需要自己去寻找赞助，自谋生存了。总而言之，答应了这一条之后，我们底下的工作就好做了。

有了这4万块钱之后，我们就有底气了，那么就开始复刊。复刊后第1辑所有的设计都是我们自己搞的，装帧版式等方面都比较简陋，印刷的颜色也比较单调。复刊后的《诗探索》交给首都师范大学出版社出版，这样就能把成本压下来。不管怎么样，《诗探索》毕竟在1994年一辑一个书号出来了。在首都师范大学出版社出了一年，出版社感到《诗探索》一年占4个书号，压力太大，无法再继续出下去。后来就考虑重新回到中国社会科学出版社，我和张炯老师一起找到中国社会科学出版社领导，谈了以后，中国社会科学出版社同意把《诗探索》重新接过来。这样，《诗探索》从1995年开始就又回到中国社会科学出版社了。由1995年到1999年，《诗探索》由中国社会科学出版社出版了五年，每年出四辑。后来依然是由于经济原因，中国社会科学出版社也出不下去了，《诗探索》就转到天津社会科学院出版社。

林：从2000年开始，《诗探索》以每年两本合辑的形式出版；2004年的时候改成了春夏卷和秋冬卷的形式。这种出版形式的变化，以及出版社的不断更换，是由于什么原因造成的呢？

吴：《诗探索》转到天津社会科学院出版社以后，相关领导与我们商量，《诗探索》目前一年出4辑，要用4个书号，如果把两辑的内容合在一起，一年出两辑，就可以节约两个书号，成本就降低了，但《诗探索》总的发稿量不减。于是，从2000年就一年出两辑了，第1—2辑合刊、第3—4辑合刊，到2004年又把合刊改称春夏卷与秋冬卷。在天津社科院出版社出了五年，《诗探索》然后挪到东北，转到时代文艺出版社。在时代文艺出版社出版最重要的支持者就是诗人张洪波。张洪波时任时代文艺出版社的副总编辑，他与林莽老师、与我都是好朋友，所以《诗探索》放到时代文艺出版社来出，我们很放心。由于张洪波是诗人，他觉得《诗探索》光有理论卷，读者面就窄，是不是可以同时做一个作品卷，这样理论卷、作品卷同时推出，互相配合，读者面会大些。这个想法很有道理，谢冕老师写了《〈诗探索〉改版弁言》，于是《诗探索》便增加了作品卷。后来的格局就变成一辑出两本，一本理论卷，一本作品卷。在时代文艺出版社出了两年，由于当时该社的内部矛盾，发行《诗探索》的工作做得不好，《诗探索》出来后，书店里见不到，再加上异地办刊，联系不方便，我们所以后来就决定还是回到北京，改由九州出版社出版。2007年至2009年，仍是每年出版两辑，每辑含理论卷、作品卷各一册。自2010年起，改为每年出版四辑，每辑仍含理论卷、作品卷各一册。在九州出版社出了五年，2012年至2015年转到漓江出版社，2016年起则由作家出版社出版。从九州出版社开始，经画家刘鸿先生策划，《诗探索》变化比较大，整体设计提升了一个大的档次，此后它的版式设计和内容格局大致沿袭下来。其实每次出版社的变化，基本上都是因为经济因素。有时是前任的负责人退休或调离了，新接任的负责人认为出版《诗探索》没有经济收益，我们就只有换出版社。

《诗探索》是由中国当代文学研究会创办的，1980年代一共出版了12期，主办单位一直是中国当代文学研究会。1994年复刊以后，主办单位为三家，中国当代文学研究会始终是第一主办单位，这是由于三位主编谢冕、杨匡汉和我，都是中国当代文学研究会的负责人：谢冕老师是早期的中国当代文学研究会的副会长；匡汉老师是早期的副秘书长，后来是副会长；我则是在张炯老师做会长十年期间的副会长兼秘书长。因为我们这几个人的身份都是当代文学研究会的主要领导，《诗探索》最早也是当代文学研究会创办的。所以中国当代文学研究会作为主办单位，是理所当然的。另外一个主办单位是北京大学中国新诗研究中心，谢冕老师是中心主任。再一个主办单位就是首都师范大学新诗研究室，我是负责人。1980年代的《诗探索》的编辑工作主要由杨匡汉老师负责，1994年以后的编辑工作主要由我负责。2005年作品卷诞生之后，林莽老师任作品卷的主编，我就只负责理论卷了。

林：《诗探索》创刊于1980年代初，在整理资料的时候我注意到在《诗探索》创刊之前，大概1979年左右，出现了诗集的出版大量减少的情况。有些出版社在当时不愿意接受诗稿，甚至于有些书店会拒绝进诗集以及诗歌出版物，诗歌刊物的订户也大量减少。在这种情况下，1970年代末曾经有过所谓"诗歌危机"的说法。您如何看待当时的这种情况？

吴：1970年代末，粉碎"四人帮"不久。当时的气氛应当说正是诗歌在复苏的时候，并不好说是"危机"。粉碎"四人帮"之后，1977年到1979年是"拨乱反正"的阶段。当时的思想界很活跃，一方面思想解放的势头很强，另一方面"左"的势力还有一定的市场。就当时的诗歌创作而言，原来是为"四人帮"的政治服务，"四人帮"控制了舆论工具。现在用诗歌揭露批判"四人帮"，但是它仍然是从政治的角度，将诗歌作为工具。不过，到了1970年代末到1980年代初，"白洋淀诗歌群落"和《今天》诗人群浮出水面，"朦胧诗人"开始登上舞台，同时一些在历次政治运动中受到迫害的诗人，即"归来诗人"重现诗坛，所以很快便形成一个诗歌热潮。诗歌开始回到自我，抒真情，说实话，一些具有现代主义色彩的诗歌也开始出现。1980年代中期，实验诗、"第三代"诗歌、"后新诗潮"层出不穷，给诗坛带来喧哗与躁动。到了1990年代以后，由于受到商业大潮的冲击，很多诗人下海，诗歌的整体地位开始边缘化，从这个意义上来说，诗歌在社会上的影响在逐步地减弱。但是诗歌始终生存着，仍然有很多诗人在寂寞中坚持着。

林：《诗探索》的创刊和1980年的"南宁诗会"有着最为直接的关系。您如何看待《诗探索》、"朦胧诗"浪潮和"南宁诗会"这三者之间的关系？

吴："南宁诗会"主要是反映了"朦胧诗"诞生之后，在社会上引起的不同的反响。一方面有些人支持"朦胧诗"，它在年轻人当中有读者；再有，以谢冕老师为代表的比较新潮的评论家，站在一个新的角度，肯定它，支持它。但另一方面，坚持传统审美观念的人，就认为"朦胧诗"有点大逆不道，其表现方式朦朦胧胧，让人似懂非懂，表现的感情又是比较个人的，而不是反映社会主流的那种宏大叙事，这样就产生了强烈的争执，南宁会议上有明显反应。南宁会议之后，大家觉得既然争执这么大，那么就最好能够有一个刊物将不同的理论观念展示出来，从根本上加强诗歌的理论建设。

林："南宁诗会"中提到了诗歌评论远远落后于诗歌创作，为什么在当时会出现这样的状况呢？

吴：南宁会议的争议，说明我们的诗歌理论、评论偏弱，诗歌论评论家也太少，而且多是诗人兼职，不像小说界有一批专业的小说评论家。而诗歌界此前则缺少专业的诗歌评论者，有也是极个别的，像1950年代的冯中一老师。他是山东师范大学的教授，他基本上是以写诗歌评论和诗歌理论文章为主，而不怎么写诗。还有的人就是早年写诗，后来不写了，主要写理论文章，像何其芳，早期他是诗人，1949年后很少写诗，却写了不少诗歌理论。谢冕老师最早也是写诗的，后来成为专门的诗歌评论家。从总体上说，我们面临的确实是理论赶不上诗歌创作，缺少诗歌理论家，缺少真正对诗歌理论感兴趣的人，这个局面是由来已久的。

林：那能不能说这样一种局面，其实也是促使《诗探索》诞生的一个重要原因？

吴：对。《诗探索》对青年评论家的培养其实也是当初创刊的初衷，也是这些年来一直坚持的事情。包括像我招的硕士与博士研究生，主要就是以研究诗歌为主。每次新生入校，我就会跟他们说，你们跟我读研究生不是简单地混一个硕士文凭或博士文凭。文凭容易得到，但一个真正优秀的诗歌评论家却难得。要成为一个未来的评论家，不是每个人都能做得到的，要有一种奉献的精神，要坚持不懈地努力才有可能。所以，实际上，《诗探索》的诞生对培养青年作者、培养青年评论家起了很大作用。有的青年作者，比如像谢有顺，现在是著名的文学评论家，当年在《诗探索》上发表评论的时候，他远没有现在的知名度。在"盘峰论争"前，他写了一篇文章，我觉得这篇文章写很有生气，文笔犀利，我就给他发在了头条。当时我根本不知道谢有顺是谁，更不知道他会有现在这么大的影响。我们《诗探索》发表文章，不是按照知名度，而是给年轻人机会，尽管是无名小卒，只要文章写得好，我们照发不误。

林：从创刊至今，《诗探索》一直采取以书代刊的方式出版，这对刊物的传播有什么影响？

吴：这个当然会受到一定的影响。首先，有正式的刊号后，会节省成本。

其次，有了刊号之后，我们可以通过邮局发行，发行面也会随之变广。最后，可以公开登广告，可以交换广告。但是像现在，《诗探索》不能登广告，在任何一个报刊上去发个目录广告都需要钱，由于发行量少，我们又很难跟别人交换广告。但是有了刊号之后，就不一样了。有时有一个公开的刊号，可以做很多事情。《诗探索》实际上长期摆脱不了这种经济上的困扰，与这个也有关系。

林：那是不是说《诗探索》偏向于是一种民间刊物呢？

吴：这个还不好这么说。《诗探索》有明确的主办单位。而这些主办单位都是公家的。无论是中国当代文学研究会，还是北京大学、首都师范大学，都不是民间的，而是公立的。像中国当代文学研究会是民政部批准的一级学会，是影响很大的学术机构。《诗探索》更准确地说是一种学院刊物，带有学院色彩。因为中国当代文学研究会是一个学会，它的主要成员是高校老师，当然也包含了各级社科院的文学所研究人员，还有部分文学刊物的编辑，但主体是高校教师。而《今天》则是属于典型的民间刊物，它没有任何的官方背景，也没有任何组织的依靠。而《诗探索》更接近学院型刊物，但是我们不标榜"学院派"。从我们的角度，只是想客观地呈现当代诗坛的创作与理论动态，兼容百家。同时，《诗探索》也不属于同人刊物。同人刊物就是志同道合的一些人，好朋友一起办刊物，刊物主要发自己人的稿子，也发与自己观点相近的作者的稿子，个性色彩比较强。但是《诗探索》始终不是这样的，例如《诗探索》诞生初期，他不属于"朦胧诗"派，也不属于"朦胧诗"的反对派，无论对"朦胧诗"的支持者或者反对者，它都是很宽容的。后期的编辑队伍，大家的学术观点基本上是一致的，仍然坚守宽容的原则，让大家说自己的话，只要言之成理，即使与编辑部的观点不完全一致，我们也会给他们发表的机会。

林：谢冕老师曾这样评价《诗探索》："始终坚持着一种非官方的非营利的以及不带贬义的民间和知识分子立场，为中国的诗歌事业默默地努力地工作着。"您如何看待《诗探索》的立场问题？

吴：谢冕老师对《诗探索》的立场概括得很准确。《诗探索》诞生以来，基本上就是这样，代表一种纯学术的、非官方的、民间的和知识分子立场。"民间"是与"官方"相对应的概念，很宽泛。《今天》是民间的，而《诗探索》却有着深厚的学院色彩，但这也是一种民间。"底层写作"是民间的，而《诗探索》的作者队伍大多是高校老师，与草根作者还是有区别的，但是这不影响《诗探索》对草根写作的支持与关注。《诗探索》的学院背景，自然会带来对知识分子独立自主身份的强调，使它拉开了与"官方"办的刊物的距离，它不必去简单地配合中心任务，而是坚持学术本位，发出自己的声音。

林：在30周年回顾的系列文章中我们可以看到，《诗探索》一直以来都是在比较艰苦的条件下坚持工作，没有刊号、固定经费、办公室，甚至没有专职编辑，从主编到具体的工作人员都是义工的状态。是这样吗？

吴：确实是这样。《诗探索》没有固定的办公室，没有办公经费。以近些年的发稿量，每一辑光理论卷大约是25万字，四辑就是100万字左右，这是很大的工作量。我们没有一分钱的编辑费，从主编到编辑，大家都在奉献。但是，办刊再困难，作者的稿酬我们还是要给的。1994年复刊以来，稿酬标准大约为千字25元，尽管这是时下最低的稿酬了，但体现了我们对作者劳动的尊重。

林：在具体的编辑过程中，《诗探索》的选稿标准是什么？

吴：主要以学术标准为主，关键是看来稿的学术底蕴和学术含量，主要体现在他的问题意识和创新意识，也就是看这篇稿子是否有新意。比如谈一个诗人，能否谈出这个诗人的独特发现，谈一个理论问题，能否阐发出一个新的观念，当然也要考虑到他的学风是否严谨，是否有科学性错误。如果稿件一看就是太粗糙，无论谁写的，也不能发表。当然，就《诗探索》理论卷而言，凡是给理论卷投稿的，大多数都有点基础，或是高校老师，或者是研究生，另外有的是诗人。水分太多的稿子也不是没有，但是少数；更多的稿子是一般化，比较平庸，看不出问题意识，看不出创新点，那我们就不用了，所以淘汰量比较大。

林：刚刚在回顾《诗探索》的发展历程时，您已经谈到了它在1985年总第12期出刊后就开始停刊的情况。从现有的资料来看是由于资金的原因没有办法继续出刊，除了资金的缺乏之外，在您看来，当时的停刊还有没有其他的因素？

吴：从目前来看，起码就我们所了解的情况，没有其他的因素。既不是因为政治的因素，也不涉及刊物本身的质量和读者反映，主要是经济原因。在经济大潮到来之后，出版社要挣钱，不能赔钱，《诗探索》确实没有办法给他们挣钱。

林：《诗探索》一直面临的这种经济上的困境，以后有可能会得到缓解或改变吗？

吴：也许会有所缓解，但改变不会太大。实际上，这种纯学术、纯文学的刊物，处境都差不多。除去有些刊物是各级作协主办的，作协能提供一定的经济支持，特别是21世纪以后，地方的宣传部的资金相对来说多了一些，所以能调动一部分资金来支持一下相关刊物。《诗探索》没有这样幸运。尽管1994年复刊启动有赖于首都师范大学的赞助，1994年到2004年一直由首都师范大学语文报刊社承办和协办，直到今天，首都师范大学中国诗歌研究中心每年都拨出一定的经费来支持《诗探索》，但诗歌中心财力有限，拨出的经费不足以维持刊物的运转。《诗探索》多年来就是靠着诗人、出版家、艺术家、企业家的支持，比如画家石虎先生，他不仅提出了"字思维"的话题，同时也确实为《诗探索》提供了经济支持。画家张仃先生，给《诗探索》赞助，却不让我们宣传。当然艺术家、企业家的支持，大多是一次性的，或是在某一阶段予以支持，过去之后，我们还需要再想办法。商业社会让我们要耗费很大的精力去拉赞助。20世纪八九十年代更多的是依靠企业家或者是艺术家的个人支持，而现在就更依赖于地方政府。比如像《诗探索》主办的"红高粱奖"，就是和莫言的故乡高密市政府合办的，《诗探索》做智力投资，策划、征稿、组织评审，地方政府负责提供资金，承办研讨会以及颁奖，同时也会给《诗探索》一部分的活动经费。

林：《诗探索》当时停刊停了八年之久，但一直以来都是积极关注并及时反映诗坛动态的诗歌理论刊物。在您看来，一下子停刊八年，带给《诗探索》最大的影响是什么？

吴：如你所言，《诗探索》从创刊以来，始终是关注诗坛现状、追踪诗歌发展的。《诗探索》1980年代前期做得比较成功的是对"朦胧诗"的研究和对新诗发展道路的探讨。但是等到1980年代中期"第三代"诗人，诸如"他们""非非""莽汉"等开始登场的时候，《诗探索》却停刊了。这样《诗探索》便没有机会去与他们呼应、对话，也无法对他们进行追踪、批评了。"第三代"诗人呼啸而来，在浮躁而喧闹的造势中，也毕竟提出了诸多话题，比如说"诗到语言为止""诗歌中的后现代主义""诗歌研究的语言论转向"，乃至"非非"提出的"反文化""非崇高"等等，如果《诗探索》在场的话，也许可以通过更学术的方式来介入，展开讨论。但《诗探索》那时却没有发言机会了，对"第三代"诗人追踪和研究也只能戛然而止。等到1990年代市场经济大潮再次兴起的时候，诗歌呈现了新的面貌，复刊后的《诗探索》与当代诗歌就一起前进了。但是对"第三代"诗歌的研究，《诗探索》并没有放弃，而是以为"第三代"诗歌群落开辟专栏的形式继续下去。

林：我们看到，其实1994年复刊之后，《诗探索》专门设立了关于"朦胧诗"和"第三代"诗歌研究的专题。

吴：对，这就相当于补课。像1994复刊第1辑（即总第13辑），本来我们已经编得差不多了，在北京军区招待所参加"后新诗潮"研讨会期间，突然传来顾城去世的消息，大家非常震惊。诗人文昕是顾城的好朋友，哭得跟泪人似的。顾城是《诗探索》的朋友，我和谢冕老师、林莽老师都认识他、了解他，所以当时就决定要给顾城组织一个专栏。我们紧张地行动起来，请文昕写了一篇《最后的顾城》，请顾城幼儿园时就结识的朋友姜娜写了《顾城谢烨寻求静川》，请评论家唐晓渡写了《顾城之死》，还发表了顾城、谢烨去世前不久写的九封信，为研究顾城、为揭开顾城的自杀之谜，提供了宝贵的资料。在复刊第1辑还开设了《当代诗歌群落》专栏，发表了韩东的《关于〈他们〉》和贺奕的《"诗到语言为止"一辨》，此后对"非非""莽汉"等"第三代"诗人，我们继续做了回顾与研究。

林：这些是在弥补当时缺失的阶段吗？

吴：当然。但也不会一样，如果是当时追踪研究，可能会有现场感，呈现出较强的感情色彩。现在相隔八九年，回过头来看"第三代"诗歌群体及其代表性诗人，就冷静得多了，评论就更加客观一些。

林：复刊后的《诗探索》与停刊前的《诗探索》有没有什么变化？

吴：复刊之后，编辑思路相对来说比较稳定，栏目也相对固定，大致可以分为两大块：

一块是属于新诗理论的研究，这方面设立了《诗学研究》《新诗发展问题研究》《诗坛态势剖析》《新诗史研究》《新诗史料》《新诗刊物研究》《新诗理论著作评述》《诗人谈诗》《诗人通讯》等。还有一个栏目，早期叫《诗窗》，现在细化为《外国诗论译丛》《外国诗论研究》《外国诗论家研究》。《诗探索》不是以研究外国诗歌为主，但是我们要不断引进外国重要的诗人和评论家的理论主张，以为借鉴。我们所选的译文都是以前没有翻译过的，凡已经翻译出版的，我们就不再登，所有译文都是新的。

另一块就是诗人论，我们开辟了不同层次的诗人论栏目。《结识一位诗人》是面向青年诗人的，一般是40岁以下的年轻诗人。《中生代诗人》专栏评论的对象是20世纪五六十年代出生的诗人，他们现在已经进入中年，成为诗坛的骨干与中坚。还有一个是《诗人研究》，这个栏目跨度比较大，主要面向新诗史上和当下有重要影响的诗人，有时还会以"某某研究"的形态出现。另外，我们还为某些诗人设立了专辑，如"关于顾城""关于芒克"等。为了配合已经召开的诗人研讨会，我们还推出了"某某诗歌创作研讨会论文选辑"。再有一个栏目就叫《姿态与尺度》，这个栏目推介的诗人是比较复杂的，或者是刚刚冒头，还不够进入《结识一位诗人》这样的专栏，或者是虽然也比较重要，但还不足以构成一个专栏加以研究，只是先把他推介出来。上述这样一些栏目就构成了《诗探索》诗人论的研究体系。

林：说到栏目，刚才您也谈到了有不同层次、特别丰富的诗人论栏目。那我们是否可以说《诗探索》具有一定的"发掘"意识？

吴："发掘"的意识肯定有，对于老诗人来讲，我们侧重的是在文学史上曾经被埋没的，或者没有被给予公正评价的诗人，这个是很重要的。而在诗歌史上已经很显赫的、已有定评的诗人，我们不一定再去对他进行探讨。所以《诗探索》上像"归来诗人"占的比重比较大。还有一个，就是我们经常举办的诗人研讨会，无论是由《诗探索》直接主办的，还是由《诗探索》和其他研究单位一起合办的研讨会，那些研讨会的论文会包含较坚实的研究成果，往往成为《诗探索》重要的稿源。比如我们最近推出的"北岛诗歌创作研讨会论文选辑"，有6篇文章，第一篇由谢冕老师打头，后面还有法国学者尚德兰教授的，这对北岛研究肯定是一个重要的推动。

林："盘峰诗会"应该是不容忽视的，在"盘峰诗会"之后爆发了一次比较大规模的关于"民间写作"和"知识分子写作"之间的论争。这一次讨论为什么会在当时激起如此之大的反应？《诗探索》在这次论争中又处于什么位置或者说扮演了什么样的角色呢？

吴："盘峰诗会"的召开，就是《诗探索》策划的。在这次会议之前，诗坛就出现了分化，尤其是在青年诗人中。像西川、王家新，他们起步较早，在诗坛已经有了相当的影响，但是有些像徐江、伊沙，他们起步晚一点，希望在诗坛有自己的话语权。这当中有一些诗学主张上的分歧，也有一些是意气之争。"盘峰论争"基本上是在先锋诗人内部的争论，它与"朦胧诗"论争不一样。"朦胧诗"时代是传统的、保守的艺术势力与年轻的艺术革新者之间的争论，而"盘峰诗会"不是。实际上"盘峰诗会"没有请那些比较守旧的人，尽管那些人的代表还健在，但是已经没有什么话语权了。"盘峰诗会"上，是所谓"口语写作"与"知识分子写作"之争，有艺术观念之争，但他们的分歧在情绪化的对话中被放大了。"知识分子"之中就没有口语写作吗？不是这样的，有些"知识分子"的诗作也非常口语。反过来,"口语写作"的诗,知识分子气息照样很浓。韩东也好,于坚也好,伊沙也好,都是新时期的大学生,而不再是工农兵业余作者。而《诗探索》所要做的,就是给他们提供一个争论的讲台,避免站在某一派的立场上,始终保持着一个客观、公正的态度。

林:应该说,不仅在"盘峰论争"中,《诗探索》是保持着一个公正的客观的态度,在之前的它所涉及的讨论中,都基本保持着比较公正客观的态度。

吴:对,像早期的"朦胧诗"讨论中,就既发表批判"朦胧诗"也发表为"朦胧诗"辩护的文章。后来风头比较紧,像发表江枫老师给孙绍振辩护的文章,是顶着压力的,别的刊物当时都发不出来。当时"朦胧诗"诗人和为"朦胧诗"辩护的评论家受到大规模的批判,到1983年的重庆诗会进入一个高潮,把"三个崛起"联系到一起批。而《诗探索》则保持了冷静的态度,没有卷入这种批判。

林:其实我们不难发现,《诗探索》本身十分关注与当代新诗发展实际的联系。《诗探索》设立了不少专题,这些专题往往紧贴当时比较受到关注的话题,这些专题最鲜明地展现出了其与中国当代新诗发展同呼吸的互动关系,例如"朦胧诗""第三代"诗歌,以及"女性诗歌""知识分子写作""民间写作"等等。其实从某种意义上来说,通过考察《诗探索》我们能够触摸中国当代新诗发展的脉动,那么《诗探索》在某种程度上是不是有着一种记录诗歌史的努力,或者说是内含着一种史家眼光?

吴:这是《诗探索》办刊的一个很重要的一条,就是我们要为新诗的发展保留档案。我们不能说是在写新诗史,但是我们希望把这个时代优秀的诗人、重要的诗人,让他在《诗探索》中定格、呈像、显示出来,这就能够为后人研究新诗提供原始的资料。我们也会推出一些理论,哪怕这个理论不见得成熟,但是也代表了这个时代理论家的思考轨迹。《诗探索》实际上有一种所谓的"历史意识",就是为我们这个时代的诗歌存档,给诗人们留下来行进的痕迹。因为,未来的出版物会越来越多,未来的文学史家不一定都能接触浩如烟海的原作。当然，我们在"诗人论"中讨论过的诗人，我们所肯定过的诗人，不见得以后全都能站得住脚，后人会有他们的眼光，但相信也会有我们《诗探索》肯定过的诗人能够流传下来。

林：1996年11月《诗探索》编辑部主办了"字思维"与中国现代诗学研讨会。2002年8月，《诗探索》编辑部又主办了"字思维"与中国现代诗学第二次研讨会。"字思维"与中国现代诗学这个话题的出现有着怎样的契机呢？

吴：石虎先生是画国画的，同时又借鉴了现代技法。他是国画家，又是书法家。他的书法很有个性，澳门的银座酒店就展示了他的多幅书法作品。作为一位艺术家，他在绘画，特别是书法创作中，对汉字确实有了新的体悟。石虎在那篇《字思维》中，首先提出了"字思维"这个概念。"字思维"就是汉字思维，简单说每个汉字它的构成就带有一种诗意，这与拼音文字是不一样的。你比如说"男"字，最早的是在田里拿着铲子耕地的象形，"女"字最早的就是女性的乳房的象形。实际上每一个汉字，或者是象形，或者是指事，或者是会意，或者是形声，它都有一种构成，有一种汉字自身的诗意。中国人用汉字写诗，与外国人用拼音文字写诗是不一样的。用拼音文字写诗记的是音，用汉字写诗不仅有音，还有形，而且有由这个字所唤起的画面，这个画面本身就含有诗意。所以实际上"字思维"这个问题，才真正触及中国人写诗和外国人写诗的不同，中国诗人的思维方式跟西方诗人的思维方式的不同。文字不仅是一种工具，同时也是一种思维方式，就是说中国诗人写诗和西方诗人写诗的不同，就在于"字"唤起的诗性。有很多诗就是直接从汉字出发的，另外再加上字与字之间的组合，由"字象"而进入"意象"，由"意象"与"意象"的组合再进入"境界"，这样它和中国古代诗学的"意境"说等就联系起来了。所以"字思维"的研究是很重要的，到现在为止，它还是一个没有完成的研究，但是它开创了一个很重要的话题，就是中国现代诗学怎么走。我们不能简单地模仿西方，把西方的诗学全搬过来，借鉴是可以的，但是完全搬过来是不可能的。像十四行诗，你把它的格律完全搬过来成吗？为什么西方诗人的十四行诗用外文来念就特别和谐，而中国人写的十四行，别说那些拙劣的，就是那些高手写的，念出来的那种韵律感，还是不如西方原文。

林：目前文学刊物不少，关于诗歌的刊物也不在少数，在您看来，一份刊物要办好最重要的是什么？

吴：最重要的，这个刊物应当要有自己的个性、独特性，这是区别于其他刊物的特征。如果这个刊物拿出来，可以被其他刊物所取代，或者与其他刊物大同小异，那么这个刊物就没有什么存在价值了。现在，全国各省市自治区都有作协，都会有一份文学刊物。许多地级市也有了公开发行的刊物，像宁波有自己的《文学港》。这种刊物多数是综合性的，既发小说，又发诗歌，又发散文，还会发一些文艺评论，栏目俱全。这些刊物虽然名称不同，但是它的办刊宗旨、运作方式、版块安排却大致相同，看起来就缺乏个性了。当然，这些刊物中也有运作很好的，在大致相同的格局中，办出了自己的特色。

《诗探索》的独特就在于它有自己的个性。它所发的文章，它所开设的栏目，不是一般的刊物都有的。比如现在很多地方刊物，包括高校学报，能够为一些诗人发表一两篇评论就不错了，不可能像《诗探索》这样，针对不同的对象，给不同的诗人开设不同的栏目。而且《诗探索》推出的重点栏目，像《结识一位诗人》，往往是针对一位年轻诗人发一篇综合评论，发两篇作品的赏析，还要发这位诗人谈诗的文章，所以它是一个系统的构成。像这样精心策划的栏目，在一般的文学刊物和文学理论刊物上，是较少见到的。

要有自己的个性，有独特的特点，这就包括要设计独特的栏目，组织独特的话题。一个刊物应当是有意识地推进对某些问题研究的深入。像《诗探索》对"朦胧诗"的研究，它是逐步推进的。进入1990年代以后，我们组织的一些重点栏目，有些栏目是持续讨论的，有些栏目虽然有些间隔，但是也是会继续下去。包括像"字思维"的话题，我们集中开了两次研讨会，但研究的主旨是实际上是贯穿下来的。类似"字思维"的话题，以后还有可谈的余地，当然也要等机会，考虑用什么方式再谈。

林：在您看来，《诗探索》对诗歌理论批评的发展起了什么作用？

吴：我觉得如果提到《诗探索》所做的贡献，对诗歌理论研究的推进是最重要的。因为，在《诗探索》之前，没有一个专门的诗歌理论刊物。一些综合性文学理论刊物，例如《文学评论》，1958年以后围绕新民歌的讨论，在何其芳的主持下，曾发表了几篇比较厚重的文章。这比当时《诗刊》发的泛谈学习民歌、泛谈诗歌形式的文章，实际上要深入得多。不过《文学评论》是综合性文学评论刊物，要兼顾古代文学、近代文学、现当代文学，要兼顾诗歌、小说、散文、文学理论等重要文体，不可能用很多篇幅讨论当代诗歌。所以《诗探索》应该说是应运而生的，对中国现当代诗人和作品加以研究，对中国新诗发展过程中的理论问题加以探讨，保留诗人和评论家前行的足迹，切实推进中国新诗的理论建设，为诗人服务，为当代和未来的读者服务，就是它的历史使命。

（2016年7月18日下午三点于吴思敬家中）

二、《诗探索·作品卷》主编林莽访谈录

林：林老师您好，非常感谢您能在百忙之中抽出时间，接受我的采访。关于《诗探索》复刊时候的具体情况您能谈一下吗？

林莽：20世纪80年代末和90年代初，是中国诗歌的低谷期，1993年《诗探索》已经停刊八年了，大家见面总提这起件事，作为中国第一本新诗理论研究刊物，《诗探索》的停刊是很可惜的。为了促进新诗的发展，吴老师提出了复刊的想法，经谢冕老师等前辈共同研究后，1994年开始复刊了。吴老师在首师大语文报刊社负责的学生有帮忙的意向，吴老师向杨学礼校长申请的四万块钱的复刊经费，实际上是由语文报刊社来出的。当然经费是很少的，但我们可以开始筹备了。1993年下半年，我参加了《诗探索》的复刊工作。

林：《诗探索》复刊之后您参与了编辑工作，是什么样的契机让您参与《诗探索》的编辑工作呢？

林莽：作为诗人，我也十分关注理论研究，另外我对《诗探索》有情感。我觉得《诗探索》是一个在1980年代起到很好作用的优秀刊物，它的停刊是很可惜的。甚至在它将要停刊之前，我就跟谢老师表达过这个意愿，有什么事情我们可以帮忙。那是特殊的时期，谁也没有更好的办法，《诗探索》只好放假了。那时我们这些年青一代的诗人，从各方面看能力也是不够的。到了1990年代，我们在社会上的各种各样的经验开始丰富了。复刊的时候吴老师找到我，当时我年轻，也有精力，另外对理论研究也感兴趣，在出版上也有了一些工作经验，所以就加入进来了。我记得《诗探索》复刊以后，从约稿、编辑、排版、校对，到印刷、发行、通联、发样书、发稿酬等等，有许多琐碎的杂务工作。因为没有专职人员，大家既是编辑，同时也是编务。工作很辛苦，但因为热爱，大家都甘心奉献。为了省钱，《诗探索》有5年的封面都是我设计的。曾经，为了找省钱的印刷单位，我和刘福春跑去香河的乡镇企业，后来还被一个人骗了。那个人也不算骗吧，他把稿子拿去后因经济纠纷被抓了起来，我们的稿子就没了下落，我们最后在三河的监狱里找到他，才把稿子找了回来。

总的来说，谢冕老师他们为《诗探索》打下了良好的基础，我能够参与并与他们一同工作，是一种福报。从一个忠实的读者变成了编者就更不一样了，真心希望《诗探索》能够为诗歌的发展起到更多的作用，我们这些年一直在这样做。在《诗探索》工作，我的优势是认识很多的诗人，无论是老一代的诗人还是更年青一代的诗人都能接触到，我到《诗刊》工作以后，接触面就更广了。这些都是我办刊的优势。《诗探索》从谢老师开始，包括所有的编辑都是没有任何报酬的义工。但稿费我们一直坚持发，以表示我们对诗歌研究工作的敬重。

林：在20世纪八九十年代中国当代诗潮中，《诗探索》在"朦胧诗"论争，对"第三代"的反思，以及"盘峰论争"等等重要话题中都有参与。在您看来，《诗探索》是如何参与这些重大话题之中的呢？

林莽：《诗探索》创刊号就发表了舒婷、顾城、江河、梁小斌等几位"朦胧诗"代表诗人谈诗的短文，后来也发表了许多与先锋诗相关的论文和诗歌评点,它一直是站在这些论争的第一线的。"盘峰诗会"实际上是《诗探索》主导的。这个会是我在编辑部的工作会上提议召开的,得到了大家的一至赞同。实际上在那个会之前,先锋诗歌内部的有关诗歌美学的分歧已经存在了,"盘峰诗会"等于把它公开化了。那时沈奇先生有篇文章叫《秋后算账——1998:中国诗坛备忘录》,投给了《诗探索》,我是该文的责编,看到这个文章以后,我觉得光发这篇文章意义不大。因为整个"盘峰诗会"的导火索埋下来其实不是一年两年了,这是诗歌的一个美学之争。就是到底诗歌写作是完全西化呢?还是要把中国的文化结合进去呢?你到底是偏向于已经成型的、社会化的或者西方化的观念,用那种文化作为背景呢?还是说以人的生命体验作为背景呢?这些问题早就有争议了。所以,"民间写作"的优点在哪里,说它提醒了些什么?同样地,"知识分子写作"提出了什么主张?比如,诗应有文化背景,这肯定是成立的。如果两方面各自的倾向性要结合在一块儿不会更好吗?作为诗人,你既要有自身的,你所经历的那个时代的生活、生命的感知,再加上文化经验的补充才使诗歌丰富起来,和世界连在一起,和过去、未来连在一起。当各有偏颇的时候,需要论争来解决这个矛盾,这个矛盾早就有了,只是在说法上不同,所以它不是近一两年的事了。

  我30多岁的时候,在我们的诗人朋友之间这个矛盾就已经开始了,到底该怎么办呢,大家在私下讨论的时候说得都很激烈。但是因为"朦胧诗"和社会有着某种冲突,"朦胧诗"自己内部不愿意公开相互批评,之所以这样,是希望大家更早地认可"朦胧诗",认识先锋诗人这个整体,出于互相保护的意识,所以大家没有公开化这个矛盾。但是到了1990年代末的时候,时机成熟了。所以,我就提出了开个"打架"的会,谢冕老师问怎么"打",我就点了一下名,说把这些人叫到一块儿,当面谈一谈,不要总在私下里吵,摆到桌面上来吵。

  后来吴老师起了一个非常学术和文雅的名字——"世纪之交:中国诗歌创作态势与理论建设研讨会"。虽然当时我提出开个"打架"的会,但我还真没想到会"打"得那么厉害,这是在我意料之外的。吵到互相剑拔弩张,甚至要动手,这是我没有想到的。我想大家会争吵,争得不可开交,但实际上,一发言火药味就很浓,都很激动。王家新拿着稿子手哆嗦得都翻不过去,整个会场听到嗒嗒嗒纸响的声音。于坚会后往床上一躺说："哎呀，天要灭我啊！"会场上是这样，会后大家还是会在一起交流。有一天晚饭后我们集体到金海湖大堤上散步，我看到臧棣与侯马勾肩搭背这样一路走着、交流着，虽然会上吵得很厉害，但是散步的时候大家还是有说有笑的。

"诗探索·中国新诗会所"有一个内刊，有一期专刊，记录了这个会议的整体情况和后续的双方的论文和访谈的发表情况。帮助组织会议和联系"盘峰宾馆"的平谷作家柴福善在会上做了较详细的笔录。他记得不太全，有些地方可能没全记下来，但是真实性是绝对的。因为他和这些人没有冲突。现在想起来，当时要有录音就好了。

实际上，"盘峰诗会"是在中国新诗史上一个画线的会，从那以后中国诗坛发生了很大的变化。整个新诗1990年代是很沉寂的，文化圈只在说几个诗人，从那以后，一下涌现了一大批新的诗人，整个中国诗坛变得不一样了，这些凡是敏感的人都意识到了。自此以后，社会文化界和诗歌届不再只关注几个诗人，中国诗坛进入了一个新的阶段。

程光炜编辑的《岁月的遗照》那本书为什么引起大家的争执呢？就是因为他偏颇地用部分诗人的写作代表了1990年代的中国诗坛，而把另一些诗人忽略掉了，这作为一个诗歌研究者是很不负责任的。在"盘峰诗会"上他辩解说："我是想做件好事……"他编的书出来后，主张"民间写作"的诗人就愤怒了，于是就引起了一场更深入的诗歌美学的论争。这就是刘福春老师开玩笑说的"攻城和守城"的问题。

林：除了"盘峰论争"之外，《诗探索》从1980年末创刊发展到今天，还有哪些令您印象深刻的事情？

林莽："白洋淀诗群寻访"也是一件重要的事。当时吴思敬老师提出来，要对前些年有成绩、有影响的民间诗歌社团进行一次梳理。

林：是在什么时候提出来的？

林莽：1994年复刊的时候就提了，因为那时候关于诗歌群落的一个栏目上做了"他们""非非"等诗群的研究。白洋淀诗群因为没有现成的资料，于是我们就组织了一次寻访活动。

1994年4月，我联系了华北油田《华北石油报》的副社长、诗人张洪波，请他帮助完成这次寻访活动。那时，他因一年前在青海骑马摔伤脊柱，手术后刚刚恢复得好了一些。他知道这是一次十分重要的关于廓清诗歌史的寻访活动，马上与文联商议，活动很快就确定了下来。5月6—9日寻访活动如期进行。

来自北京、天津、河北的作家、诗人、诗歌研究者牛汉、吴思敬、芒克、林莽、宋海泉、甘铁生、史保嘉、刘福春、陈超、张洪波等20多人参加了此次寻访活动。寻访者深入白洋淀的相关村落进行实地考察，并进行了认真的研讨。大家围绕着"白洋淀诗群"的背景、人员、时间以及影响等等问题，进行了追忆和探讨，通过当事人各自的回忆与相互补充，基本上厘清了这段史实。

"白洋淀诗群"不是一个流派，是一些自发的追求现代诗歌写作的青年，他们没有共同的主张。因为时代使然，他们有一个大致趋同的追求，分散在这片水域，有着偶然的交往，在那个特殊的年代留下了一批有价值的诗歌作品。因此，诗人牛汉先生力倡"白洋淀诗歌群落"的命名。他说，"白洋淀诗歌群落"这个名称本身就很有诗意，"群落"一词给人一种苍茫、荒蛮、不屈不挠、顽强生存的感觉。

寻访过后，《诗探索》1994年第4辑《当代诗歌群落》栏目，刊出了宋海泉的《白洋淀琐忆》、齐简（史保嘉）的《到对岸去》、甘铁生的《春季白洋淀》、陈默（陈超）的《坚冰下的溪流——谈"白洋淀诗群"》等文。我在《主持人的话》中说："这里编发的一组稿件，是由今年5月《诗探索》编辑部组织的'白洋淀诗歌群落寻访'活动部分参加者撰写的。他们以切身经历向我们展示了一批有研究价值的原始资料，为我们进一步探讨中国新时期诗歌的发展源头提供了一个思考的基础。"这次活动收集了十分珍贵的第一手资料和有价值的研究成果，为今后研究这段历史做出了重要贡献。

这次寻访之后，"白洋淀"这个诗群引起各个大学和研究者的关注与重视，才得以在诗歌史上与其他环节衔接上。最早的是"太阳纵队"一些青年诗人的写作活动，后来是"白洋淀诗群"，再后面就是《今天》到"朦胧诗"，这样衔接下来。历史是有进展的，有步骤的，到底每一步为什么发展成那样，是有其历史原因的。我记得黑龙江大学的一个教授，有一次碰上我就问："这个'朦胧诗'是怎么来的啊？怎么突然就蹦出来一个'朦胧诗'啊？这个历史发展不合规律啊？"后来我就讲了这段历史，从早期的"太阳纵队"，在1960年代开始追求现代主义，到后来的"白洋淀诗歌群落"，通过"黄皮书"接触文学的现代主义，再到后来的《今天》，再后来的"朦胧诗"，这么一个发展脉络。"白洋淀诗群"是其中一个重要环节，这个环节接上以后，才真正把"朦胧诗"的来龙去脉说清楚了。"白洋淀诗群"和后来《今天》"朦胧诗"的主将们有千丝万缕的联系，像北岛、芒克、江河，他们都是和"白洋淀诗群"有直接关联的诗人，《诗探索》的寻访使"白洋淀诗群"的历史面目清晰了起来。

我和刘福春老师做的另外一件事，就是让诗人食指（郭路生）浮出了水面。在1990年代，作为历史人物的食指几乎已经被诗坛遗忘了。

林：当时对食指没有多少关注度吗？

林莽：是这样的，民间大家可能还在关注，但在官方的媒体上几乎就把他遗忘掉了，官方的媒体根本不知道有这么一个人存在。所以说是《诗探索》重新"发现"食指，是那几年我和刘福春用三年时间编辑了《诗探索金库·食指卷》，在宣传这本书的出版上下了一些功夫，那年各种报刊、电台、电视台有上百次的报道和介绍，引起了一股食指热。

食指那个时候在第三福利院，生活上、经济上都有困难，书出版后我们采用自己发行的办法，就是想通过这本书的发行和义卖，能够在经济上给予他帮助。那之后，食指一下子就成了公众人物，光电视台就上过多少次，加上地方的报纸，有上百家的报道，《北京青年报》整版地刊登食指的诗和照片。签名售书有几百人排队等候，有人一千块钱就要一本书。从那以后任何出版的文学史书籍上再也不会把他遗忘了。那年《诗探索》的总结会上，谢老师说"我们今年做了一件大事，就是让食指浮出水面"。

林:"诗探索·中国新诗会所"是如何成立的呢？

林莽：我想先追忆一下《诗探索》的历史，以及后来变成理论卷和作品卷两本的原因。1980年代初《诗探索》曾发行到2万多册，1990年代复刊后就没有那样好了。因为那是新诗的低谷期，《诗探索》只是在大学和一些关心诗歌研究的读者中传播。我想应该和诗人有更多的连接，就提出来加一本"作品卷"的想法。作品卷也结合文学批评和评论，通过这些方式把理论和创作结合得更紧一点，这样也许会把读者少的状态改变过来。谢冕老师非常支持，说这个主意好，我们就这么做，我们的理论不能跟创作没关系，要把《诗探索》办成诗人们更关心的一个研究刊物，不是一个光回顾历史的刊物。2005年开始创办作品卷，我任主编。但我真正的下功夫是在2010年从《诗刊》退休之后。因为我在《诗刊》时，工作量非常大，没多少时间来编辑作品卷，每次都是急急忙忙把刊物编出来交稿了，没有更多的推广和宣传。2010年前有一段时间，《诗探索》的出版周期为半年，发行量不足千册。

林：为什么会这么低呢？

林莽：因为当时的各家纸质诗歌媒体都在萎缩，加之《诗探索》没有专职人员负责各种具体工作，只有吴思敬老师在管这些事。当时，吴老师是文学院院长，又有多种学术活动，加之大的形势使然，所以萎缩是必然的。2010年我退休前开会，谢老师和吴老师在会上提出来，要我多管点。当时我很犹豫，因为要想办好一个刊物，既要花费时间，又要有办刊经费，《诗探索》的经费都需要自筹。我想，好不容易退休了，到处走一走，画画画儿，写写诗多好啊，但是谢老师和吴老师的委托，我又推不开，对《诗探索》的热爱也使我不忍心看着它消失。我就找一些朋友征求意见。我和诗人朋友们商量《诗探索》到底应该怎么做。后来，诗人企业家潘洗尘表示支持《诗探索》，商定一年拿出几十万来支持《诗探索》。我接手后，他支持了租房，买办公用品，还有一两期的稿费和一些活动费用，让我们有了一个很好的开始。后来我们自己努力，创办了一个会员制的会所，我们的会员最多时有九百多人。刊物印数，从过去的不到1000册，发展到3000册，由原来的两辑又改回了一年四辑（八册）。

林：有一段时间是一年两辑这样出？

林莽：2004年以前有几年的是两辑合辑，半年出刊一次，周期太长，对刊物是不利的。2005年有了作品卷，交叉着出4辑。从2010年开始恢复了季刊，理论卷和作品卷都是4辑，共8本。另外会所增加了很多活动，在各地搞论坛，增加了诗歌奖项评选，编辑诗歌图书和诗歌年选，增加了凝聚力，订刊的量也增上来了。今年《诗探索》每辑5000套。为了和当前的诗歌创作有更好的融合，我们创办了几个奖项："华文青年诗人奖""红高粱诗歌奖""发现诗歌奖""春泥诗歌奖"。它们为《诗探索》的发展发挥了很好的作用，这样读者群也上来了。我们做诗歌论坛、奖项，包括年选，把《诗探索》的优势发挥了出来，将理论研究和诗人创作连接得紧密起来，引发了更多诗人的关注。我们团结了更多的诗人和研究者，一大批年轻的诗人也靠拢过来，他们也开始关注诗歌理论的研究。

林：《诗探索》在经济上遇到的困难局面，现在有没有一些改善？

林莽：前两年我们状态比较好，这两年又有些问题，但还可以坚持。从去年开始有一个中国最大的私营书店支持我们的出版，我们就省了不少心，另外我们的一些活动和各个奖项，都是跟各地合作的，都有一些收益。这样我们就能维持会所和《诗探索》的正常工作与出刊。因为办一个刊物、做一些活动都是很具体的，有许多具体的事情要做，要花钱。我们每年的都需要50万—60万元的资金，这些都需要我们自筹，还是很辛苦的。

林：您如何看待当下的诗歌创作和诗歌理论批评的发展状况？

林莽："盘峰诗会"之后，中国诗歌新世纪以来发生了很大的变化，新世纪以来涌现了一批非常年轻的、各方面文化准备非常充实的作者，他们都写得很好。相对于从技术水平和诗歌的状态来看，他们比我们那一代诗人文化准备更充分，条件更优越。当时，我们写诗很难发表的，我记得1980年代初，我写了一些诗寄到一个刊物，他们不是否定艺术的问题，而是担心在意识形态上会有问题。但进入1990年代，到了21世纪以后，由于改革开放，意识形态已经比较开放了，所以写诗不再受到那么多的禁锢，大的诗歌环境变得好一些了。但是我们整个的诗歌状态受制于哪里呢？我们诗歌的基础教育不行，所以什么是诗、什么是一首优秀的诗、诗歌的审美到底怎么进行的许多人不知道。总之，我们的诗歌教育是很弱的，包括我们大学的诗歌教育都是很成问题的，中学和小学更甚。

我们的新诗一百年中已经涌现了一大批优秀的诗人，也有许多可以称为经典的诗歌作品，这是无疑的。我们的新诗水平可以和其他任何一个国家的现代诗歌相媲美。中国新诗才一百年的历史，很短，为什么会取得这样的成绩呢？因为它有两个翅膀，一个是我们宏大的旧体诗词的基础，二是我们有近百年来对先进的世界诗歌文化的学习，这两只翅膀使我们的诗歌飞得已经很高。

当然，我们的新诗发展还存在许多问题，因而才需要《诗探索》这样的诗歌创作与研究的刊物。如果简单描述一下中国新诗的现状，我认为，它更像一片生机勃勃的荒原，荒原上野草丛生，充满生机。写诗的人很多，诗歌活动也很多，随时都在发生，很有生机。但社会的影响力大不如以前，不像1980年代。说现在的诗坛像一片生机勃勃的荒原，荒草长得很多，真正长成大树的却是少数。真正的诗人都是自我教育的结果，自己阅读，自己寻找，如果有幸遇上一个好老师，遇上一个真正懂艺术的人，再加上他自身的素质和努力，他就成长起来了。但大部分人都是写几年就消失了。最近我翻《诗刊》在1980年代一些经常发表诗的人，现在再也找不到了，不知道哪里去了，消失掉了。

我们整体的教育环境不行，我们整个的新诗教育是缺失的，不像旧体的诗词，我们的老师讲得多好啊，小学、中学老师讲得都非常好。因为它有一个完备的教学体系，老师懂得怎么把一首旧体诗说清楚，而我们新诗没有。好多中学老师拿到新诗不知道怎么讲，因为他没有受过这方面的教育，自己也没有对新诗的历史与发展进行梳理的能力。我们缺乏一套从小学到中学按部就班、循序渐进的教材，我在《诗刊》的时候就和教育部编写诗歌教材的人说，不要以社会政治教育的方式选诗，也不是选几个名家的作品，而是选那些有美学价值的、有诗学意义的诗进入教材。让孩子们逐步理解怎样欣赏一首现代诗歌，从诗歌审美的基本规律和写作方法的角度选教材，逐步形成一套完备的现代诗歌教学体系。

我们诗歌教育的滞后，也使我们的当下诗坛成了一片生机勃勃的荒原。我们的现代诗歌没有一个基本的公认的标准，甚至我们有很多很有天赋、很有才华的写作者，写着写着就偏了。同样，我们的新诗批评也缺乏一种系统化的梳理。这些年好一点了。前几年有许多人情式的批评，互相拉帮结伙的批评，莫名其妙的批评，这些都很不正常。其实诗歌评论应该远离一点诗坛，真正坐下来，认真研究、梳理。我们还有许多问题没有研究好，包括1980年代的"朦胧诗"，大家一说起来"朦胧诗"就是这样那样的，几句套话就总结过去了，其实不是那么简单的。到底北岛对诗的贡献是什么？哪些是他的优点？哪些是他的不足？到底舒婷对诗的贡献是什么？她为中国诗歌提供了什么？这些没人去认真研究。我觉得我们的诗歌批评还是大而化之的，不够细腻，不够深入。

林：《诗探索》在深入诗歌理论批评方面做得怎么样呢？

林莽：一直在努力，但是我们大的社会环境是这样，我们也不可能做得特别彻底，我觉得还是要切合当前的创作实际和中国诗坛的状态来进行言之有物的批评，还是需要研究者下真功夫。我们在这方面做了一些，但还不够，仍须再努力。

（2016年8月29日上午十一点 于《诗刊》社）

三、《诗探索》编辑刘福春访谈录

林：刘老师，非常感谢您能够接受我的采访。作为《诗探索》重要的编辑人员，您为《诗探索》付出了很多心血。最初您是如何参与《诗探索》的编辑工作的呢？

刘：对于我来说就是水到渠成，我早期虽然没有正式加入，但是很多活动都是跟着参加的。正式地参加编辑工作是在《诗探索》复刊之后，早期的话，按现在的话来说是"粉丝"，我好多活动是参加了的，但是没有参加具体的编辑工作。早期具体的编辑工作主要是杨匡汉老师在做，吴老师也编了最后的两期。

林：您那个时候参加的活动具体有哪些呢？
刘：那个时候的活动也不是很多。《诗探索》曾邀请"青春诗会"的部分青年诗人开过座谈会，但我没有参加。我主要是打打杂，做了一点补白，没有参加编辑工作。

林：我在您所编的《诗探索》纪事中，看到了1983年1月22日，《诗探索》编辑部召开编委扩大会议，会后还有一个《关于〈诗探索〉刊物检查的报告》。当时为什么会开这样的一个会议？
刘：这个会议我没有什么印象了，我是后来见到了那个报告。

林：这个报告是有一个文献资料保留下来了吗？
刘：那个报告是有的，是打印的。现在我也弄不清楚放在哪里了，为什么会到我手里，也弄不清楚了。做"纪事"的时候，把它翻出来了。这是《诗探索》对当时的一个反映，我认为还是比较重要的，所以就写到"纪事"里面了。

林：这个报告主要涉及哪些方面呢？
刘：好像就是一般性的检查。这个报告不是吴老师写的就是杨老师写的，更可能是杨老师写的。当时是要配合整个的形势，要有一个检查，具体的我就不清楚了，那个会我没有什么印象了。有意味的一点是，《诗探索》究竟是一个什么样的刊物？在现在的分类里面，好像都没有《诗探索》这样的类型。比如说机关刊物，就是所谓的"官刊"，还有"民刊"，它好像都不是。

林：应该说，它不属于民刊，它有专门的主办单位。
刘：对，它不属于民刊，但是它又有和民刊很相似的地方。我觉得民刊有一个很大的特点,是独立性。但是《诗探索》呢,既然它具有独立性,为什么那个时候还要接受检查?到后来可能就不会有这样的事情了。虽然它名义上是当代文学研究会主管,但是我更想将它界定为"学院"的一个学术刊物,这可能更好一点。但是学术刊物,人家分类就没有这么分过,所以在界定上就很有意思。

林:它的编辑团体和作者团体大部分其实还是以高校为主体。

刘:对,以高校为主体,另外它也是国家一级学会当代文学研究会的一个刊物。当然你要说这个学会是官方的,也不能说它跟官方没关系,它是一个政府批准的合法组织。但是《诗探索》确确实实跟别的刊物比起来在划分上应该是不同的,我觉得称它是学院学人的可能更好一点。民间刊物不会打一个报告检查自己,如果是民间刊物的话,那当时文化部也不会发信让编辑部去办刊号。关系很复杂。你不去办但并不是说不让你办,所以说还是不一样的。

林:在您看来,没有刊号带给《诗探索》最大的问题是什么?

刘:没有刊号带来的最大的问题是经济问题。《诗探索》一直都没有经费。《诗探索》从创刊到现在,它不是一个机关刊物,没有经济支持。在这一点上和民间刊物是一样的,都是靠大家去找经济资助。复刊的时候首师大诗歌中心给了一点经费。现在呢,首都师大每年拨四万块钱,这个钱也就刚好够付稿费。《诗探索》一直是出刊很困难没有钱,但是再困难,《诗探索》也是有稿费的。

林:这个稿酬的标准是什么?

刘:很低,到现在也很低,因为拿不出来。在《诗探索》快要出不出来的时候,成了一个半年刊了,那个时候《诗探索》也是有稿费的。谢冕老师一直坚持,这是我们对作者的一个尊重,是对劳动的尊重。《诗探索》没有编辑费但有稿费,这一点是和很多民刊包括一些官刊所不同的,它们大多都没有稿费。就是《诗探索》在最困难的时候,也是有稿费的,虽然稿费非常低。这里面也回答了你前面的问题，前期是编好了拿到出版社，由他们发行。最初在社科出版社的时候也没有什么经济问题，但是后来就有问题了。因为出版社也半企业化了，要赢利。现在办刊除了印刷费等各种费用之外，书号这个东西还是要有的，这都需要经费。所以最大的问题还是经济问题。

林：出刊过程中遇到经济问题，《诗探索》是如何来维持出刊的呢？

刘：《诗探索》实际上没有一个专门的编辑部，直到2010年以前一直都没有。《诗探索》在2010年有一个转变。林莽老师在2009年底从《诗刊》社退休，当时谢冕老师就请林莽老师来"专职"做《诗探索》的工作。林莽老师成立了一个诗探索新诗会所，刚开始是和天问公司合作，合作了一年多的时间。成立会所是用会员制的办法来发行这本刊物，但不是通过收会费的方式，也从来没有收过会费，而是订《诗探索》就是会员。《诗探索》在这一方面一直是坚持的，包括不收会费、没有编辑费也要给稿费等等。由于林莽老师的努力和他在《诗刊》的一些资源，还有一些朋友的帮助，会所第一年就办得特别好。2010年之后《诗探索》整体的面貌也不一样了。

林：您对早期的编委会成员有什么印象？

刘：我觉得早期的编委会没有起到太实际的作用，主要的工作还是谢老师、杨匡汉老师、吴思敬老师他们来负责。实际上你看编委会的成员就会发现，当初所谓"朦胧诗"争论的两派全在里面。

林：那我们能不能说这样的一个编委会群体，是为《诗探索》的自由论争奠定了一定的基础呢？

刘：我觉得它唯一的特点可能就是它使得《诗探索》不会像所谓的民刊那么偏激。"朦胧诗"论争非常激烈，但是从《诗探索》整个的目录看下来并没有显得那么激烈，虽然说它有一定的倾向，但只是倾向。比较中性的观点或者是并不是先锋的那种诗人在《诗探索》里也是有所体现的。

林：1993 年的时候就开始商讨《诗探索》的复刊工作，但是复刊工作在停刊之后是不是就已经开始了？

刘：虽然停刊了，但起码这些人都在，似乎也没有觉得《诗探索》"黄"了，就刊物不出了，至少在我的心里就是这样的。当初似乎还以《诗探索》的名义搞过什么活动之类的，记不清了。

林：1994 年复刊的时候，《诗探索》并没有注明具体的编委会成员，这是为什么呢？

刘：对，最开始是没有编委会，大家都是编辑。当时是三个主编，几个编辑。当谢老师和杨老师不再任主编时，才确定了编委会。

林：在编辑工作中具体的分工是什么样的？

刘：早期的时候主要是杨匡汉老师和吴思敬老师的编辑工作做得比较多，复刊之后大致有一个分工。关于诗人部分由我、林莽老师负责，刘士杰老师主要负责翻译。

林：一篇稿子通常是怎么被发掘出来的？

刘：有的是自然来稿，有的是约稿。另外，《诗探索》的编辑会很重要，除了出刊，还会开一个会，在会上就会讨论今年重点关注哪些问题。比如说确定《结识一位诗人》要关注谁，并确定栏目等，编辑会基本上都这样召开。每年都要开两次编委会，编委会除了如何筹集资金维持出版之外，也要讨论编辑的内容、现在关注什么问题等等。

林：在早期的时候，第 2 期开始就设了一个《古典诗歌新探》栏目，后来这个栏目的出现频率就很低，跟《外国诗论译丛》对比有很鲜明的反差。《外国诗论译丛》后期基本上是比较固定的，几乎每期都会有，但是古典诗论这一块却很少。您如何看待《诗探索》在介绍外国诗论成果和推进研究古典诗论之间的处理方式？

刘：这个跟《诗探索》的性质有关，它的诞生与当下诗坛就有紧密的联系。与古典诗论当然不能说没有关系，但是侧重点还是不一样的，这就注定那个栏目会少。但是作为一个学术刊物，《诗探索》没有古典诗论研究的栏目也不行，因为它毕竟还不是一个批评刊物，它是一个研究型诗歌理论刊物。新诗和古典的关系是一个很重要的命题，所以这个栏目一定有，但是它不会成为重点。

林：《诗探索》设了多层次的诗人论栏目，您如何看待《诗探索》在对诗人的评定和发掘工作上的意义？

刘：《诗探索》一直关注两个方面，一个是当下，还有一个是历史。实际上，《诗探索》除了对中青年诗人，对很多老诗人是非常关注的，特别是吴老师很注意这方面，开了好多次研讨会。这样的研讨会在作家协会根本是不可能的。

林：停刊之前，我看到《诗探索》的发行基本上都是通过新华书店，复刊之后是不是创立了代销站？1995年有一个发行站名录，代销站是如何建立起来的？

刘：当时在发行上是有这个想法，有些人愿意支持。但是后来没能办起来，基本上没有用上这个代销站。《诗探索》最大的问题是当时没有人负责办公室的工作，不像现在稍具规模。

林：《诗探索》在后期发展中举办过一些诗歌评奖活动，比如"华文青年诗人奖"，这些评奖活动是如何办的呢？

刘：这个奖实际上与《诗刊》有关，最早是林莽老师在《诗刊》的时候创办的，如果追溯到前面这是《诗刊》的奖项，在由《诗探索》主办之前，已经由《诗刊》举办过四五次了，已经初具影响。这个奖是非常有特色的。第一，它有连续性，很多奖要想有影响力，必须要有延续性，《诗探索》"华文青年诗人奖"今年已经是第十三届了。第二，它有标准。按叶延滨讲，"华文青年诗人奖"成活率最高。这项奖每年评选三位，百分之九十多都是现在诗坛最活跃的。第三，它与其他奖项完全不同的地方还在于，所有的奖评选出来以后相关的工作就结束了。但"华文青年诗人奖"在某种意义上来说，评选出结果才是刚刚开始。这与林莽老师当时的设计有关：一个奖，一个研讨会，一本书，一个驻校诗人。"驻校诗人"在首都师范大学驻校，驻校诗人进校有入校仪式，出校还有一个研讨会，这需要一年时间。应该说，在驻校诗人的研讨会开完以后，这个奖的相关工作才告一段落。所以，这个奖是非常有特色的，问题在于宣传不够。《诗探索》不宣传，这是一个优点也是一个缺点。

林："华文青年诗人奖"进入《诗探索》以后，在您看来给《诗探索》带来了什么？

刘：应该说，在一定程度上使得《诗探索》更加立体了。另外，评奖时，除了诗人的作品，还要求参评的诗人写一篇文章，这也和其他奖项不一样。《诗探索》毕竟还是一个理论批评刊物，所以即便是在评诗奖的时候，也不忘记它的使命。包括我们在外地搞的论坛活动，都是会要求会员要写一篇文章。谢老师说这是对的，《诗探索》要有一个提倡，提倡诗人不能只是写诗，要学会思考。这也能看出《诗探索》的主张。

林：在您看来，《诗探索》编辑理念的独特性体现在哪些方面？

刘：编辑理念的独特性，需要比较，这个不大好比较。早期的时候，就只有这一本诗歌理论刊物，所以只能是跟其他刊物的理论专栏进行比较，但我还没有比较过。如果跟专栏比较的话，它一定会有一些不一样。像《诗刊》有理论专栏，它毕竟是作家协会的刊物，对它的要求就不一样。此外，说得极端点，《诗探索》实际上是非职业编辑编辑的一本刊物。如果你要把编辑算作一个职业的话，《诗探索》里没有职业编辑，都是兼职。所以它还是有一些不一样。

林：关注和重视《诗探索》发展的诗人也不在少数，艾青在复刊第1辑的时候就将一篇《诗人要自信》及《对复刊的贺信》一块寄到了编辑部。就您所知，同艾青一样密切关注《诗探索》发展的诗人还有哪些？

刘：关注《诗探索》的老一代的诗人很多，比如说郑敏，郑敏应该是《诗探索》的老朋友了，还有牛汉。其实《诗探索》的老朋友真是很多，像曹辛之，早期的封面就是曹辛之设计的。还有蔡其矫，这都是老的一代。可以说大部分为诗坛做过贡献的诗人都是支持《诗探索》的，这样讲可能更合适一些。

林：您如何看待《诗探索》和中国当代诗歌之间的互动关系？

刘：这里面有一些直接的，还有很多是间接的。作为直接的互动，像初期与"朦胧诗"之间的关系那是非常明显的。有关"朦胧诗"最重要的一篇文章就是谢老师写的，虽然谢老师那篇文章没有首发在《诗探索》，但也在《诗探索》重发过。谢老师作为主编，在那个时代所做的工作，都与新诗潮有着非常密切的关系。不能只是从《诗探索》发表的文字中讨论与新诗潮的关系，还要考虑到编辑部成员。

还有一个就是"白洋淀诗歌群落"寻访。那次寻访可能与当时的诗歌现状没有那么直接的联系，但是它与诗歌的历史或怎么来评价我们新诗的历史是有关系的，那次诗歌寻访对我们整个的新诗潮研究可以说是一个推动。除了新诗创作这条线外，还有一条对新诗历史研究的线路，因为它本身就是一个学术的刊物，比如说《诗刊》它就可以不承担这样一个责任。所以，1994 年那次寻访是一个很重要的事情，1994 年前的当代新诗史和 1994 年后的当代新诗史可能就有一个很大的不同。最早的研究是将新诗潮与"天安门诗歌运动"联系在一块的，后来发现"天安门诗歌运动"不是一个开始而是一个结束，实际上新诗潮是与当时的地下写作有关系的。当然也并不是说 1994 年的寻访具有开山的意义，但那个时候对"白洋淀诗歌群落"的寻访和命名对研究新诗潮还是起了非常重要的作用。

再有就是 1999 年的"盘峰诗会"，我觉得这个诗会起到了一个很大的作用。在此之前是传统诗歌潮流和新诗潮的分歧，但从那一刻开始（当然也可以说更早就已经开始了），新诗潮内部的矛盾在这里爆发了。一般来说，1999 年在很多意义上来说它都是一个标志，在那以后确确实实对写作产生了很大的影响。这三点是值得重视的。此外华文奖无疑也是对当下写作产生影响的活动，但好像特点没有那么明显，或者是说还不够那么突出，没有一下子就突出出来了。

林："盘峰诗会"上关于知识分子写作和民间写作这样的一个论争的问题，当时引起了一个很大的反响，很多刊物学者和诗人都参与了这样一个话题的论争。从您个人角度来讲，您怎样看待这样一个论争？

刘：我觉得有诗歌层面也有非诗歌层面的很多问题，比较复杂，不是一句两句能说清楚的。我对这样的一个分法就一直不是很同意的，复杂的事情我们把它简单化了，这里边可能写作倾向上是不一样的，但并不是能用"民间"和"知识分子"完全概括的。这里面有很多事情我们都缺少一个学理的分析，这里边的论争还有很多具体的原因，这具体的原因好多与诗无关，比如牵扯权力等等。这个问题太复杂。

（2016年8月29日上午十点 于《诗刊》社）

参考文献

一、刊物

《北京文学》

《福建文学》

《诗刊》

《诗探索》(1980年第1期—2019年第3辑)

《诗探索·天问中国新诗会所会刊》

《文艺报》

《星星》

二、论著

1. 北岛、李陀主编:《七十年代》,生活·读书·新知三联书店2009年版。

2. 柏桦:《左边:毛泽东时代的抒情诗人》,江苏文艺出版社2009年版。

3. 陈晓明:《表意的焦虑:历史祛魅与当代文学变革》,中央编译出版社2002年版。

4. 陈超编:《最新先锋诗论选》,河北教育出版社2003年版。

5. 程光炜选编:《岁月的遗照》,社会科学文献出版社 1998 年版。

6. 洪子诚:《问题与方法:中国当代文学史研究讲稿》,北京大学出版社 2010 年版。

7. 洪子诚、刘登翰:《中国当代新诗史(修订版)》,北京大学出版社 2005 年版。

8. 洪子诚:《中国当代文学史(修订版)》,北京大学出版社 2007 年版。

9. 洪子诚:《当代文学概说》,北京大学出版社 2010 年版。

10. 洪子诚等:《重返八十年代》,北京大学出版社 2009 年版。

11. 贺桂梅:《女性文学与性别政治的变迁》,北京大学出版社 2014 年版。

12. 荒林、王光明:《两性对话:20 世纪中国女性与文学》,中国文联出版社 2001 年版。

13. 姜玉琴:《当代先锋诗歌研究》,复旦大学出版社 2013 年版。

14. 姜涛:《"新诗集"与中国新诗的发生》,北京大学出版社 2005 年版。

15. 蒋登科:《〈诗刊〉与中国当代诗歌的发展》,人民出版社 2016 年版。

16. 李洁非:《典型年度》,北京十月文艺出版社 2013 年版。

17. 刘增人等:《中国现代文学期刊史论》,新华出版社 2005 年版。

18. 刘福春编:《中国新诗编年史(上、下)》,人民文学出版社 2013 年版。

19. 刘福春、贺嘉钰编:《白洋淀诗歌群落研究资料》,北京师范大学国际写作中心 2014 年版。

20. 刘士杰:《走向边缘的诗神》,山西教育出版社 1999 年版。

21. 罗振亚:《20 世纪中国先锋诗潮》,人民出版社 2008 年版。

22. 宋应离:《中国期刊发展史》,河南大学出版社 2000 年版。

23. 唐晓渡:《与沉默对刺:当代诗歌对话访谈录》,北京大学出版社 2012 年版。

24. 吴思敬:《诗歌基本原理》,工人出版社 1987 年版。

25. 吴思敬:《中国当代诗人论》,社会科学文献出版社 2015 年版。

26. 吴思敬:《吴思敬论新诗》,中国社会科学出版社 2013 年版。

27. 王光明:《现代汉诗的百年演变》,河北人民出版社 2003 年版。

28. 王光明:《艰难的指向——"新诗潮"与二十世纪中国现代诗》,社会科学文献出版社 2013 年版。

29. 王光明:《市场时代的文学》,安徽教育出版社 2008 年版。

30. 王晓明:《批评空间的开创:二十世纪中国文学研究》,东方出版中心 1998 年版。

31. 王家新、孙文波编:《中国诗歌九十年代备忘录》,人民文学出版社 2000 年版。

32. 王绯:《画在沙滩上的面孔》,山西教育出版社 1999 年版。

33. 谢冕:《谢冕编年文集》,北京大学出版社 2012 年版。

34. 谢冕、吴思敬编:《字思维与中国现代诗学》,天津社会科学院出版社 2002 年版。

35. 谢冕等:《百年中国新诗史略:〈中国新诗总系〉导言集》,北京大学出版社 2010 年版。

36. 谢冕、唐晓渡主编,吴思敬编选:《磁场与魔方,新潮诗论卷》,北京师范大学出版社 1993 年版。

37. 谢冕、唐晓渡主编,唐晓渡编选:《在黎明的铜镜中,"朦胧诗"卷 》,北京师范大学出版社 1993 年版。

38. 许纪霖:《第三种尊严》,人民文学出版社 1996 年版。

39. 杨联芬等:《二十世纪中国文学期刊与思潮 1897—1949》,百花洲文艺出版社 2006 年版。

40. 杨克编:《中国新诗年鉴》,花城出版社 1999 年版。

41. 姚家华编:《朦胧诗论争集》,学苑出版社 1989 年版。

42. 张桃洲、孙晓娅编:《内外之间:新诗研究的问题与方法》,社会科学文献出版社 2012 年版。

43. 张桃洲:《语词的探险——中国新诗的文本与现实》,社会科学文献出版社 2012 年版。

44. 张桃洲:《语言与存在:探寻新诗之根》,社会科学文献出版社 2013 年版。

45. 张清华编：《中国新时期女性文学研究资料》，山东文艺出版社 2006 年版。

46. 中国青年出版社编：《青年诗选：1981—1982》，中国青年出版社 1983 年版。

47. 曾念长：《中国文学场》，生活·读书·新知三联书店 2011 年版。

48. 查建英：《八十年代访谈录》，生活·读书·新知三联书店 2006 年版。

三、期刊论文

1. 艾青：《中国新诗六十年》，《文艺研究》1980 年第 5 期。

2. 程光炜：《诗探索：寂寞中的坚执》，《山花》1995 年第 7 期。

3. 程光炜：《九十年代诗歌：另一意义的命名》，《山花》1997 年第 3 期。

4. 程光炜：《不知所终的旅行——九十年代诗歌综论》，《山花》1997 年第 11 期。

5. 程光炜：《一个被"发掘"的诗人——〈诗探索〉和〈沉沦的圣殿〉"再叙述"中的食指》，《新诗评论》2005 年第 2 期。

6. 胡友峰、李修：《〈诗刊〉与朦胧诗的兴衰》，《当代文坛》2014 年第 4 期。

7. 姜涛：《偏执时代的十字军行动——关于八十年代青年诗歌》，《中国青年研究》1996 年第 4 期。

8. 罗振亚、周敬山：《先锋诗的"多事之秋"：世纪末的论争和分化》，《北方文丛》2003 年第 3 期。

9. 潘凯雄、王必胜：《话题纷纭，'94 文坛新气象》，《当代作家评论》1995 年第 2 期。

10. 钱理群：《矛盾与困惑中的写作》，《文艺理论研究》1999 年第 3 期。

11. 谢冕：《在新的崛起面前》，《光明日报》1980 年 5 月 7 日。

12. 吴思敬：《裂变与分化：世纪之交的先锋诗坛》，《文艺研究》2000 年第 6 期。

13. 吴思敬、王士强：《诗路纪程三十年——诗评家吴思敬访谈》，《青年文学》2011年8月号。

14. 王光明：《在非诗的时代展开诗歌——论90年代的中国诗歌》，《中国社会科学》2002年第2期。

15. 张桃洲：《众语杂生与未竟的转型：1990年代诗歌综论》，《长沙理工大学学报（社会科学版）》2010年第6期。

16. 张清华：《"好日子就要来了"么——世纪初的诗歌观察》，《当代作家评论》2002年第2期。

17. 孙绍振：《新的美学原则在崛起》，《诗刊》1981年第3期。

18. 张清华、林莽：《见证白洋淀诗歌——林莽访谈录》，《新文学评论》2012年第4期。

19. 孙绍振、张伟栋：《孙绍振访谈：我与朦胧诗论争（上）》，《当代文学研究资料与信息》2010年第2期。

20. 公刘：《新的课题——从顾城同志的几首诗谈起》，《文艺报》1980年第1期。

21. 王尧：《"三个崛起"前后——新时期文学口述史之二》，《文艺争鸣》2009年第6期。

22. 郭铭淳：《试评郭沫若的〈百花齐放〉》，《作品》1959年第10期。

23. 臧棣：《后朦胧诗：作为一种写作的诗歌》，《文艺争鸣》1996年第1期。

24. 陈旭光：《"第三代诗"与"后现代主义"》，《当代作家评论》1994年第1期。

25. 张颐武：《张颐武的本土符号学研究（上）——二十世纪汉语文学的语言问题》，《文艺争鸣》1990年第4期。

26. 郑敏：《世纪末的回顾：汉语语言变革与中国新诗创作》，《文学评论》1993年第3期。

27. 吴思敬：《"字思维"说与现代诗学建设》，《廊坊师范学院学报》2002年第2期。

28. 吴思敬：《从黑夜走向白昼——21世纪初的中国女性诗歌》，《南开学报（社会科学版）》2006年第2期。

29. 多多:《1970—1978:被埋葬的中国诗人》,《开拓》1988 年第 3 期。

30. 臧棣:《90 年代诗歌:从情感转向意识》,《郑州大学学报(社会科学版)》1998 年第 1 期。

31. 欧阳江河:《'89 后国内诗歌写作:本土气质、中年特征和知识分子身份》,《花城》1994 年第 5 期。

32. 王家新:《阐释之外:当代诗学的一种话语分析》,《文学评论》1997 年第 2 期。

33. 王光明:《"后新诗潮"》,《南方文坛》1999 年第 3 期。

34. 柴福善:《"盘峰论剑"前后》,《诗探索中国新诗会所会刊》2012 年第 1 期。

35. 柴福善:《一个旁观者的实录》,《诗探索中国新诗会所会刊》2012 年第 1 期。

36. 唐晓渡:《致谢有顺君的公开信》,《北京文学》1999 年第 7 期。

37. 西川:《思考比谩骂更重要》,《北京文学》1999 年第 7 期。

38. 陈超:《新世纪诗坛印象:诗歌精神和当代言说》,《当代作家评论》2012 年第 2 期。

39. 霍俊明:《并未消失的单行道——新世纪十年诗歌批评的问题与思考》,《文艺评论》2010 年第 2 期。

40. 张德明:《新世纪诗歌八问》,《创作与评论》2014 年 6 月号(下半月刊)。

后　记

　　在期刊研究逐渐成为文学研究热点的趋势下，对《诗探索》的研究却处于相对冷清的状态。《诗探索》是中国当代诗潮的重要"参与者"和"当事人"，对它的研究有利于为中国当代诗潮的研究提供一个新的观察窗口。这是一个需要有人来做的选题，也是需要更多人来不断丰富的课题。

　　也正是因为如此，直到现在，我也常常担心自己无法将这个选题做好。想起最初与《诗探索》相遇时，我便被这本刊物背后所蕴藏的理想、激情、赤诚、务实所打动。那时，为了更好地研究《诗探索》，我花了不少时间在各大旧书网站，一本一本地将前期的《诗探索》凑齐。那时，每每看到整齐摆放着的《诗探索》，我便油然而生一种充实感。记得有一晚，梦到了一群人慌乱地逃难下山，在生死攸关之际，我背着的一摞《诗探索》却不小心掉入了山崖间，梦中的自己冒着坠落的危险，独自将《诗探索》一本本地捡回来，一边捡一边想着有几期《诗探索》已经是某旧书网上的孤本了，可千万不能丢……现在想起来这个梦，虽然有些无趣，但我依然觉得那些专心致志做好一件事情的时光格外地弥足珍贵。

　　我想谨以此书献给创刊40周年的《诗探索》。

　　这是一本以精神影响精神的刊物。无论是《诗探索》的创刊理念，还是精神价值追求，深深地打动着、影响着众多的诗人、研究者们。时至今日，采访吴思敬老师的画面还依然深刻。那时的我，还没有真正读懂《诗探索》，与其说是我采访吴思敬老师，不如说是吴思敬老师带领我重走了《诗探索》的"征程"。他回忆时目光中闪烁的光芒让我坚信，诗歌的理想与激情其实从来都不曾远离。

我也想谨以此书献给我的研究生生涯。

三年的时光里，岁月给了我尽可能多的善待。

感谢张桃洲老师收我为徒，给了我进一步深入学习的机会，并将我领入了中国现当代诗歌研究的领域。虽然直到现在，我也不敢说自己对诗歌有着怎样的参悟，但在老师的帮助和指导下，也算能够逐渐感受语词间的坚硬和温暖。回想起当初师生见面会时，张老师就特别强调了勤奋读书和认真做学问的意义，愿我们不要虚度时光。此刻回首，我之所以能够无愧于心，也多亏了老师的时时提点和严格要求。时至今日，闲暇之余，我总不免忆起跟着老师读诗的课堂，这画面也总是在繁忙复杂的工作之中给予我精神上的抚慰。那些研究生生涯里读的许多书也许会随着时间的流逝而逐渐淡忘，但从老师身上学到的读书习惯和勤奋认真的态度，却将伴随和影响我终身。

感谢吴思敬老师、林莽老师、刘福春老师能够在百忙之中抽出时间接受我的采访，每每重听采访录音时我都不免被感动，这段与前辈们交流的经历将是我终身受益的珍贵财富。感谢张志忠老师、李宪瑜老师、姜涛老师、张洁宇老师、孟庆澍老师、袁一丹老师在我的研究生时期，对我的毕业论文提出宝贵的意见。感谢我的大学老师李文钢，时常给予我真挚的帮助和指导。感谢我的博士生师姐吴昊，她的勤奋和刻苦时时激励着我向她看齐，这三年与她共同学习的时光使我充实而欢乐。感谢三年相伴成长的各位同学，尤其是我的七年同窗好友秀荣。茫茫人海，漫漫人生路，能遇到如此之多的良师益友，实在是我的福气。最后，我想特别感谢我的家人以及鹏哥，他们的付出和支持，是鼓励我前行的最大动力。

谨以此书献给我以书为伴的青春岁月。愿我们心中有诗，足下有路，不停探索。

林　琳
2020 年 7 月